UN DERNIER ÉTÉ

Elin Hilderbrand

UN DERNIER ÉTÉ

Traduit de l'anglais (États-Unis)
par Alice Delarbre

LES ESCALES

Titre original : *Golden Girl*

Première publication par Little, Brown and Company, New York

Édition française publiée par :

92, avenue de France
75013 Paris – France
Courriel : contact@lesescales.fr

ISBN 978-2-36569-746-0
Dépôt légal : juin 2023
Imprimé en France

Couverture : Hokus Pokus Créations
Mise en pages : Nord Compo

À mes enfants, Maxwell, Dawson et Shelby
Je ne vous abandonnerai jamais

Martha

Elle reçoit un message de l'accueil : une nouvelle âme est sur le point de les rejoindre, et elle lui a été assignée.

Martha met ses lunettes de lecture et sort le dossier. Cette âme vient de... l'île de Nantucket.

Elle est à la fois surprise et ravie. Surprise, parce que c'est dans le port de Nantucket qu'elle a connu une fin tragique, deux étés plus tôt ; elle pensait que l'accueil évitait de la solliciter lorsque des zones côtières étaient concernées afin d'éviter de la « trauma », comme dirait la génération Z.

Martha est aussi ravie parce que... eh bien, qui n'aime pas Nantucket ?

Elle plonge en piqué vers le nord-est de l'île et aperçoit ainsi, en premier, le phare qui monte la garde à l'extrémité de la longue bande étroite de Great Point, avec son sable doré. Elle devine des phoques qui batifolent tout près du rivage (et des requins, qui les surveillent d'un peu plus loin). Elle poursuit sa descente et survole la baie de Polpis, où des élèves de l'école de voile, âgés de 12 ans, manœuvrent des dériveurs. L'un d'eux tangue au point qu'il menace de chavirer. Il suffit d'un petit souffle de Martha... pour que l'embarcation se redresse.

Elle survole les marécages, parsemés d'étangs et sillonnés de routes sablonneuses. Elle aperçoit un cerf caché au fond des bois. Une jeep enlisée près de Jewel Pond ; juste à côté de la voiture, un homme lâche un chapelet de jurons (*Mazette !* pense Martha), pendant que sa petite amie tente de trouver du réseau afin de joindre les secours. Elle s'excuse, elle tenait absolument à prendre des photos à la lumière du petit jour pour pouvoir les publier sur Instagram.

Martha opte pour la route touristique, qui longe le littoral le plus préservé, au sud. En dépit de l'heure matinale, il y a déjà beaucoup de monde dehors. Une femme-d'un-certain-âge qui lance, dans les vagues déferlantes, une balle de tennis à un labrador-d'un-certain-âge couleur chocolat. (Les chiens lui manquent ! Martha est bien trop occupée pour trouver le temps de se rendre au département des animaux familiers.) Un homme aux cheveux blancs se jette à l'eau afin de démarrer sa journée par un bon bain. Il y a aussi une poignée de pêcheurs de sortie à Smith's Point, ainsi qu'un petit groupe de surfeurs, jeunes (et très séduisants), sur la plage de Cisco, et une bande de quatre golfeurs qui s'attaquent au premier trou – *tchac !* – du parcours de Miacomet.

Tandis qu'elle survole la plage de Nobadeer, Martha voit l'équipe de sauveteurs se réunir sur le parking. Ils ne vont pas tarder à démarrer leur séance d'entraînement de 7 h 15. Elle doit se dépêcher.

Il lui reste une minute pour savourer le spectacle qu'offre l'île en ce beau matin du samedi 19 juin – le soleil se réfléchit sur le petit dôme doré de l'église unitarienne, sous un ciel bleu et limpide. Un chef de partie, en retard pour embaucher à l'heure dans le restaurant qui l'emploie, descend India Street à tombeau ouvert. Un peu partout sur l'île, les systèmes d'arrosage automatique se déclenchent et aspergent pelouses ou jardinières, sauf au célèbre village de Siasconset, « Sconset », où les résidents préfèrent faire les choses à l'ancienne : enfiler des sabots et sortir avec leur arrosoir. Les habitants de l'île se servent leur première tasse de café, parcourent la une du *Nantucket Standard.*

Les trente-cinq femmes qui se marieront aujourd'hui ressentent, en ouvrant les yeux, un mélange d'impatience et d'angoisse, en proportions variables. Des entrepreneurs se garent devant le magasin de bricolage parce qu'ils auraient dû livrer leurs chantiers la veille déjà ; les premiers vacanciers arrivent et ils veulent des maisons en parfait état. Des bateaux de pêche allument leur moteur pour quitter le port, tandis que la première fournée de beignets de Downyflake vient de sortir du four – cette odeur, mon Dieu !

Martha soupire. Nantucket n'est pas le paradis, mais c'est le paradis sur Terre.

Pourtant, elle n'est pas ici pour faire du tourisme. Elle est venue chercher une âme. La carte dans son dossier indique comme lieu de rendez-vous Kingsley Road, presque à son intersection avec Madaket Road.

Elle atteint l'endroit précis avec trente secondes d'avance, ce qui lui laisse l'occasion de respirer l'odeur entêtante des lilas en pleine floraison sous ses pieds. Une brune aux jambes phénoménales descend l'impasse en courant, elle écoute de la musique et chante. À cette exception près, Kingsley Road semble encore endormie.

Quinze secondes... dix... cinq... Martha vérifie à nouveau les coordonnées ; oui, elle se trouve au bon endroit...

Elle quitte à peine la route des yeux, mais la tragédie se produit à cet instant précis. Ça arrive vite, en un battement de cils – et ce n'est pas une façon de parler. Elle grimace. *Quel dommage !*

Très bien, songe-t-elle. *Il est temps de se mettre au travail.*

Vivi

C'est une belle journée de juin, de celles dont Vivian Howe parle dans ses livres. Plus exactement, treize « romans de plage », qui se déroulent évidemment à Nantucket et débutent tous ce mois-là. Vivi n'a jamais envisagé de contrevenir à cette habitude, car sur cette île c'est en juin que tout commence. L'été est un nouveau-né, encore innocent et immaculé, une page blanche.

À 7 heures passées de quelques minutes, Vivi est prête pour son jogging. Elle emprunte toujours le même trajet depuis qu'elle a emménagé dans le Gouffre Financier, dix ans auparavant, après son divorce. Elle descend l'impasse en terre, pour rejoindre la piste cyclable de Madaket Road. Celle-ci mène jusqu'à la plage, même s'il y a des années que Vivi n'a pas poussé aussi loin. À cause de ses hanches. Et du manque de temps.

En dépit du soleil, du ciel d'azur et des énormes pivoines dans son carré de fleurs, Vivi est nerveuse. La veille au soir, sa fille, Willa, l'a appelée pour lui annoncer qu'elle attendait à nouveau un enfant. C'est sa quatrième grossesse depuis le mois de juin précédent et son mariage avec Rip.

— Oh, Willie ! Bravo, hourra… quelle excellente nouvelle ! À combien en es-tu ?

— Six semaines.

Encore au tout, tout début, a songé Vivi. En somme, Willa n'a pas eu ses règles ce mois-ci.

— Tu as fait un test ?

— Oui, maman.

— Un seul ?

— Non, deux. Le résultat du premier était incertain. Mais il y avait bien deux lignes sur le second.

Vivi s'est bien retenue de dire à sa fille : « Ne t'emballe pas. » Willa a enchaîné trois fausses couches. Sa première grossesse a duré quinze semaines. Elle a eu des saignements pendant qu'elle faisait visiter la maison de William Hadwen – cette figure historique de l'île a établi sa fortune lorsque Nantucket était la capitale mondiale de la chasse à la baleine – à un groupe d'huiles du bureau du gouverneur. Elle a interrompu sa présentation en plein milieu pour se rendre seule à l'hôpital. Une journée terrible, la plus douloureuse de ses trois fausses couches, physiquement et moralement, même si, après la troisième, elle s'est persuadée qu'il y avait un problème.

La batterie d'examens passés dans un centre de fertilité à Boston a pourtant démontré le contraire. Willa était une jeune femme de 24 ans en parfaite santé. Elle n'avait aucune difficulté à tomber enceinte. Il suffisait quasiment que Rip la regarde pour que ce soit le cas.

En son for intérieur, Vivi s'est demandé si ces fausses couches à répétition n'étaient pas liées à la personnalité de sa fille – avec son ex-mari, J. P., ils avaient pour habitude de parler de « type A+ », tant Willa brillait par son sens de la compétitivité, son impatience et son agressivité face à la réussite (elle ne se serait évidemment jamais contentée d'un simple A).

— Si ça ne devait pas marcher, pourquoi vous n'envisageriez pas de faire une pause, Rip et toi ? Vous êtes si jeunes… Vous avez tout le temps, des années, presque vingt, pour faire des enfants. Il n'y a aucune urgence, si ?

Willa, c'était prévisible, a aussitôt été sur la défensive.

— Qu'est-ce qui te permet de penser que ça ne fonctionnera pas ? Tu penses que je suis une ratée ?

— Arrête, tu réussis tout ce que tu entreprends. Je pense simplement que ça pourrait faire du bien à ton corps de remettre les compteurs à zéro…

— Je suis enceinte, maman. Et je vais avoir un bébé en parfaite santé.

On aurait dit qu'elle cherchait à s'en convaincre elle-même.

— Bien sûr que tu auras un bébé en parfaite santé, Willie. Et j'ai hâte de le tenir dans mes bras.

Même si, au fond, Vivi ne se sent pas assez vieille pour devenir grand-mère. À 51 ans seulement, elle est, sans vantardise, dans une forme olympique. Pas un seul de ses cheveux, qu'elle porte court, ne grisonne (elle vérifie tous les matins). Peut-être, d'ailleurs, qu'il arrivera qu'on la prenne pour la mère du bébé (on a bien le droit de rêver, non ?).

La conversation s'est arrêtée là, et un sentiment de malaise a accompagné Vivi tout au long de la nuit. Se pouvait-il que les enfants soient punis pour les erreurs de leurs parents ? Ou pensait-elle ainsi par déformation professionnelle, en tant que romancière ?

Elle s'est réveillée à 5 h 30, non seulement parce qu'on était en juin et que le soleil pénétrait par les fenêtres comme s'il était déjà midi, mais aussi parce qu'elle a entendu un bruit. Elle est sortie à pas de loup dans le couloir et a aperçu sa fille cadette, qui montait l'escalier d'un pas vacillant, accompagnée d'effluves caractéristiques de marijuana.

Vivi ne l'avait pas revue depuis l'après-midi de la veille. Carson portait sa tenue de travail : un short en jean et son tee-shirt bouton d'or à l'effigie du restaurant qui l'emploie, L'Huîtrier. Ses cheveux bruns, encore un peu humides, étaient soigneusement coiffés en deux tresses africaines. Elle avait le physique le plus avantageux des trois enfants de Vivi, même si une mère n'aurait, bien sûr, jamais dû s'autoriser cette pensée. Carson était la seule à ressembler à son père : les cheveux bruns, les yeux menthe à l'eau, le petit nez fin et pointu, des dents naturellement blanches et bien alignées. Une Quinboro pur jus, tandis que Willa et Leo tenaient des Howe. Leur mère leur avait transmis des dents du bas mal rangées et des dents du haut en avant, ce qui leur avait valu des années d'orthodontie.

Ce matin, Carson était toujours en short, mais elle avait troqué son tee-shirt contre un haut en maille argentée de la taille d'un mouchoir, complété par une fine chaîne dans le dos, et qui lui cachait tout juste les seins et laissait le reste de son buste dénudé. Elle ne portait pas de chaussures et les ondulations de ses cheveux étaient le seul vestige de ses tresses. Lorsqu'elle a découvert sa mère postée au sommet de l'escalier, elle a haussé les sourcils.

— Madre, a-t-elle dit, quoi de neuf ?

— Tu ne rentres que maintenant ? lui a demandé Vivi, alors que la réponse était évidente.

Carson finissait à 23 heures et il était 5 h 30. Elle avait 21 ans, très bien, elle avait dû prendre un verre au travail, avant d'aller sans doute au Chicken Box, pour suivre le dernier set du groupe qui jouait hier soir, puis elle avait soit traîné sur la plage avec des amis, soit passé la fin de la nuit avec un inconnu.

— Oui, m'dame.

Elle n'avait pas l'air saoule, ce qui n'a fait qu'amplifier la colère de Vivi.

— Tout l'été ne va pas pouvoir se passer comme ça, Carson.

— J'espère que tu as raison. C'était trop calme ce soir, je n'ai presque pas eu de pourboires, et les types au Box avaient tous l'air de collégiens fans d'escrime.

— Tu ne peux pas passer toute la nuit dehors et rentrer à la maison en empestant la marijuana...

— « En empestant la marijuana », a répété Carson, imitant les intonations de sa mère.

Vivi a cherché à puiser dans ses réserves de patience, ce qui était aussi vain que partir en quête d'une chaussure égarée dans les profondeurs d'une penderie. *C'est à Carson que tu parles.* Dix ans auparavant, après avoir appris que son mari,

J. P., était tombé amoureux de son employée, Amy, elle était partie. Ça avait été un coup dur pour les trois enfants, et surtout pour Carson. Celle-ci avait presque 12 ans à l'époque, et elle avait pour sa mère un attachement inhabituel. Le roman que Vivian avait publié cette année-là, *Vacances sur la côte*, avait rencontré un grand succès et lui avait fourni une occasion idéale de fuir les retombées inéluctables du divorce – les questions des uns, curieux de savoir ce qui s'était passé, les inquiétudes des autres, les encouragements de ceux qui la trouvaient si valeureuse... Elle s'était lancée dans une tournée en vingt-neuf étapes qui l'avait éloignée de chez elle pendant sept semaines (elle avait raté la rentrée scolaire et l'anniversaire de Carson). À son retour, elle avait découvert que sa fille cadette n'était plus le petit trublion amusant de la famille mais une préado « à problèmes », qui piquait des crises, jurait, provoquait des disputes avec son frère et sa sœur, en un mot qui faisait tout son possible pour attirer l'attention. Vivi avait attribué cette métamorphose à l'infidélité de J. P. (qu'ils avaient tue sur l'insistance de leur psy), et lui à ce qu'il qualifiait d'« abandon maternel ».

Dix ans ont passé. Pourtant, si Carson n'est plus une petite fille, elle continue à avoir des accès de rébellion.

— Ici, c'est chez moi, a répondu Vivi. Je paie l'emprunt immobilier, les impôts, les assurances, les factures d'électricité et de chauffage, la télé. Je fais les courses et je prépare les repas. Tant que tu continueras à vivre sous ce toit, je refuse que tu passes toutes tes nuits dehors à boire, fumer et coucher avec de parfaits inconnus. Tu te rends compte de l'image que tu renvoies ?

Elle s'est arrêtée juste à temps, avant de rappeler à Carson sa chlamydiose de l'été précédent.

— Tu montres vraiment un mauvais exemple à ton petit frère.

— Il n'a pas besoin que je lui montre l'exemple. Il a Willa pour ça. Je suis la ratée de la famille. C'est mon boulot d'être décevante.

— Personne n'a jamais dit que tu étais décevante, ma chérie.

— J'ai 21 ans, l'âge légal pour boire et fumer de l'herbe.

— Puisque tu es si adulte, pourquoi tu ne t'installes pas chez toi ?

— C'est l'idée. J'économise.

« Tu n'économises pas du tout », s'est retenue de rétorquer Vivi. Carson touche des pourboires généreux à L'Huîtrier, mais elle les dépense – en verres, en joints, en fringues. Elle a fini par renoncer à ses études supérieures à l'université du Vermont, après cinq semestres pénibles – et une moyenne générale de 1,6 sur 4 –, et même si sa mère a d'abord été atterrée (on étudie avant tout pour soi !), elle s'est vite raisonnée : tout le monde n'est pas fait pour la fac, elle le sait bien.

— Je ne vais évidemment pas te fixer de couvre-feu, lui a-t-elle dit. Pour autant, je ne compte pas tolérer ton attitude.

— « Je ne compte pas tolérer ton attitude », a répété Carson.

Elle se conduisait comme une gamine de 7 ans, pourtant elle a obtenu la réaction qu'elle espérait. Vivi a descendu une marche vers elle en levant une main.

— Tu vas me donner une fessée ?

— Bien sûr que non, a-t-elle répliqué, alors que la tentation était là. Mais il va falloir que tu changes de comportement, ma chérie, sinon je devrai te demander de partir.

— Très bien. J'irai chez papa.

— Je suis certaine qu'Amy sera enchantée de te voir rentrer dans cet état.

— Elle n'est pas aussi acariâtre que tu le dis. Tu sais qu'en la diabolisant tu trahis surtout ton manque de confiance en toi ?

Vivi a dévisagé sa fille, mais elle n'a pas eu le temps de trouver la réplique appropriée : une odeur venait de retenir son attention.

— Tu as… cuisiné quelque chose ?

Carson l'a contournée pour aller dans sa chambre et a claqué la porte derrière elle. Vivi a dévalé les marches et s'est précipitée dans la cuisine, qui se remplissait de fumée noire. Les restes du dîner de la veille – saucisse et pâtes au basilic – se trouvaient dans sa nouvelle sauteuse en inox sur le feu. L'intérieur était carbonisé. Elle a coupé le gaz, s'est munie d'un torchon pour transporter la casserole brûlante dehors et l'a posée sur les dalles de l'allée. Le fond était si chaud qu'il aurait laissé une trace sur le revêtement de la terrasse ou sur l'herbe.

Une sauteuse flambant neuve. Bonne à jeter.

La saucisse et les pâtes, dans leur généreuse sauce à la crème et à la moutarde, qu'elle envisageait d'apporter à Willa en signe de paix, bonnes à jeter, elles aussi.

Et si elle ne s'était pas levée ? Et si la cuisine avait pris feu, si les flammes avaient envahi le Gouffre Financier pendant que Leo et elle dormaient ? Ils auraient pu mourir !

De retour dans la cuisine, elle a aperçu sa bouteille de tequila Casa Dragones sur un plan de travail, et à côté un verre. Un terrible accès de fureur l'a traversée. Cette tequila était la sienne, elle ne laissait même pas Dennis, son quasi ex, préparer des margaritas avec. Carson était rentrée, avait mis le plat à réchauffer, pris deux, ou trois ?, shots, alors qu'elle savait pertinemment que cette bouteille n'était pas en libre accès, puis elle avait oublié la casserole.

Vivi est remontée à l'étage et a tambouriné à la porte de sa fille, fermée à clé.

— Tu as laissé ma sauteuse sur le feu !

Leo était forcément réveillé à ce stade, ce qui l'a fait culpabiliser, parce qu'on était samedi matin. Enfin tant pis !

— Qu'est-ce qui ne tourne pas rond chez toi, Carson ? Tu ne penses vraiment qu'à toi, ou quoi ? Remarque, pour ça il faudrait que tu penses déjà !

N'obtenant aucune réponse, elle a donné un coup de pied dans la porte. Une voix lui est parvenue :

— Va-t'en s'il te plaît. J'essaie de dormir.

— Et tu as bu ma tequila ! Alors que tu sais très bien que c'est interdit !

— Je n'ai pas bu ta tequila. Je n'ai pas avalé une goutte d'alcool depuis que j'ai quitté le Chicken Box, il y a des heures.

Vivi a accusé le coup. Carson semblait sincère, et elle n'avait d'ailleurs pas l'air ivre dans l'escalier.

— Qui l'a bue alors ?

Après un silence, sa fille a fini par lâcher :

— Je ne sais pas moi... qui vit ici à part moi ?

Leo ? Vivi a jeté un coup d'œil à la porte close de son fils. Il sortait en soirée depuis la seconde, mais une mauvaise expérience avec du Jägermeister l'avait dégoûté des alcools forts. Il s'en tenait à de la bière légère.

Elle a reporté son attention sur la porte de Carson.

— Tu vas me récupérer cette sauteuse, jeune fille. Ou m'en acheter une neuve.

Après s'être servi un café, avoir ouvert toutes les fenêtres, réglé, sur la vitesse la plus rapide, les deux ventilateurs au plafond avec leurs pales en toile à voile, lavé le verre et caché le reste de Casa Dragones dans la buanderie (les enfants ne la débusqueraient jamais là !), elle s'est un peu calmée. Être la mère de trois jeunes adultes requiert finalement autant de patience qu'élever de tout petits enfants. Personne n'en parle, comme s'il s'agissait d'un secret honteux. Vivi s'était toujours imaginé que le jour où ses enfants seraient âgés de 24, 21 et 18 ans, ils boiraient du vin tous ensemble, autour de la table près de la piscine, et ils seraient non seulement capables de cuisiner et de débarrasser, mais aussi de lui donner des conseils avisés en matière de placements financiers. Ha ha ha !

Elle lace ses baskets de course, puis étire ses ischio-jambiers sur le pare-chocs de sa jeep, avant d'ouvrir iTunes sur son portable et de partir.

C'est Carson qui lui concocte des playlists pour son jogging. Elles sont intitulées : Nine Pound Hammer, Strawberry Cough, White Fire OG... Vivi a mis un temps à comprendre qu'il s'agissait des noms de différentes souches d'herbe, sans doute celles que Carson fume en sélectionnant les morceaux.

Aujourd'hui, Vivi choisit Nine Pound Hammer. Et le mode de lecture aléatoire.

La première chanson est *All That and More*, de Rainbow Kitten Surprise. Le grand avantage d'avoir sa fille comme DJ, c'est qu'elle découvre des artistes qu'elle n'aurait jamais écoutés autrement. Ces derniers mois, elle est devenue une grande fan de ce morceau en particulier, à la fois folk et entraînant. *All I ever wanted was to make you happy... Je n'ai toujours voulu qu'une seule chose, ton bonheur...*

Au moment où Vivi monte le volume, elle reçoit un texto de Dennis, son quasi ex, sorti pêcher en haute mer. Il s'agit d'une photo de lui avec ses lunettes de soleil de sport. Son sourire dévoile l'interstice entre ses deux dents de devant. Il tient un gros bar rayé. La légende dit : *Dîner !*

Elle ne répond pas. Il y a une semaine environ, elle a annoncé à Dennis qu'elle avait besoin d'un peu d'espace et elle lui a demandé de ne plus rester dormir chez elle. En conséquence, Dennis lui a, de façon assez prévisible, laissé encore moins d'espace. Il lui envoie des messages et l'appelle pour « prendre des nouvelles ». Il pense qu'elle aura envie de faire griller le poisson qu'il a attrapé. Pauvre Dennis... Elle l'a rencontré trois ans plus tôt, lorsqu'il est venu au Gouffre Financier lui faire un devis pour l'installation d'un système de climatisation. Il possède une petite entreprise de chauffage et d'air conditionné. C'était trop cher pour elle, mais le courant est bien passé entre eux et ils ont commencé à sortir ensemble. Dennis fait tout à fond : travailler et s'amuser. Il aime profiter de l'instant présent : l'été, il sort en mer dès que l'occasion se présente ; l'automne, il chasse ; et il est toujours le premier à obtenir son permis de pêche à la coquille Saint-Jacques, chaque année. Il adore prendre son 4 × 4 pour aller sur la plage ou dans les marécages, il a montré à Vivi des étangs cachés et des criques secrètes qu'elle n'avait jamais vus avant, alors qu'elle vit sur l'île depuis trois fois plus longtemps que lui. J. P. l'a un jour traité de « simplet » ; elle dirait plutôt qu'il ne se prend pas la tête. Et ça a été si revigorant de sortir avec un homme qui n'a besoin, pour être heureux, que d'une grande tasse de café noir, d'une bonne journée de travail, d'un bain dans l'océan, d'une bière artisanale et d'un coucher de soleil. Il la faisait rire, il la soutenait en tout et il assurait au lit. Pendant longtemps, elle n'a eu ni besoin ni envie d'autre chose.

Elle ne sait pas très bien ce qui s'est passé ; sincèrement, c'est comme si Dieu avait claqué des doigts et que, soudain, elle n'avait plus été capable de voir que les défauts de Dennis. Tout ce qu'il disait ou faisait s'est mis à l'irriter. La magie s'est envolée, et Vivi doute de réussir à la retrouver. Elle est prête à redevenir une femme libre.

Les lilas qui bordent Kingsley Road, en pleine floraison, embaument. Ils atteignent aujourd'hui leur pic de maturité, et elle repassera plus tard afin d'en couper quelques branches pour sa table de nuit. Le mois prochain sera entièrement dédié aux hortensias. Y a-t-il seulement une autre fleur qui soit photographiée sur l'île en juillet ? Instagram répondrait que non. Elle respire le parfum des lilas et son humeur s'allège aussitôt. À son retour à la maison, après son jogging, elle préparera une tartine à l'avocat à Carson, avec une belle tranche de tomate mûrie sous serre et un œuf poché à la perfection, un soupçon de sel marin, le tout sur le délicieux pain au levain de chez Born & Bread. C'est à travers la nourriture que Vivi exprime son amour. Carson saura que sa mère lui a pardonné.

Cet été, elle travaille comme barmaid en chef à L'Huîtrier, une vieille baraque à huîtres immense et patinée juste ce qu'il faut, installée sur une plage. Les clients peuvent s'asseoir dans l'un des fauteuils bas, sur le sable, pour prendre un verre en attendant l'une des tables de pique-nique aux couleurs vives, disposées dans la vaste salle de restauration découverte. En montant quelques marches, on accède au pupitre de l'accueil et à une minuscule estrade sur laquelle peuvent tout juste tenir un guitariste, un ampli et un micro. Quelques marches au-dessus se trouvent le bar, le poste de l'écailler, la cuisine et une petite boutique qui vend des canots pneumatiques, des jouets de plage, des tee-shirts, de la crème solaire et des bonbons.

Vivi a rendu une première visite à sa fille sur son lieu de travail, à la mi-mai, juste après la réouverture de la baraque pour la saison. Il y avait beaucoup de visages familiers, Dennis et elle ont échangé quelques mots avec plusieurs clients avant de s'installer au bar. Carson s'est adressée à eux avec une timidité inhabituelle.

— Est-ce que je peux vous servir un apéritif pour commencer ?

Elle se montrait déjà si professionnelle, les mots coulaient naturellement ! Elle leur a présenté les plats du jour avec autant d'application que si elle récitait un poème.

— Le chef a concocté une pizza aux fruits de mer pour ce soir, avec...

Oui, oui, bien sûr qu'ils allaient prendre la pizza au homard et aux coquilles Saint-Jacques, et en entrée une douzaine d'huîtres, accompagnées d'une salade et de rillettes de poisson fumé.

Carson n'a pas eu besoin de noter leur commande. Elle était adorable avec son short en jean, son tee-shirt et son petit tablier en toile noir noué autour de la taille, dans la poche duquel elle avait glissé son tire-bouchon et son décapsuleur.

Elle a laissé Vivi déguster son sauvignon blanc, et Dennis son IPA, et elle s'est occupée de vérifier que les verres étaient impeccables. Le guitariste a entamé son set par *Wonderwall* d'Oasis. Avec le soleil couchant, la fraîcheur tombait. Vivi a été tentée de proposer à sa fille d'aller lui chercher un gilet dans la voiture, mais, elle le savait, celle-ci aurait refusé – et lui aurait peut-être même demandé d'arrêter de la couver, parce que ça en devenait gênant.

À ce moment-là, Zach et Pamela Bridgeman se sont assis à l'autre bout du bar. Vivi leur a fait un signe de la main et Dennis a levé sa bière dans leur direction. Ils n'ont pas échangé un seul mot. Pamela est la sœur aînée – ils ont beaucoup d'années d'écart – de Rip Bonham, le mari de Willa, ce qui fait qu'ils sont en quelque sorte apparentés. Pamela travaille avec Rip dans la compagnie familiale de courtage en assurance et son mari, Zach, est contrôleur aérien au Nantucket Memorial Airport. Ils ont un fils, Peter, qui est dans la classe de Leo. Au début de leur année de terminale, les garçons en sont venus aux mains pendant un match de foot des Whalers. Peter a bousculé et insulté Leo, qui l'a bousculé à son tour, Peter a tenté de le frapper, et ça a dégénéré. Vivi en a attribué la responsabilité à Peter, qui a toujours été un gamin bizarre et agressif, contrairement à Leo, un petit amour conciliateur qui s'entendait bien avec tout le monde. Qu'avait dit Peter pour provoquer la bagarre ?

— Un truc débile, a répondu Leo. C'est un bourrin.

Les relents de cet incident ne se sont jamais véritablement dissipés, et depuis il est devenu compliqué d'engager la conversation avec les Bridgeman. À une époque, elle avait pour habitude de parler lectures avec Zach – ils ont partagé une obsession commune pour Greg Iles, puis pour Attica Locke –, mais un jour Pamela a fait une remarque désobligeante, et Vivi a compris que ces échanges l'ennuyaient. Si on excluait les livres et les garçons, il ne leur restait plus beaucoup de sujets de discussion.

Ce soir-là, Vivi a surtout été frappée par la réaction de Carson à la présence des Bridgeman : elle est aussitôt devenue fébrile. Elle a trébuché sur le caillebotis antidérapant et bousculé une rangée de verres.

— Et mer... credi, a-t-elle lâché avant de plaquer une main sur sa bouche. Bonsoir, qu'est-ce que je vous sers à boire ?

— Bonsoir, lui a répondu Pamela avec un sourire qui n'en était pas un. Est-ce qu'on peut avoir la carte ?

— Je prendrai un bourbon, s'il te plaît, avec de la glace, a dit Zach.

— Un bourbon avec de la glace, a répété Carson. Et pour toi, Pamela ?

— La carte ?

— Bien sûr !

En voulant en sortir une de la case où celles-ci étaient rangées, elle en a fait tomber deux par terre, qu'elle n'a pas ramassées.

— Je ne savais pas que tu travaillais toujours ici, a repris Pamela. Je pensais que tu avais évolué vers d'autres horizons, plus ambitieux.

Vivi a failli s'étrangler avec sa gorgée de vin. Qui disait des choses pareilles, enfin ? Apparemment, Pamela Bonham Bridgeman.

Carson a reculé de quelques centimètres.

— J'étais simple serveuse. Maintenant je suis barmaid... en chef !

— Bravo, l'a félicitée Zach.

— Je prendrai un Coca Light, a dit Pamela.

— Je m'en occupe, a répondu Carson. Est-ce que vous comptez dîner après ?

— Je ne viens pas ici juste pour boire un Coca Light, a ironisé Pamela.

Vivi a été tentée d'intervenir : *Tu pourrais être plus aimable, s'il te plaît ? On a des liens familiaux quand même...*

— Oui, bien sûr, a dit Carson. Je vous sers à boire, et ensuite je prends votre commande.

Ses mains tremblaient lorsqu'elle a versé le whisky. Elle en a d'ailleurs mis un peu à côté, et elle a essuyé le verre avec son torchon avant de le tendre à Zach.

— Oh, il te faut une carte aussi.

Pamela a mis ses lunettes. Sa chevelure était son trait le plus distinctif. Elle était d'un roux foncé peu commun, avec une mèche blond platine sur le devant qui achevait de la singulariser. Pamela ne portait jamais de maquillage, et elle avait encore une jolie peau. (C'était une habitude pitoyable de Vivi de juger l'apparence des autres femmes pour se comparer à elle. Elle avait cru qu'à 50 ans elle ne se soucierait plus de son apparence, mais elle s'était trompée. Quand cela arrivait-il ? À 65 ans ? 75 ? 85 ?)

Pamela s'est penchée vers son mari :

— On peut partager.

Dennis, peut-être inspiré par la complicité des Bridgeman, a donné un petit coup d'épaule à Vivi et lui a murmuré :

— Elle s'en sort trop bien.

Non, pas trop, très, a-t-elle songé. Elle avait depuis longtemps cessé de reprendre Dennis sur ses incorrections. Ça aurait été un emploi à temps plein.

— Oui ! a-t-elle répondu avec un peu trop d'enthousiasme. C'est vrai.

Elle s'est écartée de Dennis et s'est avoué que leur histoire était vraiment au bout du bout du bout. Elle a fait signe à sa fille.

— Excusez-moi, très remarquable barmaid, pourrais-je avoir, je vous prie, un autre verre de vin ?

La seconde fois que Vivi a rendu visite à Carson sur son lieu de travail, c'était il y a seulement trois jours. Elle venait de recevoir deux excellentes nouvelles. Sa toute première critique élogieuse dans le magazine *McQuaid* pour son futur roman, *Petite Chérie.* Et comme si ça ne suffisait pas, la présentatrice d'une matinale très regardée, Tanya Price, voulait l'interviewer.

J'ai besoin d'un verre ! s'est-elle dit. Elle était folle de joie à l'idée que son roman retienne déjà autant l'attention, mais elle était nerveuse, aussi. Ce texte était loin... d'être anodin.

À son arrivée, Vivi a entendu la manageuse de L'Huîtrier, Nikki, dire qu'il y avait deux heures d'attente pour obtenir une table. Les clients s'entassaient sur trois rangées devant le bar ; elle n'avait aucune chance de trouver une place assise. Elle s'est mise à l'écart pour observer sa fille. Quelle différence en quelques semaines ! Carson tenait le rôle-titre dans la représentation, ce soir-là. Elle prenait les commandes de boissons, agitait le shaker au-dessus de son épaule – on aurait dit qu'elle jouait d'un instrument à percussion –, déposait des huîtres et des palourdes sur des lits de glace pilée, commandait du raifort en supplément à la cuisine, tapait dans la main des habitués, sonnait la cloche chaque fois que quelqu'un glissait un pourboire dans le seau sur le bar. En attendant la musique live, les enceintes diffusaient une playlist des années 1980 – à *Tainted Love* succédait *Don't You Want Me.* Les clients criaient :

— Carson, par ici !

— Carson !

Vivi a fini par se faufiler jusqu'au bar, où elle s'est retrouvée prise en sandwich entre deux groupes, si serrée qu'elle pouvait presque lire dans leurs pensées. Soudain, le groupe qui se trouvait dans son dos est parti et hourra ! Un siège s'est libéré ! Une fois cet emplacement acquis, la perspective d'un verre s'est considérablement rapprochée, et elle a pu se détendre un peu.

L'article du *McQuaid* était vraiment dithyrambique. Vivi avait une armada de lecteurs fidèles, mais elle n'avait jamais réussi à capter l'intérêt des critiques plus sérieux. Ce magazine avait d'ailleurs publié des chroniques plus que médiocres sur ses romans précédents. Son tout premier, *Filles de la dune*, s'était vu qualifier de « trois cents pages de charabia ». N'étant pas habituée à ce que quiconque dénigre son style (exception faite, bien sûr, des écrivains impitoyables qui se réunissaient au congrès littéraire de Bread Loaf dans le Vermont), cette formule avait eu sur elle l'effet d'une douche froide. Elle avait toujours cru que le plus difficile était de se faire publier, alors qu'en réalité ce n'était que la toute première étape. Elle avait eu l'impression de livrer son cœur sur un plateau et d'autoriser le public à le tâter, le malaxer, le scruter ou, pire !, l'ignorer.

En tout cas, Vivian Howe ne publiait plus de charabia !

Elle avait enfin une première critique bien notée dans le *McQuaid.* Au treizième essai ! Et une invitation à une matinale télévisée ! Elle n'avait pas encore eu les honneurs d'une chaîne nationale. Elle aurait tant aimé que sa mère soit toujours en vie... Elle adorait cette émission et aurait invité la moitié des habitants de Parma, dans l'Ohio, à venir la regarder chez elle.

Tous les indicateurs semblaient réunis pour s'autoriser à penser que c'était *le* livre de Vivi. Et apparemment, afin d'obtenir cette attention sans précédent... il lui avait suffi d'écrire sur le seul sujet qu'elle s'était juré de garder secret.

Elle a chassé cette pensée dès que Carson a remarqué sa présence au bar et l'a accueillie avec un sourire sincère.

Ah ah ! s'est dit Vivi. *Je l'ai eue par surprise.*

— Maman ! Qu'est-ce que je te sers ?

Tandis qu'elle descend Kingsley Road au pas de course, elle se convainc, comme chaque matin, que ses enfants vont bien. Très bien ! Willa a un bon poste à la Société historique de Nantucket, et son mari, Rip, vient d'hériter d'une maisonnette à la pointe de l'île. Leur vie est devenue un rêve : ils possèdent désormais deux résidences, une première en ville et une seconde sur la plage. Plus important, Willa est à nouveau enceinte. Est-ce que Vivi peut s'autoriser à être optimiste à ce sujet ? Oui. Tout ira bien pour sa fille aînée. Et pour ce bébé !

Carson va rencontrer un succès phénoménal à L'Huîtrier, elle va devenir une célébrité à Nantucket. Elle gagnera de l'argent, se fera remarquer, rencontrera des gens et franchira le pas suivant : elle sera embauchée dans un hôtel ou un club pour gérer l'ensemble du service de restauration. À moins qu'elle n'ouvre son propre établissement. Tout ira bien pour Carson.

Et Leo ? C'est sans doute lui qui a bu la tequila, en fin de compte, mais pourquoi ? Ça lui ressemble si peu... Petit, il était à croquer, et depuis quelque temps, à chaque année qui passe, il devient plus mystérieux aux yeux de sa mère. Il a de bonnes notes, est intégré dans les équipes de foot et de lacrosse du lycée, il est très apprécié par ses camarades... mais est-il heureux pour autant ? Vivi ne saurait le dire. *Il faut se méfier de l'eau qui dort*, voilà le proverbe qui lui vient à l'esprit quand elle pense à son fils. Qui sait ce qui se passe réellement dans sa tête et dans son cœur ? Son meilleur ami, Cruz DeSantis, fait partie intégrante de la famille. Il a son rond de serviette à la maison, il sait où tout ranger lorsqu'il vide le lave-vaisselle, et elle est l'un de ses contacts d'urgence depuis la maternelle. Leo et Cruz ont toujours été inséparables – ce n'est pas pour rien qu'elle les a surnommés « Tic et Tac ». À leur entrée au lycée, ils ont découvert les filles. Cruz a commencé à sortir avec Jasmine Kelly en seconde, et en première, Leo a succombé aux charmes de Marissa Lopresti, qui lui courait après avec ferveur depuis le collège.

Marissa est une belle fille, mais dangereuse. Elle fait penser à un magnifique oiseau, ou un insecte, orné de taches de couleur vive. Vivi l'a un jour entendue se moquer du post d'une de ses camarades sur un réseau social (« Regarde Lindsay sur cette photo, on dirait une grosse vache, il faudrait qu'elle perde cinquante kilos, et puis elle devrait se faire refaire le nez tant qu'elle y est »). Leo, il faut lui reconnaître ça, lui a répondu de se taire ou de rentrer chez elle. Marissa n'a pas vraiment d'amie, à l'exception de sa sœur aînée, Alexis – ce qui explique qu'elle soit jalouse de l'amitié de Leo avec Cruz. Elle pique une crise chaque fois qu'ils ont prévu de passer du temps ensemble, de se retrouver pour petit-déjeuner, pour jouer au golf, pour faire une partie de Fortnite dans la chambre de Leo... À plus d'une reprise, elle a inventé un drame familial (une dispute avec sa mère) ou un problème de santé (de prétendus soupçons de méningite) pour attirer l'attention de Leo. Ce qui met Vivi au supplice.

Il ne lui reste qu'à espérer que son fils la quittera avant son départ pour l'université du Colorado. Il rencontrera une autre fille, n'importe laquelle, ce sera toujours mieux que Marissa.

Tout ira bien pour Leo !

Elle reçoit un autre texto. *Oh, pitié,* pense-t-elle, *pas encore Dennis.*

Non, c'est un message de Carson. *Désolée pour la casserole, maman. La tequila, c'est pas moi. Je t'aime.*

La tension dans la nuque et la mâchoire de Vivi se relâche. Tout ira bien pour ses enfants.

Les accords de guitare qui ouvrent la chanson suivante captent soudain toute son attention. *Stone in Love,* de Journey. Elle manque de s'emmêler les pieds et de tomber. Elle s'arrête pour fixer l'écran de son portable. Qu'est-ce que fait cette chanson dans la playlist de Carson ? Sa fille l'aurait-elle ajoutée ? Elle déteste le rock traditionnel, elle le qualifie de « musique de vieux croulants ».

Vivi a la frousse tout à coup. Ce morceau réveille des souvenirs si précis du lycée, elle a l'impression qu'il lui suffirait de tourner la tête pour voir Brett Caspian planté au milieu de Kingsley Road. Elle se retient de passer à la chanson suivante, parce qu'elle l'adore, même si celle-ci lui inspire des sentiments mêlés… Il y a si longtemps qu'elle ne l'a pas entendue. Elle se remet à courir et chante « burning love comes once in a lifetime ! » *L'amour ardent ne se produit qu'une fois dans une vie !*

Elle a les yeux fermés et le temps qu'elle comprenne qu'il y a un problème, il est trop tard. Elle tourne vivement la tête, son cœur est un bâton de dynamite qui explose. Elle est projetée dans les airs, elle vole… jusqu'à ce que son crâne percute le sol. Sa jambe. Il y a un souci avec sa jambe.

Une minuscule voix très lointaine chantonne : « golden girl, I'll keep you forever ». *Petite chérie, je te garderai pour toujours.*

Puis la musique s'arrête. L'obscurité se transforme en nuit veloutée. Le silence devient absolu.

Ed

Le chef de la police de Nantucket, Ed Kapenash, est en route pour le travail quand il entend l'appel sur sa radio. Une femme a été trouvée inconsciente près de la piste cyclable de Madaket.

Une fois au commissariat, il en apprend plus : en voulant s'engager sur Kingsley Road, un automobiliste a découvert une femme étendue par terre. Il s'est garé pour appeler les secours. Le corps de la victime était tordu, du sang s'écoulait de sa bouche et d'une entaille sur sa jambe. L'automobiliste a déclaré avoir réussi à trouver un pouls faible, mais à l'arrivée de l'ambulance au Nantucket Cottage Hospital, le décès a été prononcé.

Ed baisse la tête vers son bureau. Le solstice d'été n'a même pas encore eu lieu, et ils ont déjà ce qui ressemble bien à un délit de fuite sur les bras.

— Vous êtes prêt pour les détails que vous n'avez aucune envie de connaître ? lui demande le lieutenant Dixon, à qui l'annonce des mauvaises nouvelles semble toujours échoir.

— Oui, dit Ed, alors qu'il pense le contraire.

— La victime est Vivian Howe, l'écrivaine. Vous la connaissez, hein ?

Eh oui, songe-t-il. Sa femme attaque la lecture de chacun des livres de cette autrice le jour de leur sortie. Il a fini par comprendre que le deuxième mardi de juillet il valait mieux éviter d'adresser la parole à Andrea. Elle se plonge dans ces romans – qui se passent tous à Nantucket et sont construits autour de différents scandales (comme si cette pauvre île n'avait pas déjà assez d'ennuis pour lui en inventer d'autres !) – du matin au soir. Elle a horreur d'être dérangée pendant sa lecture.

Les Kapenash ne connaissent pas personnellement Vivian Howe, mais ils sont aussi du coin, alors Ed a bien sûr souvent entendu parler d'elle. Elle était mariée à J. P. Quinboro, qui possède une boutique de glaces, le Cône, sur le port. Ils ont eu trois enfants ensemble. Leur fils vient de terminer le lycée ; il jouait attaquant dans l'équipe de lacrosse, et Ed a souvent vu son nom dans le journal. Il y a deux filles aussi, l'une d'elles a fini deux fois au commissariat pour des infractions mineures.

C'est ça la vie sur une île. Le chef de la police n'a… n'avait pas besoin de connaître cette femme pour en savoir long sur elle. Et elle en savait sans doute autant, sinon davantage, sur lui. Sa femme lui a raconté qu'une année l'intrigue du roman de Vivian Howe semblait s'inspirer grandement de l'accident de voile qui avait causé la mort de la cousine d'Andrea, Tess, et de son mari Greg. Elle lui a lu un passage alors qu'il s'endormait.

— Tu crois qu'elle a entendu parler de l'histoire et qu'elle s'en est servie pour son roman ? lui a-t-elle demandé.

Cette idée avait l'air de susciter plus d'enthousiasme que de colère.

— Qui a appelé les secours ? demande Ed à son adjoint.

— Cruz DeSantis, lui répond Dixon.

Le chef de la police fronce les sourcils.

— Que faisait-il là-bas ?

— Il est ami avec le fils de la victime. Il se rendait d'ailleurs chez eux quand il a découvert Mme Howe. Il a déclaré qu'il avait d'abord cru qu'elle s'était tordu la cheville. Il est assez secoué.

— Il a vu quelque chose ?

— Les gars l'amènent ici pour l'interroger. C'est Falco qui a pris l'appel. Et c'est là que le bât blesse, chef. Falco a vu DeSantis griller le stop à l'extrémité de Hooper Farm Road et s'engager bien trop vite sur Surfside moins de cinq minutes avant le signalement. Falco a failli arrêter DeSantis, mais il l'a reconnu et s'est dit qu'il laissait couler pour cette fois.

— Alors Falco pense que c'est DeSantis qui est l'auteur des faits ?

Le chef de la police connaît Cruz depuis qu'il est tout petit. Son père, Joe DeSantis, possède le Nickel, une sandwicherie qu'il fréquente au moins trois (comprendre plutôt quatre voire cinq) fois par semaine. Cruz a été accepté à Dartmouth, l'une des meilleures universités du pays, et il est si brillant qu'il a obtenu une bourse. Ed se lève.

— Je vais lui parler.

— Pardon ?

— Je me charge de l'interrogatoire. Préviens-moi dès qu'on aura des nouvelles du légiste. J'imagine que Falco a gelé les lieux ?

— Oui. La police scientifique de Cape Cod est en route.

— D'autres témoins ? Des joggeurs ? Des promeneurs de chiens ? Des automobilistes ?

— Un couple en voiture, qui est arrivé après DeSantis. Ils n'étaient pas sur place au moment de l'accident.

— Des voisins ?

— Falco a fait le tour. Personne n'a rien vu.

— Formidable, dit Ed en pensant tout l'inverse. Je vais parler au gosse.

Cruz DeSantis est grand, dégingandé et noir. Il arbore une coupe militaire. Joe, son père, a participé à la guerre d'Irak dans la 82e division aéroportée. Moins d'un an après son retour au pays, on a diagnostiqué un cancer rare et agressif à son épouse, décédée peu après. Joe s'est retrouvé seul pour élever son fils de 3 ans. Il s'est bien débrouillé, très bien même. Pourtant, lorsque le chef de la police entre dans la salle d'interrogatoire, Cruz ne ressemble en rien au jeune homme qu'il connaît. Il porte un jean et un tee-shirt avec une inscription – *Virginity rocks* (« Vive la virginité ») –, dont Ed se demande s'il l'arbore au second degré ou non. Joe contrôle son fils d'une main de fer. L'expression de Cruz se compose à 90 % de désolation et à 10 % d'envie d'être ailleurs. Derrière ses lunettes, il a les yeux mouillés de larmes.

— Monsieur ? dit-il en se levant.

Le gosse a l'air si bouleversé qu'Ed est tenté de le prendre dans ses bras, au lieu de quoi il l'invite d'un geste à s'asseoir.

— Est-ce qu'on t'a proposé quelque chose à boire ? De l'eau ? Du café ?

— Non, je ne peux pas. Je ne veux pas...

Il s'effondre sur la chaise et se prend la tête à deux mains.

— Vivi est morte. Elle...

Il déglutit.

— Elle est morte.

— Bon...

Ed se demande s'il a commis une erreur en décidant de mener cet interrogatoire lui-même. Il n'a jamais eu aucun mal à séparer le professionnel et le privé jusqu'à présent, mais il tient Joe en très haute estime et il a de l'affection pour ce môme, qu'il veut voir réussir à tout prix.

— Respire profondément, Cruz. Je sais que tu es dans tous tes états. Beaucoup de gens vont être très tristes quand ils apprendront la nouvelle. Ma mission, à moi, c'est d'essayer de comprendre ce qui s'est passé.

Il s'assied sur la chaise qui se trouve de l'autre côté de la table.

— On va commencer par le début, reprend-il. Raconte-moi dans quelles circonstances tu as trouvé Mme Howe.

— Vivi, c'est comme une seconde mère. Leo et moi, on est... ben, on est meilleurs amis depuis la maternelle. Et Vivi... elle disait toujours pour plaisanter que j'étais son enfant préféré. J'ai un rond de serviette chez eux. Elle a même acheté une chaussette de Noël avec mon nom qu'elle accroche avec les autres sur la cheminée.

Cruz s'étrangle mais poursuit :

— J'ai l'impression d'être chez moi dans cette maison, d'appartenir à cette famille. Pas seulement parce que je suis orphelin de mère et qu'elle a eu pitié de moi, non, parce qu'elle... m'aime sincèrement.

— Je suis navré, fiston.

Le chef de la police prend son stylo.

— Tu te rendais chez les Howe quand tu l'as découverte ? À 7 h 15 ?

— Oui.

— C'est tôt pour un samedi matin.

Cruz abandonne sa tête sur la table et se met à pleurer. Ed lui laisse une minute avant de poursuivre :

— Où étais-tu exactement lorsque tu as repéré Mme Howe ? Donne-moi un maximum de détails.

— Je venais de chez moi, alors j'ai pris le virage à gauche pour m'engager sur Kingsley et j'ai aperçu… quelqu'un, Vivi, par terre. Elle était presque arrivée à la piste cyclable. J'ai pensé qu'elle s'était blessée. Je l'ai tout de suite reconnue. Elle court tous les matins, elle prend toujours le même trajet. J'ai cru qu'elle s'était foulé la cheville, alors je me suis garé et je suis sorti. Quand je suis arrivé à sa hauteur, j'ai vu… que c'était grave. J'ai appelé les secours.

— Attends. Revenons une seconde en arrière. Tu arrivais de chez toi ? Tu en es certain ?

Cruz hoche la tête, mais il garde les yeux rivés sur ses mains.

Si c'est bien lui que Falco a vu griller le stop de Hooper Farm Road, alors il ment. Joe et lui vivent sur Delaney Road, qui donne dans Cliff Road. Il est possible, évidemment, que Falco ait fait erreur. Ou que Cruz soit arrivé d'un endroit où il n'était pas censé être. De chez sa petite amie par exemple. Le chef de la police connaît ça par cœur : lorsqu'on enquête sur un crime, on met souvent au jour des tas de secrets qui n'ont aucun lien avec celui-ci.

— Cruz…

Le gosse redresse la tête. Il a des yeux terrifiés. Ed se rappelle que les jeunes, même quand ils sont chouettes, même quand ils sont formidables, commettent des erreurs.

— Est-ce que tu as croisé des voitures sur Madaket Road avant de découvrir Mme Howe ?

— Je ne crois pas, non. Je n'en ai aucun souvenir.

— Des piétons ?

— Non.

— Est-ce que quelqu'un d'autre que toi a vu ce qui s'était passé ? Y avait-il des cyclistes ou des joggeurs dans le coin ?

— S'ils avaient vu la scène, ils se seraient arrêtés, non ?

— Tu es sûr de n'avoir aperçu personne sur la piste cyclable, Cruz ?

— Non ! Je n'ai rien vu d'autre que Vivi, allongée par terre ! J'ai appelé les secours, attendu l'arrivée de l'ambulance, puis j'ai couru raconter à Leo ce qui s'était passé.

— Tu ne l'as donc pas appelé de la rue ?

— Non.

— Tu n'as pas téléphoné à ton meilleur ami pour l'informer que sa mère était blessée.

Cruz retire ses lunettes pour les poser sur la table, et Ed ne le remarque qu'à ce moment-là : l'un des verres est fissuré, et le môme a un début d'œil au beurre noir à gauche.

— Leo et moi, on s'est disputés hier soir. J'ai pensé qu'il ne décrocherait pas en voyant mon nom.

Une dispute… Ça pourrait expliquer les lunettes, la contusion, le fait que Cruz se soit précipité chez les Howe à 7 heures un samedi matin.

— Tu es sûr de n'avoir vu personne devant toi sur Madaket Road ? Un automobiliste qui se serait garé ?

— Sûr et certain.

Le chef de la police va devoir se rendre lui-même sur place, mais d'après ce qu'il a compris de l'accident, l'automobiliste a percuté Vivian Howe en s'engageant dans Kingsley Road – ce qu'aurait fait Cruz s'il n'avait pas aperçu la victime. Impossible qu'un véhicule qui serait resté sur Madaket Road ait pu la renverser alors qu'elle n'avait pas encore atteint la piste cyclable. En revanche, si le conducteur a voulu tourner dans Kingsley Road sans lever le pied, il a très bien pu renverser un piéton – puisque ce chemin de terre n'a pas de trottoir. Ensuite, puisque cette dernière voie est sans issue, il a probablement fait marche arrière pour reprendre Madaket Road et fuir la scène.

Il doit s'agir d'un habitant du coin, pense-t-il. Décidément, cette journée va de mal en pis.

— Bon, tu as appelé les secours, et ensuite ?

— J'ai attendu avec Vivi. Je lui ai tenu la main et j'ai essayé de lui parler au cas où elle m'aurait entendu. Deux voitures se sont arrêtées. Une femme m'a demandé si c'était moi qui l'avais renversée...

— Et ce n'est pas le cas ? lui demande-t-il sans le brusquer.

Il sait bien que, dans les délits de fuite, l'automobiliste responsable de l'accident est souvent celui qui prévient les secours en se faisant passer pour un simple témoin. Serait-ce justement le cas ? Cruz se serait-il engagé trop vite sur Kingsley Road, Vivian Howe aurait-elle surgi si brusquement devant lui qu'il n'aurait pas eu le temps de réagir ? Il avait peut-être le soleil dans les yeux, il était peut-être contrarié par sa dispute avec Leo, il était peut-être en route pour lui présenter des excuses ? Ed a élevé ses deux enfants, puis ceux de Tess et Greg, Chloe et Finn. Il a vécu suffisamment de drames adolescents pour pouvoir écrire une série Netflix en six saisons. N'importe lequel de ces mômes aurait très bien été capable de quitter la route des yeux un instant pour envoyer un texto ou changer de station de radio – et par conséquent de faucher quelqu'un sans le vouloir.

— Ce n'est pas toi qui l'as renversée, hein ? Si c'est le cas, ou si tu penses que c'est une possibilité, mais que tu ne t'en serais pas rendu compte, c'est le moment de me le dire. Je sais que tu es promis à un avenir brillant et que tu tiens à le préserver...

— Monsieur Kapenash, l'interrompt Cruz, qui a soudain un regard franc et sincère. Je n'ai pas renversé Vivi. Je n'ai pas vu le coupable. Je n'ai vu personne d'autre avant de prévenir les secours. Vivi était par terre quand je l'ai trouvée.

Il ferme les yeux et des larmes coulent sur ses joues.

Ed soupire. Il sait qu'il ne devrait pas forcément croire le gosse, pourtant il lui fait confiance.

— On va devoir garder ta jeep le temps que la police scientifique l'examine. Désolé, fiston.

Il ajoute en se levant :

— Appelle ton père pour qu'il passe te prendre. Je suis navré que tu aies à vivre ça. Tu viens de perdre quelqu'un qui comptait beaucoup pour toi dans des circonstances tragiques. Je suis passé par là, moi aussi.

Cruz sanglote si fort maintenant qu'on dirait qu'il étouffe.

— Vivi était comme une mère pour moi... J'étais son préféré...

Vivi

Elle monte, plus haut, toujours plus haut. C'est sans doute une bonne chose – mieux vaut ça que descendre –, mais elle a la même sensation que si elle était partie à l'épicerie sans avoir pris son portefeuille. En d'autres termes, elle ne se sent pas prête. Elle a des tas de choses à régler, dérisoires ou importantes, en bas, dans sa vie.

Dérisoire : sa nouvelle sauteuse en inox est toujours posée dans l'allée, et elle sait que ni Leo ni Carson ne s'en soucieront. Ils l'enjamberont, et elle se remplira d'eau de pluie et d'insectes. Peut-être que l'un des mulots qui infestent le Gouffre Financier depuis que Vivi l'a acheté se noiera dedans, ou qu'un geai bleu imprudent plongera son bec dans l'eau noire et âcre, prenant la casserole pour un abreuvoir. Elle se remplira de neige et elle finira par rester collée à la dalle en ardoise avant que quiconque ait pensé à la rentrer pour la récurer.

Willa s'en chargera lorsqu'elle leur rendra visite, sans doute. À moins que ce ne soit Anastasia, la paysagiste de Vivi – une femme dont la photo pourrait illustrer l'article « perfectionniste » du dictionnaire.

Dérisoire, encore : Vivi n'a toujours pas réglé la facture astronomique d'Anastasia, d'un montant de 2 100 dollars.

Important : qui va s'occuper des factures, mettre en ordre ses affaires, veiller à ce que les enfants ne manquent de rien ? Elle n'a pas fait de testament. Pourquoi en aurait-elle prévu un ? Elle a 51 ans et pas un seul problème de santé connu. Son père est mort l'année de ses 17 ans, dans une voiture garée dans leur garage, et sa mère cinq ans plus tard, à l'âge de 46 ans, mais elle était obèse et fumait. Vivi court tous les jours, elle est mince, elle n'a pas tiré une seule fois sur une cigarette depuis qu'elle a quitté l'Ohio. L'incarnation parfaite de la bonne santé, en somme. Pourquoi aurait-elle eu besoin d'un testament ?

Elle aurait dû en rédiger un. Elle aurait dû choisir un exécuteur testamentaire, quelqu'un chargé de régler ces détails. La meilleure amie de Vivi, Savannah Hamilton, est déjà très accaparée par ses deux parents âgés, qui vivent dans une résidence pour seniors à Weymouth ; sa mère est atteinte d'Alzheimer, son père souffre de démence sénile… On peut même dire que Savannah est dépassée. Pourtant les enfants ne sont pas encore parfaitement autonomes, pas même Willa, et donc il faudra bien que ce soit elle qui s'y colle.

Important : le dernier roman de Vivi, *Petite Chérie*, sort le 13 juillet. Vivi peut réciter la critique (élogieuse !) du *McQuaid* par cœur.

L'écriture de Vivian Howe atteint des profondeurs inédites dans ce récit brillant, sur une jeune femme prête à tout pour fuir son passé. Alison Revere passe sa jeunesse dans une banlieue de Cleveland et a des aspirations littéraires. Son petit ami du lycée, Stott Macklemore, est chanteur dans un groupe amateur et rêve de succès. Après le suicide du père d'Alison, ils se rapprochent et envisagent de se marier à la fin du lycée. Stott compose une chanson pour Alison, intitulée Petite Chérie, *et une grande maison de disques lui fait la cour. Il part en Californie, et Alison, dévastée d'avoir perdu, peu après son père, son premier amour, est prête à tout pour le faire revenir à Cleveland. Quoi qu'il en coûte. Dans la seconde moitié du roman, Alison passe des vacances d'été dans la famille de l'étudiante qui partageait sa chambre à la fac, sur l'île de Nantucket. Elle décide de s'y installer, rencontre et épouse un gars du coin, et elle publie son premier roman,* Petite Chérie. *La vie semble sourire à Alison, la « petite chérie », jusqu'au jour où Stott Macklemore refait surface et la force à affronter les secrets de son passé.* Petite Chérie *regorge de scènes estivales chères à Vivian Howe, mais c'est l'intrigue sous-jacente, sur la décision irrévocable prise par Alison lorsqu'elle était encore dans les tourments de l'adolescence, qui marquera durablement le lecteur.*

La question que l'on posait le plus souvent à Vivi lors des rencontres avec le public ou des interviews était la suivante : Vous inspirez-vous de personnes ayant existé pour vos personnages ? d'événements que vous avez vécus ? Vivi a souvent eu l'impression que ses lecteurs espéraient une réponse positive, qu'ils aspiraient à ce que la fiction soit « véridique ». Vivi expliquait toujours qu'elle utilisait des détails de la vraie vie : le pichet blanc orné d'une coquille Saint-Jacques qu'elle a acheté en centre-ville figure dans trois de ses romans. Elle porte des bijoux de la marque Jessica Hicks, et toutes ses héroïnes aussi. Sa meilleure amie, Savannah, est connue pour ses traits d'esprit, que Vivi lui emprunte – lui vole ! – souvent. Ce qui n'est évidemment pas la même chose que parler de gens de sa connaissance ou d'événements personnels.

Or ça a changé cette année. L'intrigue de *Petite Chérie* se nourrit des circonstances dramatiques qui ont ponctué l'année de terminale de Vivi – mais une seule personne pourrait le savoir, et c'est son petit ami de l'époque, Brett Caspian, auquel elle n'a pas adressé la parole depuis plus de trente ans. Avant d'écrire ce roman, elle a écumé Internet à la recherche d'une piste menant à Brett. Elle ne l'a trouvé sur aucun des réseaux sociaux, Facebook, Twitter, Instagram, Snapchat ou TikTok. Il n'est pas non plus sur LinkedIn. Elle a aussi regardé dans les pages blanches, mais il n'y avait pas un seul Caspian dans la région de Cleveland. Un e-mail envoyé aux deux seules amies de l'époque avec lesquelles elle a gardé contact – Stephanie Simon et Gina Mariani – lui a confirmé que Brett n'a jamais assisté à une seule réunion d'anciens élèves (et elle non plus : ses deux parents étant morts, la maison de Parma a été vendue). Même si Vivi s'est demandé ce qu'il était devenu, elle est parvenue à la conclusion qu'il se tenait à l'écart des réseaux sociaux et qu'il ignorait donc, où qu'il se trouve, qu'elle était romancière. Ainsi, il n'avait aucune raison de découvrir que *Petite Chérie* parlait de lui. D'eux. À quelques détails près.

Une fois qu'elle a réussi à faire taire (à peu près) ses inquiétudes au sujet de Brett Caspian, elle s'est emballée pour ce nouveau projet. C'était sa meilleure chance d'atteindre enfin la première place dans la liste des meilleures ventes du *New York Times*. Vivi vise cet objectif comme s'il s'agissait de l'étoile scintillante au sommet du sapin. Son livre précédent, *Rumeurs dans Main Street*, a fait directement son entrée en troisième position sur la fameuse liste. Elle a été si près du but ! Elle compte bien occuper la première position cette fois – et pourquoi pas ?

Elle songe soudain que ceux qui décident de tout là-haut ne la laisseront sans doute pas reprendre sa vie terrestre pour qu'elle puisse retirer une casserole en inox de son jardin, payer sa paysagiste, ou promouvoir son dernier roman...

Et en ce qui concerne sa plus grande responsabilité ?

Plus qu'important, essentiel : les enfants. À 18 ans, Leo est théoriquement un adulte, et pourtant il reste un fils à sa maman. Il adore la cuisine de Vivi et, souvent, la première chose qu'il fait au réveil, c'est de s'enquérir du menu du soir. Il s'est réjoui qu'elle lui achète – et l'aide à choisir – sa tenue pour le bal de fin d'année et la remise des diplômes : il se fie encore à son avis, contrairement aux deux filles, qui l'ignorent bien évidemment. L'hiver dernier, lorsque Vivi a été assommée par une sinusite, Leo a enchaîné les épisodes des trois premières saisons de *The Crown* avec elle – et n'était-ce pas d'ailleurs ce qui l'a aidée à se remettre, la présence de son grand garçon si musclé blotti contre elle ?

Au printemps, quand il lui a fait part de son hésitation entre l'une des universités de Caroline du Sud, Charleston, et celle du Colorado, ils ont dressé ensemble la liste des pour et des contre. Les deux facs arrivaient à égalité, et il a donc demandé conseil à sa mère. Égoïstement, elle aurait préféré la Caroline du Sud (il y avait un vol direct de Boston), mais son instinct lui disait que Charleston risquait de ne pas être assez différent de Nantucket, or elle avait la conviction qu'il s'épanouirait dans un cadre radicalement nouveau – un grand campus dans les Rocheuses par exemple.

— Colorado, lui a-t-elle dit.

Il a poussé un soupir.

— C'était aussi mon choix... j'avais juste peur que tu sois triste que je parte aussi loin.

— Oh, trésor ! Bien sûr que je serai triste, tu restes mon bébé. Mais être parent c'est aussi vouloir le meilleur pour ses enfants.

Elle a prévu de le conduire dans le Colorado. Un vrai « road trip » avec des arrêts soigneusement sélectionnés dans des bars, des motels kitsch et des sites historiques, sans oublier les points de vue les plus remarquables. Elle laissera Leo mettre sa musique, même si celle-ci lui écorche les oreilles, et elle espère profiter de ce long voyage en tête-à-tête sans aucun autre horizon que la route pour avoir des échanges à cœur ouvert avec lui. Et puis, une fois qu'elle l'aura déposé (et lui aura remis une fiche qu'elle aura fait plastifier avec des instructions pour les lessives), elle s'installera à nouveau derrière le volant et pleurera un bon coup. Son dernier enfant, son bébé, va la quitter.

Vivi ne peut pas rater ça. Et elle a un petit-enfant qui arrive. Tout le monde conviendra que ce serait vraiment injuste de la faire mourir alors qu'elle n'a pas encore tenu son premier petit-enfant dans les bras. Sans oublier Carson, qui semble avoir plus que jamais besoin d'une mère. Elle ne peut pas laisser ses enfants se débrouiller tout seuls. Ce sont ses enfants. Elle est leur mère.

Non, vraiment, elle ne peut pas mourir, désolée.

Elle a atteint les nuages maintenant, même si elle aperçoit encore son corps étendu dans l'impasse. Une jeep blanche est garée juste à côté. La voiture de Cruz ! Il en sort d'ailleurs et se précipite vers elle. « Vivi ! » Il dégaine son portable, et elle l'entend demander une ambulance à l'angle de Kingsley et de Madaket. « Ma mère est blessée, j'ai l'impression qu'elle a été renversée par une voiture, elle est étendue par terre. Elle a besoin d'aide ! »

Cruz s'accroupit à côté d'elle, ses épaules sont secouées de sanglots. Il lui prend la main. « Reste avec moi, Vivi, je t'interdis d'aller où que ce soit. J'ai besoin de toi. On a tous besoin de toi. »

Ils ont tous besoin de moi ! songe-t-elle, avant de prendre conscience qu'il a employé le terme « mère ».

Elle entend une sirène au loin. Elle ne supporte plus de regarder la scène – son pauvre corps, ce pauvre Cruz ! Elle se détourne et tombe nez à nez avec une femme d'une cinquantaine d'années, aux cheveux blond cendré coiffés en carré sage, vêtue d'une ample tunique blanche et d'un foulard en soie noué avec sophistication autour de son cou.

— Bonjour ? lui dit Vivi d'un ton hésitant.

La femme semble être là en chair et en os, et de surcroît elle tient un dossier, ce qui lui donne l'air de l'organisatrice d'un événement littéraire. Au point que Vivi ne serait pas surprise qu'elle lui indique à quelle table s'asseoir.

Des lunettes sont perchées sur le bout de son nez. Alors que le foulard est raffiné et luxueux – après examen plus attentif de l'imprimé animalier recherché dans des tons orange caractéristiques, Vivi comprend qu'il s'agit (excusez du peu !) d'un Hermès –, les lunettes, elles, sont de vulgaires loupes vendues en pharmacie.

— Bonjour, Vivian, lui dit la femme. Bienvenue dans l'Au-Delà. Je suis Martha.

Elle lui semble vaguement familière, elle lui rappelle…

— Votre première lectrice, Maribeth, lui explique Martha. C'est ma sœur cadette.

— Vous plaisantez ! Vous êtes la sœur de Maribeth Schumacher ?

À la parution de son premier roman, *Filles de la dune*, cette lectrice en a acheté vingt exemplaires, pour les distribuer à ses amis les plus influents. Ils en ont eux-mêmes parlé autour d'eux, à leurs proches, leurs voisins, leurs belles-sœurs, et ainsi de suite. Un vrai bouche-à-oreille. C'est ainsi que Vivi s'est constitué un lectorat fidèle.

— J'étais, rectifie Martha. Elle m'a envoyé tous vos livres jusqu'à mon décès, il y a deux ans. Je vivais à Memphis, et c'était plaisant de lire des histoires qui se passent en bord de mer.

Memphis. Elle y est allée lors d'une tournée, mais elle est restée près du campus universitaire, et elle ne se souvient que du restaurant de grillades et de la résidence privée où elle a fait son jogging. Elle ne s'est pas aventurée jusqu'en centre-ville pour voir Beale Street ou la célèbre parade des canards au Peabody Hotel. Elle s'est dit que ce serait pour une prochaine fois.

Et il n'y en aura pas !

— Ce n'est pas pour cette raison que vous m'avez été assignée. Il s'agit d'une pure coïncidence.

— Assignée ?

— Je suis votre Guide. Je suis là pour faciliter votre passage.

— Il doit y avoir erreur...

— C'est ce que tout le monde dit.

Vivi lui montre son corps, étendu sur le sol. L'ambulance est arrivée, et Cruz court dans Kingsley Road vers le Gouffre Financier. Il va annoncer la nouvelle aux enfants. Elle doit agir. Est-ce que Martha pourrait l'aider à inverser le cours des choses d'une façon ou d'une autre ?

Elle coule un regard vers le dossier.

— Y a-t-il une case sur votre formulaire que vous pourriez cocher, disant que j'ai été sauvée à l'hôpital ?

— Trop tard. Vous êtes morte.

— Je suis morte... Mais je n'ai rien fait de mal. Comment est-ce que je peux être morte ?

Elle surveille son ton, de peur de passer pour excessive : s'il y a bien une leçon qu'elle a retenue en cinquante et une années de vie, c'est qu'il faut toujours être poli avec ceux qui peuvent vous aider – elle pense notamment aux hôtesses de l'air et aux garagistes.

— Martha, pouvez-vous m'expliquer la situation, s'il vous plaît ? Est-ce que je suis... punie ?

— Ne soyez pas ridicule.

— Alors dans ce cas, pourquoi...

— Vous avez été renversée par une voiture. C'était un accident. Un coup de malchance.

— Mais c'est injuste !

Martha se contente de pincer les lèvres.

— Et ne me répondez pas que la vie est injuste !

— Votre mort a été particulièrement brutale, je vous l'accorde.

Son ton semble suggérer qu'il y a une marge de manœuvre. Elle parcourt le formulaire et coche une case.

— Et c'est pour cette raison, Vivian, que je vous accorde une FV de quatre-vingts jours et trois CP.

— Ça veut dire que je vais être sauvée à l'hôpital ?

— Non. FV, c'est pour fenêtre de visionnage. Je vous autorise à suivre ce qui se passe sur Terre entre maintenant et le premier lundi de septembre.

Martha lève le doigt pour signifier qu'elle n'en a pas terminé.

— Et votre réserve de CP, de « coups de pouce », s'élève à trois.

— Des coups de pouce ?

— Vous pourrez influencer l'issue d'une situation sur Terre à trois occasions. Mais je vous conseille de bien choisir vos interventions.

— On dirait le début d'un conte de fées, observe Vivi. Je suis réellement morte ?

— Oui, ma chère.

Elle observe à nouveau le nœud sophistiqué du foulard Hermès.

— Vous êtes si élégante, j'aurais pu vous prendre pour une Française.

— Je vous remercie, mais ce n'est pas le cas.

— Quel métier exerciez-vous de votre vivant ?

— Directrice générale déléguée chez FedEx.

— Waouh, Martha ! Vous étiez cheffe !

— La flatterie n'a aucun effet sur moi, Vivian. Je ne peux pas faire en sorte que vous soyez ranimée à l'hôpital. Vous êtes morte. Je vous laisse un dernier été pour suivre vos enfants, et trois coups de pouce parce que vous avez eu une mort soudaine et des plus fortuites. Et parce que j'aime vos livres. Vous avez beaucoup d'admirateurs là-haut.

Maintenant elle a l'impression que c'est Martha qui cherche à la flatter.

— Qui m'a renversée ? Ce n'est pas Cruz, si ?

Ce serait trop affreux pour qu'elle s'autorise à l'imaginer. Un garçon si gentil, si brillant, qui a décroché une bourse pour l'une des meilleures universités du pays. Il réussit dans tous les domaines, sciences, littérature. Au lieu d'écrire un essai pour son dossier de candidature, il a composé un poème intitulé *Sacrifice*, sur son père, Joe. Elle éprouve pour lui autant de tendresse et de besoin de protection que pour ses propres enfants.

Martha secoue la tête.

— Ça, je ne peux pas vous le dire.

Elle ne peut pas, parce qu'elle n'y est pas autorisée ou parce qu'elle ne le sait pas ? Quelle que soit la réponse, Vivi a une autre question plus urgente.

— Que se passera-t-il à la fin de l'été ?

— Vous intégrerez le chœur.

— Le chœur ?

— Des anges.

— Mais je ne sais pas chanter.

Un rire franc échappe à Martha.

— Ne vous inquiétez pas pour ça, vous apprendrez. Maintenant, venez, il est temps de partir.

— Pour aller où ?

— Dans le salon vert. Veuillez fermer les yeux.

Vivi la considère avec méfiance.

— Je préfère les garder ouverts.

— Vous allez devoir apprendre à me faire confiance. Je suis votre Guide.

Elle laisse une seconde s'écouler. A-t-elle vraiment le choix ? Elle ferme les yeux.

Lorsqu'elle les rouvre, elle est dans une pièce à laquelle il manque un mur : ça lui rappelle ces maquettes que les enfants réalisent dans des boîtes à chaussures, pour leurs exposés. Vivi observe les alentours en clignant des yeux ; il y a beaucoup d'informations à enregistrer.

Les moulures et tous les autres encadrements de la salle sont peints en vert. Le papier peint, à rayures vertes et blanches, est hypnotisant. Sur le sol, recouvert de sisal, se trouve un magnifique tapis persan en soie. Une lanterne marocaine en forme de lampe magique dont pourrait sortir un génie est suspendue au plafond ; en cuivre brillant, elle est perforée de minuscules trous qui découpent des motifs de lumière aussi complexes et détaillés que de la dentelle sur le plafond. C'est peut-être bien, non, c'est, de toute évidence, la pièce la plus merveilleuse et la plus éclectique que Vivi ait jamais visitée. Elle est meublée d'une grande méridienne en velours vert, de deux chauffeuses en soie pêche, d'une table basse laquée en forme de gigantesque haricot blanc, d'ottomanes en cuir, de deux orangers nains dans des pots en cuivre et, sur un mur, d'une immense photographie en noir et blanc d'un paysage sauvage – Vivi reconnaît l'œuvre de David Yarrow.

— C'est le décor bohème chic de mes rêves, dit-elle.

— Oui, je sais, lui répond Martha. Nous avons épluché votre compte Instagram.

Vivi rit. Elle n'en revient pas. C'est vraiment le paradis ! Elle aurait adoré faire ce genre d'aménagement dans le Gouffre Financier. Une méridienne en velours ! Des orangers ! Sauf que ça n'aurait eu aucun sens dans une maison à Nantucket, et elle n'a pas réussi à mettre assez d'argent de côté pour s'acheter un pied-à-terre à New York ou à Paris.

Il y a un mur entier de livres, parce que toute pièce parfaite en possède un. Du moins selon Vivi. Elle s'en approche pour regarder les titres. *Cloudstreet,* de Tim Winton, *Le Chant de Salomon,* de Toni Morrison, *La Fourrure blanche,* de Jardine Libaire, et, oh là là !, *Adultery and Other Choices,* d'Andre Dubus, qui est peut-être bien l'auteur préféré de Vivi.

— Mes chouchous, dit-elle.

— Bien sûr.

À côté de la bibliothèque se trouve une porte verte.

— C'est la teinte Parsley Snips de chez Benjamin Moore ?

— Tout à fait.

Elle est complètement amoureuse de cette pièce.

— Et cette porte conduit où ?

— Vous le découvrirez le moment venu. Mais si vous vous mettez en tête de fouiner, je n'hésiterai pas à abréger votre fenêtre de visionnage.

Martha ouvre la porte et se faufile de l'autre côté sans que Vivi ait pu jeter un seul coup d'œil par l'entrebâillement.

Fenêtre de visionnage, songe-t-elle. Elle se dirige vers l'autre extrémité de la pièce. C'est comme si elle se tenait devant une énorme baie. De là, elle peut observer son ancienne vie. Enfin, elle peut faire bien plus qu'observer, et elle s'élance aussitôt dans le vide. Il est temps d'agir.

Au Gouffre Financier, elle trouve ses trois enfants dans le salon, enlacés sur le canapé en tweed turquoise qu'ils surnomment « Girv » – le vendeur qui le leur a recommandé s'appelait Girvin. Willa est au milieu, Carson et Leo se tiennent la main sur ses cuisses. Dans des moments de dépit, Vivi a évidemment imaginé cette scène plus d'une fois (« vous verrez, vous me regretterez quand je ne serai plus là »), et pourtant, être témoin de la tristesse de ses enfants dévastés est plus qu'elle n'en peut supporter.

Je suis là, mes loulous ! Bien sûr, personne ne l'entend.

— On s'est disputées, dit Carson, d'une voix hachée par le hoquet. Je lui ai envoyé un texto pour m'excuser, et je ne suis même pas sûre qu'elle l'a vu.

Si ! Je l'ai bien eu, ma chérie. S'il te plaît, ne pense plus à cette dispute. Je t'avais déjà pardonné. Je comptais te préparer une tartine à l'avocat en rentrant.

— Où est son portable ? demande Leo.

— C'est la police qui l'a gardé, lui répond Willa. Ils ont aussi ses vêtements, la police scientifique doit les examiner.

J'imagine qu'ils ont besoin de son téléphone, mais je poserai la question au chef de la police.

— Tu veux bien appeler pour le récupérer ? insiste Carson. Je dois savoir si elle a lu mon message.

— Il est sans doute cassé, observe Leo.

— Non, le détrompe Willa. Le chef de la police m'a bien dit que le téléphone était intact.

— Je lui ai écrit que je l'aimais dans mon message, reprend Carson avant de fondre à nouveau en larmes. Je veux remonter le temps pour tout recommencer, et être plus gentille. Je veux la faire rire.

Elle se blottit contre Willa.

— Je donnerais n'importe quoi pour l'entendre rire, là, ajoute-t-elle. Ou pour l'entendre me hurler dessus… Je m'en fous, je veux juste qu'elle revienne. Enfin c'est vrai, c'est pas possible qu'elle soit morte. C'est pas possible qu'on ne puisse plus jamais la revoir.

— Tais-toi !

Leo sanglote comme lorsqu'il était petit garçon.

— Pitié, Carson, ferme-la s'il te plaît.

Je suis là ! Je vous vois ! Je vous entends ! Vous n'êtes pas seuls ! Je ne vous ai pas abandonnés !

Vivi se dévisse le cou pour regarder au-dessus d'elle. Aucun signe de Martha. Elle est au supplice. Elle a besoin de l'aide de Martha. Comment peut-elle faire comprendre aux enfants qu'elle est bien là ?

— C'était ma meilleure amie, dit Willa. Je lui confiais tout, et elle m'écoutait. Elle n'était pas toujours de mon avis, mais elle m'écoutait malgré tout.

Vivi remarque que sa fille aînée pose une main sur son ventre et… hourra ! elle détecte un minuscule battement de cœur à l'intérieur.

Elle se déplace vers la cuisine, où le mari de Willa, Rip, assis à table, fixe ses mains. Elle se demande à quoi il songe. Il est du genre pensif. C'est vrai qu'elle lui a fait remarquer une ou deux fois qu'il devait apprendre à s'imposer, et pourtant elle a fini par se rendre compte qu'il avait bien plus d'atouts qu'il n'en laissait transparaître. Charles Evan Bonham III, dit Rip, est une force tranquille et stable, contrepoint idéal à Willa, avec son appétit dévorant pour la réussite. Et néanmoins, lorsque cette dernière a annoncé son intention d'épouser Rip – ce qu'ils se promettaient de faire depuis la classe de cinquième –, Vivi a aussitôt pensé : *Ça ne durera pas. Willa finira par se désintéresser de lui.*

Un mois avant le mariage environ, elle a invité la future mariée à un dîner en tête-à-tête. C'était un soir de semaine, au printemps, et elles étaient seules dans la salle du haut, qui donne sur Broad Street et la ravissante vitrine éclairée de la librairie.

La mise en scène de ce repas relevait de la perfection. La pièce était entièrement éclairée à la bougie, il y avait un bouquet d'iris sur la table, le restaurant embaumait le beurre, l'ail, le jus de veau, le pain sorti du four. Elles ont commandé une bouteille de champagne hors de prix, qu'elles ont fait suivre d'une bouteille de bourgogne blanc encore plus chère. Willa ne s'intéressait pas à la nourriture en général – elle mangeait ou buvait tout ce qu'on lui servait sans se plaindre, mais sans donner l'impression, non plus, d'y prendre particulièrement de plaisir. Pourtant, ce soir-là, elle s'est pâmée devant le feuilleté d'escargots et le homard rôti accompagné de polenta au parmesan. Elle s'est même autorisée à être un peu pompette. Vivi a saisi cette occasion pour dire ce qu'elle avait sur le cœur. Rip était quelqu'un de charmant, et les Bonham étaient aussi admirables que bien établis sur l'île. Rip semblait s'épanouir dans l'entreprise familiale, et Willa ne manquerait de rien.

Mais d'un point de vue émotionnel ou intellectuel ? Vivi s'interrogeait. Il avait un diplôme supérieur en sciences humaines, et il était intelligent, mais elle ne l'aurait pas qualifié de curieux. Il avait été préparé à reprendre le flambeau dans le domaine des assurances, et il ne voudrait jamais – ne pourrait pas ! – vivre ailleurs que sur l'île où il avait grandi. Rip avait ses limites.

Vivi s'est penchée au-dessus de la table pour serrer l'avant-bras de sa fille.

— Tu te réveilleras peut-être un matin avec une envie d'élargir ton horizon.

Elle s'est revue au lycée, à côté de Brett Caspian dans sa voiture de sport. Et si elle n'avait jamais connu autre chose ?

— Tu pourrais vouloir t'installer à Istanbul !

— J'ai déjà été à Istanbul. Pendant mon stage d'été. Et je me suis fait détrousser devant Sainte-Sophie, tu te souviens ? Je n'ai aucune envie d'aller m'installer là-bas, aucune.

— Et si tu décidais de faire un master en histoire ou un MBA à Harvard ? Rip resterait ici pendant ce temps-là. Imagine que Boston te plaise. Prendre le métro, croiser des traiteurs libanais à tous les coins de rue, pouvoir passer des après-midi au musée. Et puis un jour, pendant un cours, quelqu'un dit quelque chose de brillant, tu te retournes et tu poses les yeux sur un jeune homme. Peut-être même pas ton genre. Un type petit à la peau mate, pas grand et pâle comme Rip. Et pas rasé de près non plus. Il aurait une moustache et un accent anglais. Contre toute attente, tu serais attirée par lui...

— J'adore que tu écrives déjà le roman de ma séparation avec Rip...

— Tu es si jeune, Willie. Vingt-trois ans ! Ton cortex préfrontal n'a même pas encore fini de se former.

— Maman.

— C'est la partie du cerveau qui permet de prendre des décisions en toute connaissance de cause. Elle atteint sa maturité à 25 ans.

Vivi l'avait appris au cours de ses recherches pour son roman *Lumière oblique.*

— Je ne veux pas que tu te brades, c'est tout.

Elle a partagé la fin de la bouteille entre elles deux.

— Tu as déjà connu quelqu'un d'autre ? Sexuellement ?

— Maman.

— Parce que dans le cas contraire…

— Bien sûr que non, maman. Enfin si, j'ai embrassé Ryan Brickley en sixième.

— Ça ne compte pas.

— On est faits l'un pour l'autre, Rip et moi.

— Je crains juste que tu ne te sois attachée à lui après notre séparation, à ton père et à moi, qu'il ait un peu joué le rôle d'un doudou et que d'ici quelques années…

— Je ne compte pas divorcer.

— Willie…

— S'il te plaît, maman. Passons au dessert.

Vivi se rapproche si près de Rip qu'elle aperçoit une petite plaie rouge, à vif, autour de l'ongle de son pouce et qu'elle entend le tic-tac de sa montre. Elle progresse de quelques millimètres encore. Il tourne la tête dans sa direction, puis vérifie derrière lui, comme s'il cherchait quelqu'un. Est-ce qu'il a perçu sa présence ? Est-ce possible ?

Rip

Willa l'a appelé au moment où il quittait le court de tennis. Elle sanglotait si fort qu'il n'a pas compris un seul mot. Par réflexe, il a écarté le téléphone de son oreille et en le voyant faire sa sœur, Pamela, qui venait de le battre à plate couture, a poussé un soupir. Elle a sans doute pensé la même chose que lui : Willa avait eu des saignements.

Pourtant elle ne l'appelait pas au sujet du bébé.

— Maman est morte, elle est morte, une voiture l'a renversée. Elle est morte, Rip, morte.

Un sanglot guttural a suivi, et Rip a eu l'impression d'avoir reçu un coup dans l'abdomen. Vivi était morte ? Morte ? Renversée par une voiture pendant son jogging. C'est Leo qui avait prévenu Willa – il l'avait réveillée –, puis Carson était passée la chercher et ils étaient tous allés à l'hôpital. Le médecin des urgences les avait informés que leur mère avait été déclarée morte à son arrivée.

Déclarée morte ? Vivi ? Il y avait forcément une erreur. C'était du jamais-vu. Sauf que, si, bien sûr, on voyait ça tout le temps, tous les jours.

Rip n'avait qu'une idée en tête : être aux côtés de sa femme.

Pamela l'a déposé à l'hôpital, et c'est lui qui s'est véritablement entretenu avec le médecin. Vivi avait eu une hémorragie interne et un traumatisme crânien. Le temps que les secours arrivent, il était trop tard.

— Elle est morte quasi sur le coup, lui a-t-il dit. Elle n'a pas souffert.

La souffrance, a songé Rip, ne faisait que commencer.

Il a pris le volant pour raccompagner Willa, Carson et Leo à la maison. Ils ne voulaient pas partir, et il avait dû les raisonner : ils n'avaient aucune raison de rester à l'hôpital, il n'y avait plus rien à attendre. Vivi était morte. Le trajet jusqu'au Gouffre Financier ne durait pas plus de trois minutes, mais Rip n'oublierait jamais ces trois minutes. Willa, Leo et Carson, blottis tous les trois sur la banquette arrière. Les deux cadets pleuraient bruyamment et s'accrochaient à leur grande sœur, qui se montrait à la hauteur de la situation et les consolait tous les deux. Il l'a observée dans le rétroviseur, alors qu'elle devenait une mère de substitution.

À leur arrivée, Willa a emmené Leo et Carson dans le salon, où tous les trois se trouvent encore.

Dennis débarque en bermuda, tee-shirt à manches longues avec le logo d'un bar à vin de l'île, un bandana autour du cou et des lunettes de soleil. Ses cheveux gris acier sont dressés sur sa tête. Il est rouge et transpirant.

Il regarde Rip et lance :

— Qu'est-ce qui s'est passé, bordel ? Qu'est-ce qui s'est passé ?

Rip cligne des yeux. La relation entre Dennis et Vivi a déjà quelques années. Elle n'a eu personne d'autre depuis sa séparation avec J. P. Dennis mesure quelques centimètres de moins que Rip et il est bien bâti. Au début, Rip n'a pas compris ce qui avait pu attirer Vivi chez cet artisan amateur de blagues grossières, avec un accent du Sud prononcé et un congélateur rempli de gibier. Il s'est saoulé le jour de son mariage avec Willa, et il a prononcé un discours interminable – les invités étaient trop polis pour lui demander de se rasseoir.

Sa femme lui a un jour expliqué :

— Dennis n'est évidemment pas le bon pour maman, mais c'est le bon en ce moment. Elle l'aime bien. Elle n'a pas besoin de quelqu'un de compliqué. Elle est assez compliquée pour deux.

Et pourtant, au cours de l'année écoulée, Rip a appris à apprécier ce type. La chaudière de l'agence est tombée en rade en janvier, et il a appelé Dennis à 18 heures un mardi soir. Celui-ci a débarqué sur-le-champ et a travaillé jusqu'à près de minuit pour la remettre en état de marche. Ils sont restés seuls tous les deux pendant la durée de l'opération, et Dennis lui a raconté des anecdotes incroyables de chasse au canard sur l'île de Tuckernuck. Il lui a aussi parlé de la Datsun 240Z qu'il avait retapée au lycée alors qu'il n'avait pas encore l'âge légal de prendre le volant.

Rip a réveillé Willa en rentrant, pour partager son émerveillement avec elle : en fait, Dennis était un mec super.

— Elle a été renversée par un automobiliste à la sortie de Kingsley Road alors qu'elle courait, lui explique-t-il à présent. Je suis navré. Je suis vraiment… navré.

Les mots n'ont pas la bonne consistance dans sa bouche, il a l'impression de mastiquer un morceau de cartilage.

Dennis se décompose et se penche en avant, mains sur les genoux. Il halète autant que s'il venait de terminer une douzaine de sprints. Rip voudrait disparaître. Il ne peut même pas lui dire des mots de réconfort, sur l'attachement que Vivi avait pour lui, puisque Willa lui a annoncé leur séparation quelques semaines plus tôt.

C'est justement le moment qu'elle choisit pour l'appeler dans le salon.

— Rip ?

Il pose une main affectueuse sur l'épaule de Dennis et va rejoindre sa femme.

— Dennis est là, l'informe-t-il.

— Tu as prévenu qui d'autre ?

— Pamela, c'est tout. Je lui ai demandé d'appeler nos parents.

Les Bonham sont en croisière en Méditerranée.

— Il faut que je prépare une liste. L'agente de maman, son éditeur, son attachée de presse. Sa maison d'édition va vouloir faire une annonce officielle. Et je dois me renseigner pour savoir s'il y a un testament, et qui peut avoir accès à ses comptes en banque.

— Chérie, tu auras le temps de t'occuper de ça plus tard. Tu es en état de choc pour le moment.

Elle le dévisage. Il n'y a pas la moindre expression sur son joli visage. Son regard est vide.

— Je suis en état de choc.

Une pensée le tracasse.

— Tu as prévenu ton père ?

Elle retient un cri.

— Oh, mon Dieu !

Elle n'a pas prévenu son père. Elle écarquille ses yeux marron et se tourne vers Carson et Leo, toujours en larmes sur le canapé.

— Est-ce que l'un de vous deux a envoyé un message à papa ? Ou l'a appelé ?

Leo a la tête baissée vers ses genoux, comme s'il était à bord d'un avion sur le point de s'écraser.

— Non.

— Non, ajoute Carson, qui presse des mouchoirs contre ses paupières closes. Et je n'ai pas l'intention de le faire.

— Tu peux t'en charger, Rip, s'il te plaît ? lui demande Willa. C'est au-dessus de nos forces.

— Bien sûr.

Il l'embrasse sur le front, puis retourne dans la cuisine. Dennis a disparu, et il a l'impression de ne pas avoir été à la hauteur avec lui, de ne pas s'être montré suffisamment réconfortant. Il lui fera signe plus tard. Dans l'immédiat, il doit appeler J. P. avant qu'il n'apprenne la nouvelle de la bouche de quelqu'un d'autre, avant que sa compagne, Amy, ne soit informée par une cliente du salon ou que sa mère, Lucinda, ne le découvre à l'occasion d'un déjeuner sur la terrasse du Yacht Club.

Rip sort par la porte de la cuisine et manque de trébucher sur une sauteuse remplie d'eau, posée en travers de l'allée dallée du jardin. Il la vide dans l'herbe et rentre la déposer dans l'évier. Il y a des restes carbonisés au fond, alors il la met à tremper.

Il cherche à gagner du temps.

Quand il ressort, ses mains tremblent. Il tombe sur le répondeur de J. P. Il est hors de question qu'il laisse un message. Rip se triture les méninges. Doit-il essayer de joindre Amy ? Elle est coiffeuse dans un salon en ville. Elle a toujours été jalouse de Vivi. Elle risque de lui adresser des condoléances un peu tièdes, et Rip n'est pas en état de le supporter.

Il compose à nouveau le numéro du portable de J. P., et tombe encore sur le répondeur. Il se décide alors à essayer la boutique de glaces.

Cette fois, J. P. décroche à la première sonnerie :

— Allô, vous êtes bien au Cône, que puis-je pour vous ?

En fond sonore, Rip reconnaît *Brown Sugar* des Rolling Stones.

— J. P. ? C'est Rip.

— Rip !

Il a un ton guilleret. Il se prépare sans doute à un samedi estival bien rempli – vérification du stock, confection de quarante litres de glace au chocolat et morceaux de brownie, le parfum le plus apprécié des clients, inscription des spécialités du jour sur le tableau : sorbet à la mûre de Nantucket, glaces « tourte à la pêche » ou « tarte au citron », avec des volutes de crème acidulée et des éclats de pâte sablée. J. P. ne se doute pas un seul instant que dans la seconde qui va suivre, sa vie va changer à tout jamais.

— J'ai une mauvaise nouvelle à t'annoncer. Une nouvelle terrible.

La musique s'arrête.

— C'est au sujet de Willa ?

— C'est au sujet de Vivi. Elle... elle était sortie courir et elle a été renversée par une voiture. Dans l'impasse. Enfin au bout, presque à l'intersection avec Madaket Road.

— Quoi ? Et elle va bien ? Elle s'est cassé quelque chose ? Elle est à l'hôpital ?

— Elle...

Rip s'éclaircit la voix avant de reprendre.

— Elle est morte, J. P. Elle a été tuée sur le coup.

Un silence.

Rip a l'impression de faire un voyage dans le temps. Il n'avait que 12 ans quand il a invité Willa Quinboro au bal de la Saint-Valentin. J. P. et Vivi étaient venus les chercher à la fin de la soirée, après un dîner en ville. Rip se souvient encore du parfum que celle-ci portait, mêlé à une odeur intrigante dont Rip sait aujourd'hui qu'il s'agissait de l'huile à la truffe du reste de frites dans une boîte en carton. Les Quinboro étaient plus jeunes que ses parents d'une dizaine d'années au moins, et il se rappelle combien ils lui avaient paru être des gens cool qui aimaient s'amuser et étaient... heureux. Il avait passé des jours entiers à la plage avec eux, où ils faisaient griller du saumon ou du poulet pour leur déjeuner, et des dimanches dans leur salon, devant des matchs de football. Vivi préparait du pain à la saucisse piquante, de la tartinade d'artichaut et un mélange de fruits secs épicés. Elle s'asseyait sur le bras du fauteuil de J. P., et il glissait discrètement un bras autour de sa taille pendant qu'ils encourageaient l'équipe des Patriots. Ils formaient un couple plein d'énergie. Rip était fasciné par eux.

Il est tombé de sa chaise lorsque, deux ans plus tard, Willa lui a annoncé en larmes que ses parents divorçaient. Pendant plusieurs semaines, il a eu l'impression que la terre s'était ouverte et que toute la famille allait disparaître dans cette faille. Carson a consulté un psy, Willa passait le moindre instant de chaque journée chez lui, alors qu'il vivait dans une maison aussi glaciale qu'un musée. Quant à Leo, qui avait 8 ans à l'époque, il a pris l'habitude de sillonner l'île à vélo, avec Cruz DeSantis, pour se livrer à de menus larcins, comme voler les sucettes qui se trouvaient sur le comptoir du pressing.

J. P. se racle la gorge.

— Où sont mes enfants ?

Son ton est agressif, on pourrait croire que Rip les retient en otage.

— Ils sont ici, à la maison.

— Je peux leur parler ?

— Euh... ils sont encore très bouleversés.

— Pourquoi est-ce que c'est toi qui m'appelles ? Pourquoi est-ce qu'aucun d'eux n'a...

Sa voix s'étrangle.

— ... décroché son téléphone ?

— Ils sont dévastés, J. P.

Il redresse les épaules et se remémore qu'il n'a plus 12 ans. Il est adulte. Au bureau, il traite des dossiers de sinistres. C'est un métier qui lui convient parce qu'il ne se laisse pas impressionner par grand-chose. Votre tuyauterie a gelé et explosé, si bien que votre premier étage a été inondé et s'est effondré ? La foudre s'est abattue sur votre toit ? Vous avez embouti votre Range Rover en sortant de chez le concessionnaire ? Vous avez percuté la jetée avec votre bateau et la coque est percée ?

Pas de problème, nous allons ouvrir une demande d'indemnisation, répète-t-il à longueur de journée. *Nous allons arranger ça.*

— Ils étaient trop secoués pour t'appeler, J. P. Ils sont en état de choc, Willa m'a chargé de te prévenir.

— Ah, d'accord. Merci.

Et il raccroche.

Amy

Amy arrive de bonne heure au salon, car c'est le mois de juin et qu'il y a quinze mariages rien que ce samedi-ci.

— Oui, quinze, tu as bien entendu, a-t-elle dit à J. P. ce matin. Et on a dû en refuser au moins autant.

Tout le monde est sur le pont aujourd'hui, le salon déborde d'énergie joyeuse. On ouvre le champagne avec les premières clientes et on monte la musique – Luke Combs –, au grand bonheur d'Amy. Elle a grandi dans l'Alabama et raffole de la musique country. Et puis elle adore retrouver l'ambiance des jours de match.

À 10 h 30, elle s'occupe de sa quatrième cliente, la mère d'une mariée, lorsque Brandi, qui tient l'accueil du salon, vient se poster discrètement derrière elle pour lui murmurer :

— J. P. est au téléphone. Il dit que c'est urgent.

Amy tourne la tête de quelques centimètres à peine.

— Sur le téléphone du salon ? Il a appelé ici ?

— Il n'arrive pas à te joindre sur ton portable.

— Dis-lui que je n'ai pas le temps, s'il te plaît. Je le rappellerai à ma pause de midi.

Son déjeuner consistera en un scone au cheddar de la boulangerie, qu'elle engloutira en dix minutes. Amy se démène pour perdre sept kilos depuis qu'elle a emménagé avec J. P., et même si elle s'efforce d'apporter une salade dans un Tupperware, elle n'arrive jamais à résister au gras et au sucre – la farandole de bagels, les viennoiseries, les gâteaux (parce qu'il y a toujours un anniversaire à fêter)... ces tentations constamment présentes ici, au salon de coiffure.

— Il avait vraiment l'air... je crois que tu devrais...

Amy secoue la tête. Elle n'a pas le temps de parler à J. P. Dans l'immédiat, elle ressent exactement ce que doit ressentir le Père Noël le 24 décembre. Sa cliente, Mme Scaliti, est déjà contrariée parce qu'elle l'a appelée par son prénom au moment de l'accueillir. À présent, elle la considère d'un œil torve entre les mèches humides qui encadrent son visage. Elle doit être à l'église St. Paul pour midi.

— Je l'appellerai quand je prendrai ma pause de midi, persiste Amy.

Brandi lève les deux mains en geste de reddition.

Il n'y a pas de pause, pas même une minute pour réfléchir ou s'asseoir. Amy commence à sentir que le bas de son dos essaie de lui faire passer un message, et elle a besoin d'aller aux toilettes. La demoiselle d'honneur est allergique aux brins de muguet tressés dans ses cheveux : sa nuque se couvre de plaques d'urticaire. Amy jette les fleurs et envoie la mère de la jeune fille à la pharmacie acheter un antihistaminique.

Elle est occupée à laver les cheveux d'une autre demoiselle d'honneur pour le grand mariage qui se tiendra à l'hôtel Wauwinet – la rumeur dit qu'il y en a pour plus d'un million de dollars au total –, lorsque sa collègue préférée, Lorna, fraîchement débarquée d'Irlande, lui lance :

— Oh, ma poule, je n'arrive pas à croire que tu sois encore là.

Amy éclate de rire.

— Et où voudrais-tu que je sois ?

— Tu veux dire que tu n'es pas au courant ? J. P. ne t'a pas appelée ?

— Si, si, c'est juste que je n'ai pas pu le prendre.

Amy a la mauvaise idée de pivoter vers Lorna, ce qui lui vaut d'asperger le visage de sa cliente, qui recrache aussitôt de l'eau. Elle se montre très compréhensive, mais Amy est piteuse. Elle n'a pas de temps pour les ragots, enfin !

— Ça peut bien attendre, insiste-t-elle.

— Ma poule, lui répond Lorna de ce ton maternel qu'elle réserve habituellement à son braque de Weimar, Cupidon. Promets-moi de lui passer un coup de fil dès que tu auras terminé, promets.

— Oui, oui, j'essaierai, promis.

Elle accompagne la demoiselle d'honneur – elle confond son prénom avec toutes les Chelsea et les Madison qu'elle a déjà vues aujourd'hui – à son fauteuil. Elle remarque le regard de Brandi sur elle. Jarred, qui a le poste voisin du sien, l'observe à la dérobée. Et elle voit bien que Molly, la manucure, lui lance des coups d'œil à travers la porte vitrée de son petit sanctuaire au centre du salon. Soudain, sans prévenir, une femme installée à deux fauteuils du sien, et dont Toni sèche les cheveux, pousse un cri de surprise.

— Vivian Howe ? L'écrivaine ?

La bonne humeur d'Amy est sur le point d'être réduite à néant. Elle n'a aucune envie d'entendre parler de Vivi aujourd'hui. Elle surprend trop souvent à son goût des conversations de clientes qui expliquent que c'est à la lecture de *Filles de la dune* qu'elles ont eu l'idée de venir à Nantucket la première fois.

Rien qu'hier, l'une d'elles a demandé à Amy si Vivi se faisait parfois coiffer ici. Elle a dû se retenir de répondre : *Non, elle se coupe les cheveux chez elle avec des ciseaux de cuisine.*

— Il y a longtemps, elle a changé de coiffeur depuis.

Elle n'a pas précisé, bien sûr, que Vivi a cessé de venir à compter du jour où Amy a été engagée dans ce salon.

Elle savait que J. P. était marié lorsqu'elle l'a rencontré, dix ans auparavant. À l'époque, il tenait une cave à vin, le Bouchon, dans une boutique sur le port qui abrite aujourd'hui le Cône. Amy n'avait pas réussi à trouver de travail après la fac et elle avait décidé de passer l'été à Nantucket – elle avait développé une obsession pour cet endroit après avoir visionné elle ne savait combien d'épisodes de la sitcom *Wings*. Une seconde après avoir débarqué du ferry, elle avait vu la petite annonce de J. P., à la recherche d'une vendeuse. Elle s'était aussitôt rendue à la boutique et s'était présentée. Il était grand, avec d'épais cheveux noirs, de magnifiques yeux verts et dès qu'il souriait, une fossette se creusait dans sa joue. Il avait demandé à Amy ce qu'elle connaissait au vin.

— Ça se boit, non ? lui avait-elle répliqué avec un clin d'œil.

— Votre accent suffira à m'en faire vendre des caisses. Vous êtes engagée.

C'était impossible de garder ses distances dans le magasin. Il faisait à peine vingt-cinq mètres carrés, et l'essentiel de l'espace était occupé par des caisses de vin, des tonneaux et des bouteilles rangées avec soin sur leurs présentoirs. Notamment un en fer forgé pour le champagne. J. P. vendait aussi un peu de charcuterie, des tire-bouchons français et des serviettes à cocktail en papier. Il avait acheté une vieille table à tréteaux sur laquelle ils ouvraient les bouteilles pour la dégustation du jour. Parfois (souvent), personne ne venait, et ils finissaient par boire le vin, qu'ils s'employaient à décrire avec des termes aussi sensuels que *corps* ou *cuisse*. Ils finissaient pompettes, et Amy se plaignait de sa vie amoureuse. C'était facile de faire des rencontres au Chicken Box, mais les types étaient tous aussi immatures que les étudiants qu'elle avait fréquentés.

— Je cherche quelqu'un de plus expérimenté, lui a-t-elle dit un jour. Quelqu'un comme toi.

Elle n'en revenait pas d'avoir eu autant d'audace. Elle craignait qu'il se fâche, voire qu'il la renvoie, pourtant il avait balayé sa remarque d'un éclat de rire. Il était marié à la romancière Vivian Howe, et ils avaient trois enfants. Amy avait dû se remémorer que ce n'était pas qu'une formule sur un document administratif : J. P. avait prêté serment. Il portait une alliance et rentrait, tous les soirs, retrouver Vivi, Willa, Carson et Leo. Amy avait été élevée dans une famille croyante, elle savait pertinemment que c'était un péché de convoiter le mari d'une autre. Malgré tout, ses sentiments pour J. P. grandissaient de jour en jour. Il était si séduisant, si drôle, si calé sur le sujet du vin, et puis il lui prodiguait du temps et de l'attention. Il se montrait désireux de lui enseigner ses connaissances sur les terroirs, les vignerons, les cépages. Il la regardait goûter, il s'intéressait à ses opinions, aux vins qu'elle aimait, à ceux qu'elle n'aimait pas. Ce qu'elle pensait comptait à ses yeux.

Au fil de l'été, ils s'étaient rapprochés. Elle lui racontait une dispute avec sa mère au téléphone, un rendez-vous qui l'avait mise mal à l'aise. Il avait fini par lui confier qu'il était malheureux dans son mariage. Vivi était occupée soit à terminer un roman, soit à dédicacer dix mille exemplaires, quand elle n'était pas en déplacement, sortie courir, partie à la ferme acheter de la menthe fraîche pour le thé glacé qu'elle tenait à préparer elle-même, conduire les enfants à l'une de leurs sept mille activités ou chez un de leurs amis (le faisant au passage culpabiliser parce qu'il avait rarement le temps de s'en charger), ou bien elle invitait quatre autres couples pour une soirée homards et classiques du rock.

— Aux yeux de tout le monde, c'est superwoman. Aux miens, c'est une femme prête à n'importe quoi pour éviter d'avoir une intimité avec son mari.

Un jour de pluie où ils n'avaient pas eu un seul client, J. P. avait appris à Amy à danser la valse – un reste de sa bonne éducation. Elle avait toujours été une danseuse douée et elle apprenait si vite que J. P. était, elle le voyait bien, impressionné.

— Vivi n'a aucun sens du rythme. Et surtout aucune envie de me toucher.

Quelques jours avant la date à laquelle Amy avait prévu de quitter Nantucket – sa recherche de travail n'avait pas abouti, et elle rentrait en Alabama pour s'inscrire dans une formation en cosmétologie, sur l'insistance de sa mère –, il avait absolument voulu ouvrir une bouteille de grand champagne. Un geste excessif, même si Amy l'avait vu, durant cet été, dépenser son argent de façon inconséquente – commander tel grand cru, telle carafe à décanter en cristal, qu'il n'avait vendus ni l'un ni l'autre. Alors il pouvait bien ouvrir une bonne bouteille, non ? Elle n'avait jamais goûté de champagne aussi cher.

La première bouteille avait conduit à une deuxième, puis à la moitié d'une troisième. Amy s'était postée sur le seuil de la boutique, donnant sur le port. Le soleil était bas dans le ciel, on aurait dit du miel qui dégoulinait d'une cuillère. Il y avait moins de bateaux au mouillage, et le brouhaha provenant de Cru, le restaurant de fruits de mer en face, avait perdu en intensité. L'été touchait à sa fin. La vue était d'une beauté à couper le souffle – mouettes juchées sur les bornes en bois, le phare de Brant Point au loin.

— Comment je vais faire pour rentrer ? a-t-elle lancé.

Soudain, J. P. s'était matérialisé à côté d'elle. Quand elle s'était tournée vers lui, il avait posé une main sur son visage et lui avait donné un long baiser tendre et langoureux. Un baiser qui semblait l'aboutissement d'un été entier de flirt, de découverte, de tension sexuelle difficilement contenue. Elle avait pensé que c'était une façon des plus douces de dire adieu à une relation impossible. Elle avait eu envie de le remercier ; à bien des égards, elle avait complété son éducation à ses côtés, et pas seulement en apprenant la valse.

Au moment de s'écarter enfin l'un de l'autre, il lui avait dit d'une voix suave :

— Je veux que tu restes ici. Avec moi.

Ce n'étaient pas des paroles en l'air, et on ne pouvait pas non plus les mettre sur le compte du champagne. J. P. était sérieux. Il voulait qu'elle reste à Nantucket, il voulait construire quelque chose avec elle. Le lendemain, il avait annoncé à Vivi qu'il était tombé amoureux de son employée, Amy Van Pelt.

Elle a parfois l'impression qu'il était décidé à changer de vie en un claquement de doigts. Vivi est partie, la cave a fait faillite, Amy a suivi sa formation en cosmétologie à Cape Cod et a loué un appartement bon marché près de l'aéroport de Nantucket pour pouvoir s'y rendre tous les jours. Une fois diplômée, elle a décroché un job de petite main dans le salon de coiffure qui l'emploie aujourd'hui : elle était chargée de passer le balai et de faire les shampooings. Elle est aussi devenue la pécheresse de Nantucket : tout le monde savait qu'elle avait brisé le mariage des Quinboro. (« Ce n'est pas ce qui s'est produit ! » voulait-elle hurler, mais personne ne l'aurait écoutée.) Du fait de sa jeunesse, et de sa naïveté, elle avait espéré qu'avec le temps, Vivi et elle deviendraient amies, ou sinon qu'elles entretiendraient des rapports cordiaux, ou tout du moins polis. Amy avait essayé de lire un de ses romans, *Lumière oblique* – J. P. conservait un exemplaire de tous les livres de son ex-femme, classés par ordre chronologique sur une étagère de la salle télé –, sans réussir à entrer dedans. Elle n'était pas une grande lectrice, et elle a commis l'erreur de confier à Willa, qui venait à l'époque d'entrer à l'université, que le livre ne l'avait pas passionnée. Ce que Willa s'est empressée de répéter à sa mère.

À un moment donné, Amy a commencé à soupçonner que J. P. n'avait jamais réellement eu l'intention de quitter Vivi, qu'il avait juste cherché à la provoquer. Cette dernière semblait être absolument partout chez lui. Pourquoi J. P. conservait-il ses romans et les exposait-il de façon aussi ostensible ? Pourquoi ouvrait-il systématiquement le *New York Times* à la rubrique littéraire le dimanche matin ? Pourquoi mentionnait-il Vivi dans la conversation à la moindre occasion ? Lorsque Amy a emménagé avec lui, il y a trois ans (il ne le lui a proposé que parce qu'elle avait perdu son hébergement), elle a découvert deux manteaux de son ex-femme dans la penderie. Un paletot en laine rose ceinturé, et un imperméable blanc de forme trapèze avec une doublure en soie jacquard bleu pâle avec trois boucles argentées. Les deux lui plaisaient tellement que si elle n'avait pas eu de fierté elle aurait pu les porter. En fouillant dans les poches, elle a trouvé la souche d'un ticket de cinéma (*Mange, Prie, Aime*) dans l'un, et un bonbon à la fraise dans l'autre. Elle s'est demandé, bien sûr, si Vivi avait vu le film avec J. P. ou avec Savannah, sa meilleure amie. Et tout en déballant le bonbon à la fraise pour le mettre dans sa bouche – impossible de résister à une telle tentation, peu importait depuis combien de temps il était là –, elle s'est questionnée sur sa provenance. Quand elle a interrogé J. P. sur les manteaux, il lui a dit :

— Ah oui, désolé, Vivi a dû les oublier. Elle a toujours été négligente avec ses affaires.

Amy les a donnés à Willa, pour qu'elle les rende à sa mère, mais celle-ci est revenue avec.

— Elle n'en veut plus.

— Et qu'est-ce que je suis censée en faire, moi ? Ce sont ses manteaux.

— Elle dit que tu peux les garder.

Willa l'a détaillée de la tête aux pieds.

— S'ils te vont, a-t-elle ajouté.

Amy s'est fait un malin plaisir de les mettre à la poubelle, sous le regard impassible de Willa. Elle n'avait aucune illusion : son comportement adolescent serait rapporté dans les moindres détails à Vivi. *Tant mieux ! Elle se fout de ces manteaux débiles (beaux et bien coupés), eh bien moi aussi !* Ce soir-là, lorsque J. P. les a trouvés, recouverts de marc de café et de coquilles d'œufs, il s'est emporté. On aurait dit qu'Amy avait carrément jeté Vivi à la poubelle.

Lors du jugement du divorce, Vivi s'est vue contrainte de payer à J. P. une pension alimentaire et une prestation compensatoire. Une grosse. (Elle avait beaucoup mieux réussi que lui.) C'était lui qui l'avait quittée et pourtant elle devait lui verser quelque chose. La situation était injuste, même aux yeux d'Amy.

L'argent gagné par Vivi a toujours été un tabou entre eux. Ça n'a rien arrangé que celle-ci accepte de s'acquitter des montants fixés par la justice sans retard et sans jamais se plaindre, alors qu'il possédait sa propre affaire et qu'il avait une mère nantie. Vivi n'a jamais rien réclamé, même quand elle a fini par payer seule l'équipement de lacrosse de Leo ou l'assurance pour la voiture de Carson. Son réflexe, c'est toujours de sortir (avec le sourire) son carnet de chèques. Amy vit cette générosité comme un piège. Elle déteste l'idée que chaque douche chaude, chaque dîner en ville avec J. P. est en partie financé par son ex-femme.

S'il avait un peu d'amour-propre, il refuserait au moins la prestation compensatoire. Et pourtant il en a besoin, elle le sait. Il n'a pas fini de rembourser son prêt immobilier, Leo part à l'université à la rentrée. Et puis... J. P. est habitué à un certain train de vie. Il conduit une vieille Land Rover qui exige l'essence la plus chère. Il aime le café de première qualité et les fruits bio. Il adore dîner dehors. Il a une ardoise au Yacht Club. Il part en vacances deux fois par an, hors saison, au ski et dans les tropiques. Et il porte de beaux vêtements. Elle se souvient qu'un jour, à la cave, il est revenu de sa pause déjeuner avec une veste en laine et cachemire d'une valeur de 800 dollars, qu'il avait achetée chez Ralph Lauren.

Elle a été tentée, bien sûr, de lui dire qu'il pouvait dépenser l'argent de son ex, mais qu'elle refusait, elle, d'y toucher.

Pourtant, quelles seraient les implications concrètes ? Déménager ? Trouver un autre endroit où vivre ? Ou alors rester et acheter sa propre nourriture, participer au remboursement de l'emprunt et aux factures ? Elle gagne bien sa vie au salon, mais serait-ce suffisant ? Elle pourrait sans doute participer aux frais, à sa hauteur, ce qui ne représenterait pas la moitié. À ce stade de sa vie, son salaire et ses pourboires lui permettent simplement de rembourser l'emprunt de sa voiture, de payer sa mutuelle, son abonnement téléphonique, ses vêtements, ses chaussures, ses bijoux et son maquillage, ses cours de barre au sol et de yoga et quelques courses de nourriture ou, une fois de temps en temps, un dîner au restaurant. Elle a un petit compte d'épargne, qui lui sera indispensable si J. P. et elle se séparent.

Ce qui n'arrivera pas. Elle sait même qu'il s'apprête à lui faire sa demande en mariage. En décembre dernier, elle voulait tellement savoir s'il lui avait acheté une bague pour Noël qu'elle a profité de ce qu'il était sorti faire des courses un samedi matin pour fouiller dans les tiroirs de sa commode. Elle a fini par trouver (alléluia !) un écrin en velours qui contenait une superbe bague de fiançailles ornée d'un saphir et de diamants. Elle l'a remise à sa place et s'est efforcée de ne rien laisser transparaître. Intérieurement, elle jubilait ! Enfin ! Et pourtant, le jour de Noël, la bague n'était pas sous le sapin – il lui avait acheté un nouveau miroir lumineux, un bonnet, une écharpe et des gants assortis en cachemire, une coque pour son portable et un très joli collier Jessica Hicks. Dès que l'occasion s'est présentée, elle est retournée ouvrir le tiroir, et a été rassurée de voir que la bague était toujours là. Elle en a déduit qu'il attendait juste le bon moment.

À moins que… Il hésitait peut-être parce que la relation d'Amy avec les enfants avait toujours été, au mieux, tendue. Willa se montrait polie et distante avec elle, Carson soufflait le chaud et le froid en fonction de ce qu'elle voulait obtenir de J. P. et d'elle, et Leo était indifférent. Au début, Amy s'est contentée de suivre l'organisation de J. P. en ce qui concernait les enfants, ce qui signifiait dîner avec eux une fois par mois, se rendre à leurs rencontres sportives – et rester au moins la première mi-temps –, prévoir quelque chose pour les fêtes qu'ils passaient avec leur père cette année-là. Avec le temps, elle a fini par se dire qu'elle aurait peut-être intérêt à avoir un peu d'initiative personnelle. Au printemps, elle a annoncé aux deux filles qu'elles pouvaient lui demander n'importe quel soin de beauté, n'importe quand. Willa a dédaigné l'offre, mais Carson a sauté sur l'occasion de venir au salon en dehors des horaires d'ouverture au public. Elle était déjà si jolie qu'Amy voyait mal ce qu'elle pouvait lui proposer, pourtant elle s'est surpassée : elle lui a fait une coupe et un brushing, puis elle lui a épilé les sourcils à la cire et les a teintés. Carson lui a ensuite proposé d'aller boire un coup.

— Je suis restée scotchée, a-t-elle confié, plus tard, à Lorna.

Elles ont pris chacune deux verres de vin et partagé une planche de charcuterie. Carson a parlé de son travail de barmaid à L'Huîtrier, qui allait commencer quelques semaines plus tard. Amy lui a demandé si elle sortait avec quelqu'un.

— Non. Enfin si. Peut-être. Je ne peux pas en parler.

Ça ressemblait à une confidence. Amy a adroitement changé de sujet de conversation pour parler d'*Euphoria*, la série qu'elles dévoraient toutes les deux.

Forte de ce succès, Amy s'est attaquée à Leo. Elle s'est présentée à son dernier match de lacrosse de la saison avec des cupcakes et elle lui a proposé de lui organiser une fête de fin d'année. Il a aussitôt fait une moue gênée, avant de lui expliquer que Vivi avait déjà prévu quelque chose.

— Je suis sûr que papa sera le bienvenu, a-t-il ajouté.

— Nous serons là, évidemment !

Amy n'avait encore jamais été invitée dans la nouvelle maison de Vivi, surnommée le « Gouffre Financier » pour des raisons évidentes. Elle n'était pas certaine de vouloir aller à cette soirée, et J. P. s'est assuré auprès de Vivi qu'elle ne voyait aucun inconvénient à les recevoir. Amy s'est fait la promesse de se comporter comme une personne normale et pas comme une folledingue qui jette de magnifiques manteaux à la poubelle. Elle portait une nouvelle robe, noire à pois blancs, et elle avait glissé, dans la carte de félicitations qu'elle avait achetée pour Leo, un billet de 100 dollars prélevé sur ses propres deniers. Elle s'est efforcée d'être aussi gracieuse que leur hôtesse, alors même qu'elle était mal à l'aise et beaucoup trop habillée – Vivi portait un jean blanc et un tee-shirt de l'université du Colorado. Elle l'a complimentée sur sa tartinade au bacon et au bleu (un vrai régal !), elle a proposé de prendre une photo de Leo avec ses deux parents, elle a discuté avec les seuls invités qui ne tournaient pas le dos ou les talons en la voyant arriver.

Ça y est, j'ai enfin été acceptée ! a-t-elle dit mentalement à J. P. *J'ai pris le pli. Épouse-moi !*

Elle se fait peut-être des idées, mais elle a l'impression que plus elle progresse avec les enfants, plus J. P. devient distant. Elle le sent s'éloigner. Au point d'avoir été tentée de regarder dans son portable. Il a beaucoup de jeunes employées au Cône, qui portent des shorts en jean pour certaines, alors même qu'il ne fait jamais plus de 18 °C à l'intérieur de la boutique.

Elle a une autre crainte : que J. P. et elle finissent par se fiancer sans sauter le pas du mariage ensuite. Car s'ils le faisaient, Vivi cesserait ses versements. Cet argent est comme un collet trop confortable autour du cou d'Amy. Certains jours, elle est si jalouse de l'ex-femme de son compagnon qu'elle en vient à souhaiter que celle-ci disparaisse – qu'elle quitte l'île ou qu'elle soit victime d'une combustion spontanée. Alors tous les problèmes d'Amy s'envoleraient.

Le bon côté des samedis de juin, c'est qu'il n'y a plus personne à 16 heures. Elle finit de coiffer sa dernière mariée à 15 h 45 – la cérémonie a lieu à 18 heures –, puis un silence plaisant envahit le salon, même si Amy se sent un peu comme Cendrillon après le départ de ses sœurs pour le bal. Ses clientes vont aller prendre la pose lors d'une séance photo interminable, boire des cocktails, manger des petits-fours, écouter des discours, se régaler de bœuf Wellington, boire d'autres cocktails, s'amuser sur la piste de danse et fricoter sans honte avec un cousin au troisième degré du marié ou une fille qui partageait la chambre de la mariée à l'université.

Amy remplit un gobelet en carton avec le fond d'une bouteille de champagne oubliée dans un seau de glace fondue. Elle n'a rien avalé de la journée – ce qui est une bonne chose –, et l'alcool lui monte directement à la tête – ce qui est encore mieux. Son tiroir déborde d'enveloppes contenant des pourboires.

Lorna ne tarde pas à venir la trouver.

— Comment tu tiens le choc ?

— Bien, mais quelle journée…

Une expression d'incrédulité se peint sur les traits de son amie.

— Tu n'as toujours pas appelé J. P., si ?

— Non, je n'ai pas eu une seconde.

Lorna soupire.

— Suis-moi, on va fumer dehors.

Elles sortent sur la terrasse qui donne sur le parking, à l'arrière du salon, et allument leurs cigarettes. Il y a une table et des chaises. Amy s'y installe pour manger son déjeuner quand il fait beau et qu'elle a le temps. La première bouffée de tabac est un baume apaisant. Elle vide d'un trait la fin du champagne et écrase le gobelet dans son poing.

— Il vaut mieux que je m'asseye ?

— Oui.

Lorna est si sérieuse qu'Amy se dit pour la première fois qu'elle devrait peut-être avoir peur.

— Tout va bien ?

Elle se demande si Willa a encore fait une fausse couche, ou s'il est arrivé quelque chose à la mère de J. P., Lucinda. Une attaque ou une fracture de la hanche. Lorna dévisage Amy et recrache de la fumée sur un côté de sa bouche.

— Bon alors… non, pas vraiment. Merde, ma poule, je ne sais pas comment tu vas prendre ça.

— Prendre quoi ?

Son ventre se serre.

— Vivi a été renversée par une voiture ce matin, au bout de sa rue.

Après un silence, elle ajoute :

— Elle est morte, ma poule.

Amy ouvre la bouche. Elle sait bien que son amie ne plaisante pas et que ce qu'elle dit est peut-être vrai, mais, pardon, on peut lui laisser une seconde. *Vivi serait morte ?*

Vivi est morte. Vivi a été renversée par une voiture, et elle est morte. Morte.

Amy reste pétrifiée sur sa chaise pendant une minute complète. Elle sent… son estomac… un sentiment d'horreur… oui, elle sent un sentiment aussi noir et épais que du goudron remplir son estomac. Elle voudrait hurler. Vivi est morte. J. P. l'a appelée… il y a des heures de cela. En disant que c'était urgent. Parce que son ex-femme a été tuée.

Les enfants. Les pauvres enfants.

Lorna l'observe.

— Je n'ai pas l'intention de pousser un cri de joie, si c'est que tu crains, lui dit-elle, les yeux embués de larmes.

— Je sais bien, ma chérie, lui répond Lorna en lui tendant la main. Ça doit être complètement déroutant pour toi.

— Une femme est morte, ça n'a rien de déroutant. C'est tragique.

Lorna lui serre la main.

— Et un peu déroutant aussi.

Il faut qu'elle récupère son portable de toute urgence. Elle retrouve la fraîcheur de la climatisation à l'intérieur, mais c'est comme si le salon avait changé du tout au tout. Vivi est morte.

Son téléphone est saturé de textos de J. P.

Rappelle-moi dès que tu peux.
Urgent !!!
Amy, appelle.
Un truc terrible est arrivé.
Je ne réussis pas à te joindre au salon.

Il y a aussi seize appels en absence. Et d'autres textos.

Je suis avec les enfants, rejoins-nous s'il te plaît.
Ne nous rejoins pas. Je te retrouve à la maison.
Tu peux annuler notre réservation pour ce soir, s'il te plaît ?
Je vais rentrer un peu tard, je ne peux pas laisser les enfants.

Écris-moi quand tu auras ces messages, mais ne viens pas chez Vivi. Je te retrouverai à la maison.

Ce sont les trois derniers messages qui lacèrent le cœur d'Amy. J. P. ne veut pas d'elle chez Vivi. Il est avec ses enfants, ils se recueillent tous les quatre. Elle serait une intruse. Elle est assez lucide pour s'en rendre compte.

Elle s'installe derrière le volant de sa voiture et ferme les yeux. Pendant dix ans, elle s'est répété que ce qui s'était passé entre J. P. et Vivi n'avait aucun rapport avec elle, pourtant la vérité, aussi brutale soit-elle, c'est qu'elle aurait très bien pu dire non à J. P. – et, en le repoussant, le renvoyer vers sa famille. Une culpabilité monstre l'envahit au souvenir de toutes ses pensées mesquines, de toutes les remarques crasses et cruelles qu'elle a pu faire à J. P., Lorna et, parfois par manque de discernement, aux propres enfants de cette femme.

Je suis désolée, Vivi. J'étais jalouse. Pas assez sûre de moi. C'est difficile de vivre dans ton ombre. Ton seul défaut était que je n'étais pas de taille. Tu étais jolie et magnétique, tu bossais dur et tu savais aussi t'amuser, et j'étais jalouse. Tous les matins, au petit déjeuner, je me nourrissais de ce sentiment (accompagné de beaucoup de donuts).

Il faut que tu saches que je t'admirais, même si je n'ai jamais eu assez confiance en moi pour te le dire.

Amy met la clé dans le contact. Elle appellera le restaurant pour annuler leur table dans un instant. D'abord, elle va s'arrêter chez le caviste pour acheter une bouteille de vin, ou peut-être de tequila – la marque préférée de Vivi était Casa Dragones. Puis elle rentrera chez elle, toute seule, et trinquera avec ses démons.

Leo

Leo ne peut rien avaler ; il ne mangera peut-être plus jamais. Quand Carson lui propose un anxiolytique, il en demande deux, et elle les lui apporte avec un verre du thé glacé maison de leur mère, à la menthe fraîche. Un peu plus tard, le monde ralentit, les contours des choses s'adoucissent.

Leur père débarque. Lui d'habitude si équilibré, si mesuré, il semble à présent incarner ce que Leo ressent : son cœur a été bombardé, son esprit dévasté. J. P. commence par réciter une phrase qu'il a dû répéter dans sa tête en chemin.

— On va réfléchir ensemble à la suite, vous n'êtes pas seuls. Je suis là pour vous trois.

Avant d'ajouter :

— Même si je ne suis pas votre mère, bien sûr.

Puis il est secoué de sanglots si violents que Willa le conduit vers le canapé.

Il l'aimait, pense Leo. Il l'aimait sincèrement, même s'il la haïssait aussi, et après hier soir, Leo comprend un peu mieux comment c'est possible.

Hier soir. Marissa. Cruz. Leo était si saoul qu'il y a des trous dans sa mémoire, mais aussi des images indélébiles, dont il voudrait se convaincre qu'il s'agissait d'un rêve et dont il sait pourtant qu'elles étaient bien réelles. Il ne se rappelle plus très bien comment il est rentré, en revanche il se souvient d'avoir sorti la bouteille de tequila de sa mère et d'avoir bu deux verres une fois qu'il s'est senti en sécurité, dans la cuisine. Il cherchait à chasser de sa mémoire ce qui était arrivé sur la plage. Il espérait tout effacer grâce à l'alcool.

Jusqu'à la fin de sa vie, il sera hanté par le tambourinement à la porte de sa chambre et les cris de Cruz ce matin :

— Réveille-toi, mec ! Réveille-toi !

Leo a cru qu'il était venu discuter de la veille. Il lui a fallu plusieurs secondes pour intégrer ce qu'il lui disait :

— Ta mère est en route pour l'hôpital. Elle est blessée, mec, c'est grave.

Leo a appelé Willa sur-le-champ, persuadé qu'elle saurait quoi faire. Elle était le bras droit de Vivi. Il l'a réveillée. Elle n'était pas au courant qu'il y avait eu un accident. Cruz insistait, il braillait presque. Il avait trouvé leur mère étendue dans l'impasse, il avait appelé les secours, qui l'avaient mise dans une ambulance, ils devaient tous foncer à l'hôpital. Tout de suite ! Leo a réveillé Carson, et ils sont passés prendre Willa en route.

Heureusement, Cruz a pris sa propre voiture.

Au service des urgences, un médecin qu'il n'avait jamais vu leur a annoncé que Vivi ne s'en était pas sortie. La formulation était un peu trop modérée, parce qu'elle suggérait presque que même si elle n'avait pas réussi cette fois-ci, elle pourrait à nouveau tenter sa chance.

— Elle ne s'en est pas sortie ? a répété Willa.

— Elle était morte à son arrivée dans le service.

Qui était ce médecin ? Il ne vivait pas sur l'île, c'était un étranger. Il ne savait rien de Vivi, comment pouvait-il décréter qu'elle était morte ? Ça arrivait très souvent que les gens du continent ne comprennent pas la façon de faire des habitants de Nantucket. Leo voulait entendre la nouvelle de la bouche de quelqu'un qu'il connaissait. Le docteur Fields par exemple.

— Où est le docteur Fields ?

— Il a pris sa retraite l'an dernier, à ce qu'on m'a dit. Est-ce que vous aimeriez parler à l'assistante sociale ?

Rip est arrivé, il a reconduit Leo et ses sœurs à la maison. Cruz s'est rendu au commissariat parce que c'est lui qui avait trouvé Vivi et que la police devait l'interroger.

Leo ferme les yeux, et lorsqu'il les rouvre son père est parti. La meilleure amie de sa mère, Savannah Hamilton, entre justement dans le salon. Elle embrasse du regard les trois enfants de Vivi – ils n'ont pas bougé du canapé depuis ce qui lui paraît une éternité (il n'a aucune idée de l'heure qu'il est) –, puis elle vient s'agenouiller devant eux et ouvre grand les bras. Ils s'y jettent. L'histoire de son amitié avec leur mère est si ancienne et si forte que se blottir contre elle et sentir son parfum familier revient presque à faire revenir Vivi un instant. Savannah est une célibataire raffinée ; elle n'a pas d'enfant et a fondé une association caritative internationale qui leur est consacrée. Elle possède une maison à Boston, dans Marlborough Street, si grande que chacun des enfants Quinboro y a sa chambre. Elle est leur marraine à tous les trois.

Chaque fois qu'ils lui ont demandé pourquoi, elle leur a répondu :

— Parce que votre mère n'a pas d'autre amie.

Et Vivi s'est empressée d'ajouter :

— Quand on a une amie comme Savannah Hamilton, on n'a besoin de personne d'autre.

Tout le monde savait que dans chacun de ses romans elle s'inspirait d'elle pour un personnage – l'amie s'appelait Samantha ou Hannah, elle dirigeait une boîte de relations publiques ou une agence de pub. La meilleure amie était toujours une grande blonde, du genre de Savannah, élégante, qui ne portait que des couleurs neutres. Elle était d'une loyauté à toute épreuve, capable de tout abandonner sur-le-champ pour venir partager un café ou une tequila, et discuter des drames vécus par l'héroïne.

La vraie Savannah lui ressemblait, surtout par son côté « loyauté à toute épreuve », même s'il y avait trois personnes que Savannah soutenait toujours face à Vivi : Willa, Carson et Leo. Elle ne s'était jamais cachée, depuis qu'ils étaient petits, qu'elle se rangerait de leur côté, même face à leur mère.

— Je veux être pour vous l'adulte que je n'ai pas eu dans ma vie.

Lorsque leurs larmes se tarissent un peu, elle essuie ses yeux puis sort un paquet de mouchoirs de son sac à main.

— Mouchons-nous, et ensuite on essaiera de se concentrer une minute.

Leo aime qu'on lui donne des instructions.

— Je vais m'occuper de tout. Comme ça on évitera un éventuel sujet de discorde entre Dennis et votre père. Où est le téléphone de votre mère ?

— La police l'a conservé, répond Willa.

— Pourquoi donc ?

— Ils veulent vérifier qu'elle n'a pas pris de photo, ni fait d'enregistrement ou je ne sais quoi au moment où elle a été renversée. C'est un peu tiré par les cheveux, mais l'agent m'a expliqué qu'ils ont déjà résolu des affaires de délit de fuite grâce à ça. Ils nous le rendront dès qu'ils auront terminé.

— Tu pourras me le donner dès que tu l'auras récupéré ?

— Je dois d'abord vérifier quelque chose, intervient Carson. Je me suis disputée avec maman ce matin, je lui ai envoyé un message pour m'excuser et je veux être sûre qu'elle l'a lu.

— Oh, mon lapin chéri.

Elle les a toujours appelés comme ça, tous les trois, ce qui a commencé à embarrasser Leo en CM2, et c'est pourquoi elle se contente de « chéri » avec lui.

— Ta maman sait bien que tu étais désolée. C'était l'une des femmes les plus clémentes que je connaissais.

Elle baisse la voix :

— Vous avez vu à quel point elle a été charmante et délicate avec Amy à la fête de Leo ? Et pour remonter bien plus loin dans le temps, rappelez-vous que j'ai dû la mettre à la porte de chez mes parents alors qu'elle passait son premier été ici et qu'elle n'avait aucun autre endroit où aller. Malgré ça, elle est restée ma meilleure amie pendant...

Sa voix s'étrangle.

— ... trente ans.

— Je voudrais quand même vérifier, insiste Carson.

— Et on le fera, ma puce, tu as ma promesse. Je vais contacter l'éditeur de Vivi. La sortie de son livre est fixée au 13 juillet, et je ne pense pas qu'elle voudra la décaler. Quoi qu'il en soit, il faut prévoir une annonce officielle pour lundi, à mon avis. Et je vais organiser des obsèques à St. Mary, qui seront suivies d'une réception au Yacht Club. Au nom des Hamilton.

— Ah ça, murmure Carson avec un sourire, ça ferait super plaisir à maman.

C'est bien vrai, songe Leo. Au moment du divorce de leurs parents, c'est leur père qui a hérité de la carte de membre des Quinboro, et le conseil d'administration a refusé d'autoriser Vivi à en prendre une à son nom de jeune fille. Lors du mariage de Willa et de Rip, au Club, elle a dit que ça ne la dérangeait pas, mais juste avant l'ouverture du bal, Marissa, la copine de Leo, lui a raconté l'avoir vue pleurer aux toilettes.

— J'aimerais tellement qu'elle le sache, souffle Willa. J'aimerais tellement pouvoir lui dire.

— Elle est au courant, affirme Savannah. Je ne sais pas vous, mais moi, en tout cas, je sens sa présence ici.

Leo balaie la pièce du regard – la cheminée dont Vivi a refait les joints et changé l'âtre, la bibliothèque de ses rêves, avec des planches en diagonale, comme sur le compte Instagram de sa designeuse préférée, l'immense horloge fabriquée à partir des vieilles planches d'une grange, le canapé en tweed turquoise années 1950. Ce salon – et tout le reste du rez-de-chaussée du Gouffre Financier – est le reflet des goûts éclectiques de Vivi. Elle ne s'était pas encore attaquée à la rénovation des pièces de l'étage, elle attendait une « rentrée d'argent inespérée ». Elle est morte sans avoir le dressing de ses rêves.

Leo adore Savannah, et il est ravi qu'elle soit là, mais il ne tient plus debout.

— Il faut que je monte et que je dorme. J'ai mal au crâne.

— C'est ça de boire la tequila de maman, lui lance Carson.

— Vas-y, mon chéri.

Elle serre Leo dans ses bras puis ajoute :

— Franchement, je n'aurais rien contre un petit verre de tequila, moi. Je me demande bien où elle l'a planquée.

Leo se traîne au premier avec l'impression d'avoir 80 ans et non pas 18. Sa mère est morte. Cette information est comme une grosse noix qu'on voudrait lui faire avaler de force alors que c'est physiquement impossible.

Sa chambre est plongée dans le noir, à l'exception d'un mince filament de lumière d'or rosé autour de son store. Le soleil se couche. Sa mère s'est réveillée ce matin. Pour vivre le tout dernier jour de son existence.

Il prend son portable et... la vache ! Il a beaucoup de messages. Il suppose que la plupart viennent de Marissa.

Il a rompu avec elle hier soir, pendant une fête sur la plage autour d'un feu de joie. Ils étaient ensemble depuis près de deux ans. L'essentiel des élèves de terminale, fraîchement diplômés, était présent, et même s'il n'était pas question de célébrer la fin du lycée – ils l'avaient tous déjà fait une quinzaine de jours auparavant –, la soirée avait un petit air nostalgique. « Il ne nous reste presque plus de temps avant que nous ne prenions chacun notre route, et plus rien ne sera jamais pareil, alors autant en profiter maintenant... »

Il buvait une bière à quelques mètres du feu, avec Cruz. À Dartmouth, les étudiants avaient une semaine de vacances en novembre, si bien qu'il pourrait rendre visite à Leo dans le Colorado et qu'ils iraient skier ensemble.

Marissa est intervenue dans leur échange.

— J'en reviens pas que tu fasses des projets avec lui plutôt qu'avec moi, a-t-elle lancé avant de décocher un sourire narquois à Cruz. Et puis tu sais skier, toi ?

Il a balayé son mépris d'un éclat de rire.

— Figure-toi que oui.

Leo a terminé sa bière et écrasé la canette. Il en avait assez de la jalousie de Marissa, de ses complexes et des remarques désobligeantes qu'elle adressait à Cruz.

— Présente-lui tes excuses, s'il te plaît.

— Je plaisantais.

Elle a serré Cruz dans ses bras et ajouté :

— Il sait bien que je plaisantais. Je suis au courant qu'il skie, puisqu'il t'a accompagné à Stowe, l'an dernier.

— Alors pourquoi tu dis des trucs pareils ?

— C'est bon, frérot, est intervenu Cruz en levant les mains. Ça glisse sur moi, Marissa. Je pensais que tu l'avais compris depuis le temps.

Sauf que Leo n'arrivait pas à tourner la page cette fois.

— Viens avec moi une seconde, a-t-il dit à sa copine.

Il l'a entraînée un peu plus loin sur la plage, à l'écart des flammes crépitantes et de la ligne de basse de Lil Uzi Vert. Elle a cherché à lui prendre la main, pensant peut-être qu'il avait envie de s'amuser un peu avec elle dans les dunes. Il s'est dérobé et a mis les mains dans ses poches. Une fois qu'ils ont été tout près de l'océan, hors de portée des oreilles indiscrètes, il lui a dit, le plus simplement possible, pour éviter tout malentendu :

— Je veux qu'on se sépare.

— Quoi ? s'est-elle esclaffée. À cause de ça ? Il savait que je plaisantais, Leo.

— J'en ai marre de tes piques et de tes petites remarques. C'est plus fort que toi, tu ne peux pas t'empêcher de dévaloriser Cruz.

— Reconnais qu'il accapare pas mal ton attention…

— C'est mon meilleur ami. Je le connais depuis beaucoup plus longtemps que toi.

Il a secoué la tête et repris :

— Enfin, ce n'est pas ce que je voulais te dire. Je pense qu'on sera beaucoup plus heureux si on passe l'été chacun de notre côté, pour ensuite partir le cœur léger à la fac.

— J'ai l'impression d'entendre ta mère. Elle me déteste, tu sais. Ça l'a toujours dérangée que les choses deviennent sérieuses entre nous.

— Elle nous trouve trop jeunes.

— Et Willa alors ? Elle a bien épousé Rip à 23 ans !

Marissa l'a enlacé par la taille.

— Et nous aussi, on va se marier. C'est toi qui me l'as dit, Leo.

Il était coupable, il le savait, d'avoir entretenu ce fantasme d'un mariage après leurs années de fac. Pendant presque toute la durée de leur histoire, il s'était acheté une tranquillité en abondant systématiquement dans le sens de Marissa. Mais ce temps-là était révolu.

— Désolé, je n'ai plus envie d'être avec toi.

— Tu es saoul.

— J'ai bu une bière. Je sais très bien ce que je dis. Je sais ce que je fais. Je veux juste retrouver ma liberté, a-t-il conclu avec un soupir.

La discussion s'est poursuivie, elle a cherché à le faire changer d'avis, elle lui a assuré qu'il le regretterait, elle s'est excusée pour toutes les fois où elle s'était montrée cruelle – elle n'y pouvait rien, c'était dû à sa mauvaise relation avec son père. Puis elle s'est mise en colère, elle a insulté Leo, elle a fondu en larmes et, enfin, elle s'est éloignée comme une furie, ce qui a été un soulagement. Leo est allé piocher une autre bière dans la poubelle remplie de glace, puis il a rejoint Cruz, assis près du feu avec sa copine, Jasmine Kelly, qui irait à la rentrée dans une fac à plus de 1 500 kilomètres de Dartmouth.

— C'est fait, je l'ai quittée.

Jasmine a signifié son incrédulité d'un claquement de lèvres.

— Je te jure, c'est terminé pour de bon.

— La vache, a dit Cruz. Et on reste ou on y va ?

— On reste. Mais j'ai besoin d'un truc plus fort que de la bière.

Il y a au moins une douzaine d'appels en absence de Marissa, qui datent de la nuit dernière, lorsque Leo était encore à la fête. Le dernier remonte à 1 h 27. Elle a dû s'endormir ensuite.

Il y a aussi un texto envoyé à midi aujourd'hui.

Alexis m'a prévenue pour ta mère. Je suis vraiment désolée. Elle m'a dit que la police soupçonnait Cruz.

La police ne le soupçonne pas du tout, pense Leo. C'est juste qu'il a trouvé Vivi.

Cruz a justement envoyé plusieurs messages.

La police a gardé ma voiture pour qu'elle soit examinée. Mon père est venu me chercher au commissariat. Je suis rentré.
Je ne sais pas quand tu liras ça, mais il faut que tu fasses le ménage dans ton téléphone.
Tu vas trouver un texto de Peter Bridgeman et une photo. Efface-les.
Je suis rentré. Appelle-moi.
C'était une mère pour moi.
Vire cette photo, mec. S'il te plaît. On pourra toujours en parler plus tard. Ou pas.

Leo parcourt ses messages et remonte à un temps qu'il n'envisage plus comme « ce matin » ou « hier soir », mais comme « le temps où maman était encore en vie ».

Et effectivement, il a reçu un texto d'un destinataire inconnu, Peut-être : Peter, auquel est jointe une image.

Leo l'ouvre et a aussitôt un haut-le-cœur.

Non ! Peter Bridgeman a pris cette photo ? Saisi de sueurs froides, il se précipite aux toilettes, de peur de vomir sur son lit, puis il se rappelle qu'il a laissé l'image ouverte et que n'importe qui pourrait la voir.

Il se précipite pour l'effacer définitivement de son téléphone – pas question qu'elle passe plusieurs jours dans le dossier « supprimés récemment ».

Doit-il appeler Peter ? Il ne l'a jamais apprécié, et ils en sont même venus aux mains, à l'automne dernier, après que Peter l'avait provoqué. Heureusement qu'il y avait beaucoup de monde, sinon Leo aurait eu du mal à retenir ses coups. Or Peter fait en quelque sorte partie de la famille : le mari de Willa, Rip, est son oncle.

À qui d'autre a-t-il pu envoyer cette photo, à part Cruz ? Leo pourrait toujours l'appeler pour le menacer – sauf que Peter doit être au courant pour Vivi. Et même un minable comme lui aura pitié. Avec un peu de chance, il la supprimera, et plus personne n'en entendra parler.

Pourtant Leo a le terrible pressentiment que cette histoire est loin d'être terminée.

Nantucket

Quand nous avons appris que Vivian Howe, l'écrivaine, avait été tuée par un chauffard à l'une des intersections de Madaket Road, chacun a trouvé matière à commenter.

Installée depuis plus de vingt-cinq ans à Nantucket, elle n'était pourtant pas originaire de l'île, mais venait de... Pennsylvanie ? Ou de l'Ohio ? En tout cas, nous l'avions adoptée.

Il y a quelques années, le rédacteur en chef du *Nantucket Standard,* Jordan Randolph, a relevé une erreur dans l'un des romans de Vivian Howe. Elle parlait des passagers d'un ferry débarquant sur Steamship Wharf au lieu de Steamboat Wharf[1]. Il s'en est pris à elle dans son édito hebdomadaire : si elle n'était pas capable de connaître les fondamentaux de notre île, alors elle n'avait aucun droit d'écrire dessus. Cette remontrance lui a valu un sérieux retour de manivelle. Les ferries étaient gérés par la compagnie Steamship, si bien que presque tous les habitants de Nantucket – natifs ou d'adoption – appellent ce quai Steamship Wharf. Honor Prentice, qui appartenait à la cinquième génération native de l'île, a écrit une lettre à Jordan Randolph pour lui signaler qu'il parlait lui aussi de Steamship Wharf.

Avantage, Vivi.

La plupart des petits commerçants en ville l'adoraient : ses livres attiraient beaucoup de touristes, en particulier des visiteurs à la journée avec beaucoup d'argent à dépenser. Lorsqu'elle prenait pour cadre d'une scène d'un de ses romans un restaurant précis, les gens voulaient y manger. Lorsqu'un personnage achetait une robe dans telle ou telle boutique, ses lectrices souhaitaient s'y rendre.

On lui reprochait aussi, bien sûr, le revers de cette médaille. Un jour qu'elle se trouvait coincée dans un embouteillage au carrefour près du lycée, Lucinda Quinboro a confié à sa meilleure amie, et partenaire de bridge, Penny Rosen :

— Tout ça, c'est la faute de Vivi, tu sais.

À quoi Penny lui a répondu :

— Pour toi, tout est sa faute.

En effet, il y a dix ans, le divorce de l'écrivaine et de son mari, J. P. Quinboro, a fait beaucoup de bruit. Certains d'entre nous savent très bien que J. P. a succombé aux charmes d'Amy Van Pelt, la jeune femme qu'il employait

1. Les deux termes étant synonymes et signifiant « bateau à vapeur » – *wharf* étant pour sa part le mot désignant le « quai ». (Toutes les notes sont de la traductrice.)

dans sa cave à vin – où nous ne mettions jamais les pieds tant les prix étaient exorbitants. Les conversations s'interrompaient dès que J. P. arrivait quelque part – pour s'acheter un sandwich au Nickel ou de la peinture au magasin de bricolage, pour assister à une réunion à la chambre de commerce –, parce que personne ne savait quoi lui dire d'autre que : « Réveille-toi un peu. » Vivi a quitté la maison, et quand son roman *Vacances sur la côte* a connu le succès, elle est restée absente de l'île si longtemps, pour sa tournée, que certains d'entre nous ont bien cru qu'elle avait quitté Nantucket définitivement.

Elle a pourtant fini par en reprendre le chemin, et avec le temps, elle a paru se relever de cette épreuve. Elle a acheté une maison dans Kingsley Road, parfaite sur le papier mais beaucoup moins en réalité. Dès son emménagement, elle a découvert qu'il y avait des fuites partout, que la cave de service très chic était *kaput*, qu'une odeur persistante de pourriture l'assaillait systématiquement au pied de l'escalier et qu'elle entendait des souris (ou des rats) dans le faux plafond. Elle n'a pas tardé à se rendre compte qu'elle avait investi dans un gouffre financier, expression qui allait rapidement devenir le surnom officiel des lieux. Grâce à elle, nos artisans ont été bien occupés pendant des années : son entrepreneur, Marky Mark, son plombier, son adorable électricien, Surfer Boy, et celle qu'elle vénérait plus que tout, sa paysagiste, Anastasia.

Vivi s'épanouissait à nouveau, et nous étions heureux pour elle.

La nouvelle de sa mort a été un choc.

Les Springer ont aperçu Cruz DeSantis près de son corps sur les lieux de l'accident. Ils se sont garés pour lui demander ce qui s'était passé, et il était si bouleversé qu'il leur a seulement répondu qu'une ambulance était en route. Est-ce lui qui l'a renversée ?

Nous espérons que non.

Ce jeune homme est l'un des élèves les plus brillants de l'île. Il doit faire sa rentrée à Dartmouth avec une bourse au mérite, ce qui est la plus belle des récompenses pour son père, Joe, le propriétaire du Nickel. Une sandwicherie petite par la taille, mais immense par l'influence qu'elle a en ville. Quiconque a goûté son sandwich aux œufs, au bacon croustillant et à la mâche sur un pain toasté aux olives, ou celui au saumon grillé accompagné d'épinards frais et d'un aïoli à la framboise et à l'aneth sur une brioche moelleuse, sait qu'il ne s'agit pas de simples « sandwichs » et que ce n'est pas pour rien qu'il figure en numéro 1 sur la liste des « restaurants en centre-ville à Nantucket » du site TripAdvisor.

Joe DeSantis s'est battu en Irak avec la 82e division aéroportée. Il n'est pas seulement un héros de notre pays, il est aussi un héros de notre île. Il apporte les invendus (quand il y en a) à la caserne, à l'hôpital ou à St. Paul, pour les réunions des AA. Il offre des bons d'achat à toutes les organisations caritatives locales. On s'en voudrait presque de lui demander quoi que ce soit, parce qu'il ne refuse jamais rien. Il possède également une grande qualité d'écoute. Il a donné ce nom à sa boutique, le Nickel, à cause de la bande dessinée des *Peanuts* où l'on voit Lucy offrir des conseils en psychiatrie contre une pièce de 5 cents, autrement dit un « nickel ». (Il y a d'ailleurs une reproduction encadrée d'une vignette avec Lucy sur le mur de la sandwicherie.)

Cruz est aussi généreux, bienveillant et travailleur que son père. Il s'est offert sa jeep avec l'argent qu'il a gagné grâce à ses deux boulots d'été – il remplit les rayons du supermarché, le Stop and Shop, et propose du soutien scolaire dans les matières scientifiques.

Nous ne pouvons pas nous faire à l'idée que son avenir serait menacé à cause de l'accident. Nous n'avons qu'une certitude : il était présent sur les lieux. Point.

Alexis Lopresti se trouvait à l'accueil du commissariat, lorsqu'elle a entendu à la radio que Vivi avait été tuée. Elle avait évidemment été informée qu'elle ne devait divulguer aucune information reçue dans le cadre de ses fonctions, au risque de perdre son travail, mais ceux d'entre nous qui la connaissent savent bien qu'elle ne se sent pas concernée par les règles.

Elle a aussitôt écrit à sa sœur, Marissa. Vivi a été tuée par un chauffard. Ils interrogent Cruz. Falco l'a vu griller un stop quelques minutes avant l'accident.

Marissa se trouvait près du petit étang d'eau salée surnommé la Baignoire, où sa mère les emmenait, Alexis et elle, dans leur enfance. Plus personne ou presque n'y venait – les termes « insectes » et « eau stagnante » venaient aussitôt à l'esprit –, ce qui en faisait l'endroit idéal quand on aspirait à un peu de tranquillité. Sur place, elle a fouillé sa jeep, retrouvé son portable – il avait glissé sous le siège passager – et examiné la photo que Peter Bridgeman lui avait envoyée.

Le texto d'Alexis est arrivé à ce moment-là. Vivi était morte. La police interrogeait Cruz. Un policier l'avait vu griller un stop et foncer sur Surfside Road.

Oh, mon Dieu !

Elle a aussitôt immergé sa jeep dans la Baignoire, sacrifié son portable qu'elle a laissé tomber dans le sable visqueux et marécageux, puis elle s'est extirpée de ce bourbier et elle a gravi, trempée, les dunes alentour pour aller se poster sur la route et trouver de l'aide.

Ed

L'enquêtrice de la police scientifique spécialisée dans les accidents de la route vient d'arriver de Cape Cod. Elle s'appelle Lisa Hitt. La cinquantaine, elle est ce que certains appellent une pile électrique. Elle a de longs cheveux bruns, beaucoup d'énergie et toujours un immense sourire, même dans les circonstances les plus tragiques.

Le chef de la police la conduit sur le lieu de l'accident et, sur le trajet, il lui rapporte ce qu'il sait. Quand il l'informe du nom de la victime, elle frappe du plat de la main le tableau de bord et s'exclame :

— Non ! Non, non, non ! C'est mon autrice préférée ! Ça va vous paraître idiot, mais je la suis sur Instagram. J'ai vu des photos de ses enfants. Et des vidéos des travaux qu'elle a faits chez elle. Pour tout vous dire, dès que j'ai su qu'on m'envoyait ici, j'ai réservé une chambre dans l'hôtel que Vivi mentionne dans ses livres et une table au Nautilus, parce que c'est son restaurant préféré.

Après un silence, elle ajoute :

— Je n'en reviens pas que Vivian Howe soit morte. Je crois que je vais pleurer.

Une enquêtrice de la police scientifique qui verserait des larmes ? s'étonne Ed.

— Nous sommes arrivés.

Il se gare un peu avant l'intersection avec Kingsley Road. Smith a remplacé Falco et il veille à ce que les automobilistes ne passent pas trop près de la zone délimitée par les bandes jaunes de la police. Le chef de la police remarque que des bouquets s'entassent déjà dans un coin. Il n'a pas encore informé Andrea de la mort de Vivian Howe, et elle est sans doute déjà au courant. Nantucket est une petite île.

Une camionnette avec le matériel scientifique se gare juste derrière eux, et Lisa Hitt se met au travail. Elle prend des photos, mesure les empreintes de pneus qu'elle parvient à identifier sur la chaussée, recueille des échantillons de sang dans le sable et la terre.

— On dirait que l'automobiliste a reculé, dit-elle en lui indiquant des traces, mais je ne vois aucun signe de dérapage, et il y a les empreintes de différents pneus ici. Impossible de savoir s'ils appartenaient au véhicule qui a renversé la victime, au véhicule de la personne qui l'a découverte, ou à quelqu'un d'autre.

Elle se redresse.

— Vous avez immobilisé un véhicule ?

Il confirme. La jeep de Cruz.

— Et on pourra récupérer ses vêtements chez le médecin légiste ? Le corps est bien envoyé sur le continent pour une autopsie ?

— Oui.

Ed a un mauvais pressentiment. Il n'aime pas du tout ce que Falco lui a raconté sur Cruz, le panneau stop et l'excès de vitesse dans Surfside Road. Falco aurait dû intervenir ! C'est pour cette raison que la police arrête les automobilistes qui roulent trop vite, afin d'éviter ce genre d'accident. Pourquoi n'a-t-il pas fait son travail ?

— Vivi mesurait combien ? Un mètre soixante ? Et elle pesait quarante-cinq kilos toute mouillée ? Si elle a été percutée par une voiture qui roulait à quarante kilomètres heure environ, il est très possible qu'elle n'ait laissé aucune marque sur la carrosserie.

— Mais peut-être qu'elle en a laissé une.

— Peut-être, confirme-t-elle. Vous vous rappelez ce qu'a dit Edmond Locard ?

Ed n'a aucune idée de ce que cet Edmond Locard, le père de la médecine scientifique, a bien pu dire.

— « Tout contact laisse une trace. »

Il se sent mal. Il a déjà arrêté des amis, il a déjà aidé le FBI à tendre un piège à des amis, mais il n'a jamais été tiraillé par des sentiments aussi contraires qu'à cet instant.

— Je vais jeter un coup d'œil à cette voiture. Vous connaissez le conducteur ?

— Oui. Et Mme Howe le connaissait très bien. Il est ami avec son fils.

Lisa retient un cri.

— J'espère qu'on ne parle pas de Cruz ? Vivi postait sans arrêt des photos de lui. Elle disait que c'était son quatrième enfant.

Ed hoche la tête.

— Une fois encore, la réalité dépasse la fiction, soupire-t-elle. J'ai l'impression d'être entrée dans un roman de Vivian Howe, ajoute-t-elle avec un sourire triste. Ils se finissent bien en général.

— Pas celui-ci.

Le fait que Falco ait vu Cruz griller un stop n'est pas la seule chose qui le turlupine. Pourquoi le môme affirme-t-il qu'il se rendait chez les Howe en venant directement de chez lui ? Si c'est le cas, il n'avait aucune raison de passer par Hooper Farm Road. Par conséquent, l'un des deux se trompe, ou ment. Et ça, ça ne lui plaît vraiment pas.

Et puis, bien sûr, quelle que soit l'identité du coupable, une femme est morte. Et trois enfants se retrouvent orphelins de mère.

Vivi

La porte verte s'ouvre et Martha pénètre dans le paradis bohème chic de Vivi. Elle porte un autre foulard Hermès dans ses cheveux, dont elle a noué les pans autour de son cou, avec un art que seule une employée d'Hermès, ou une journaliste du *Vogue* français, peut maîtriser.

— J'aime beaucoup votre façon d'attacher votre foulard.

Voilà ce que lui dit Vivi, alors qu'elle pourrait plutôt lui demander : *Que faites-vous ici ? pourquoi me surprenez-vous toujours comme ça ?*

— Je viens quand vous avez besoin de moi, dit Martha, qui, de toute évidence, peut lire dans ses pensées.

— Et j'ai besoin de vous dans l'immédiat ?

— Oui. C'est votre enterrement, aujourd'hui.

— Je sais.

Elle a suivi les préparatifs sur Terre. La police a fermé une portion de Federal Street à la circulation. Ce qui n'arrive que lorsqu'on attend une foule importante.

Elle se poste avec Martha devant l'immense baie au moment où les forces de l'ordre dégagent la voie pour l'imposant SUV de Rip. Elle regarde ses enfants en descendre et se réunir sur le trottoir devant St. Mary.

Elle étouffe un sanglot. Elle ne sait pas très bien pourquoi elle a encore des émotions, pourquoi elle souffre toujours autant au plus profond de son âme. *La douleur n'est-elle pas censée disparaître avec la mort ?*

— Seulement quand vous intégrerez le chœur, lui explique Martha. Tant que vous vous intéresserez à ce qui arrive en bas, vous resterez prisonnière de vos sentiments.

— Argh, c'est difficile.

— Nous ne sommes pas obligées de suivre la cérémonie. Beaucoup préfèrent détourner le regard à ce moment-là.

— C'est vrai ?

Ça lui paraît absurde : elle ne va pas s'absenter de son propre enterrement. Hors de question. C'est déjà suffisamment contrariant que son corps ne soit pas présent. Il a été envoyé à Cape Cod dans la cale du ferry (aucun respect !) pour être autopsié, mais les enfants et Savannah ont décidé de maintenir la cérémonie le mercredi, ce qu'elle juge sage. La repousser ne servirait qu'à prolonger le chagrin de tout le monde. L'éditeur de Vivi – elle l'a surnommé il y a fort longtemps « M. Hooper », en hommage à l'épicier de *Sesame Street* qu'elle aimait tant dans son enfance – a prévu une cérémonie en ligne le lendemain.

Tic-tac, tic-tac, pense-t-elle. Elle ne sera déjà plus d'actualité à la fin de la semaine.

— Arrêtez de vous apitoyer sur votre sort, lui dit Martha. Profitons plutôt de l'instant présent. Vous avez vu tout ce monde ?

Rip et Leo portent un pantalon en toile et un blazer. Il y a une tache de ketchup sur celui de Leo, au niveau de la cuisse. Vivi sait qu'il n'a pas porté ce pantalon depuis la remise des diplômes. Juste après la cérémonie, il est allé avec Cruz et une bande de copains chez Lola Burger. Le pantalon est resté roulé en boule sur la moquette de sa chambre tout ce temps. Elle soupire. Elle se chargeait (à contrecœur) de la lessive de ses enfants, du moment que les vêtements arrivaient dans le panier à linge du couloir. Il était hors de question qu'elle aille les chercher dans la chambre de Leo ou de Carson – lorsque Willa vivait encore là, elle s'occupait de faire ses propres machines. Ce principe lui semblait parfaitement raisonnable tant qu'elle était en vie, mais à présent elle regrette de ne pas avoir fait mieux. Déjà, Leo a l'air d'un garçon qui a perdu sa mère.

Willa porte une robe en lin noir qui ne pourrait pas être moins seyante. Elle a toujours préféré cacher son corps plutôt que l'exhiber. Ça, c'est le style de Carson. Elle a fouillé dans les affaires de sa mère et arrêté son choix sur la tenue la moins adaptée qui soit : une robe en dentelle noire transparente – une petite folie que Vivi s'est offerte en 2007 après la vente des droits de son roman *L'Île cinq étoiles* aux Hongrois. Elle est censée se porter avec un fond de robe noir, pourtant Carson en a choisi un couleur chair, si bien qu'on a l'impression, à première vue, qu'elle est nue dessous. Elle a aussi récupéré les stilettos Louboutin noirs à clous de Vivi. On dirait qu'elle a rendez-vous dans un club SM de Berlin-Est. Elle est sublime... et totalement à côté de la plaque. Pourquoi Savannah ne l'a-t-elle pas orientée vers une tenue un peu plus sobre ?

Celle-ci sort justement de l'église. Elle est en robe droite bleu marine avec une bande jaune vif en bas. Une larme coule sur la joue de Vivi lorsqu'elle cligne des paupières. Savannah s'habille exclusivement en noir, en blanc, en beige ou en jean – elle ajoute une touche dorée ou argentée pour le soir –, et Vivi se souvient de lui avoir dit plus d'une fois à la fin d'une soirée un peu arrosée que pour son enterrement (dans un avenir le plus lointain possible), elle aimerait beaucoup la voir porter de la couleur.

Elle n'a pas oublié. Et elle l'a fait. Parce que Savannah Hamilton est la meilleure amie du monde.

Son expression quand elle découvre la tenue de Carson informe Vivi qu'elle lui a bien suggéré quelque chose de plus discret et que celle-ci n'en a fait qu'à sa tête. Comme c'est étonnant...

Savannah fait un signe dans leur direction, et les enfants gravissent les marches. Willa et Carson se... tiennent par la main ? La mort de Vivi les aurait-elle rapprochées ? A-t-il fallu cela pour qu'elles se rendent compte qu'elles sont sœurs ? Combien de fois les a-t-elle séparées, Willa avec de vilaines égratignures rouges sur les joues, Carson avec des éclairs de rage et de culpabilité dans ses yeux verts ? Après un de ces crêpages de chignon, elle leur avait dit : « J'aurais donné n'importe quoi pour avoir une sœur, moi. »

Martha interrompt le fil de ses pensées.

— Les sœurs, c'est un peu la loterie, dit-elle avec un rire las. Elles ne sont pas forcément les meilleures des amies.

— Vous avez eu des différends avec Maribeth ?

— Je vous raconterai ça un autre jour.

Savannah conduit les enfants à l'intérieur et les portes se referment derrière eux, laissant le reste des personnes présentes rôtir au soleil.

Dennis arrive. Il a mis son costume gris alors que Vivi lui a dit au mariage de Willa que le pantalon était un peu trop serré aux fesses et que le gris était trop sévère pour Nantucket. Malgré cet attirail d'adulte, il a l'air aussi triste et perdu qu'un petit garçon. Elle n'avait parlé qu'à Savannah de son désir de prendre des distances avec lui – son besoin d'espace, la sortie du livre, l'approche de la tournée, ce qu'elle lui avait dit : elle préférait qu'il ne reste plus dormir, elle comprendrait très bien qu'il ait envie de voir quelqu'un d'autre. Son amie lui avait conseillé de ne pas laisser traîner en longueur et d'arracher le pansement d'un coup sec.

— Ça te paraîtra cruel sur le moment, mais ce sera plus charitable sur le long terme.

Dennis, je suis désolée, pense Vivi. Si elle avait su qu'elle allait mourir, elle aurait pu lui épargner de subir la douleur d'un rejet. Elle regrette de ne pas pouvoir lui arranger un rendez-vous avec une élève célibataire de son cours de barre au sol.

— Vous en avez encore le moyen, lui signale Martha. Cependant, il faudra utiliser un de vos coups de pouce.

Non. Elle ne va pas gaspiller une de ses trois chances d'influencer le destin pour garantir l'avenir amoureux de Dennis. Il devra se débrouiller tout seul.

Vivi repère alors Marissa Lopresti dans la foule. Sa robe fait sérieusement concurrence à celle de Carson – noire, courte, elle possède un dos nu, un décolleté plongeant et des découpes sur les côtés. Elle la portait déjà pour le dîner de Noël, au Gouffre Financier. Vivi n'avait pas pu s'empêcher de lui proposer un pull, et la jeune femme l'avait considérée avec incrédulité, l'air de penser qu'un pull était parfaitement antinomique avec l'essence de cette robe.

Elle est accompagnée de sa sœur, Alexis, de cinq ans son aînée, et de leur mère, Candace, qui, grâce à un usage intensif du botox, ne semble avoir que cinq ans de plus que sa première fille. Candace Lopresti est consultante pour des hôtels de luxe. Elle est constamment en déplacement professionnel – en Inde, dans les Grenadines. Lorsque les filles étaient au collège et au lycée, elle les confiait à la garde de leur grand-mère, très âgée (et sénile). Cet arrangement avait le mérite de sauvegarder les apparences, il lui permettait de cocher la case « présence d'un adulte responsable », mais Vivi savait qu'Alexis, au moins, avait été laissée la bride sur le cou. Et c'est d'ailleurs une belle ironie du sort qu'elle se retrouve aujourd'hui employée au commissariat, elle qui a eu des rapports houleux avec les forces de l'ordre à l'adolescence.

— Vous ne devriez pas porter de jugement, lui dit Martha.

Elle a raison, songe Vivi. Carson n'était pas tellement plus sage.

Dès que Leo et Marissa ont commencé à sortir ensemble, celle-ci a réglé la question des absences maternelles en venant quasiment s'installer au Gouffre Financier – elle y passait souvent des week-ends entiers.

— Ma mère est partie en voyage, annonçait-elle le vendredi après-midi, quand elle débarquait avec son sac de voyage Louis Vuitton (un cadeau exorbitant de sa mère, censé remplacer amour, éducation et sens des responsabilités).

Eh bien, décidément, Vivi a le jugement facile aujourd'hui !

Voyant les sœurs Lopresti suivre leur mère à l'intérieur de l'église, elle se demande pourquoi Marissa n'est pas venue avec Leo.

Et où est Cruz ?

Elle remarque alors J. P. qui gravit les marches. Va-t-il serrer des mains et faire la conversation avant d'entrer ? Non, il se faufile dans St. Mary sans avoir adressé un seul signe à personne.

Où est Amy ? Lui a-t-il confié la tâche fastidieuse de garer la voiture, ou a-t-elle eu la sage idée de ne pas venir ?

Martha se racle la gorge.

— Elle ne vient pas alors ?

Un discret hochement de tête apporte à Vivi la confirmation qu'elle attendait. Elle en est soulagée. Peut-être qu'elle a un mauvais fond revanchard, mais elle est heureuse que la femme qui lui a piqué son mari ne soit pas assise aujourd'hui sur l'un des bancs des premiers rangs, près de ses enfants, en faisant mine de porter le deuil.

Les portes de l'église s'ouvrent et le reste de la foule s'y engouffre.

Il y a quelques arrivées tardives.

Vivi aperçoit Cruz et Joe DeSantis dans India Street. Joe a une main dans le dos de son fils, qu'il pousse d'un geste ferme.

Cruz ! Elle s'attendait à ce qu'il soit déjà installé avec les enfants.

— Je vais attendre dehors.

— Après tout ce que cette femme a fait pour toi, après tous les repas qu'elle t'a préparés, tous les livres qu'elle t'a prêtés, cette incroyable lettre de recommandation qu'elle a rédigée pour toi, l'amour sincère qu'elle t'a porté jour après jour depuis que tu as appris à marcher ? Certainement pas. Tu entres avec moi.

— Non.

Il carre les épaules et croise les bras.

Vivi a du mal à en croire ses yeux. Cruz ne défie pour ainsi dire jamais son père, et ce pour une excellente raison. Joe DeSantis est aussi grand et implacable qu'un mur en brique, et il a une grosse voix autoritaire. Il n'est ni effrayant ni intimidant ; il a une véritable présence. Et Cruz a pour habitude de le respecter, et de lui obéir.

— Je ne pensais pas connaître le jour où je dirais une chose pareille, mais tu me déçois.

Joe entre, plonge ses doigts dans le bénitier et fait une génuflexion, puis la porte se referme.

Cruz prend une longue inspiration frémissante. *Il y a un problème,* comprend Vivi. *Un problème de taille.* Il lève les yeux vers le ciel en plissant les paupières derrière ses lunettes.

Est-ce qu'il me voit ?

— Non, lui dit Martha. Nous en avons déjà discuté.

Est-ce qu'il sent ma présence ?

Cruz suit son père à l'intérieur.

Un homme descend Main Street à toute allure ; il tourne à gauche devant le magasin de souvenirs, en direction de St. Mary.

Zach Bridgeman.

Bon, d'accord, il y a toujours des retardataires dans toutes les cérémonies dans le monde entier, et aujourd'hui, alors que l'on célèbre les funérailles de Vivi, c'est Zach. Pamela doit déjà être assise avec ses parents, les Bonham. Il monte les marches deux à deux et suit une trajectoire en diagonale. Lorsqu'il ouvre la porte, elle entend l'orgue et voit tout le monde se lever. Il est temps d'entrer.

Au lieu de se diriger vers les premiers rangs, Zach se faufile dans un petit coin tout au fond.

Étrange... Peut-être qu'il risque d'être appelé à tout instant à la tour de contrôle, peut-être qu'il veut pouvoir sortir fumer discrètement, peut-être qu'il ne tient surtout pas à attirer l'attention sur son retard en traversant l'église.

— Vous comprendrez plus tard, lui dit Martha.

Elle commence à agacer Vivi, cette Madame Je-Sais-Tout. Elle est la narratrice omnisciente dont elle n'a jamais voulu, elle préfère raconter les histoires à travers le point de vue d'un personnage.

— Désolée, mais c'est ainsi.

— Il y a un problème avec Zach ?

Martha hoche la tête.

Bon, d'accord. Il faut bien l'avouer : Vivi est romancière, et sa curiosité est piquée.

Le chant d'entrée, *Love Divine, All Loves Excelling,* est l'un de ses préférés. Quelqu'un, Willa, l'a donc écoutée lors de l'une des rares messes auxquelles elles ont assisté quand elle a dit qu'elle aimerait qu'on le joue à son enterrement.

Une fois l'hymne terminé, tout le monde s'assied.

Les enfants sont au tout premier rang, pris en sandwich entre J. P. et Savannah. Tous trois en larmes et inconsolables.

Vivi n'a pas été une mère parfaite, loin de là. Willa, par exemple, aurait voulu qu'elle ressemble davantage à celle de Rip, Tink Bonham – froide, élégante, discrète. Or elle n'était, elle le reconnaît volontiers, aucune de ces choses. Il lui arrivait de faire du bruit en mangeant et de grogner en riant, elle jurait comme un charretier, elle klaxonnait en voiture et n'hésitait pas à adresser un doigt d'honneur aux autres automobilistes (enfin, sur le continent uniquement), elle sanglotait bruyamment devant les films tristes. Autant de choses qui embarrassaient Willa et, Vivi en avait l'impression, suscitaient un peu de dédain de sa part.

Carson, quant à elle, arborait le mépris que sa mère lui inspirait comme un boa à plumes fluo. Vivi avait souvent l'impression de ne jamais rien faire de bien à ses yeux. Toutes les périodes de détente, d'amitié et d'affection étaient temporaires, suivies d'un contrecoup explosif – elle en voulait pour exemple la dispute du matin de sa mort. Et pourtant, Carson sanglote si fort qu'on pourrait croire qu'elle tient son propre cœur brisé entre ses deux mains.

Leo est d'habitude le plus stoïque des trois. Lorsqu'il s'était déboîté l'épaule lors d'un match de lacrosse au collège, il n'avait pas poussé un seul cri. Bébé, il ne pleurait pas pendant les vaccinations. Il avait une tolérance élevée à la douleur et au ridicule – ses sœurs s'amusaient à le bousculer, à dessiner sur lui, à le déguiser. Un jour, Willa l'a laissé tomber sur l'allée de gravier tête la première. Vivi s'attendait presque à ce qu'il accueille la nouvelle de sa mort avec un courage héroïque, et même si elle en aperçoit des traces – il prend régulièrement une inspiration, s'essuie le visage et se concentre –, les larmes reviennent toujours presque aussitôt.

Mes bébés... Ils ont besoin de moi. Je n'étais pas obligée d'être leur meilleure amie, de me montrer cool ou drôle, de leur préparer de délicieux encas, de leur rapporter des bonbons de l'épicerie ou de les couvrir de cadeaux quand je les avais à Noël, je n'ai jamais été obligée de les conduire à la plage et de passer prendre une demi-douzaine de copains au passage, puisqu'ils auraient très bien pu y aller à vélo.

Il me suffisait de les serrer dans mes bras, de les embrasser, de les bercer le soir, de leur lire des histoires, de leur dire que j'étais fière et heureuse, si heureuse, d'être leur maman.

Je suis là, pense-t-elle. *Je suis là.*

Elle voudrait leur faire savoir qu'elle les regarde. Doit-elle utiliser un de ses coups de pouce ? Comment ? En faisant passer une voiture dont la sono joue à toute berzingue *Spirit in the Night* du Boss ? Provoquer un orage surgi de nulle part ?

— Je veux utiliser un de mes coups de pouce. Pour faire comprendre aux enfants que je suis là.

— Si j'étais vous, j'attendrais qu'ils aient besoin de moi.

— Vous êtes aveugle, ou quoi ? Ils ont besoin de moi.

— Ils vont très bien, Vivi. C'est normal.

Elle a sans doute raison. Après tout, leur mère est morte soudainement, et ils n'ont pas eu le temps de se préparer, ni de lui dire au revoir.

Ce qu'il y a, c'est que Vivi sait très bien ce qu'ils ressentent.

Elle quitte brusquement l'église St. Mary et se retrouve assise au premier rang d'une autre, St. John Bosco, à Parma, dans l'Ohio. Le 18 février 1987. Vivi a 17 ans, elle est en terminale. Elle a posté tous ses dossiers pour l'université, et son père vient de se tuer en respirant les gaz d'échappement de la voiture familiale, un break Ford de 1982, dans leur garage.

Cette mort est non seulement une tragédie (un homme est mort alors qu'il était en parfaite santé), mais aussi un scandale. On échange des messes basses à l'église, dans le voisinage, dans toute la ville. *Pourquoi a-t-il fait ça ? A-t-il laissé un mot ?*

Il n'y avait aucun mot, aucune explication.

Le père de Vivi, Frank Howe, travaille pour l'entreprise de télécoms régionale, Ohio Bell. Il est « manageur », ce qui implique de porter une chemise et une cravate pour aller travailler, mais pas de veste. Sa fille ne sait rien de sa vie professionnelle ; elle n'a aucune idée de ce qu'il « manage » et ne pose aucune question. Une fois par an, avec sa mère, Nancy, elle assiste au « pique-nique de la boîte », qui a lieu dans la maison du patron de Frank, dans un quartier plus chic que le leur. M. Ricard, le patron, a une piscine et un bar d'extérieur, autant d'arguments qui séduisent Vivi, même si elle redoute toujours cet événement : elle se retrouve à devoir traîner avec les enfants des autres employés qu'elle ne connaît pas. Elle apporte toujours un livre et passe son après-midi à lire sur un transat. Sur le trajet du retour, sa mère lui reproche systématiquement son manque de sociabilité. Vivi se contente de hausser les épaules et de marmonner dans sa barbe « qu'est-ce que ça peut te faire ? ». Une année, pendant le pique-nique, elle est dérangée en pleine lecture par un chœur d'hommes qui entonne *a cappella Coney Island Baby.* C'est déjà surprenant en soi, mais elle se redresse d'un coup lorsqu'elle se rend compte que l'homme qui chante la partition du baryton est son père.

Elle ne savait pas qu'il chantait ! Quand a-t-il appris les accords, les paroles ? C'est la première fois qu'elle envisage son père comme un individu doté de talents et de centres d'intérêt.

Sa mère est très croyante, au point que c'en est pénible : sa conception de la décoration d'intérieur consiste à accrocher un maximum de crucifix. Elle dirige le secrétariat du presbytère. Elle tutoie les prêtres et aucun paroissien n'a de secret pour elle. Tout le monde la qualifie de sainte – elle organise les distributions de nourriture, de vêtements, les collectes pour la famine en Éthiopie. Elle rend visite aux malades et aux personnes âgées lorsque les prêtres sont débordés, elle apporte son aide au foyer d'urgence pour femmes battues. Elle tient la soupe populaire et anime un groupe de lecture pour les paroissiennes.

Seuls Vivi et son père savent que Nancy n'est pas une sainte. À la maison, elle se montre dictatoriale et impatiente. C'est elle qui décide tout. Elle livre une bataille constante contre son poids, dont son mari et sa fille sont les victimes collatérales, alors qu'ils sont tous deux aussi minces que des fils. Quand elle suit un régime (c'est-à-dire tout le temps), eux aussi. Ils se nourrissent de plats étranges et mauvais : lasagnes au cottage cheese, poisson bouilli ou gâteaux sans sucre. Ils récitent les grâces avant le repas du soir en se tenant par la main, et Nancy y consacre plusieurs minutes, si bien que le dîner refroidit.

Elle fume comme un pompier, même si elle va toujours dans le garage. Tout le monde a droit à un vice, affirme-t-elle. C'est le seul détail qui permet à Vivi de savoir que sa mère est humaine.

Le samedi matin, son père l'emmène petit-déjeuner en centre-ville pendant que Nancy travaille à la soupe populaire ou va chercher des compositions florales pour les messes du week-end. Ils attendent ce moment toute la semaine. Ils s'installent toujours dans le même box en vinyle vert forêt, et c'est toujours la même serveuse, Cindy, avec sa queue-de-cheval haute et son rouge à lèvres rose vif, qui s'occupe de leur table.

— Ce ne serait pas un vrai samedi sans mes clients préférés, dit-elle systématiquement. Je vous sers du café ?

Oui, Vivi est autorisée à en boire ce jour-là. Cindy lui apporte même son propre pichet de crème en aluminium et son propre sucrier. Ensuite, le père et la fille se plongent dans la lecture de l'immense carte plastifiée et commandent tout ce qui leur fait envie : des œufs brouillés accompagnés de bacon et de saucisses, ou de pommes paillasson, ainsi qu'un toast de pain de seigle légèrement beurré avec ses petites barquettes de confitures, ou des pancakes avec une noisette de beurre bien dodue sur le dessus, ou des gaufres aux fraises et à la crème fouettée, ou du pain perdu saupoudré de sucre glace, ou encore des omelettes qui débordent de fromage, d'oignons caramélisés, de tomates et de poivrons verts. Frank apporte toujours le journal, et il donne une rubrique à Vivi, ce qui la fait se sentir adulte – et l'aide aussi à ne pas manger trop vite. Ils savourent non seulement la nourriture mais leur liberté, loin des diktats et règles de Nancy, loin de ses régimes et de ses diatribes. Les véritables instants de grâce que Vivi connaît dans sa jeunesse sont ces heures volées dans ce café bon marché, assise en face de son père. Ensemble, ils raclent le sirop d'érable dans leur assiette avec le dos de leur fourchette, puis, avec un clin d'œil, Frank pousse deux pièces de 25 cents vers elle, sur la table, pour qu'elle puisse acheter son horoscope à la machine dans la galerie commerçante pendant qu'il règle l'addition (et laisse un pourboire à Cindy).

À 17 ans, Vivi ne parvient pas à s'expliquer pourquoi son père a pu vouloir se tuer, et elle en déduit donc qu'il avait d'autres secrets que son quatuor *a cappella.* A-t-il été renvoyé ? Non. Avait-il des ennuis financiers ? Non, même si son assurance vie est rendue caduque par son suicide et que le foyer a perdu sa principale source de revenus. Avait-il une maîtresse ? Ça paraît peu probable, même si Vivi se pose des questions au sujet de Cindy, leur serveuse, puisque c'est la seule autre femme avec laquelle elle voyait son père interagir régulièrement.

Que pourrait-elle faire d'autre que tenir pour responsable la seule personne qui reste, sa mère ? Nancy Howe a poussé son mari au suicide à force de rendre son existence terne et morne.

Il y a des disputes amères dans les jours qui suivent la mort de Frank. L'une d'elles débute lorsque Vivi surprend sa mère qui dit au téléphone qu'en se suicidant son mari a « choisi de passer l'éternité en enfer. »

— Comment oses-tu ! hurle-t-elle dès que Nancy a raccroché. Mon père n'est pas en enfer !

Sa mère demeure impassible et s'allume une cigarette. Maintenant que Frank est mort, elle a pris l'habitude de fumer dans la maison.

— Il a commis un péché capital.

Elle recrache de la fumée avant d'ajouter :

— Ce n'est pas moi qui fixe les règles, Vivian Rose. C'est Dieu.

Vivi a un petit ami, Brett Caspian. Ils sortent ensemble depuis le début de l'année de terminale, en septembre. Ils forment un couple un peu étrange : Vivi est un « modèle de vertu » – elle est une excellente élève et la rédactrice en chef du magazine littéraire du lycée –, alors que Brett est un « bad boy ». Il a des cheveux longs dégradés, il porte des chemises de bûcheron, des jeans et de grosses Timberland, il fume, il est chanteur et guitariste dans un groupe qui s'appelle Fuir l'Ohio. Ce groupe joue dans toutes les grosses soirées, et même si Vivi s'y rend rarement – elle préfère souvent rester chez elle pour travailler –, elle l'a entendu une ou deux fois et le trouve plutôt bon.

Lors de la deuxième semaine de cours de l'année, elle est sélectionnée pour participer à un atelier sur l'écriture de fiction, animé par un auteur célèbre dans un autre établissement scolaire. Ces trois jours d'atelier la métamorphosent. Vivi devient une sorte de star après avoir été distinguée par l'auteur célèbre pour sa nouvelle sur une femme au foyer en surpoids persuadée que son mari la trompe et qui découvre qu'en réalité il chante dans un quatuor.

Le seul hic avec cet atelier, c'est qu'elle a raté trois jours de cours – histoire, physique et maths.

Elle reste après les cours pour rattraper une interro en maths, la première de l'année, sur les dérivées. M. Emery, le prof de Vivi, est aussi chargé de surveiller les élèves collés – et le seul ce jour-là n'est autre que Brett Caspian.

Il est assis deux rangs devant elle, légèrement sur sa gauche, et il s'est installé comme s'il était à la plage, les pieds relevés sur la chaise d'à côté. Il a sorti un classeur et il tient à la main un stylo-bille au capuchon mâchouillé, mais il ne fait aucun devoir pour autant. Non, il tape un rythme complexe avec son stylo, d'abord en fixant le plafond, puis M. Emery, complètement absorbé par les copies qu'il corrige. Elle fait de son mieux pour ignorer son camarade, même s'il la perturbe. Elle redresse la tête pour lui demander d'avoir la gentillesse d'arrêter, sauf qu'elle n'a pas le temps d'ouvrir la bouche, car il se retourne vers elle et lui adresse un clin d'œil.

Peut-on dire que ce micro-événement bouleverse son existence ?

Elle rougit de la tête aux pieds et ne parvient plus à se concentrer sur les dérivées. Il a dû agir ainsi par moquerie, parce qu'en 1986 Vivian Howe n'est pas le genre de fille à qui on fait des clins d'œil. Elle porte une jupe évasée kaki, un polo rose pâle et une paire de mocassins bateau qu'elle a supplié sa mère de lui acheter. Elle ne pense qu'à l'université et s'habille déjà en étudiante modèle, avec le budget serré dont elle dispose. Le résultat ne la met pas en valeur.

Mme Shepherd, de l'administration, se connecte alors au système de communication du lycée.

— Dave, vous avez un appel.

M. Emery redresse brusquement la tête. Il semble déboussolé, comme s'il venait de se réveiller ou de remonter à la surface. Il observe Vivi et Brett en clignant des yeux – on croirait qu'il ignore qui ils sont et ce qu'ils font dans sa classe.

Il se lève.

— Je reviens. Vivi, quand tu auras terminé, laisse ton devoir sur mon bureau, s'il te plaît.

— Vous n'avez pas peur que je lui souffle les réponses ? le provoque Brett.

À leur grand étonnement, le professeur accueille cette remarque avec un éclat de rire et quitte la pièce.

Ils sont seuls. Elle tente de se concentrer sur les chiffres et les lettres. La dérivée de x^2 est $2x$. La dérivée de $2x$ est 2. Elle termine l'interro sans mal. Dix minutes se sont écoulées, et M. Emery n'est toujours pas revenu. Elle se surprend à ne pas avoir envie de partir. Elle vérifie ses réponses une première fois, puis une seconde. Elle ne peut pas traîner davantage et se lève pour aller déposer son devoir sur le bureau.

Elle sait que Brett Caspian l'observe. Il est mignon. Elle ne s'en était jamais rendu compte avant, parce que c'est un mauvais garçon, et donc pas son genre – on peut aller jusqu'à dire qu'ils n'appartiennent pas à la même espèce.

Tandis qu'elle rassemble ses affaires, il lui lance :

— Je ne compte pas rester ici plus longtemps.

— Tu veux sécher ta colle ? Tu n'as pas peur de te récupérer une deuxième heure ?

— Nan, Dave ne dira rien.

— Tu l'appelles par son prénom ?

— Il est ami avec mes parents. Ils jouent ensemble au bowling.

Elle n'en revient pas. Ça ne l'avait jamais effleurée que quelqu'un comme Brett Caspian puisse avoir des parents, et encore moins qui jouent au bowling avec un prof du lycée.

— Bref, si tu ne veux pas attendre le bus, je peux te déposer chez toi.

Elle est si sonnée qu'elle met une seconde à répondre.

— Euh… d'accord ?

Ils ressemblent à Judd Nelson et Molly Ringwald dans *The Breakfast Club*. Enfin un peu. Ils se mettent ensemble. Arrive octobre, Vivi a troqué sa jupe sage contre un jean et ses mocassins bateau contre des Converse. Brett passe la chercher le vendredi soir, et ils vont voir un match de foot ensemble, même s'ils n'ont pas des âmes de supporters, avant d'aller manger une pizza. Le samedi, ils se promènent au centre commercial, il glisse une main possessive dans la poche arrière du nouveau jean de Vivi et tient une cigarette dans l'autre. Parfois ils choisissent un film au cinéma, parfois Vivi se rend aux soirées où Fuir l'Ohio joue. Après, ils font un tour dans la Buick de Brett en écoutant la radio (WMMS, la meilleure station de rock des États-Unis, qui se trouve juste à côté de chez eux, à Cleveland), et ils mettent le volume si fort que les semelles de Vivi vibrent contre le tableau de bord, alors que le vent frais s'engouffre par les vitres ouvertes. Ils se garent dans des coins déserts pour s'embrasser. Ils font un peu plus que s'embrasser. Et encore un peu plus. Ils se disent « je t'aime », « moi aussi », « moi plus fort », « je t'aime tellement ». C'est un sentiment si inédit, si merveilleux, qu'ils sont convaincus d'être les premiers êtres humains à connaître ce genre d'amour. Ils sont convaincus de l'avoir inventé.

Vivi accompagne Brett à ses répétitions, qui ont lieu dans le garage de Wayne Curtis, le bassiste. Le batteur, Roy, a déjà terminé le lycée. Elle le connaît, il a une petite sœur brillante en première.

Wayne et Roy ne changent pas d'attitude en présence de Vivi. Ils l'ignorent principalement, même si Roy lui demande un jour dans quelles universités elle compte postuler. Il pousse un sifflement admirateur lorsqu'elle lui dresse la liste.

— Tout m'ira, du moment que c'est loin d'ici.

— Ça, je te comprends, approuve Roy.

Après tout, leur groupe ne porte pas ce nom-là pour rien.

En vérité, mais c'est un secret, après être tombée amoureuse de Brett, Vivi est aussi tombée amoureuse de l'Ohio. Seule la conseillère d'orientation est au courant qu'elle a également postulé à l'université du coin. Avec Brett, ils parlent de se marier jeunes, de s'installer à Cleveland dans une résidence avec vue sur le lac. Quand ils auront des enfants, ils achèteront une maison dans la jolie banlieue verte de Shaker Heights, où ils pourront leur offrir la même vie confortable que celle qu'ils ont connue dans leur enfance.

Début novembre, ils couchent ensemble. Ils sont sur la banquette arrière de la Buick, garée dans le bois près du canal, et ils ont laissé tourner le moteur pour avoir du chauffage. Ils ont du mal à trouver la bonne position, et pendant un instant ils ont l'impression de faire une partie de Twister : les stries du vinyle s'enfoncent dans le dos nu de Vivi (ses vêtements sont mêlés à ceux de Brett au pied de la banquette). Une étoile chauffée à blanc palpite entre ses jambes, elle ressent un plaisir et une douleur simultanés lorsque Brett s'introduit en elle, ce qui lui fait monter les larmes aux yeux. Elle finit par pleurer. Lui aussi, un peu, parce que c'est sa première fois également. Et, waouh. C'est… juste waouh.

Après la mort de son père en février, Brett lui écrit une chanson. Elle s'intitule *Petite Chérie,* et au début Vivi est perturbée par le titre, parce qu'elle n'a pas l'impression d'avoir jamais été la petite chérie de son père. Elle écoute mieux les paroles et comprend alors qu'elle est la petite chérie de Brett : son rayon de soleil, son trésor, son trophée. Celle qui met des étincelles dans ses yeux.

Elle aurait adoré la chanson, même si elle était mauvaise, mais elle sent bien qu'elle est réussie. Très réussie. Peut-être même assez pour passer sur WMMS.

Maintenant que son père n'est plus là, Brett Caspian devient tout pour elle. Son preux chevalier, son doudou, son psy, son meilleur ami. L'amour qu'il a pour elle est son oxygène. Elle fera tout son possible pour le conserver.

De retour à Nantucket, dans l'église St. Mary, le prêtre en est à la lecture de l'Évangile, qui sera suivi de son homélie. Vivi la trouve un peu impersonnelle, mais c'est sa faute aussi, elle n'assistait à la messe que deux fois dans l'année, à Noël et à Pâques. Le père Reed lui a un jour dit que sa tante âgée appréciait ses romans, et dès le lendemain elle a déposé une édition en grands caractères, dédicacée, du *Photographe*, au presbytère, pourtant il ne le mentionne pas. Il parle de la mort en général, qui est en réalité une nouvelle naissance dans le royaume de Dieu.

Le sermon est suffisamment ennuyeux pour que les larmes se tarissent, mais une fois qu'il a terminé, c'est Savannah qui se lève pour aller prendre sa place, et on pourrait entendre une mouche voler. Pendant qu'elle s'installe au pupitre, Vivi en profite pour balayer l'assistance du regard. Elle s'attarde brièvement sur la première rangée. Les enfants sont captivés par Savannah ; J. P. se tient la tête à deux mains. Dennis est assis de l'autre côté de l'allée centrale, à côté de Candace, Alexis et Marissa Lopresti, ce qui est aussi bien pour lui.

Joe DeSantis est bien plus loin vers le fond. Il s'est installé avec les autres parents des camarades de classe de Leo et de Cruz. La patronne de Willa est là, et il y a aussi des gens que Vivi a croisés à L'Huîtrier, sans doute des employés. Elle reconnaît des enseignants, des entraîneurs sportifs, plusieurs agents immobiliers et commerçants du centre-ville, tous les entrepreneurs qu'elle a employés au Gouffre Financier, notamment Marky Mark et Surfer Boy, l'électricien, qui ont fait l'effort de mettre une cravate.

Il y a Jodi, l'agente de Vivi, assise avec Wendy, Tim et Cristina de la librairie. Il y a les élèves du cours de barre au sol (qui se tiennent toutes parfaitement droites). Elle n'aura plus jamais à souffrir pendant les exercices de renforcement des cuisses… mais est-ce une bonne chose ? Son dentiste est venu. Elle n'aura plus aucune carie, plus aucune dévitalisation (ce supplice !). Plus d'examens gynécologiques. Elle n'aura pas à essuyer les affronts de la ménopause. À quoi ressemble une bouffée de chaleur ? Vivi ne le saura jamais.

Assise au deuxième range, juste derrière les enfants, se trouve… Lucinda Quinboro, l'ex-belle-mère de Vivi. *Alors, ça, c'est gonflé.* Bien sûr, elle est leur grand-mère, mais… pour le dire simplement, elle n'a jamais beaucoup aimé sa belle-fille. Elle a l'air plus heureuse aujourd'hui que le jour de leur mariage, à J. P. et à elle.

— Ce n'est pas vrai, lui dit Martha. Et vous le savez.

— Elle a toujours pensé que je n'étais pas assez bien pour lui. Son petit trésor.

— Elle vous préférait à Amy. En qui elle ne voit qu'une femme intéressée par l'argent.

Après un silence, Martha ajoute :

— Je m'excuse, j'ai manqué de tact.

— Qu'est-ce que vous pouvez me dire d'autre ?

— Rien.

— Oh, allez !

— Vous savez aussi bien que moi que ça ne vous avancera à rien de savoir ce que les gens pensent de vous.

Savannah s'éclaircit la voix.

Oui, oui, passons aux éloges… Mais d'abord, Vivi cherche Cruz. Il boude près de l'entrée de l'église, tête baissée.

Cruz ! Va donc t'asseoir à ta place, au premier rang, avec mes enfants ! Que se passe-t-il enfin…

Zach Bridgeman est toujours debout dans un coin, mains dans les poches, l'air mal à l'aise. Au moment où Savannah prend son élan pour parler, il se faufile derrière Cruz et quitte l'église.

— Je suis certaine que vous êtes nombreux à vous demander comment je vais réussir à tenir jusqu'au bout. Pour tout vous dire… j'ai pris un comprimé. Je risque de m'endormir, là, devant vos yeux, mais je ne pleurerai pas.

Une onde de rire traverse l'assemblée, aussi apaisante qu'une pluie légère.

— Je vous demande votre indulgence. Ce n'est pas moi l'écrivaine. C'était Vivi. Et si l'univers ne marchait pas sur la tête, c'est elle qui serait là pour me tresser des lauriers et me faire passer pour une personne bien plus merveilleuse que je ne le suis en réalité. Ah, vous voyez ? Je viens tout juste de commencer et j'ai déjà réussi à ne parler que de moi.

De nouveaux rires.

— Vivi était ma meilleure amie. C'est une expression galvaudée, vidée de son sens. Les petites filles apprennent dès leur plus jeune âge qu'elles sont censées en avoir une. C'est elle qu'on encouragera lorsqu'elle sautera à la corde, c'est à elle que l'on avouera ses sentiments secrets pour quelqu'un. Je ne vais pas chercher à vous embobiner. Je n'ai pas eu de meilleure amie dans mon enfance. Enfin si, mais c'était mon teckel, Herman Munster.

Les gens rient, alors que Vivi le sait, c'est un sujet douloureux pour Savannah.

— Et ça a changé dès ma première semaine de fac, à Durham, quand j'ai fait la connaissance d'une fille installée au même étage de la résidence que moi, Vivian Howe. On était dans la salle de bains. Elle m'a demandé si j'avais du shampooing pour elle. Elle avait mal anticipé sa venue, et il lui manquait un tas d'affaires, alors que j'avais l'équivalent d'une parapharmacie planquée sous mon lit. Elle venait d'une ville de l'Ohio, Parma. C'était un petit bout de femme avec de longs cheveux noirs et raides, d'adorables taches de rousseur sur le nez et un tout petit anneau argenté dans le cartilage de l'oreille qui me rendait très jalouse. À la seconde où elle a accepté le flacon que je lui tendais, j'ai su que j'avais trouvé la meilleure amie que je cherchais depuis toujours.

Pendant nos années d'université, elle passait tous ses étés sur place. Elle travaillait comme serveuse afin de mettre assez d'argent de côté pour les frais de scolarité de la rentrée suivante. Je ne l'ai amenée à Nantucket qu'après l'obtention de nos diplômes. Mes parents avaient établi une règle très stricte dans leur maison : les invités pouvaient rester une semaine mais pas une minute de plus. J'avais d'autres projets pour Vivi, j'espérais qu'elle pourrait passer l'été entier avec moi, dans ma chambre. Elle n'était pas simplement une invitée, ni même une amie, elle était une sœur.

Savannah s'interrompt le temps de reprendre une inspiration.

— Mes parents voyaient les choses d'un autre œil, et au bout d'une semaine ils ont insisté pour que Vivi parte. J'ai pensé qu'elle rentrerait à Durham pour retrouver son boulot de serveuse, mais il lui avait suffi de sept jours pour tomber amoureuse de Nantucket. Elle disait qu'elle avait trouvé… sa maison.

Une profonde respiration.

— Et ensuite, alors ? Elle a loué une chambre chez des particuliers en ville, et elle a été embauchée au pressing.

Elle balaie l'assemblée du regard avant d'ajouter :

— Ceux d'entre vous qui le connaissent savent combien il y fait chaud. Cet été-là, Vivi a coupé ses cheveux très courts. Elle a commencé à observer les habitants de l'île, et les vacanciers, pour pouvoir s'en inspirer dans ses futurs romans.

Rires. Seraient-ils gênés ?

— Oh, vous pensez que je plaisante ? Apparemment, personne ici n'a lu *La Saison du scandale*.

Éclats de rire. *Elle les mène par le bout du nez ! Continue, Savannah !*

— On a dit que Vivian Howe était une insulaire d'adoption. Mais elle était une insulaire pur jus, bien plus que ceux qui ont passé toute leur existence à Nantucket, tant elle aimait intensément, passionnément, inconditionnellement cette île et son mode de vie.

Savannah martèle le pupitre avec son index.

— Elle a écrit treize romans, et chacun d'entre eux est une lettre d'amour à notre île. C'est une maigre consolation, mais bien réelle, de savoir que ses mots demeureront malgré son absence.

Vivi sourit à Martha, qui roule les yeux.

— Un peu de modestie, murmure-t-elle.

— Toutefois, elle laisse derrière elle une œuvre bien plus capitale. Ses trois magnifiques enfants, ses filles Willa et Carson, son fils Leo.

Savannah s'adresse directement au premier rang à présent.

— Les enfants, votre mère était une femme très active. Quand elle n'écrivait pas, elle courait, ou elle préparait à manger, ou elle nageait. Elle ne soufflait pas cinq minutes dans une journée. Parfois, pendant qu'elle discutait avec moi, elle réfléchissait en même temps, je le savais, à un élément de son intrigue ou au moyen de convaincre son éditeur de l'envoyer à Winnipeg, parce que ses lecteurs canadiens méritaient une visite. Et pourtant, aujourd'hui, je tiens à vous dire que la seule chose qui comptait vraiment à ses yeux, c'était vous trois. Elle était si fière de vous tous, et elle vous aimait tellement.

Oui !

Les gens pleurent à chaudes larmes.

— Ma mission, en tant que meilleure amie de votre maman, ce n'est pas de rendre cette perte moins douloureuse. Personne n'en a le pouvoir. Ma mission, c'est de vous parler d'elle quotidiennement, de partager avec vous mes souvenirs, et pas seulement les bons. Personne n'a envie de se souvenir d'une Vivi sanctifiée et aseptisée. Est-ce que quelqu'un ici a déjà vu Vivian Howe se mettre en colère ? Est-ce que quelqu'un ici l'a déjà vue se mettre en colère après avoir bu de la tequila ? Ce n'était pas joli à voir. Mais c'était elle.

Martha glousse.

— Ravie que ça vous fasse rire, lance Vivi.

— Je vous promets, Willa, Carson et Leo, que tant que je serai en vie, je vous parlerai de votre maman. Je vous enverrai un message, ou je vous appellerai, dès qu'un souvenir me reviendra en mémoire, je vous conseillerai comme je pense qu'elle l'aurait fait, et je vous répéterai constamment qu'elle continue à vous aimer, où qu'elle soit. L'amour ne meurt jamais. Votre mère vous regarde à cet instant précis. Je le sais, elle n'accepterait pas de vous abandonner.

Vivi retient un cri de surprise.

— Elle est au courant ?

— Bien sûr que non, répond Martha.

Il y a des sanglots discrets, des reniflements.

Savannah lève les yeux vers l'immense plafond de St. Mary.

— Vivi, c'est à toi que je m'adresse maintenant. J'ai beaucoup réfléchi ces derniers jours à ce que nous, en tant qu'humains, représentons les uns pour les autres. Sommes-nous capables de franchir les frontières qui nous séparent et donc de comprendre pleinement, ou même de devenir, l'autre ? Je suis parvenue à la conclusion que la réponse à cette question était non. Nous n'en avons pas le pouvoir. Je suis ici, vivante, et toi, tu es ailleurs. Et pourtant, de toutes les personnes que j'ai rencontrées dans cette vie, tu es celle dont je me sens la plus proche. Tu as été, tu es et tu seras toujours ma meilleure amie. Merci.

— Waouh ! lâche Vivi.

— C'est le meilleur discours de cette année, jusqu'à présent, observe Martha.

Seulement de l'année ? Intérieurement, Vivi exulte autant que si Savannah venait de faire remporter le Super Bowl à son équipe au cours des prolongations !

Le prêtre prend la place de Savannah, lève les deux bras et dit :

— Prions.

Nantucket

La cérémonie a été, de l'avis général, une réussite. Savannah Hamilton a rendu un hommage si parfait que nous avons tous regardé autour de nous en nous demandant qui, dans notre entourage, pourrait parler de nous avec ne serait-ce que la moitié de son talent.

Et puis vraiment, Savannah sait organiser une fête – car c'est bien à cela que la « réception en souvenir de Vivian Howe » au Yacht Club ressemblait : une fête. La magnifique pelouse verte qui conduit de la terrasse en brique à l'entrée du port était flanquée d'un bar sur un côté, et d'un buffet sur l'autre. Nous avons bu des cocktails ou du riesling bien frais, dégusté de petits cakes au maïs et au homard surmontés d'une crème à l'avocat qui circulaient sur des plateaux. Nous avons été attirés vers le barbecue par l'odeur irrésistible des côtelettes d'agneau marinées dans une sauce acidulée. Au centre du buffet se trouvait un gigantesque plateau de fruits de mer sur plusieurs étages – langoustines, huîtres dodues, palourdes, pattes de crabe royal. Il y avait aussi une immense planche en bois circulaire, de la taille de la roue d'un train, sur laquelle étaient artistiquement disposés de petits sandwichs en forme de spirale. C'était si beau que nous avons eu des scrupules à y toucher, toutefois ceux au rôti de bœuf et au raifort sur du pain de seigle étaient si délicieux que nous ne pouvions pas résister.

Le guitariste Sean Lee a interprété des classiques de Bruce Springsteen, Eric Clapton, Billy Joel et Crosby, Stills, Nash and Young, sur lesquels Vivi adorait pousser la chansonnette. Même si elle ne jouait d'aucun instrument et ne savait pas chanter juste. Elle a toujours aimé le rock. Dans son livre le plus sous-estimé, *Le Retour de l'été*, les titres des chapitres étaient tous des chansons des années 1950 et 1960.

L'air était pur, l'eau scintillante, le drapeau claquait au vent. Et la pelouse du Yacht Club offre vraiment la plus belle vue sur Nantucket. Cet établissement, on le sait, trie ses adhérents sur le volet et favorise les vieilles fortunes. Il y a une liste d'attente de vingt années pour y entrer – sans parler de l'intraitable comité de sélection. Les Quinboro en sont membres depuis les années 1940, et Vivi a obtenu automatiquement sa carte en épousant J. P. Certaines règles la hérissaient – elle a un jour porté un polo rouge sur un court de tennis, ce qui est bien sûr interdit, et il y a aussi eu la fois où elle a accidentellement recraché son cocktail sur le blazer immaculé du président du Club parce qu'il avait dit une chose qu'elle jugeait absurde. Après son divorce avec J. P., le comité a décidé à cinq voix contre quatre de lui retirer sa carte de membre. Certains ont jugé la décision cruelle, surtout que tout le monde connaissait les raisons de l'échec de ce mariage, mais Lucinda Quinboro avait écrit au comité pour l'informer qu'elle ne souhaitait pas croiser son ex-belle-fille dans l'enceinte du Club, sous aucun prétexte.

Même du temps de leur mariage, il était évident qu'elle n'avait pas sa place ici, a-t-elle écrit.

Certains membres du comité trouvaient au contraire que Vivi apportait un peu de fraîcheur et de franc-parler dans cet endroit collet monté aux codes surannés. Pourtant, l'homme à la voix décisive, Gordy Hastings, avait lu le roman de Vivian Howe, *Lumière oblique,* et il n'avait pas du tout apprécié la façon dont elle y avait décrit leur Club, très mal dissimulé sous un autre nom. Ses membres y étaient nombrilistes et odieux, et bien que l'épouse de Gordy, Amelia, lui ait dit de se détendre – ce n'était qu'un « roman » –, Gordy avait été piqué au vif. Puisque Vivian Howe avait une si piètre opinion de leur établissement, pourquoi l'auraient-ils invitée à se joindre à eux ?

Et il s'y était donc opposé.

L'ex-mari de Vivi, J. P. Quinboro, a été choqué par cette décision du comité, mais sa nouvelle compagne, Amy Van Pelt, qui a rapidement remplacé cette dernière à son bras, partageait l'avis de Lucinda. Elle était ravie de ne pas risquer de croiser Vivian au bar.

Savannah Hamilton, dont la famille fréquente le Club depuis sa création en 1905, a dit à Vivi qu'elle pourrait évidemment la faire entrer en tant qu'invitée aussi souvent qu'elle le voudrait.

Lucinda Quinboro et sa meilleure amie, et partenaire de bridge, Penny Rosen, assistent à la réception en l'honneur de Vivi. Lorsqu'elle commande deux gin martinis au barman, Marshall, il lui répond qu'il s'en charge immédiatement et lui propose de les mettre sur sa note.

— Ma note ? Mais les consommations ne sont pas offertes aujourd'hui ?

— Mme Hamilton prend seulement en charge celles des clients qui ne sont pas membres.

Lucinda regarde autour d'elle. À l'exception des Bonham, de J. P., de Penny et d'elle, aucun des autres convives n'est membre.

— C'est vraiment mesquin...

— Oh arrête, Lucy, lui rétorque Penny.

Leur amitié dure depuis cinquante ans, et elle est la seule personne encore en vie à l'appeler « Lucy ».

— Tu n'as jamais aimé Vivian, tu l'as évincée de ce club et aujourd'hui tu te plains d'avoir à payer des consommations à la réception donnée en son honneur ? Tu devrais avoir honte.

— Oui, Marshall, mettez-les sur ma note, dit-elle au barman avant de jeter un regard noir à Penny. J'imagine que c'est toi qui prendras la parole à mon enterrement et que tu diras à tout le monde combien j'étais rosse.

Penny ne peut retenir un sourire à cette pensée, elle se délecte d'avance.

— J'ai hâte que tu offres la prochaine tournée, lui dit Lucinda.

Même s'il est facile de perdre de vue l'essentiel entre la nourriture, la musique et la perfection de cette journée, beaucoup d'entre nous s'efforcent de garder un œil sur les enfants de Vivi. Willa Quinboro Bonham est assise derrière une table, à l'ombre d'un parasol entre son mari, Rip, et sa belle-mère, Tink. Les Bonham, comme les Quinboro, sont membres du Club de longue date – Madame joue au tennis, Monsieur navigue –, mais contrairement aux Quinboro, ils gardent leurs distances avec les intrigues politiques du comité.

Tink n'a qu'un seul sujet d'inquiétude : la santé et la sécurité de sa belle-fille, qui est à nouveau enceinte. Elle a hâte, nous sommes nombreux à le savoir, que l'héritier des Bonham voit enfin le jour. Héritier au masculin, de préférence.

— Est-ce que je peux t'apporter quoi que ce soit d'autre, ma chérie ? demande-t-elle à Willa, qui boit un verre de limonade. Un petit sandwich au concombre ?

— Je ne peux rien avaler.

Rip tient la main de son épouse.

— Tu veux partir ? À la maison, il y a la clim et tu pourras t'allonger.

— Je veux d'abord être sûre que Carson et Leo tiennent le choc.

Marshall, le barman, a remarqué que Carson Quinboro en était à son cinquième cocktail. Il sait qu'elle travaille au bar de L'Huîtrier, et il tente d'engager la conversation avec elle, de parler boutique, mais elle le rembarre aussitôt, et il ne peut pas vraiment le lui reprocher. Sa mère vient de mourir. Elle repose brutalement son verre sur le bar et lui dit :

— Un peu plus corsé, s'il te plaît, collègue.

De son point de vue, ce genre de cocktail ne doit pas être trop chargé en alcool au contraire ; on doit pouvoir en boire plusieurs pour se rafraîchir sans être complètement ivre. Enfin, le client a toujours raison. Il rajoute une bonne rasade de gin dans le verre.

Carson évite son père, elle évite sa grand-mère et Penny, elle évite Leo, elle évite Dennis. Elle se sert de Savannah comme borne d'amarrage, elle va s'accrocher régulièrement à elle, et le reste du temps elle dérive. Après son quatrième cocktail, elle se rend au bord de l'eau, sort son portable et sa cigarette électronique. Elle envoie plusieurs messages en avalant quelques bouffées rapides de nicotine, mais elle a à peine eu le temps de souffler que le directeur adjoint du Club traverse la pelouse à grandes enjambées dans sa direction.

Elle fourre son téléphone et sa vapoteuse dans la pochette de sa mère, puis elle défait les brides des Louboutin. Elle a déjà bien aéré la pelouse avec ses stilettos. Elle décoche un sourire narquois à l'employé du Club, et lorsqu'il ouvre la bouche pour lui rappeler qu'il est interdit de se promener pieds nus, ainsi que d'utiliser son téléphone portable ou une cigarette électronique dans l'enceinte de l'établissement, elle lui adresse un discret doigt d'honneur. C'est elle qui se conduit mal, et pourtant il a le sentiment d'avoir commis un faux pas. Cette jeune demoiselle vient de perdre sa mère, après tout.

Leo Quinboro a gardé sa veste malgré la chaleur accablante – même Chas Bonham, ancien officier général de la marine, a retiré la sienne. Comme Willa, il suit les règles, depuis toujours.

Deux anciens camarades de classe, Christopher et Mitch, le prennent à part pour lui demander si c'est vraiment Cruz qui a renversé Vivi.

— C'est ce que Marissa m'a dit, précise Mitch.

— Ouais, renchérit Christopher, Alexis lui a raconté qu'un policier l'avait vu griller un stop et rouler à fond la caisse quelques minutes avant l'accident.

— Marissa devrait apprendre à la fermer.

Christopher en déduit aussitôt que la rumeur est sans doute vraie : Leo et elle ont rompu – c'est pourtant eux qui ont décroché le titre de « couple le plus mignon » de l'année de terminale. Marissa a assisté à la messe, mais elle était assise avec sa mère et Alexis, et elle n'est pas venue ensuite à la réception.

Ce qui paraît plus étrange encore, c'est que Cruz non plus n'est pas là, alors que Mitch affirme l'avoir vu à l'église, debout au fond. Joe DeSantis est absent lui aussi. Christopher se demande s'ils seraient mal à l'aise dans ce décor – on ne peut pas dire que le Club soit un modèle de mixité, il n'y a absolument que des blancs –, ou s'il y a un autre problème. Et si Cruz DeSantis était vraiment responsable de l'accident ? Cette histoire de stop grillé est assez accablante… et quelle autre raison Cruz aurait-il de ne pas se trouver aux côtés de Leo ? Sa défection ne peut pas passer inaperçue.

Comme dans n'importe quelle fête où l'alcool se mêle aux émotions fortes, la situation finit par déraper. Aucun de nous n'a vraiment prêté attention à Dennis Letty, l'ancien compagnon de Vivi, qui tourne autour de J. P. Quinboro, tel un requin. Contrairement à Leo, il a retiré sa veste il y a longtemps, bien avant Chas Bonham, ce qui n'a pas échappé aux plus attentifs d'entre nous, et desserré sa cravate. Sa chemise blanche est trempée de sueur. Ce n'est pas vraiment une surprise. Lorsqu'il se laisse aller à boire autant de bourbon – c'est le cas aujourd'hui –, il peut devenir imprévisible. Qui ne se rappelle pas le mariage de Willa et Rip ?

Dennis va brusquement se placer devant J. P. ; il mesure quelques centimètres de moins mais pèse au moins quinze kilos de plus.

— Tu as conscience, j'espère, que tu avais brisé le cœur de Vivi ! Tu avais tout pour être heureux, et tu as gâché ce bonheur.

J. P. conserve son calme.

— Ce qui s'est passé entre Vivi et moi ne te regarde pas, Dennis. Tu devrais songer à rentrer. Je peux t'appeler un taxi, si ça t'arrange.

— Si ça m'arrange ?

Il n'a peut-être pas été élevé dans une des belles maisons de Hulbert Avenue, il est peut-être incapable de faire la différence entre un sloop et une goélette, mais il sait quand on lui parle avec condescendance, et il sait aussi qu'au cours des trois dernières années, Vivi a refilé à ce guignol plus d'un demi-million de dollars gagnés à la sueur de son front. J. P. peut jouer les grands seigneurs – lui qui a reçu une éducation de première classe, qui sait à quoi servent les fourchettes de différentes tailles, qui porte ses mocassins pieds nus et aime mettre ses Wayfarer dans ses épais cheveux, à la Kennedy –, mais la vérité est la suivante : J. P. Quinboro n'a jamais de sa vie accompli une véritable journée de travail.

Dennis a tenté de persuader Vivi de le traîner à nouveau devant un juge, par principe – c'était tellement injuste qu'elle doive, elle, payer ce type alors qu'il l'avait trompée. Elle lui a répondu qu'elle avait des livres à écrire, qu'une bataille juridique risquait de s'éterniser et de la détourner de son objectif.

— Je sais que c'est pour moi que tu dis ça, et je ne t'en aime que davantage, mais cette croisade s'est terminée il y a longtemps. J'ai tourné la page, Dennis. Oublie ça.

Le pire, c'est que J. P. n'était même pas reconnaissant. Il se comportait comme si cet argent était un dû.

Sans prévenir, Dennis balance son poing vers le visage de J. P. et l'atteint à la mâchoire au moment où celui-ci porte son cocktail à ses lèvres. Le verre lui échappe des mains et se brise contre le mur en brique. Il est pris au dépourvu, et Dennis a un long passé de rixes dans les bars, si bien qu'il enchaîne aussitôt avec un direct du gauche, et frappe J. P. sur le nez. Il y a du sang partout.

Rip Bonham intervient pour les séparer.

— Oh, là ! Allez, ça suffit.

Dennis le laisse l'entraîner à l'écart, pendant que Willa se précipite vers son père avec une poignée de serviettes en papier. J. P. les presse contre son nez, et elles ne tardent pas à être imbibées de sang.

— Tu veux que j'appelle une ambulance ? lui propose-t-elle.

Il fait non de la tête. Rip escorte Dennis jusqu'au parking. Ceux d'entre nous qui étaient encore à la réception se préparent à lever le camp – après avoir enveloppé quelques cookies aux pépites de chocolat (ils font la réputation du Club) dans des serviettes en papier pour plus tard.

C'est assez normal au fond, et même flatteur en un sens, que des hommes se battent pour Vivi jusqu'à la toute fin.

Notre hôtesse, Savannah, conduit J. P. dans la salle de bal déserte. Il y fait frais et sombre. Ils prennent place sur deux chaises de banquet placées le long d'un mur. Ils se connaissent depuis qu'ils sont enfants, ils jouaient ensemble au tennis ici – les « bambins », comme on les appelait à l'époque, apprenaient le service et la volée puis mangeaient des pizzas assis en cercle sur la terre battue chauffée par le soleil. J. P. se fondait dans la masse, il ne se distinguait pas des autres fils de famille privilégiés au côté desquels Savannah a grandi. Elle n'a fait attention à lui que lorsqu'il a commencé à sortir avec sa meilleure amie. Qu'il a ensuite épousée et avec laquelle il a eu des enfants. Avant de la tromper et de la faire souffrir de bien des façons. Savannah est agacée de se retrouver à le consoler, pourtant elle sait bien que c'est son rôle.

— Je suis désolée, lui dit-elle. J'aurais dû surveiller Dennis de plus près. C'était une bombe à retardement, il fallait s'en douter.

— Je n'ai jamais compris ce qu'elle lui trouvait.

— C'est un brave gars, ça lui plaisait. Et puis il la vénérait, et après ce qu'elle avait subi…

— Elle cherchait le contraire de moi, oui. Et elle l'a bien trouvé.

Il rive sur Savannah ses yeux verts injectés de sang.

— Tu sais, c'était pas tout blanc ou tout noir avec Vivi. On avait une relation compliquée. C'était même sans doute la relation la plus compliquée de toute l'histoire.

Elle éclate de rire.

— Non mais tu t'entends, espèce d'idiot arrogant ?

— Je sais, dit-il avant de fondre en larmes. Je l'aimais tellement. Dès l'instant où j'ai posé le regard sur elle dans ce pressing…

— Tu venais chercher les robes de ta mère. Ça aurait dû lui mettre la puce à l'oreille, elle aurait dû se méfier…

— J'ai tellement merdé. Dennis n'a pas complètement tort… Je lui ai brisé le cœur. J'en suis bien conscient.

Savannah écarte les serviettes ensanglantées du nez de J. P. Il ressemble à une fraise pourrie, et une contusion est en train d'apparaître sur le bas de son visage. Le réveil sera douloureux, demain.

— J'adorerais revisiter toute l'histoire avec toi. Là, je ne suis pas d'humeur. On doit se concentrer sur l'essentiel…

— Trouver l'automobiliste qui l'a renversée. Pour lui rendre justice.

Elle prend une grande inspiration pour se calmer.

— La police s'en charge. Toi et moi, on doit s'occuper des enfants.

— Les enfants m'aiment mais ils ont du mal à me supporter. C'était différent avec Vivi. Ils lui parlaient.

Il décoche à Savannah son fameux sourire en coin qui, elle le sait, a fait craquer Vivi dès le début.

— Et c'est différent avec toi. Ils te parlent.

— C'est vrai, dit-elle en se levant. Tu veux que je te raccompagne ou tu préfères appeler Amy ?

— Amy ? répète-t-il comme s'il ne savait pas de qui il pouvait bien s'agir.

— Je suis garée devant. Allons-y.

Amy

Amy a posé sa journée pour les obsèques de Vivi, et Lorna aussi, au prétexte que son amie a besoin de soutien. Heureusement, le mercredi est un jour calme au salon. Brandi, qui gère les plannings, peste un peu parce qu'elle doit tout réorganiser. Elle est persuadée que les deux amies assisteront à la cérémonie à l'église.

Au lieu de quoi, celles-ci vont s'installer chez Cru, le restaurant de fruits de mer situé dans le port – et le meilleur endroit pour boire en journée à Nantucket.

Elles s'installent au bar, au fond de la salle, et choisissent une bouteille de champagne Pol Roger « en l'honneur de Vivi ». Elles commandent aussi une douzaine d'huîtres, et puis tant pis, maintenant qu'elles sont là, du caviar Ossetra, avec tout le tralala. Chaque fois que les portes vitrées s'ouvrent, les clients ont une vue imprenable sur l'océan. Il y a une étroite passerelle en bois à l'arrière du restaurant, et Amy sait que de nombreuses personnes sont déjà tombées à l'eau – elle entendait régulièrement l'agitation que cela provoquait lorsqu'elle travaillait en face, au Bouchon, avec J. P. L'océan est pailleté de soleil, des bateaux amarrés oscillent sur leur coque, la corne de brume du ferry retentit, et des mouettes poussent des cris de filles jalouses. Tommy, le barman, fait sauter le bouchon de la bouteille de champagne.

— On fête quelque chose, mesdames ?

Jusqu'à cet instant précis, Amy n'avait pas réfléchi à l'image qu'elle risquait de renvoyer. Elle a pris une journée de congé pour pouvoir honorer la mémoire de l'ex-femme de son compagnon, mais elle a décidé de le faire en buvant un champagne au-dessus de ses moyens et en mangeant du caviar encore plus au-dessus de ses moyens. Et si quelqu'un la voyait ?

— Exactement, répond Lorna en levant sa flûte remplie de bulles platine. On célèbre une existence.

Amy a proposé à J. P. de ne pas l'accompagner, ni à l'église ni à la réception, avant même qu'il n'aborde le sujet.

— Je crois que tout le monde, les enfants surtout, sera plus à l'aise si je ne suis pas là.

Il en a été soulagé, elle l'a aussitôt senti.

— Tu as sans doute raison.

Les enfants la regretteront-ils ? Carson, peut-être. Mais si Amy avait assisté à la messe, elle aurait été le point de mire de toute l'assemblée, parce qu'elle aurait été dans cette position terrible, et unique, de pleurer une femme dont elle n'avait pas toujours parlé en termes très élogieux. Amy ne supportait pas l'idée d'être un objet de curiosité.

Elle lève sa flûte et l'entrechoque, sans un mot, avec celle de Lorna. Aujourd'hui, elle veut seulement boire et oublier.

Un jour prochain, J. P. sera capable de penser à autre chose qu'à la mort de Vivi. L'été suivra son cours, les enfants s'adapteront, Leo partira pour la fac. Amy fera signe à Carson, ce sera peut-être l'occasion pour elles de se rapprocher. Et J. P. sera enfin libre de la demander en mariage. Il lui suffit juste d'être encore un peu patiente.

Elles ont vidé la bouteille sans s'en rendre compte, et Lorna en commande une autre, de rosé. Tommy leur demande si elles souhaitent manger autre chose. Amy a aisément englouti les six huîtres gorgées d'embruns, et il n'y avait du caviar que pour trois petites bouchées. Elle commande donc deux sandwichs au homard bien beurrés, accompagnés de frites.

— Ne t'inquiète pas, dit-elle à Lorna, c'est moi qui régale.

Elle se livre à un peu de calcul mental et se rend compte que même si elles arrêtent de manger et de boire maintenant l'addition s'élèvera déjà à 400 dollars. C'est un repas extravagant, mais elle a franchi le point de non-retour, de toute façon.

— Demain, on pourrait être mortes.

À mesure que la journée avance, le restaurant, et son bar, se remplit. Ce dernier est surtout fréquenté par des hommes séduisants qui ont pris le soleil lors d'une sortie en mer, et qui arrivent par groupes de trois ou quatre. Un type mignon, avec une visière aux couleurs d'un célèbre golf de Californie, engage la conversation avec Lorna. Il a été attiré par son accent : son propre grand-père était originaire de Wexford, en Irlande.

— C'est là où j'ai grandi ! lui répond Lorna.

Amy tente de mettre son grain de sel dans leur échange – elle mise tout sur son accent du Sud, or il s'est tellement atténué en dix ans que lorsqu'elle essaie de retrouver les intonations traînantes de l'Alabama ça paraît forcé... Elle se concentre donc sur le reste de rosé tiède dans son verre et prie pour qu'un autre client vole à son secours, sans être exaucée. La jeune femme svelte arrivée sur l'île à 23 ans, semble, une décennie plus tard, avec ses sept, non neuf !, kilos en plus, fatiguée. Et elle l'est. Entre J. P. et ses difficultés à se trouver, ses enfants, sa mère, elle a dépensé beaucoup d'énergie, sans oublier que ses propres questionnements – quand cessera-t-elle d'être la petite amie, la maîtresse, pour enfin devenir la compagne légitime – l'ont laissée désenchantée. Elle a perdu son éclat. Pas étonnant que tous les hommes de ce bar l'évitent. Elle pourrait aussi bien porter un autocollant sur le front qui dirait : *périmée.*

Elle est en train de se resservir du vin lorsqu'un homme en débardeur blanc et pantalon de costume gris trop serré s'assied sur le tabouret à sa gauche. Il fait signe au barman et commande une bière, avant, seulement, de remarquer sa présence.

— Oh, pardon, la place est libre ?

Elle secoue la tête. Elle est heureuse que quelqu'un, enfin, ne semble pas la prendre pour une lépreuse, même si ce n'est pas l'un des séduisants navigateurs. Amy n'a pas eu l'occasion de bien regarder son voisin, et elle n'ose pas tourner la tête maintenant, de peur qu'il se fasse des idées. Elle remarque cependant qu'il a du sang sur le dos des mains.

Elle a déjà tellement bu qu'elle ne voit pas le mal qu'il y a à saisir son voisin de bar par le poignet.

— Vous vous êtes blessé ? Ou alors… vous vous êtes battu ?

— Battu, lâche-t-il.

Sa bière arrive, il se lève et la vide d'une traite. Ce qui offre tout le loisir à Amy de l'observer. Quand il a fini son verre, il pose les yeux sur elle.

— Ah… Salut, Amy.

— Dennis !

Elle est surprise par son propre enthousiasme, un peu étrange : elle ne le connaît pas très bien. Il sortait avec Vivi, même si, à en croire J. P., ils s'étaient récemment séparés ou en passe de l'être.

Amy a cependant une dette envers lui. En juin dernier, au mariage de Willa et de Rip, J. P. et Vivi ont ouvert le bal ensemble avec les jeunes mariés et les Bonham. Ce souvenir figure en bonne place dans les pires moments de son histoire avec J. P. Vivi s'est glissée dans ses bras comme si elle ne les avait jamais quittés, et ils ont dansé avec tant de grâce (ne lui avait-il pas dit, pourtant, l'été de leur rencontre, que celle qui était encore sa femme à l'époque ne savait pas danser ?), tout en riant avec une joie si éclatante qu'Amy s'est demandé ce qu'elle faisait là. Elle aurait d'ailleurs peut-être quitté le Club si Dennis n'était pas venu la trouver : il lui a apporté un verre, puis il a posé une main dans son dos pour trinquer avec elle et lui a murmuré une blague à l'oreille – elle n'a rien entendu à cause de la musique, ce qui ne l'a pas empêchée de rire.

— Une autre bière, dit-il au barman de Cru.

— Attends, tu étais à l'église, non ? Et au Yacht Club ensuite ?

Il hoche la tête.

S'il est ici, c'est que la réception est terminée. Elle se demande si J. P. a tenté de la joindre. Elle se demande si elle lui a manqué, si elle a pris la bonne décision en se mettant en retrait. Elle aimerait savoir si quelqu'un s'est étonné de son absence. Elle est désespérée par son égocentrisme. Cette journée ne tourne pas autour d'elle. C'est la journée de Vivi et des gens qu'elle a aimés, qui l'ont aimée. Ce qui l'exclut, elle.

Pauvre Dennis. Elle essaie de se mettre à sa place. Vivi l'a quitté, et peu après elle est morte. Deux douleurs sans aucun lien et pourtant superposées.

— Comment ça va ? lui demande-t-elle.

Il hausse les épaules.

— Et les enfants ?

— Je ne leur ai pas parlé. Ils étaient assis au premier rang avec Savannah et ton mec.

— Savannah, oui. Elle doit être bouleversée.

— Elle l'est. Elle a fait un discours incroyable à l'église.

Amy regrette de ne pas l'avoir entendu. Elle a toujours nourri une petite obsession pour Savannah Hamilton. Elle possède cette chose insaisissable qu'on appelle « la classe ». Et qui est visible, chez elle, sous tous les angles : ses cheveux, ses vêtements, sa façon de parler, sa grâce, son goût, son aisance dans le monde. Pourquoi ne s'est-elle jamais mariée ? Amy a posé la question à J. P. un jour, et il lui a répondu : « Elle est trop exigeante. » Elle a fréquenté un temps Michael DelRay, un gros bonnet de la finance, et l'a quitté parce qu'il était trop vénal. Savannah est une âme charitable. Elle a investi son héritage dans la fondation d'une association caritative qui se charge de nourrir et d'éduquer des enfants dans des pays comme le Niger ou le Bangladesh. Même si elle en avait l'envie, Amy ne pourrait pas la détester.

— Alors tu t'es battu pendant la cérémonie ? lui demande-t-elle.

— Non, pendant la réception.

— Au Club, tu veux dire ?

Cette idée titille sa curiosité. Cet endroit l'intimide. J. P. parle sans arrêt de la façon que Vivi avait de bafouer le règlement, et chaque fois qu'Amy y met les pieds elle a l'impression d'être obligée de se tenir à carreau. Elle n'y a pas davantage sa place que Vivi, elle qui vient de Potter, en Alabama. Personne n'a jamais entendu parler de ce trou paumé.

— Oui.

— Et ils t'ont mis dehors ?

— Oui.

— Avec qui tu t'es battu ?

Il porte sa deuxième bière à ses lèvres et en vide la moitié.

— À ton avis ?

Elle fixe le rosé au fond de son verre maculé de traces de rouge à lèvres.

— J. P. ? lance-t-elle.

— Bingo.

Elle fait un point rapide sur la situation. Lorna est entre de bonnes mains avec son navigateur – ils sont toujours en pleine conversation –, et elle peut donc facilement la laisser pour rentrer s'occuper de J. P. Au vu du sang sur les mains de Dennis, elle n'ose imaginer l'état de son visage.

— Il est blessé ?

— Je pense qu'il aura un coquard. Je l'ai cogné deux fois. Il ne s'est pas vraiment défendu.

Elle n'est pas surprise. J. P. fuit la confrontation. Il n'a qu'une seule réponse face aux problèmes : l'argent.

Elle devrait sans doute rentrer pour le soigner.

Sauf que... elle n'en a aucune envie.

— J'avais accumulé beaucoup de colère rentrée contre lui, confesse Dennis. Même si je culpabilise maintenant.

Il pose les yeux sur le verre d'Amy.

— Et si je te payais un verre pour me faire pardonner d'avoir arrangé le portrait de ton mec ?

— Je n'ai rien contre.

Ed

La moyenne nationale des homicides involontaires avec délit de fuite qui se concluent par une condamnation est sous la barre des cinquante pour cent, ce qui ne console en rien Ed. Pas plus que le fait que son épouse, Andrea, ait passé une heure, jeudi, à suivre la cérémonie virtuelle en hommage à Vivian Howe, puis une autre (ou plusieurs) sur la page Facebook en l'honneur de l'écrivaine pour y lire les commentaires de ses lecteurs éplorés.

— Ils comptent sur la police de Nantucket pour trouver le coupable, l'informe-t-elle. Ils réclament justice. Je me suis sentie tellement malhonnête de surfer sur cette page en me faisant passer pour une lectrice lambda... C'est ce que je suis bien sûr, mais je suis quand même mariée au chef de la police de Nantucket !

— Je fais de mon mieux, se défend-il.

En vérité, son enquête piétine.

Les empreintes de pneus n'ont rien donné. Elles ont été rendues inutilisables par les traces de pas de Cruz et, à l'arrivée de l'ambulance, par celles des secouristes.

Lisa Hitt a trouvé du sang de la victime sur la voiture de Cruz DeSantis. Plus précisément sur la poignée de la portière côté conducteur. L'explication la plus vraisemblable étant qu'il avait du sang sur les mains au moment de remonter dans sa jeep après que l'ambulance est partie pour l'hôpital. Le luminol n'a rien révélé, ni sur le pare-chocs, ni sur la calandre, ce qui a été un soulagement – même si, en toute honnêteté, Ed aurait été plus tranquille si la voiture avait été parfaitement intacte. Il ne tient surtout pas à ce que cette information – « on a retrouvé du sang de Vivian Howe sur la jeep de Cruz DeSantis » – circule parmi la population de l'île hors de son contexte. Tout le monde est déjà au courant que Falco l'a vu griller un stop et foncer dans Surfside Road. Finn lui a rapporté qu'il avait entendu des gens en parler sur la plage.

— Ils sont tous persuadés que Cruz l'a renversée.

— Il n'y a aucune preuve dans ce sens. Les gens parlent. Tu sais bien qu'on pourrait surnommer Nantucket « l'île de la Rumeur ».

Un seul membre de la famille de la victime l'a contacté : Rip Bonham, le gendre de Vivi. Ed connaît bien les Bonham, enfin surtout Chas, Rip et sa sœur, mariée à Zach Bridgeman, parce que la police collabore régulièrement avec leur compagnie de courtage en assurances pour les petits accidents de la route. Le coup de fil de Rip était on ne peut plus délicat, il tenait juste à savoir s'il y avait des pistes.

Il faudrait maintenant examiner les vêtements de Vivi pour y chercher des éclats de peinture de la jeep et ensuite partir en quête de fibres textiles identiques sur le pare-chocs de Cruz. « Tout contact laisse une trace. »

Et c'est là que l'enquête se heurte à un gros hic. Les vêtements de Vivi ont disparu. Le médecin légiste affirme avoir suivi le protocole – il les a découpés pour les retirer de la victime, avant de les placer dans un sac qu'il a fait livrer au commissariat, où ils devaient être enregistrés puis envoyés à Lisa Hitt, à Cape Cod. Sauf que le sac n'est jamais arrivé au commissariat, selon les dires d'Alexis Lopresti, qui tient l'accueil. Ed s'est retourné vers le médecin légiste – un nouveau, qui remplaçait le docteur Fields au terme d'une longue carrière à ce poste – pour lui demander des précisions sur l'identité du livreur à qui il avait confié le pli, et celui-ci a reconnu qu'il n'en avait pas un souvenir très précis. Il pensait sa mission terminée avec la remise des vêtements. Comment aurait-il pu imaginer qu'ils n'arriveraient pas à destination ?

Ed a bien failli péter un plomb ce jour-là, pourtant se mettre à dos un médecin légiste était vraiment la dernière chose à faire.

— Mais où sont-ils alors ? Bon, désolé de vous avoir dérangé… Ils doivent être chez nous.

De retour au commissariat, il a questionné Alexis Lopresti.

— Tu es bien sûre de ne pas avoir réceptionné un sac en provenance de l'hôpital et contenant les vêtements de Vivian Howe ?

— Sûre et certaine. Vous avez vérifié dans la salle des scellés ?

— Oui. Deux fois. Qui travaillait samedi dernier ?

La question semble l'agacer.

— J'en sais rien, moi.

Ed a été tenté de la virer sur-le-champ. Elle a dû s'en rendre compte, parce qu'elle a aussitôt tapoté sur son clavier pour obtenir l'information :

— Dixon... et Pitcher.

Pitcher est un bleu : il n'a rejoint la police que depuis neuf mois. Il est tout à fait envisageable qu'il ait oublié les vêtements à l'arrière de sa voiture de service.

Lorsqu'il a répondu au coup de fil d'Ed, il y avait de la musique très forte et des rires derrière lui, il devait être en ville. Pitcher est jeune, et Ed s'est alors souvenu qu'il le voyait souvent tourner autour d'Alexis Lopresti, à la réception, sans doute dans l'espoir d'obtenir un rancard avec elle. Ce n'est pas lui qui est allé récupérer le sac à l'hôpital.

— J'aurais jamais oublié un truc pareil. Des vêtements de course et des baskets, c'est bien ça ?

— Tout à fait. Tu les as vus, donc ?

— Non, mais je sais qu'elle a été renversée pendant qu'elle faisait son jogging. J'en ai déduit qu'il y avait des baskets. Et je vois mal comment elles ont pu disparaître.

Dans un dernier sursaut d'espoir, Ed appelle Lisa Hitt pour s'assurer qu'elle n'a pas reçu, par le plus grand des hasards, les vêtements.

— Non, pourquoi. Ils ont disparu ?

Ed ne peut pas rendre sa voiture à Cruz tant qu'ils n'ont pas retrouvé les vêtements, et il sait bien qu'il doit une explication à Joe DeSantis, et qu'il la lui doit en personne.

Il passe au Nickel à 14 h 30, après le coup de feu de midi. Il est soulagé de trouver Joe seul, occupé à découper du rôti de bœuf dans sa cuisine.

Dès qu'il aperçoit le chef de la police, son expression s'assombrit, même s'il lui sourit.

— Je n'ai plus de sandwich baguette au thon, désolé. Tu sais bien qu'il faut venir plus tôt.

L'estomac d'Ed grogne. Il se contenterait volontiers d'un petit pain chaud avec du rôti de bœuf, du fromage fondu, de la roquette et la sauce méchamment pimentée de Joe, mais il n'est pas venu pour ça.

Certains jours, il déteste son travail, et ces derniers temps ils sont un peu trop nombreux.

— Tu as une minute à m'accorder ? demande-t-il.

Joe le rejoint dans la boutique, retourne le panneau sur la porte pour indiquer qu'il est fermé et sort deux Coca du frigo. Il n'y a pas de chaise, alors ils s'accoudent au comptoir.

— Si tu n'es pas là pour déjeuner, je m'inquiète.

Ed soupire.

— Est-ce que Cruz t'a raconté comment il a découvert Vivian Howe ?

Joe secoue la tête et ouvre sa canette.

— Il ne m'a pas dit un mot. Enfin si, juste qu'il t'avait tout raconté.

Après avoir avalé une gorgée, il ajoute :

— Ce qui fait que je ne m'explique pas pourquoi tu gardes sa voiture.

— Il y a quelques éléments qui font mauvaise impression. Un de mes gars l'a vu griller le stop au bout de Hooper Farm, puis s'engager à toute berzingue dans Surfside, tout ça quelques minutes avant son appel aux secours.

Joe conserve le silence.

— Quand j'ai demandé à Cruz d'où il venait, il m'a répondu de chez vous. Ce qui ne colle pas avec ces éléments.

— Ton gars est sûr que c'était lui ? Il y a beaucoup de jeeps blanches sur cette île, Ed.

— Mon gars dit que c'était lui, mais il a toujours pu faire erreur.

Il ouvre à son tour sa canette et essaie de savourer la première gorgée glacée et épicée.

— Les traces de pneus n'ont rien donné. Le luminol a révélé la présence de sang appartenant à la victime sur la poignée de la portière, mais il n'y en a ni sur le pare-chocs ni sur la calandre. Or comme Vivian Howe s'est ouvert la jambe lors de la collision, il devrait y en avoir.

— Cruz ne l'a pas renversée. Ce môme...

Il fait tourner la canette entre ses deux mains.

— Il ne ment pas, Ed. S'il avait renversé Vivi, il l'aurait dit.

— Pourquoi se rendait-il chez les Howe de si bonne heure un samedi matin ? Il était 7 h 15. Je lui ai posé la question et il n'a pas voulu répondre.

— J'ai cru comprendre qu'ils s'étaient disputés, Leo et lui. Il a dû se passer quelque chose la veille au soir, c'est fréquent à la fin du lycée, les émotions sont exacerbées, les gens disent des choses qu'ils ne pensent pas. Cruz n'a pas revu Leo depuis l'hôpital. J'ai dû le traîner à l'église, tu sais.

— Ton fils semblait tellement bouleversé au commissariat que je me suis demandé s'il y avait autre chose...

— Vivian était une mère pour lui. Il l'aimait.

Joe se racle la gorge.

— Elle a été merveilleuse avec lui, elle a tout fait pour qu'il se sente accepté, elle s'occupait de lui comme seule une mère en est capable. Cette mort est une tragédie pour lui, et pour moi. Mais Ed, je te le dis, il ne l'a pas renversée.

— D'accord.

— Tu n'es pas convaincu ?

Joe se redresse de toute sa hauteur, et aussitôt la boutique paraît plus petite.

— Tu crois qu'il te cache quelque chose ? Qu'il te ment ? reprend-il.

— Il a beaucoup à perdre.

— Évidemment qu'il a beaucoup à perdre ! Qui aurait pu rêver d'une réussite pareille ? Je ne comprends pas pourquoi la police le traite comme un suspect alors que ce n'est qu'un gamin au cœur brisé, qui a eu la malchance d'être le premier à trouver cette pauvre Vivian. À moins que ce ne soit dû à sa couleur de peau ? Parce que quand un noir se trouve près d'une scène de crime, il est forcément coupable ?

Ed a un mouvement de recul.

— Tu mélanges tout.

Il se retient de poursuivre sur cette voie et décide de se remettre un peu en question. Falco a-t-il réellement vu Cruz, ou seulement un jeune noir au volant d'une jeep blanche ? Et s'il l'a repéré, est-ce parce qu'il est noir ? Constitue-t-il un coupable idéal pour les habitants de l'île ? Ed se refuse à penser qu'il dirige un commissariat qui traiterait différemment les citoyens noirs et les citoyens blancs. Et pourtant il a appris, avec le temps, que le racisme est systémique. Il est souvent si bien ancré, en profondeur, chez les gens qu'on ne le voit pas à la surface, ce qui ne l'empêche pas d'exister.

— Je t'aime bien, Ed. Je te considère comme un ami. Et je ne cherche pas à profiter de cette amitié. Mais mon fils n'a pas renversé Vivi. S'il l'avait fait, je peux te dire qu'il l'aurait aussitôt avoué et qu'il se serait même rendu de son plein gré à la police. Il aimait tellement cette femme qu'il ne se le pardonnerait jamais. En revanche, oui, il y a bien un problème entre Leo Quinboro et lui, je le lis sur son visage sans avoir besoin de lui poser la question. Ce que je ne lis pas, c'est la culpabilité d'avoir tué quelqu'un. Il s'est montré très coopératif pendant que vous examiniez sa voiture. Il prend son vieux vélo pour aller au travail sans se plaindre, parce qu'il fait confiance au système. Moi, je te le dis, je n'ai pas l'intention de rester les bras croisés et de vous laisser faire de lui un bouc émissaire parce que vous avez besoin d'un coupable. Cruz n'a commis aucun crime, Ed.

Les mots de Joe font mouche et, sur l'instant, il a l'intuition, la certitude absolue que Cruz DeSantis n'a pas renversé

Vivian Howe. Quelqu'un d'autre l'a fait et s'est enfui, sans doute quelques secondes avant l'arrivée de celui-ci.

— Je vais demander à ce qu'on lui rende sa voiture cet après-midi.

— Merci, Ed.

Les deux hommes échangent une poignée de main.

Vivi

Vivi se détend, allongée sur sa méridienne en velours, lorsque Martha entre par la porte verte, munie de son dossier.

— Des messages adorables ont été postés sur la page Facebook en votre honneur. Vous voulez y jeter un coup d'œil ?

— Est-ce qu'ils sont tous adorables ?

S'il y a bien une chose qu'elle a apprise sur ce réseau social, c'est que les gens se sentent parfaitement autorisés à y poster des remarques qu'ils n'oseraient jamais dire à une personne en face. Ces dernières années, elle est d'ailleurs devenue très à cheval sur la politesse en ligne : si vous êtes là pour dire autre chose que des amabilités, passez votre chemin !

— Eh bien...

Martha a réussi à piquer la curiosité de Vivi, qui lui prend le dossier des mains.

PAGE FACEBOOK À LA MÉMOIRE DE VIVIAN HOWE
Merci de partager vos pensées et souvenirs concernant Vivian Howe ci-dessous. Nous vous invitons à poster des messages positifs ! La famille de Vivian ainsi que ses amis proches pourront lire les témoignages de ses lecteurs pour y puiser du réconfort. Nous vous remercions.

L'hiver dernier, on m'a diagnostiqué un cancer du sein « triple négatif » de stade deux, et j'ai subi dix-huit séances de chimiothérapie à l'hôpital MD Anderson de Houston. Chacune durait trois heures et je venais à chaque fois avec un roman de Vivian Howe. Les infirmières me demandaient systématiquement ce que je pensais de ma lecture, ce qui nous donnait un autre sujet de conversation que mon cancer. Je serai toujours reconnaissante à Vivian Howe de m'avoir « accompagnée » dans la période la plus difficile de ma vie. Crista J., Katy, Texas.

VIVIAN HOWE EST LA MEILLEURE ! REPOSE EN PAIX, VIVI. Megan R., Wiscasset, Maine.

Je n'ai même pas envie de me plonger dans *Petite Chérie*, parce que je sais qu'après je n'aurai plus jamais aucun roman de Vivi à lire, et c'est à ce moment-là que je prendrai vraiment conscience de sa disparition. Est-ce que je suis la seule à ressentir ça ? A. Lloret, Bowmore, Écosse.
Réponse : Moi aussi ! Taffy H., Kalamazoo, Michigan
Réponse : Moi aussi ! 🙌, Beth H., Sharon, Massachusetts.

— Jusqu'ici, tout va bien, observe Vivi.

Bonjour ! Si je suis triste de la disparition de l'une de mes autrices préférées, j'aimerais aussi faire une suggestion. Est-ce que quelqu'un pourrait se charger de corriger les coquilles dans les romans de Vivian Howe ? À la page 201, ligne 21, du *Photographe*, il est écrit « Truman » à la place de « Davis ». D'autre part, je suis depuis longtemps choquée de voir que les correcteurs laissent des points exclarrogatifs dans tous les romans de cette autrice. Pour ceux qui ne le sauraient pas, un point exclarrogatif consiste en la combinaison absolument hétérodoxe en typographie d'un point d'interrogation et d'un point d'exclamation. Comment est-ce possible ?!?!?! (Voici une illustration du problème visuel que cela pose.) Je vous remercie, et j'adresse mes plus sincères condoléances à la famille. Pauline F., Homestead, Floride.

Réponse : « Exclarrogatif », on dirait un mot pour décrire ce que je ressens quand l'un de mes enfants frappe à la porte pendant que je fais l'amour avec mon mari. (Pardon, je n'ai pas pu résister, et j'aime à penser que c'est une blague que Vivi aurait pu faire.) Kerry H., Grand Island, Nebraska.

— Elle a raison, dit Vivi, c'est exactement mon genre d'humour.

Martha garde le silence.

Bonjour, je suis nouveau sur Facebook, je me suis inscrit à l'instant. Je me demandais si quelqu'un saurait me dire comment je peux entrer en contact avec un membre de la famille de Vivi ? Je ne suis pas un type bizarre qui cherche à les harceler, promis. J'étais au lycée avec elle, à Parma, de 1984 à 1987. Elle a été ma petite amie pendant onze mois. Je ne l'ai pas revue depuis août 1987, mais j'ai appris par la sœur d'un ami musicien - on avait un groupe ensemble autrefois - qu'elle était décédée brutalement. J'aimerais présenter mes condoléances à sa famille et partager des souvenirs de cette époque. Par la même occasion, j'ai aussi découvert qu'elle était écrivaine, et plutôt connue (je ne lis pas beaucoup). Je suis allé sur Amazon pour lire la présentation de son prochain livre, qui sort dans un petit mois, et j'aurais aimé en discuter avec sa famille. Bref, si quelqu'un peut m'aider, je lui en serai très reconnaissant. Je n'ai pas de profil Facebook (j'écris depuis celui de mon collègue), mais je m'appelle Brett Caspian et je suis le gérant du Holiday Inn qui se trouve près de l'université du Tennessee, à Knoxville. Vous pouvez appeler la réception et demander à me parler. Je suis triste pour Vivi. C'était quelqu'un de spécial.

Oh, non ! pense-t-elle. *Non, non, non !* Il est au courant pour le livre !

En tout cas, elle avait le bon pressentiment : il ne savait pas qu'elle écrivait. Il ne l'a découvert que parce que quelqu'un lui a appris sa mort. La sœur d'un ami musicien – à tous les coups celle de Roy, Renata. *Ahhhhh !* Elle se rend compte maintenant qu'elle a été bien naïve de penser que Brett n'entendrait jamais parler de ce livre. Le monde entier est connecté. Tout le monde sait tout avec Internet. Ce n'est pas parce que Brett n'a pas de profil Facebook qu'il vit dans une cabane au fond des bois ou au milieu de la forêt amazonienne. Il gère un hôtel au Tennessee. (Ça paraît tellement incongru... Si elle avait dû lui imaginer un métier, elle aurait opté pour technicien du son et de la lumière pour les groupes qu'ils adoraient.)

Brett n'a pas l'air en colère dans son message. Il n'a pas l'air de la détester.

Mais ça changera... s'il lit *Petite Chérie.*

Elle se rappelle qu'il s'asseyait sur un banc pour l'attendre en fumant chaque fois qu'elle se rendait à la librairie du centre commercial. Il n'était même pas question qu'il pose un pied dans la boutique.

Il n'y a aucune chance qu'il lise *Petite Chérie.*

Vivi rend le dossier à Martha avec un sourire.

— Je m'attendais à bien pire !

Willa

Willa et Rip déménagent pour l'été. Ils quittent leur maison de Quaker Road – achetée juste après leur mariage avec l'aide des Bonham – pour celle en bord de plage, à côté de Smith's Point. Leur logement principal fait quatre cents mètres carrés et possède cinq chambres. Leur petit nid, sur la plage, est minuscule, une vraie maison de poupées. C'était la « résidence secondaire » des grands-parents de Rip, et ils y allaient, Willa et lui, à vélo, quand ils étaient au collège puis au lycée. La grand-mère leur servait de la limonade à la menthe fraîche, et ils devaient la boire sur la terrasse, assis à la table de pique-nique, parce qu'ils n'auraient pas tenu tous les quatre à l'intérieur. La maisonnette s'appelle « La Lichette ». Elle possède un minuscule salon, avec une kitchenette le long de l'un des murs, une chambre qui ne peut contenir qu'un lit et une table basse, ainsi qu'un cabinet de toilette avec un lavabo et des W.-C. Sur la terrasse, en plus de la table de pique-nique, il y a un barbecue à gaz – une petite folie que le grand-père de Rip s'est offerte au milieu des années 1990. Trois marches plus bas, on trouve une courette pavée avec une douche extérieure. Au-delà, il y a des dunes, et un sentier qui les enjambe pour conduire à la plage.

Lorsque les grands-parents de Rip ont été placés en résidence médicalisée, La Lichette est restée vide. Personne dans la famille Bonham ne voulait y aller. Il faut dire qu'ils étaient tous grands de taille. Rip et son père ne pouvaient se tenir parfaitement droits qu'au centre du salon, à l'endroit où le plafond formait une légère pointe. Ses deux grands-parents étaient tous deux décédés pendant l'hiver, et il avait officiellement hérité de la maisonnette. Elle était infestée de souris, et tout avait moisi. Le sol du salon était pourri, la salle de bains se trouvait dans un état innommable. Willa se disait qu'ils pourraient – pourquoi pas – s'en servir pour organiser une fête sur la plage, mais Rip était bien décidé à y passer du temps.

Sans lui en parler, il a embauché l'entrepreneur de Vivi, Marky Mark, pour refaire les sols et les peintures, carreler le cabinet de toilette, remplacer les appareils ménagers dans la cuisine (le petit réfrigérateur, le minuscule four avec table de cuisson, le four à micro-ondes). Il a également acheté un nouveau lit, légèrement plus étroit, ce qui leur laissait un peu plus de place pour circuler dans la chambre. Il a fait l'acquisition d'un climatiseur, et Marky Mark a entièrement reconstruit la palissade autour de la douche extérieure. Rip a choisi une nouvelle causeuse, des tapis en jonc de mer, une table basse ronde en bois. Quand il a emmené Willa visiter la maison, après lui avoir dit qu'il l'avait un peu « rafraîchie », elle en a eu le souffle coupé. Ça n'avait plus rien à voir, c'était devenu un petit paradis sur Terre.

Mais qui restait trop petit pour envisager d'y vivre.

Pourtant, après sa seconde fausse couche, Willa a changé d'avis. Après sa troisième, elle s'est mise à compter les jours jusqu'à leur départ pour La Lichette. La maison de Quaker Road était pesante avec ses immenses pièces vides qui attendaient de se remplir d'enfants. Willa avait l'impression que celle-ci s'impatientait – *Bon alors, pourquoi vous mettez aussi longtemps ? vous avez un problème ou quoi ?*

Ils s'installent à La Lichette une semaine, exactement, après la cérémonie en l'honneur de Vivi. Willa est encore plus heureuse de fuir sa maison de ville, car elle y croise sans arrêt le fantôme de sa mère, passée déposer un cake à la banane, un bouquet de ciboulette de son potager ou un livre qu'elle souhaitait lui prêter pour pouvoir en discuter avec elle. Vivi n'annonçait jamais sa venue par un coup de fil, ni même un texto, ce qui ne posait aucun problème la plupart du temps. Sauf la fois, en février, où elle est entrée dans la maison pendant que Willa et Rip étaient en pleins ébats dans leur chambre. Ils l'ont entendue crier bonjour dans l'entrée, monter les escaliers, et elle a dû le supplier de tenir bon parce qu'elle était en phase d'ovulation et qu'il avait un cours de paddle-tennis prévu en soirée – elle dormirait déjà quand il rentrerait.

— Elle va entrer dans la chambre, Will, on n'a pas fermé la porte à clé !

Willa a dû hurler :

— Va-t'en, maman, s'il te plaît ! On est occupés !

— Occupés ? Ah, désolée ! Amusez-vous bien !

Ils l'ont entendue sortir, Rip a joui, puis il s'est écroulé sur sa femme en disant :

— C'était le test ultime pour ma virilité.

Deux semaines plus tard, elle a découvert qu'elle était enceinte. Ils l'ont aussitôt surnommé le « bébé à toute épreuve » jusqu'à ce qu'elle ait des saignements, huit semaines plus tard.

Si Vivi passait aussi souvent, c'était, et Willa a versé des larmes lorsqu'elle l'a compris, parce qu'elles étaient devenues amies. Elles avaient fini par ressortir du labyrinthe sombre et déroutant des relations mère-fille, par découvrir qu'elles s'appréciaient et s'amusaient ensemble. Vivi n'avait jamais eu la moindre amitié pour sa propre mère, elles étaient restées prisonnières du labyrinthe jusqu'à la mort de Nancy Howe, lors du premier hiver de sa fille à Nantucket.

Vivi avait avoué, il y a peu, à Willa, qu'elle s'était inquiétée à sa naissance, à cause des rapports conflictuels qu'elle avait entretenus avec sa mère.

— Heureusement, j'ai compris que je n'étais pas obligée de faire les choses comme elle. Je pouvais au contraire devenir la mère dont j'avais rêvé.

Puis elle avait ajouté, dans un éclat de rire :

— De toute façon, avec ton père, on a vite compris que c'était toi qui allais te charger de notre éducation, plutôt que l'inverse.

Oui, on a beaucoup glosé sur le « caractère de Willa » : super douée, responsable, fiable, mature, avec une âme de leadeuse. Elle est la plus jeune sous-directrice de la Société historique de Nantucket, et elle reprendra le poste de directeur dans cinq ans, quand son actuel occupant partira à la retraite. Ce qui fait qu'elle sera à la tête de l'organisme avant ses 30 ans.

À moins qu'elle ne donne sa démission une fois que sa grossesse sera officielle pour se consacrer au projet qui lui tient à cœur, la rédaction d'une biographie d'Anna Gardner, une femme native de Nantucket, qui s'est battue pour l'abolition de l'esclavage.

Lors de leurs conversations autour de l'îlot central dans la cuisine – elle buvait une tisane et sa mère de la tequila avec des glaçons (elle avait toujours une bouteille de Casa Dragones pour sa mère) –, elles réfléchissaient à son avenir. Pour Vivi, Willa pouvait tout avoir : travailler à la SHN pendant trente-cinq ans afin de laisser son empreinte dans l'héritage historique de l'île, et en même temps écrire des biographies d'Anna Gardner, d'Eunice Ross et de toutes les autres femmes remarquables (et oubliées) de Nantucket auxquelles elle s'intéressait. Elle pourrait toujours, le moment venu, demander un congé sabbatique ou un aménagement de ses horaires.

— Et les enfants ? rétorquait Willa.

Elle en voulait cinq, ou au moins quatre, et chaque fois Vivi grognait avant de lui rétorquer qu'elles reparleraient de ce chiffre une fois que Willa aurait mis le premier au monde.

— Tu te feras aider. Et contrairement à moi, tu écriras pendant ton temps libre. Je profitais de la présence de baby-sitters pour ranger ou faire une sieste. C'est dur d'élever des enfants, Willie, je ne te mentirai pas.

Elle se représente sa mère encore si précisément, avec sa coupe courte sophistiquée, ses yeux marron, ses taches de rousseur sur le nez, ses boucles d'oreilles pendantes. Elle portait les vêtements d'une femme de vingt ans de moins, et ça lui allait comme un gant : tee-shirts blancs moulants, jeans skinny, bottines en daim à talon. Willa hésitait à dire qu'elle était « belle », car ce terme ne lui correspondait pas exactement. Elle avait du chien, elle était irrésistible, vivante. Elle possédait un instinct presque infaillible concernant les gens. Si elle pensait que sa fille était capable de tout mener de front, c'est que c'était le cas.

Où Willa se voit-elle dans cinq ans, à 29 ans ?

Elle est directrice de la SHN. Elle vient de publier une biographie d'Anna Gardner encensée par la critique (même dans ses rêveries elle ne s'autorise pas à imaginer un succès commercial). Elle a trois enfants : Charles Evan Bonham IV, dit Charlie, 5 ans, Lucinda Vivian, dite Lucy, 4 ans, et William Edward, dit Teddy, 3 ans. Ils sont inscrits dans une maternelle Montessori, ce qui lui laisse tout le loisir de partager ses journées entre son travail à la SHN et son deuxième livre sur Eunice Ross, la jeune noire qui avait déposé une requête pour intégrer le lycée de Nantucket en 1845, près d'un siècle avant le fameux arrêt de la Cour suprême mettant fin à la ségrégation dans l'enseignement. Elle va chercher les enfants à la sortie de l'école, leur sert pour le goûter du cake à la banane qu'elle a préparé elle-même, puis ils s'occupent dans le calme, avec un puzzle ou un livre, pendant qu'elle prépare le dîner. Ce soir-là, elle a prévu des steaks grillés accompagnés de pommes de terre fondantes au parmesan, d'asperges poêlées et d'une belle salade verte, et pour le dessert une tarte rustique à la fraise et à la rhubarbe. À son retour du travail, Rip se change pour mettre le tee-shirt gris et doux qu'elle aime tant. Il lui donne un long baiser passionné, comme lorsqu'ils étaient au lycée, puis il pose le doigt sur les lèvres de sa femme et lui dit : « On finira plus tard. » Après le dîner, il se charge de baigner les enfants, de les mettre en pyjama et de superviser le brossage de dents, pendant que Willa range la cuisine et, bercée par le ronronnement du lave-vaisselle, prépare les repas pour le lendemain. Elle monte ensuite lire une histoire aux petits – trois chaque soir, sélectionnées par thème. Pour ce soir, les cochons : *Cora, tu veux une crêpe ?*, *Olivia fait son cirque*, *Les Trois Petits Cochons*.

Une fois les enfants bordés et expédiés vers le pays des rêves, Willa et Rip se retrouvent devant la télé, elle en nuisette de soie, parce qu'elle a perdu tous les kilos de ses grossesses bien sûr, et même quelques-uns superflus (le mardi et le jeudi, elle se lève à l'aube pour monter sur son vélo d'appartement, il n'en faut pas plus !). Rip s'ouvre une bière et sert à sa femme un verre de sauvignon blanc. Ils lancent le premier épisode de la nouvelle série dont tout le monde parle, mais ils n'ont pas le temps de comprendre qui sont les personnages principaux car déjà ils se sautent dessus sur le canapé, et l'impératif de silence (il ne faut pas réveiller les enfants !) rend leurs ébats aussi excitants qu'à l'époque du lycée, quand ils s'y livraient sur le canapé du sous-sol de Rip, à l'abri d'une couverture.

Après, lessivés et en sueur, ils partagent une part de tarte avec un peu de crème fouettée, puis ils se rendent à la raison : mieux vaut dormir que de terminer leur épisode. Ils vont dans leur chambre, Willa ouvre son roman, et Rip ronfle avant qu'elle soit arrivée en bas de sa première page.

Lorsqu'elle se penche pour éteindre la lumière, elle perçoit une minuscule explosion d'énergie lumineuse en elle, et elle sait qu'elle attend un nouvel enfant.

Voilà la vie dont elle rêve.

Une vie qui paraît très éloignée de celle qu'elle a pour le moment : le cœur brisé, perdue. Sa mère est partie. Dans cinq ans, même si Willa accède à l'existence parfaite dont elle rêve, Vivi ne sera pas revenue. Elle a disparu à tout jamais. Willa ne la reverra pas. C'est inconcevable. Quelqu'un a fauché une vie avant de s'enfuir – c'est si inadmissible qu'elle a du mal à se représenter une chose pareille.

Un habitant de l'île a commis un homicide et il n'est toujours pas inquiété.

Elle veut que justice soit rendue. Une rumeur a prétendu que Cruz DeSantis avait renversé Vivi et s'était fait passer pour celui qui l'avait trouvée. Elle refuse de lui accorder le moindre crédit.

— Les gens ne peuvent pas s'empêcher d'échafauder des théories. Ils ne le connaissent pas aussi bien que nous.

Rip ne partage pas cette certitude.

— Moi, j'ai entendu dire qu'il y avait des incohérences dans son récit. Même ton frère pense qu'il pourrait bien être coupable.

— N'importe quoi.

— Si, je t'assure. Je crois qu'ils se sont disputés la veille, il est très possible que Cruz soit venu aussi tôt parce qu'il était embêté, qu'il se soit engagé trop vite dans Kingsley Road sans faire attention et que... vlan !

— Tais-toi !

Elle ferme les yeux. Elle ne supporte pas d'imaginer le moment du choc, et en même temps elle ne parvient pas à le chasser de son esprit.

— Ce n'est pas Cruz qui l'a renversée. Reste en contact avec la police, s'il te plaît. Je veux qu'elle mette le coupable derrière les barreaux.

Willa est enceinte de huit semaines, et même si elle a appris, depuis le temps, à ne pas nourrir de faux espoirs, elle ne peut pas perdre ce bébé. C'est la dernière grossesse qu'elle a pu annoncer à sa mère. Le bébé et Vivi auront été en vie en même temps. Elle doit le mettre au monde.

Elle ne se sent ni malade, ni fatiguée, elle n'a pas de vertiges. Ses seins sont peut-être un peu douloureux, mais ça peut très bien être dû au fait qu'elle passe son temps à les pincer et les malaxer pour vérifier s'ils le sont.

Je ne peux pas perdre cet enfant, je ne peux pas perdre cet enfant. Willa sait qu'elle fait une fixation et que ce n'est pas bon pour elle. Elle fait une fixation sur sa fixation.

Le départ à La Lichette est une bonne distraction. Elle se livre à son activité fétiche : préparer une liste. Elle y inscrit tout ce qu'il faut emporter, et barre les éléments chaque fois qu'ils sont prêts. Cinq robes en lin pour le travail, des tee-shirts, son combishort, cinq maillots de bain, son chapeau de paille, son short Lululemon et des débardeurs pour le sport – qu'elle compte pratiquer plus régulièrement. Sans oublier un pull en coton léger pour les soirées plus fraîches au bord de l'océan.

La Lichette possède une cour sablonneuse séparée de l'entrée de Smith's Point par une barrière en bois. De l'autre côté de la dune se trouve la plus jolie plage de Nantucket : une immense étendue de sable doré à perte de vue, une eau bleu-vert, des vagues tranquilles.

Lors de son premier après-midi sur place, Willa va faire une balade pieds nus au bord de l'océan. Elle est seule sur la plage et elle a l'impression d'avoir l'île pour elle. Par déformation professionnelle, elle ne peut s'empêcher de penser à toutes les vies et histoires qui se sont déroulées sur cette île. Elle en est originaire ; cette terre, en un sens, lui appartient.

Elle accélère le pas jusqu'à sentir son pouls se précipiter. Un bon débit sanguin est conseillé pour le bébé. Comme l'air frais et le soleil. Ces choses l'aideront-elles à lutter contre sa tristesse infinie ?

Maman, pense-t-elle. *Où es-tu ? Où es-tu partie ?*

Les vagues empiètent sur le sable puis refluent, sans cesse. Elles le faisaient déjà il y a des siècles, à l'époque où la tribu amérindienne des Wampanoag se baignait dans ces eaux, et plus tard, autour de 1860, lorsque la chasse à la baleine a connu son apogée, enfin dans les années 1920, quand les acteurs de New York venaient à Nantucket pour échapper à la touffeur citadine. Les vagues continueront à aller et venir jusqu'à la fin des temps, longtemps après que Willa ne sera plus, après que ses enfants, ses petits-enfants, ses arrière-petits-enfants seront partis eux aussi.

Elle est prise d'un vertige.

À son retour à La Lichette, il est 18 h 30, et contrairement à ses fantasmes, dans lesquels elle se révèle un vrai cordon-bleu, elle ne sait rien faire d'autre qu'étaler du beurre de cacahuètes sur des crackers. Il y a un restaurant mexicain à quelques minutes de vélo, et elle a soudain une envie folle de guacamole. C'est bon signe, pense-t-elle. Elle a perdu près de deux kilos depuis la mort de sa mère.

Au moment de franchir la dune, elle croit être victime d'une hallucination. Une Range Rover rouge est garée le long de la barrière en bois. La voiture de Pamela.

Pourquoi est-elle ici ?

Pamela et Zach ont fait un pari concernant la durée du séjour de Willa et Rip à La Lichette.

— Zach vous donne une semaine. Moi, deux jours, a déclaré Pamela.

Est-elle venue vérifier par elle-même ?

Le seul inconvénient d'avoir épousé Rip, c'est d'avoir Pamela Bonham Bridgeman – qui se présente toujours ainsi, en déclinant son nom complet – comme belle-sœur. Willa la méprise. Elle l'a toujours fait. Pamela a seize ans de plus que son petit frère. Mme Bonham, Tink, a vécu trois fausses couches – soit le même nombre qu'elle à ce stade. Tink était « déterminée coûte que coûte » à donner le jour à un héritier. Pamela ne comptait donc pas ? Si bien sûr, mais les Bonham accordaient une grande importance à la continuité de leur lignée, qui passait par un garçon. Si Tink n'avait pas eu Rip, le nom des Bonham aurait fini par se dissoudre, inévitablement, dans l'arbre généalogique des Bridgeman.

Heureusement, Tink a fini par voir son rêve exaucé, et le 11 mars 1997, elle a donné le jour à un petit garçon de plus de quatre kilos. Pamela, qui était à l'époque interne dans un lycée, a été à la fois dingue et terriblement jalouse de ce bébé. Depuis, elle n'a cessé d'hésiter entre amour et amertume. Elle a sans doute le sentiment que sa seule existence ne suffit pas au bonheur de ses parents, ce qui la rend aigrie.

Elle se montre irritable, difficile à satisfaire.

Elle n'a jamais apprécié Willa, et s'est étonnée ouvertement, chaque année, de voir son frère rester avec elle. Lorsqu'il était à l'université, elle l'a d'ailleurs poussé à fréquenter des étudiantes. Et lorsqu'il a demandé Willa en mariage, elle a tout mis en œuvre pour le faire changer d'avis. Elle ne voulait pas qu'il se « limite ». À ses yeux, cette fille n'était pas assez bien. Elle provenait d'une famille éclatée, elle avait porté un appareil dentaire pendant trois ans, elle ne savait pas skier, elle ne possédait pas la gagne des Bonham, son positionnement politique était bien trop à gauche, elle consacrait un temps excessif à la lecture, ce qui la rendait presque asociale – et la liste était encore longue.

Plus d'une fois, Willa avait eu la certitude que Rip finirait par céder et voudrait récupérer sa bague. Il tenait sa sœur en très haute estime. Tous deux travaillaient désormais dans l'entreprise familiale, sous les ordres de Chas – Pamela était vice-présidente du département des assurances habitation, et Rip se chargeait des déclarations de sinistres. Elle était maligne et ambitieuse, elle avait une stratégie sans faille pour développer la compagnie bien au-delà de ce que son arrière-arrière-grand-père aurait pu rêver. Willa entendait constamment parler de son génie visionnaire.

Et pourtant Rip n'en avait pas démordu comme on dit. Pamela portait du noir le jour de leur mariage, et Willa s'est faite à l'idée que sa belle-sœur serait le fardeau qu'elle aurait à porter, la contrepartie à son mari, cette pépite.

Beaucoup de gens ont du mal avec leur belle-famille. Willa est loin de faire exception.

Elle sait que la vie de Pamela n'est pas parfaite. Il y a de bonnes chances pour que son animosité soit alimentée par la jalousie. Son mari, Zach, qui dirige le contrôle aérien de l'aéroport de Nantucket, est beaucoup plus séduisant qu'elle. Leurs physiques sont si mal assortis que cela suscite bien des interrogations, et au premier chef celle-ci : comment ont-ils fini ensemble ? Willa connaît la réponse : Zach était serveur au Yacht Club l'été 1999, et Pamela est immédiatement tombée sous son charme. Au point qu'elle a débarqué en cuisine un soir pour l'inviter à sortir. En plus d'être beau, Zach est drôle et sympa. Il adore lire (notamment tous les livres de Vivi), et il a une licence de pilote privé. Willa l'aime énormément et sa présence contrebalance le désagrément causé par Pamela.

Leur fils, Peter, lui ressemble – il est beau –, malheureusement il a hérité du tempérament de sa mère. Un vrai petit con – pardon, mais c'est la vérité. Ça a toujours été le cas. Déjà à l'époque où Willa et Rip le gardaient, ils devaient sans arrêt réparer ses bêtises. Il mordait les autres enfants, leur volait leurs jouets ou leur lançait du sable, et aucune sanction n'y changeait rien. À l'école, on lui avait diagnostiqué une hyperactivité, pour laquelle on lui avait donné un traitement, avant de le suspendre, puis de l'envoyer dans un établissement privé en seconde, dont il avait été renvoyé pour consommation (et vente) d'herbe. Il était revenu au lycée de Nantucket. Obligé de redoubler, il s'était retrouvé dans la classe de Leo, qui ne le supportait pas.

— Je sais qu'il fait plus ou moins partie de la famille, mais c'est un abruti.

Willa ignore bien ce que Pamela peut faire chez elle. Elle n'est jamais passée les voir en ville, et c'est pourtant beaucoup plus près.

— Salut ? lance-t-elle d'un ton hésitant.

Sa belle-sœur, assise derrière le volant, a baissé sa vitre. Elle est occupée à taper un texto.

— Tout va bien ? lui demande Willa.

Pamela relève la tête.

— Très bien.

Bon, alors... il s'agit d'une visite de courtoisie ? C'est une soirée magnifique, baignée de la lumière dorée du début de l'été.

— Tu veux visiter ? On voit beaucoup mieux depuis...

— Pas maintenant, non.

Elle adresse à Willa un de ses rares sourires avant de poursuivre :

— Comment ça va ?

La jeune femme n'est pas certaine de comprendre le sens de la question. Pamela parle-t-elle du décès bouleversant de Vivi ? De sa grossesse ? Rip en a informé sa sœur, ce qui ne l'aurait (presque) pas dérangée, si celle-ci ne s'était pas empressée d'en parler à Tink et Chas, qui depuis la traitent comme si elle était en sucre. Leur désir de prolongation de la lignée des Bonham ne fait que s'accentuer avec le temps.

Willa n'a rien dit à personne de son côté, ni à son frère, ni à sa sœur, ni à son père, ni même à Savannah. Elle compte attendre sa première échographie, programmée dans six semaines.

— Pas si mal, répond-elle (alors qu'elle ne mange plus, ne dort plus). Je suis contente d'être venue m'installer ici.

Pamela fait la moue.

— Enfin c'est calme au moins. Paisible.

Willa hoche la tête. Elle se demande toujours ce que sa belle-sœur est venue faire. Peut-être voulait-elle simplement prendre des nouvelles. Peut-être a-t-elle de la peine et envisage-t-elle de devenir une mère de substitution pour elle... L'idée est presque risible.

— Tu es sûre de ne pas vouloir entrer ? Même si je n'ai rien d'autre à t'offrir que l'eau du robinet. On va aller chercher à manger chez Millie's pour le dîner. Je ne suis pas encore prête à retourner à la supérette. Il y a trop de monde. Je vois bien dans le regard des gens qu'ils ont de la peine pour moi. Certains viennent me voir pour me présenter leurs condoléances. D'autres me saluent comme si tout était normal.

Pamela la dévisage et alors une chose incroyable se produit : ses yeux se remplissent de larmes. Pamela Bonham Bridgeman est donc un être doué d'émotions. Willa tente de faire taire son cynisme. Est-ce que Pamela appréciait Vivi ? Ou est-ce qu'elle l'admirait peut-être ? Elle n'a pourtant pas souvenir qu'elles entretenaient une relation particulière... Pamela jugeait ses romans « superficiels » et semblait toujours un poil irritée qu'ils plaisent autant à son mari.

— Si je te confie quelque chose, tu me promets que tu ne le répéteras à personne ? Même pas à Rip ?

Elle compte me faire une confidence ? Me livrer... un secret ? L'esprit de Willa s'emballe. Que se passe-t-il ? Est-ce que ce dont elle rêve depuis douze ans – soit la moitié de son existence –, à savoir entretenir des liens normaux avec sa belle-sœur, va enfin se réaliser ?

— Bien sûr, dit-elle.

Elle ne sait pas très bien comment elle cachera quoi que ce soit à son mari, mais elle essaiera.

— Je crois que Zach me trompe.

Willa ressent aussitôt ce qui s'apparente à une jouissance un peu malsaine, voyeuriste, même si elle est, bien sûr, également atterrée.

— Enfin non, j'en suis certaine.

Vivi

— Ça devient intéressant, dit Vivi.

Elle a approché de la grande baie l'une des chauffeuses en soie pêche.

— Il nous faut du pop-corn, ajoute-t-elle avant de pencher la tête sur le côté. Pourquoi n'y a-t-il rien à manger d'ailleurs ? Et pas de vin ?

— Vous aurez droit au festin céleste une fois que vous aurez rejoint le chœur.

— Pas avant ?

— Non, c'est une façon de vous récompenser pour le chant.

— Est-ce qu'il y aura des frites à la truffe ? Et de la tequila ?

— Vivi, je vous en prie. Concentrons-nous sur le sujet qui nous occupe.

Le sujet qui nous occupe : l'infidélité de Zach. Vivi sait qu'elle devrait témoigner plus de compassion pour Pamela. Après tout, elle est passée par là, elle aussi. Sauf qu'elle n'a pas eu besoin de deviner quoi que ce soit. J. P. est rentré à la maison un soir à la fin de l'été et lui a annoncé, l'air presque fier de lui, qu'il était « tombé amoureux » d'Amy.

L'ennui, c'est que Pamela est un personnage antipathique dans cette histoire. Si Vivi était encore en vie et que Willa lui avait confié les soupçons de sa belle-sœur, elle aurait sans doute répondu : *Tant mieux pour lui.*

Elle se sent minable. Comment se retrouve-t-elle au paradis plutôt qu'en enfer ?

Martha glousse. Elle lit dans ses pensées sans le moindre remords.

— Ce n'est pas tout ?

Martha pousse la seconde chauffeuse près de celle de Vivi.

— Oh non, ce n'est pas tout.

Carson

Le propriétaire de L'Huîtrier lui a donné deux semaines de congé après le décès de sa mère, et le temps est venu de prendre une décision : retourner travailler ou démissionner. C'est le week-end du 4 juillet, L'Huîtrier ne désemplit pas, et l'équipe a besoin de quelqu'un au bar. Le patron, George, s'est chargé de la remplacer, mais si Carson ne reprend pas du service ce week-end il n'aura d'autre choix qu'embaucher quelqu'un d'autre.

Elle débarque le samedi à 15 heures, juste avant le début des huîtres à un dollar pièce. Il la prend par les épaules.

— Tu vas y arriver.

On dirait qu'il l'envoie sur un ring.

— Bien sûr que je vais y arriver.

Avant de quitter la maison, elle s'est préparé un double expresso, qu'elle a accompagné d'un shot de tequila – Savannah a retrouvé la bouteille dans la buanderie (« Je me doutais qu'elle avait dû la cacher dans un endroit où aucun de vous ne penserait à chercher », a-t-elle dit).

Carson passe derrière le bar et se remet aussitôt dans le bain : une douzaine d'huîtres Island Creek, une douzaine de palourdes, quatre pressions Pale Ale, une vodka collins pour Chad en polo rose, une douzaine d'huîtres East Beach Blonde, deux verres de chardonnay, un planteur. Carson réceptionne les commandes comme si elles étaient autant de balles de baseball envoyées dans sa direction. Elle ne pensera pas à sa mère. Elle ne regardera pas son téléphone. Dès qu'elle a une seconde de battement, elle se prépare un expresso et avale un anxiolytique. Elle va y arriver.

De plus en plus de clients se bousculent au bar. Elle a l'impression d'être face à une énorme assiette de spaghetti : elle mange, elle mange… et pourtant elle n'en voit jamais la fin. (Serait-ce un effet secondaire du médicament ?) Mais non, les gens affluent, attirés vers son bar comme de la limaille par un aimant. Sean Lee, le guitariste, entame son set, et Carson se maudit de lui avoir demandé *Stone in Love*, de Journey. Il lui a écrit pour lui dire : *Si je peux faire quoi que ce soit, dis-le-moi.* Elle lui a demandé d'apprendre cette chanson, parce qu'elle a découvert que c'était celle que Vivi écoutait lorsqu'elle a été renversée.

« Burning love comes once in a lifetime. »

Carson a pu constater, une fois qu'elle a eu le téléphone de Vivi entre les mains, que celle-ci avait bien reçu son dernier texto. *Désolée pour la casserole, maman. La tequila, c'est pas moi. Je t'aime.* L'heure à laquelle elle a envoyé ce message était si proche de celle de l'accident (ou plutôt celle déterminée par la police), que Carson s'est demandé si sa mère était en train de le lire au lieu de regarder la route et si c'est donc ses mots qui l'ont tuée. « Tu finiras par avoir ma peau, Carson Marie. » Savannah lui a garanti que l'endroit où les secouristes avaient retrouvé le portable indiquait que Vivi ne le tenait pas devant elle mais sur le côté. A-t-elle inventé cette histoire ? Peut-être, pourtant Carson se raccroche à ce possible mensonge, il est sa planche de survie. Sans ça, elle n'arriverait plus à respirer.

À 19 heures, alors que le soleil amorce sa descente dans le ciel, L'Huîtrier a atteint sa capacité maximum, et tous les clients sont fous de bonheur – ils mangent, boivent, prennent des selfies, chantent avec Sean, parlent et rient sans la moindre retenue, comme s'il ne pouvait jamais rien arriver de mal, comme s'ils étaient tous promis à la vie éternelle.

Carson touche un beau paquet de pourboires, mais elle n'arrive pas à sonner cette maudite cloche – elle a l'impression que celle-ci est hors de sa portée, que la barre est trop haute. Elle demande à Jamey, un serveur lèche-cul, de prendre le relais le temps qu'elle fasse un tour aux toilettes. Elle a besoin de quelque chose. Si l'anxiolytique a calmé ses nerfs, en contrepartie il lui a embrumé l'esprit. Elle a un peu de coke, et elle craint le mélange avec sa tristesse. En même temps, elle est de retour au travail. Elle doit être au top. Elle n'a fait que la moitié de son service.

Elle en verse un peu sur son pouce, la sniffe. Ah, d'accord. Ses yeux s'embuent ; la drogue est amère, piquante. Carson s'assied sur la cuvette des toilettes pour attendre la montée euphorique. Celle-ci tarde à arriver, alors elle prend une dose supplémentaire. Son cœur a un coup d'accélérateur. Super, elle est d'attaque pour la seconde mi-temps.

Elle cherche son portable dans son sac à main. C'est comme s'il était radioactif et qu'il luisait. *Ne le touche pas !*

Évidemment, elle le touche. Lui a-t-il écrit ? Oui.

Elle n'a pas eu de nouvelles depuis la mort de sa mère. Le soir de l'accident, elle lui a envoyé deux textos. Le premier disait : Je ne peux plus continuer. Le second : S'il te plaît, ne viens pas à la cérémonie. Dis que tu es malade ou que tu dois bosser, je m'en fous, mais par pitié ne te pointe PAS à l'église ou au Club.

Elle a aussitôt regretté et aurait voulu pouvoir effacer ces mots, parce qu'elle souffrait et qu'elle avait besoin de lui.

Pourtant leur histoire doit se terminer : comment Carson peut-elle avoir la certitude que la mort de Vivi n'est pas une punition de l'univers ?

Lorsqu'elle en a parlé à Savannah – « Tu crois que maman est morte à cause d'un truc que j'aurais fait ? » –, celle-ci lui a pris le visage à deux mains et elle lui a pressé les joues pour lui faire faire une moue de poisson – comme quand Carson était petite.

— C'était un accident, mon bébé. Un accident stupide. Ça n'a rien à voir avec toi, moi, ni même ta mère.

Ça semblait plein de bon sens, et Vivi aurait pu tout à fait lui dire la même chose, avec son mélange de douceur et d'amertume : « Tout ne tourne pas toujours autour de toi, ma chérie. » Et pourtant, elle n'arrive pas à s'en convaincre. D'autant que Savannah ignore l'étendue de la perfidie dont elle est coupable.

Elle se lave les mains et observe son reflet dans le miroir. Elle a un peu des yeux de folle. C'est la coke. Ses joues ont repris des couleurs. Elle a meilleure mine, elle se sent mieux, elle va y arriver. Elle retourne bosser.

— Un rhum tonic bien corsé, s'il te plaît, collègue.

C'est un jeune homme assis à une extrémité du bar qui vient de passer cette commande.

Elle lève les yeux au ciel.

— Mes cocktails sont toujours bien corsés.

— C'était une blague, lui répond-il. En référence à... la semaine dernière ? À...

Il s'interrompt brusquement.

— Laisse tomber. Un rhum tonic classique, ce sera parfait.

Carson l'observe plus attentivement. Il est plutôt mignon si on aime le look golfeur BCBG. Ses cheveux dorés, un peu longs dans la nuque, bouclent sous sa casquette. Il a un menton carré, ce qu'elle aime bien. À quoi peut-il bien faire allusion quand il parle de la semaine derrière ?

Elle lui prépare son cocktail avec un peu plus de rhum qu'elle n'en mettrait en temps normal, et lorsqu'elle pose le verre devant lui elle prend soudain conscience qu'elle ne s'est rendue qu'à un seul endroit.

— Le Yacht Club ?

— Oui. Je suis Marshall. Je bosse au bar. Et je suis vraiment, vraiment désolé pour ta mère.

Elle ne sait pas très bien comment réagir. Elle ne s'attendait pas à se retrouver face à quelqu'un qui serait au courant pour Vivi. La clientèle est essentiellement composée de touristes – qui viennent sur l'île pour la journée ou sinon qui logent dans des hôtels, des locations saisonnières, voire qui passent tout l'été à Nantucket. Les résidents à l'année ont cessé de venir depuis quelques semaines, maintenant qu'il y a un délai de deux heures pour obtenir une table.

Carson se force à sourire malgré sa peine insoutenable. Sa mère est morte. Comment peut-elle être là, derrière ce bar ?

— Merci, lui dit-elle. Ça me touche.

Il avale une gorgée de son cocktail puis demande la carte.

— Tu attends quelqu'un ?

Il la regarde avec une expression à la fois inquiète et gênée, et elle se sent nulle d'avoir posé cette question.

Elle sort son portable de son sac, rangé sous le bar. Presque rien pendant une semaine, et maintenant deux messages coup sur coup. Elle clique sur l'icône de l'appareil photo et se retourne pour prendre un selfie avec Marshall.

Il sourit. La photo est mignonne, et elle la poste aussitôt sur son compte Instagram avec la légende suivante : Je soigne Marshall du #yachtclub pour sa soirée off ! 😉

Une douzaine d'Island Creeks, quatre bières, deux martinis, puis les commandes de trois tables arrivent au bar, et Carson regrette aussitôt d'avoir pris trente secondes pour poster cette photo, parce que maintenant elle est larguée.

Lorsqu'elle finit par sortir la tête de l'eau, Marshall lui passe commande pour son dîner – le sandwich sando au poisson pané avec supplément de sauce tartare, des frites, du coleslaw, et une soupe de palourdes en entrée. Carson lui sert un second rhum tonic aux frais de la maison pour l'attente. Elle a atteint le pic de l'euphorie à ce stade, rien ne peut l'arrêter. Elle est aussi vive que l'éclair, elle mixe des martinis et des cosmos, elle plaisante avec le couple installé à l'extrême gauche du bar, elle tape dans les mains, elle distribue des plateaux d'huîtres et de palourdes, sans oublier le citron, le raifort et les crackers.

— T'es au taquet, lui dit Marshall, admiratif. C'est toujours comme ça ?

— Toujours, répond-elle, même si elle en rajoute.

Elle sait très bien à quoi ressemble le quotidien de Marshall au Club : il prépare des cocktails pour sa grand-mère paternelle et Penny Rosen qui arrivent pour dîner à 16 h 30, et il sert des pressions aux banquiers d'investissement new-yorkais qui sortent des courts de tennis.

Le repas de Marshall est prêt, et elle redouble d'attention en déposant l'assiette devant lui.

— Sando au poisson pané avec supplément sauce tartare, frites et coleslaw. Est-ce qu'il te manque quelque chose ?

— Je n'ai jamais eu ma soupe.

— Oh, non…

Elle vérifie la commande. Elle n'a pas saisi la soupe sur le ticket. Comment est-ce possible ?

— C'est ma faute, je l'ai oubliée. Je suis navrée.

Elle se sent minable. Elle n'a rien d'une superstar au fond. Elle est nulle.

— Ne t'inquiète pas. Ça a l'air délicieux.

Elle hésite.

— Laisse-moi la demander quand même, s'il te plaît. Je me sens minable.

— Et si tu acceptais plutôt que je t'offre un verre après ton service, ce soir ? Tu finis vers 23 heures, c'est ça ? On pourrait aller au Ventuno.

Elle se retient d'éclater de rire. Il veut l'inviter à sortir ? Marshall du Yacht Club ? Comme c'est chou. Il a sans doute un ou deux ans de plus qu'elle, mais elle le dévorerait tout cru, elle n'a aucun doute là-dessus. Il a une casquette aux couleurs de l'université de l'Oregon (elle se demande bien comment elle sait ça !), il sent le frais et le pin du Nord-Ouest Pacifique.

— Je te dirai comment je me sens, d'acc ?

— Bien sûr.

Il regarde son assiette, et elle comprend qu'elle l'a vexé. Il a pris un risque et il s'est fait rembarrer, alors qu'il n'a pas d'autres amis – ou si c'est le cas, ils doivent tous bosser au Club.

— Je te le dis avant que tu aies terminé ton dîner.

Elle fait signe à l'autre serveuse qui la seconde au bar, Jaime, une fille cette fois, et qui n'est pas une lèche-cul, de la remplacer, puis elle file aux toilettes avec son sac.

Elle sniffe une première dose et une seconde. Demain, elle va devoir appeler son fournisseur. Il faut qu'elle retourne bosser, c'est encore le coup de feu, mais son regard se pose sur son portable, et c'est comme si elle tombait dans un trou noir. Elle consulte ses textos.

Je peux te voir ce soir ? Au bout de l'impasse ?
Il faudrait qu'on se parle, non ?

Sa tête bascule vers l'avant. Elle aime tellement son téléphone qu'elle regrette de ne pas pouvoir en manger un bout. Ces messages sont de l'eau fraîche sur un coup de soleil, un oreiller moelleux sur lequel il serait impossible de garder les yeux ouverts, un baume, un soulagement. Il veut la voir.

Elle lui répond.

Non.

Elle compte jusqu'à dix, et il ne faut pas plus longtemps pour que trois points s'animent dans la bulle de réponse.

Je ne peux pas passer un jour de plus sans te voir. Viens, s'il te plaît.

Elle hésite. Un étourdissement pétille en elle, elle est une canette de soda qu'on a secouée et qui va déborder. Mais non. Ça doit s'arrêter. Tant que c'est encore un secret. Ils ont fait assez de dégâts. Sa mère est morte.

D'accord, écrit-elle. Rendez-vous à minuit.

Carson retourne au bar. Marshall termine son repas, Jaime lui a resservi à boire.

— Finalement, je ne suis pas libre ce soir, lui dit-elle, mais peut-être une autre fois ? Et ton dîner, c'est pour moi.

Elle récupère l'addition et la glisse dans la poche de son tablier.

— Tu n'es pas obligée de...

— Au contraire, l'interrompt-elle en lui décochant un clin d'œil. Il faut bien qu'on se serre les coudes entre collègues.

Elle va prendre des commandes à l'autre bout du bar. À son retour, elle constate que Marshall est parti. Il a laissé un billet de 50 dollars et une serviette en papier avec son numéro de téléphone dessus.

Elle secoue la tête. C'est culotté, et ça lui plaît. Elle jette la serviette, glisse le billet dans le seau sur le bar et sonne la cloche.

À minuit, elle remonte Kingsley Road en short en jean et Converse. Dans les buissons au bout de l'impasse, il y a un trou (presque) assez grand pour y cacher une voiture. C'est là que Zach Bridgeman l'attend dans son Audi. Elle monte à l'arrière, à côté de lui, et dès qu'elle le voit, dès qu'elle sent son odeur – il a fumé une cigarette en venant, une autre chose qu'il cache à sa femme –, elle fond en larmes. Il lui prend gentiment le visage à deux mains pour lécher ses joues, puis ils s'embrassent comme si c'était la seule chose susceptible de les maintenir en vie. Carson a envie de s'asseoir à califourchon sur lui, elle a envie de retirer son short, ou même de l'arracher, elle a envie de le sentir en elle, d'aller et venir pendant qu'il lui agrippe les fesses jusqu'à ce qu'ils jouissent ensemble dans une explosion de chaleur et de lumière.

Au lieu de quoi, elle s'écarte.

— Elle est morte.

— Je sais, bébé. Je suis désolé.

— Et il n'y a personne pour me prendre dans ses bras.

— Je suis là.

— C'est à cause de nous.

Ça le fait aussitôt réagir, comme elle s'y attendait. Zach refuse d'admettre que leur histoire a sa part d'ombre. Il répète sans arrêt qu'elle le rend heureux, que sa vie a retrouvé un sens, qu'au quotidien le désespoir a été remplacé par une multitude de possibilités. C'est lui qui est marié, c'est lui qui est contraint de mentir, de sortir en douce, d'effacer toute trace sur son téléphone. Et pourtant il refuse catégoriquement l'idée que leur liaison puisse être assez néfaste pour leur valoir ce genre de châtiment.

— Ne sois pas ridicule, Carson. Ce qui est arrivé à ta mère n'a rien à voir avec nous.

— Je ne suis pas du même avis. Tu peux me dire que j'ai tort, mais tu ne peux pas me le prouver.

— Je suis venu à l'église. Je suis resté au fond et je ne voyais qu'une partie de ton profil, mais j'étais là. J'ai séché le boulot. J'ai laissé Yeats aux manettes, ce qui était totalement irresponsable, parce que j'avais besoin de te voir. De te voir, même de loin.

Il fait ça sans arrêt, il parle comme s'il écrivait des vers. *De te voir. De te voir, même de loin.*

— Je t'avais spécifiquement demandé de ne pas venir. Pourquoi est-ce que tu t'imagines que ça me fera plaisir d'apprendre que tu m'as désobéi ?

Il soupire, appuie sa tête contre le dossier. Sa peau est d'une pâleur magnifique dans le noir. Il a de longs cils épais et quelques cheveux gris autour des oreilles. Elle a 21 ans, et son amant grisonne. Pourtant l'âge de Zach n'arrive qu'en troisième ou quatrième position sur la liste des raisons pour lesquelles elle devrait le repousser.

— Admettons que ce que nous faisons n'a pas provoqué la mort de ma mère. Il n'en reste pas moins que ça ne peut pas bien finir. À part causer des malheurs ou un énorme scandale... Il faut qu'on se dise adieu ce soir et qu'on n'en reparle plus jamais.

— Et si je quittais Pamela et qu'on s'enfuyait ensemble ? À Hawaï, en Alaska, à Paris. Je peux trouver du travail n'importe où. Toi aussi. Peter part à la fac dans deux mois. Est-ce qu'on peut tenir le coup huit semaines ?

— Ça ne nous empêcherait pas de détruire deux familles, Zach, la tienne et ce qu'il reste de la mienne. On doit tout arrêter.

Elle se force à prononcer ces mots. Elle n'a aucune envie de tout arrêter. Elle veut aller en Alaska, à Hawaï, à Paris, même si ça paraît fou.

— Un jeune homme charmant m'a invitée à boire un verre, ce soir, au travail. Il vit ici, il est célibataire, il a mon âge ou presque.

Il ferme les yeux.

— Oui, j'ai vu ton Instagram.

C'est bien dans ce but qu'elle a posté cette photo, non ? Carson se fiche des réseaux sociaux, pour elle ce n'est qu'un moyen de provoquer Zach.

Elle l'embrasse sur la joue et ouvre sa portière.

— On se croisera à la prochaine fête de famille.

Elle referme derrière elle avec douceur mais fermeté et s'éloigne sur la route de terre. Elle entend deux portières s'ouvrir puis se refermer ; il est remonté derrière le volant. Le moteur démarre. Elle prie pour qu'il la dépasse sans s'arrêter, pourtant elle sait que s'il le fait elle finira par l'appeler tard dans la nuit pour laisser des messages désespérés sur son répondeur et que dans le dernier elle menacera de tout révéler à Pamela s'il ne la retrouve pas le lendemain soir.

L'Audi ralentit, elle reconnaît le bourdonnement électrique de la vitre.

— Tu sais que je ne peux pas vivre sans toi et que l'idée que quelqu'un d'autre te touche m'est insupportable.

Elle continue à marcher. Elle a envie d'être avec lui, mais c'est mal, si mal que sa mère en est morte.

— Carson ! murmure-t-il.

C'est risqué pour eux deux de s'afficher dehors ensemble, même dans cette impasse. Carson ne sait pas où est Leo – c'est comme s'ils étaient les clients d'un motel triste qui se croisent de temps en temps dans un couloir –, et il pourrait rentrer à la maison à tout instant. Que dirait-il alors ? En la surprenant avec le beau-frère de leur sœur, en pleine conversation intime.

— Carson, arrête-toi, s'il te plaît.

Elle continue à avancer.

— Je t'en supplie, Carson, je t'aime.

Je t'aime aussi, pense-t-elle. Elle n'a jamais été amoureuse avant, elle n'a jamais dit ces mots à un homme. Elle a du retard dans ce domaine, mais elle sait qu'il s'agit bien d'amour. Cette sensation de sauter d'un avion avec un parachute préparé par une personne qui vous certifie que oui, il s'ouvrira le moment venu, et que oui, vous vous poserez sur le sol en toute sécurité.

Elle se dirige vers la voiture maintenant à l'arrêt et embrasse Zach en pleine rue.

— On se voit demain ?

Elle hoche la tête, et il s'éloigne.

Vivi

Vivi bondit de son fauteuil.

— Non ! Hors de question ! Je refuse de le croire.

— Et pourtant... lui rétorque Martha.

— Carson et Zach Bridgeman ?

— Oui.

Vivi est... sonnée. Elle est... atterrée. Carson et Zach ? Ça a commencé de son vivant ? Alors que sa fille vivait sous son toit ? Elle se remémore son dernier matin sur Terre, se rappelle que Carson est rentrée à 5 h 30. Était-elle avec Zach ? Elle repense alors à cette fameuse soirée à L'Huîtrier, quand Pamela et lui se sont installés au bar. Carson était mal à l'aise, ça lui a sauté aux yeux sur le moment : elle a bredouillé, fait tomber les menus, renversé un peu de whisky. Avaient-ils planifié ce rendez-vous ou Zach l'avait-il prise au dépourvu ? Était-il assez cruel pour venir avec sa femme dans le bar où Carson travaille sans la prévenir ?

Vivi a décrit des aventures scandaleuses dans ses romans, mais jamais rien d'aussi sordide.

— Hé ! proteste Martha. Certaines étaient abjectes. N'oublions pas Clay et Meghan de *Rumeurs dans Main Street.*

— Mais il a...

Vivi se livre à un calcul rapide. Il lui semble se souvenir que Zach a un an de plus que Pamela, ce qui lui fait dans les 42 ans. Et Carson en a 21.

— ... le double de son âge.

— Ça arrive.

— Je suis romancière, je sais bien que ça arrive. Enfin non, là, désolée, je ne suis pas d'accord.

Depuis combien de temps est-ce que ça dure ? Qui d'autre est au courant ? Willa ? Bien sûr que non. Vivi fouille dans sa mémoire. A-t-elle déjà remarqué la moindre proximité entre Carson et Zach ? Non. Leur histoire avait-elle déjà commencé au mariage de Willa ? Elle était si obnubilée par sa situation – tiraillée entre J. P., Amy, Dennis et Lucinda – qu'elle ne s'est pas souciée de Carson.

— Je suis bien contente que vous m'ayez conseillé de garder mes coups de pouce. Parce que je vais mettre un terme à cette aberration.

— Vous ne pouvez pas. Ils sont amoureux. Pour mettre un terme à leur amour, il faudrait bien plus que cela.

— Vous êtes en train de me dire que ces coups de pouce ne serviront à rien ?

— Si, bien sûr que si. Je dis juste qu'un coup de pouce reste un coup de pouce. Il a le même effet que celui qu'un parent donnerait dans la vraie vie. Ce qui signifie que vous n'avez pas le pouvoir d'empêcher l'amour.

— Vous n'êtes pas sérieuse, là ?

— Je suis désolée, Vivian.

Sur ce, Martha disparaît par la porte verte.

Vivi est autorisée à utiliser les heures pendant lesquelles les êtres qui lui sont chers dorment pour voyager dans ses souvenirs. Chaque moment de son existence – journées, semaines, mois, et même années entières oubliées depuis longtemps – peut être convoqué avec la plus grande des précisions et lui donner l'impression de les revivre. Elle n'est contrainte par aucune chronologie. C'est comme si elle participait à un jeu télévisé : elle tourne la roue et voit où celle-ci s'arrête.

Mon premier été à Nantucket. Et pourquoi pas ?

On est en 1991. Elle vient d'obtenir son diplôme universitaire, elle n'a pas de travail et aucune perspective, mais elle a remporté un prix d'écriture créative, doté de 5 000 dollars. Ce qui représente une fortune. Assez pour qu'elle puisse faire la sourde oreille aux suppliques de sa mère – « Rentre à Parma, tu trouveras un boulot au centre commercial, tu pourras prendre des cours de dactylographie... » – et accepter la proposition de Savannah de l'accompagner à Nantucket pour l'été.

— Ça va vraiment être génial, lui a-t-elle dit pendant qu'elles faisaient leurs valises. J'ai un boulot à temps partiel dans une boutique de broderie, et pendant mon temps libre on pourra aller à la plage. Le soir, on sortira au Chicken Box et au Muse.

— Il faudra que je trouve un travail, moi aussi.

— Tu écriras ! Tu emportes de quoi taper ?

— Oui, a-t-elle répondu sans conviction.

Elle n'est pas certaine de considérer l'écriture comme un travail – un travail devrait rapporter de l'argent. Elle pourrait écrire le matin, puis prendre un job de serveuse ou de vendeuse. Elle voudrait économiser ce que lui a rapporté le prix, pas le gaspiller en un été pour s'amuser.

Et l'été s'annonce prometteur de ce point de vue ! Sur le ferry, elles s'installent sur le pont supérieur, face au soleil, et le vent qui souffle dans leurs cheveux leur donne l'air de deux mannequins. L'île se profile au loin – voiliers dans le port, silhouette de la ville dominée par les clochers de deux églises. Lorsqu'elles débarquent, Savannah fait signe à sa mère, Mary Catherine, qui conduit une vieille jeep dont les portières sont recouvertes de panneaux en bois. Elle les aide à charger leurs valises à l'arrière, pendant que le labrador blond de Savannah, Bromley, remue la queue de joie.

— Eh bien, Vivian, tu as pris beaucoup de bagages ! On pourrait croire que tu comptes passer l'été ici !

Vivi ouvre la bouche pour répondre, mais son amie lui comprime le poignet d'un geste qui signifie : « Ne dis surtout rien. »

— Assieds-toi devant, lui propose-t-elle, pour admirer le paysage. Je vais monter à l'arrière avec Bromley.

Sur la route, Vivi se dévisse le cou pour essayer de tout enregistrer : les loueurs de vélo, la pizzeria, le musée consacré à la chasse à la baleine, la jeune femme en robe d'été jaune qui traverse la rue les bras chargés de fleurs. Qu'a bien pu vouloir dire la mère de Savannah quand elle s'est étonnée de la taille de ses bagages ? Elle a bien prévu de passer l'été à Nantucket, y a-t-il eu un changement de programme ? Vivi s'interdit de paniquer, même si elle n'a aucun autre endroit où aller, à part rentrer dans l'Ohio, où elle finira par se faire embaucher dans un des stands du centre commercial pour vendre des marqueurs à l'encre sympathique ou des avions en papier capables de faire des loopings, à moins que, pire, elle soit obligée de porter des collants pour jouer les intérimaires dans un bureau.

Non, elle tient à son été en bord de mer.

La résidence secondaire des Hamilton, Entre Nous, se trouve dans Union Street, au milieu d'une enfilade de maisons que Mary Catherine qualifie d'« antiquités » (Vivi était persuadée que c'était un terme réservé aux meubles). La demeure a été construite en 1822. Elle est recouverte de bardeaux en bois blanc, ses volets sont noirs, sa porte d'entrée aussi, munie d'un heurtoir argenté en forme de coquille Saint-Jacques. D'énormes massifs d'hortensias en fleurs flanquent l'escalier double « de l'amitié » – sept marches, de part et d'autre de la porte, qui se rejoignent sur le seuil de celle-ci.

Lorsque Vivi pénètre à l'intérieur, elle retient son souffle. Elle sait, sans pouvoir se l'expliquer, qu'elle se souviendra de ce moment jusqu'à sa mort (et même après, en réalité !). Elle imaginait un décor de bord de plage, une version améliorée de l'appartement que Savannah et elle ont loué à Wrightsville, en Caroline du Nord, pendant les vacances de printemps, mais ici il y a des tapis persans, des lustres, une horloge de parquet et un immense bouquet de lis des montagnes dans un vase sur une table en marbre dans l'entrée. Le labrador saute autour de Vivi et lui renifle l'entrejambe avec tant d'insistance que c'en est gênant. Elle essaie de le repousser, car même si personne d'autre ne semble rien remarquer elle a l'impression qu'il a repéré en elle une intruse. C'est la maison la plus grandiose où il lui a été donné de mettre les pieds. Il y a un tapis dans l'escalier, maintenu en place sur chaque marche grâce à une barre en laiton, et Savannah lui indique le petit os de baleine gravé au sommet du poteau qui termine la balustrade. C'est le premier propriétaire qui l'a placé là lorsqu'il a fini de rembourser le prêt immobilier, en 1826.

Vivi jette un coup d'œil dans le salon sur la droite de l'escalier, puis dans la salle à manger sur la gauche. Chacune de ces pièces est pourvue d'une cheminée en brique. Savannah lui montre ensuite la bibliothèque au fond du couloir, la pièce que tout le monde rêve d'avoir chez soi. Des étagères encastrées contenant des rangées et des rangées de livres – des ouvrages reliés en cuir, pour la décoration, mais aussi des éditions brochées dont les dos offrent un arc-en-ciel de couleurs, sans oublier une belle collection de poches écornés. Un fauteuil profond en cuir, sur lequel est posé un exemplaire retourné de *Moby Dick*. Son lecteur, ou sa lectrice, n'a pas dû s'absenter longtemps. C'est plus fort qu'elle, Vivi prend le livre et découvre des notes au crayon dans les marges.

— J'avais envie de me replonger dans Melville, lui dit Mary Catherine. C'est l'exemplaire que j'ai étudié à l'université. Incroyable, non ?

Vivi le repose avec une forme de vénération. Cette pièce ne sert pas seulement à en mettre plein la vue, c'est l'endroit où Mary Catherine peut se replonger dans Melville et méditer sur les réflexions qu'elle se faisait plus jeune. Vivi comprend aussitôt qu'elle est chez des gens qui ne cherchent pas à impressionner leurs visiteurs, les objets ont une signification, une histoire. C'est si gênant de comparer cette maison à l'endroit où elle a grandi, avec sa moquette au mur, ses crucifix omniprésents, l'immense miroir tarabiscoté au fond du couloir acheté en solde dans un supermarché.

Elle regrette sur-le-champ d'avoir vendu tous ses livres à la librairie en fin d'année. Elle a, elle aussi, l'habitude d'écrire dans les marges – ce qui a d'ailleurs fait baisser le prix de rachat –, et elle ne pourra plus reprendre ses observations, elle ne pourra jamais donner son exemplaire de *Franny et Zooey* à l'un de ses enfants en lui disant : « Je l'ai lu à 19 ans, je serai curieuse de connaître ton avis dessus. »

À compter de maintenant, décide-t-elle, elle conservera ses livres.

Après la bibliothèque se trouve une immense cuisine lumineuse, qui semble contenir plusieurs pièces en une. Devant une rangée de fenêtres se dresse une grande table de ferme avec dix chaises en bois. En face, une énorme cuisinière en fonte surmontée d'une imposante hotte. Le mur derrière est protégé par un carrelage sur lequel sont peints des fruits et des légumes accompagnés de leurs noms en français : *haricot vert, artichaut, pêche.* Il y a un panier pour chien en tissu écossais dans un coin, et au-delà un débarras qui contient les laisses de Bromley ainsi que des imperméables jaunes. Un panier à courses est posé sur le banc en bois tout simple où le premier propriétaire devait s'asseoir pour enfiler ses chaussures.

Au centre de la cuisine trône un îlot avec un plan de travail en marbre noir. À un bout l'évier, à l'autre trois tabourets de bar. Quelqu'un a sorti une planche à découper avec un bloc de fromage dessus, un morceau de salami et des olives violettes.

— Un peu de vin ? propose Savannah en sortant une bouteille d'un réfrigérateur qui ne semble contenir que cela.

Vivi comprend aussitôt qu'il ne s'agit pas du genre de vin bon marché qu'elles avaient l'habitude d'acheter à l'épicerie du coin et de boire dans leur chambre avant de sortir.

Savannah fait glisser deux verres du support que Vivi n'avait même pas remarqué, au-dessus de leurs têtes.

— Attends, je vais d'abord te montrer l'étage.

Au premier, le long couloir a un plafond voûté. Les portes, qui mènent à des chambres – ou des salles de bains ? des placards ? –, sont toutes closes. À l'extrémité du couloir se trouve une niche arrondie contenant la plus impressionnante des maquettes de bateaux que Vivi ait pu voir de sa vie. Cette maison est un musée, elle ne contient pas un seul objet sans valeur ou dont l'authenticité prêterait à caution.

Elles montent un étage supplémentaire pour accéder au royaume de Savannah, l'ancien grenier. L'immense espace sous pente est entièrement blanc – les murs, les rideaux, le grand lit à baldaquin. Le tapis en coton à bandes multicolores vives et les dessins d'enfant de Savannah (peintures au doigt, dessins au crayon gras) sont les seules touches de couleur.

C'est un autoportrait de son amie – elle s'est représentée avec les cheveux verts et un pantalon rouge constitué de deux longs rectangles – qui l'émeut aux larmes. Elle aussi, elle a rapporté ses œuvres à la maison – dindes constituées d'empreintes de sa main, lapins de Pâques avec des petites boules de coton à la place de la queue, et même une mosaïque sur laquelle elle avait sué sang et eau en troisième –, et elle est certaine qu'elles ont toutes terminé à la poubelle. La famille de Vivi n'a jamais cherché à documenter ou à célébrer ces années, parce qu'aucun de ses parents ne pensait leur famille digne d'un tel exercice. Leur seul objectif était la survie, et même dans ce domaine ils ont échoué.

— Qu'est-ce qui t'arrive ? s'inquiète Savannah.

Vivi ne peut pas lui expliquer ce qu'elle ressent sans risquer de passer pour mesquine. « Mes parents n'ont pas gardé mes dessins, je n'ai aucun souvenir de mon enfance à afficher. » Et son amie lui répliquera sans doute qu'elle l'envie de ne pas avoir un père et une mère aussi « étouffants » que les siens. Elle a ce dont rêve Savannah : la liberté.

— Ta mère n'est pas au courant que tu m'as invitée à rester tout l'été, si ?

— Je me fiche de ma mère, dit-elle en balayant l'air de la main. Elle peut bien penser ce qu'elle veut. Et tu ne vas pas être obligée de partager mon lit, ne t'inquiète pas…

Elle se dirige vers une porte dont Vivi était persuadée qu'elle cachait un placard mais qui ouvre sur une seconde chambre tout juste assez grande pour contenir un lit double, une commode et un bureau sous une minuscule fenêtre. On aperçoit le port, au loin. Cette petite chambre est parfaite. Compacte et pratique. Vivi pourra écrire tout en puisant son inspiration dans l'océan.

Des larmes coulent sur ses joues.

— Elle pense que je suis là pour combien de temps ?

— Oh, mes parents ont établi une règle débile. Les invités ne peuvent pas rester plus d'une semaine.

— Pourquoi tu ne m'as pas prévenue ? Tu m'as proposé de passer l'été avec toi !

— Et tu vas passer l'été avec moi. Je dois juste en discuter avec mon père.

M. Hamilton passe la semaine à Boston, pour son travail. Il arrive le vendredi après-midi et repart le lundi matin.

— Et si ça ne marche pas ?

— Ça marchera.

— Et sinon ? Imaginons le pire un instant.

— Le pire ? Écoute, mes parents ne montent jamais ici. Et ils vont se coucher de bonne heure. On pourra toujours les baratiner en disant que tu as trouvé une location et que tu restes parfois dormir ici. Je m'occuperai de tout dans ta chambre, je rangerai, je profiterai de ce que ma mère soit à son club pour laver les draps et le reste...

— Tu es en train de me proposer de me planquer tout l'été ?

Elles rient, et pourtant... est-ce vraiment amusant ? Vivi est-elle si loin du compte ?

Au bout de quelques jours de vacances – à se prélasser sur la plage, à se promener en ville dans la jeep de Savannah, un véhicule rudimentaire sans toit, ni portière, ni banquette arrière, à enfourcher les vieux VTT du garage pour aller voir les premiers boutons des rosiers grimpants à Sconset, à danser jusqu'au bout de la nuit au Chicken Box –, Vivi est prête à envisager de jouer les clandestines pour pouvoir prolonger son séjour.

Lorsque M. Hamilton débarque le vendredi après-midi, toujours en costume rayé – il est l'un des principaux associés dans un grand cabinet d'avocats de Boston –, la maison devient beaucoup plus festive. Il prépare ses fameuses margaritas givrées, qu'ils dégustent tous les quatre, installés autour de la table près de la piscine.

— Alors, Vivi, tu te plais à Nantucket ? lui demande-t-il.

— Énormément. Je ne vais plus jamais vouloir repartir.

— Ah mais tu n'as pas le choix ! Lundi, c'est bien ça ? Tu as réservé le ferry ?

— Est-ce que Vivi ne pourrait pas rester quelques jours de plus ? intervient Savannah. S'il vous plaît !

— Pour quelques jours, on peut faire une exception, lui répond son père avant de remplir les immenses verres tulipes avec le restant de margarita du blender.

— Je vois que vous avez oublié tous les deux que Patrick et Deborah viennent nous rendre visite avec les enfants, dit Mary Catherine.

Elle adresse un petit sourire pincé à Vivi.

— Il s'agit de mon frère et de sa seconde femme. À eux deux ils ont six enfants. Il n'y aura pas un recoin de libre dans toute la maison.

— Je vous prie de m'excuser, grommelle Vivi en se levant.

La margarita pèse sur son estomac. Patrick et Deborah, avec leurs six enfants, appartiennent à la famille, ce qui n'est pas son cas. Elle est obligée de partir. Bromley la suit à l'intérieur – il lui est devenu fidèle au cours de cette semaine, il la suit partout, et elle doit le chasser pour pouvoir refermer la porte des toilettes.

De toutes les pièces de cet endroit incroyable, ce sont les toilettes du rez-de-chaussée qui ont sa préférence. Les murs sont tapissés, du sol au plafond, de photographies encadrées de la famille Hamilton à Nantucket. Il doit y en avoir plus de deux cents, et elle a passé déjà beaucoup de temps à les étudier. La plupart sont des clichés de Savannah dans son enfance et sa jeunesse. Ils ont été pris sur la plage, sur des voiliers, lors de pique-niques, sur un court de tennis, dans une piscine, aux festivités du 4 juillet dans Main Street. Parmi elles, une photo du vieux teckel de Savannah, Herman Munster, allongé sur le sofa de la bibliothèque. D'autres de ses parents, plus jeunes, qui se prennent dans les bras, s'embrassent, reçoivent des amis à un cocktail. Elle a scruté chacune de ces images comme un détective en quête d'indices.

À présent elle cherche sur les murs des gens qui pourraient être Patrick et Deborah, ou Patrick et sa première épouse.

On frappe à la porte. Savannah.

— Ça va, Vivi ? Ne me déteste pas, je t'en supplie. Tout est ma faute.

Bien sûr que c'est sa faute ! Qui invite une amie à passer l'été dans la maison de ses parents sans s'assurer avant auprès d'eux que ça ne pose aucun problème ? Savannah connaissait leur règle concernant les invités, et pourtant elle n'en a pas dit un mot. Elle lui a laissé croire qu'elle pourrait épouser le mode de vie si unique de cet endroit pendant un été tout entier. Ce ne serait pas aussi grave si Vivi n'était pas tombée follement amoureuse, irrévocablement, de Nantucket et de toutes ses merveilles.

— J'en ai pour une seconde, répond-elle d'une voix légère et chantante.

Elle étudie la photo de famille juste au-dessus de l'interrupteur. Elle représente Savannah à 17 ou 18 ans avec ses parents, peut-être l'été qui a précédé son entrée à l'université, celui où Vivi a passé la moindre seconde avec Brett Caspian. Les Hamilton sont à un feu de joie sur la plage ; ils ont un bronzage de fin d'été, et Savannah enfourne la dernière bouchée de ce qui devait être un hot dog.

Les existences des deux jeunes filles n'auraient pas pu être plus différentes à l'époque, et pourtant depuis, leurs chemins se sont croisés, et aujourd'hui, quatre ans plus tard, elles sont les meilleures des amies. Ce changement de trajectoire s'est produit en un instant – une étudiante propose à une autre son flacon de shampooing, et une amitié est née !

Vivi a de l'argent de côté. Elle peut en dépenser un peu pour louer une chambre et s'acheter un vélo d'occasion. Elle trouvera un travail. Elle restera ici par ses propres moyens.

Oui, elle décide de rester. Elle ne sait pas encore comment, mais cette île finira par lui appartenir. Elle deviendra une vraie habitante de Nantucket. Dans vingt ou trente ans, elle pourra raconter qu'en refusant de s'imposer chez les Hamilton elle a tracé sa propre voie.

« Entre nous, s'imagine-t-elle dire à ses futurs amis, c'est la meilleure chose qui me soit arrivée. Ma vie a pris un tournant décisif ce jour-là. » La semaine écoulée n'a pas seulement été la semaine où Vivi de l'Ohio a côtoyé la richesse et les privilèges. C'est la semaine où elle a trouvé un lieu où elle se sent chez elle.

Et un jour, se dit-elle, elle aura des toilettes comme celles-ci – avec des photos d'elle et de son mari, de leurs enfants, affichant tous un sourire reconnaissant face à tant de chance.

Eh bien ! songe la Vivi-dans-le-ciel. Elle avait oublié combien elle était bouleversée lorsqu'elle a été contrainte de partir de chez les Hamilton en juin 1991. Savannah ne se l'est jamais pardonné, elle lui a présenté des excuses au moins une centaine de fois depuis.

Vivi a réussi. Elle est restée à Nantucket, où elle a construit sa vie, et sa famille. Elle se remémorera le comment un autre soir.

Elle regrette de ne pas avoir pris le temps de décorer les toilettes du Gouffre Financier avec des photos de famille, elle aussi. Enfin, soyons sérieux deux secondes. Cette maison présentait une centaine de problèmes plus urgents – la douche de Leo qui fuyait sur la table de la salle à manger, la famille de souris qui s'était installée derrière le lave-linge et le sèche-linge. Peut-être qu'un de ses enfants s'en occupera, maintenant qu'elle a quitté ce monde. Peut-être que Savannah se souviendra que son amie a souvent mentionné devant elle son envie de recréer les toilettes de l'Entre Nous et qu'elle encouragera les enfants à reprendre le flambeau.

Ces toilettes ne sont qu'un petit regret. Elle en a d'autres, beaucoup plus grands. Allez, elle y pensera plus tard.

Leo

Après deux semaines de silence radio, Marissa débarque chez lui un lundi, le seul jour où il ne bosse pas à la marina. Elle lui présente, à deux mains, une tarte aux framboises et aux amandes recouverte d'un glaçage rose et blanc. Le bord de la pâte est bien doré, mais à un endroit on dirait qu'il s'est effondré et a été recollé.

— Est-ce que tu...

Il s'interrompt, la gorge nouée. Heureusement qu'il y a la tarte, ça lui évite d'avoir à regarder Marissa dans les yeux.

— C'est toi qui as fait ça toute seule ?

— Pas vraiment. Je l'ai commandée à la pâtisserie, en apportant une photo pour modèle. Je savais que tu rêvais de tester cette recette.

— Ah... Tu veux dire que tu as payé quelqu'un pour s'en charger à ta place.

— Ce sont des excuses, Leo. Je suis désolée pour ce que j'ai dit à Cruz sur la plage, et je suis évidemment désolée pour ta maman. Tu peux me laisser entrer, s'il te plaît ?

Il prend une profonde inspiration et s'efface tandis qu'elle passe le seuil de la porte.

Ils reprennent les choses là où ils les ont laissées, passent tout leur temps ensemble. Avant, ils aimaient regarder la version britannique du *Meilleur Pâtissier* pour se moquer de l'accent anglais des animateurs et participants et des termes techniques pompeux, mais aujourd'hui Leo trouve un refuge dans cette émission. Le pire qui puisse arriver sous cette tente, c'est que la pâte ne lève pas, que la crème pâtissière ne prenne pas, que les fruits soient trop mous ou trop gorgés d'eau, si bien que le fond de tarte se retrouve détrempé. Quand il est devant cette émission, il n'a pas besoin de penser à sa mère, qui est morte, ou à son ancien meilleur ami, qui est peut-être bien responsable de cet état de fait. La seule fois où ils ont abordé du bout des lèvres le sujet, Marissa et lui, elle a murmuré :

— Ça me fait horreur de penser une chose pareille... mais qui ça peut être d'autre ? Alexis dit qu'un des policiers l'a vu griller un stop puis faire un excès de vitesse moins de cinq minutes avant l'accident de ta mère. Il conduisait imprudemment. Je suis sûre que ça a été un tel choc pour lui qu'il a effacé l'accident de sa mémoire. Il est peut-être dans le déni complet, un genre de démence temporaire, tu vois.

Leo a bloqué Cruz sur son portable, sur Instagram et sur Snapchat. Il s'attendait à le voir débarquer chez lui comme Marissa, et ce n'est pas arrivé.

Leo a aussi bloqué Peter Bridgeman sur son téléphone. Il voudrait oublier la nuit qui a précédé la mort de sa mère – la fête sur la plage, sa rupture avec Marissa, et la photo que Peter lui a envoyée.

Marissa lui apprend qu'Alexis a un nouveau copain. C'est un policier, et les choses vont si vite qu'elle a déjà créé une planche de tendances sur Pinterest avec ses inspirations pour le mariage.

— J'ai eu envie de faire pareil, lui dit Marissa. Tu sais, pour plus tard...

— Faire quoi ? lui demande-t-il, parce qu'il ne l'écoute que d'une oreille.

— Une planche de tendances pour notre mariage. Tiens, regarde.

Ils sont allongés sur Girv, l'un contre l'autre. Leo est derrière Marissa, qui a apporté son ordinateur.

— J'ai déjà trouvé les robes pour les demoiselles d'honneur et les fleurs, même si j'hésite à changer de palette, le pêche serait peut-être mieux que le rose.

— Bonne idée, répond-il avec un enthousiasme forcé.

Il sait qu'il ne l'épousera pas, mais il a besoin d'elle dans l'immédiat. Il a terriblement besoin d'elle.

Sans sa mère, Leo est perdu, dans tous les sens du terme. Qui prend en charge son quotidien maintenant ? Tout le monde, apparemment, et personne.

Son père, J. P., a proposé qu'il passe l'été avec lui et qu'il renonce à son boulot à la marina pour venir travailler au Cône.

Non et non, a répondu Leo. Puis, comme il est en colère et qu'il n'a personne sur qui la passer, il a ajouté :

— Je hais Amy.

La honte l'a aussitôt envahi. Il n'aime pas particulièrement Amy, mais de là à parler de haine… C'est un mot très fort et qu'il n'oserait jamais prononcer devant elle.

— Et si elle n'était pas là, a insisté son père.

— Où est-ce qu'elle irait ?

J. P. n'a pas répondu, et Leo n'a pas insisté. Il ne s'installera pas chez son père parce qu'il ne supporte pas l'idée de quitter la maison de sa mère. Une part d'elle s'y trouve encore. Il y a le Tupperware avec le reste de sa tartinade à la courgette grillée dans le réfrigérateur, son flacon de shampooing sur l'étagère dans la douche extérieure. C'est comme si elle était partie en tournée pour son dernier roman et qu'elle allait finir par rentrer.

Carson dort dans la chambre de Vivi. Elle s'y est installée sans rien demander à personne, et quand elle ne travaille pas elle porte les vêtements de leur mère. Pour Leo, c'est soit un excellent moyen de faire son deuil, soit un signe de fragilité mentale.

Leo et Willa savent très bien que leur sœur est une hors-la-loi dans l'âme. Elle ne contrôle pas ses réactions, veut qu'on s'intéresse à elle, s'attire constamment des ennuis, prend des décisions très discutables, boit, vapote, fume de l'herbe… Elle était d'ailleurs passée experte dans l'art de faire sortir leur mère de ses gonds. Par ailleurs, Carson est cool, drôle, et très, très jolie. Les gens font constamment allusion à son physique, les amis de Leo lui répètent qu'elle est canon. Cruz a été dingue d'elle pendant des années.

Non, il ne doit pas penser à Cruz.

Carson ne s'est occupée de rien après la mort de leur mère, elle se consacre à deux choses : travailler – elle a repris son boulot il y a peu – et rester en vie. Une fois que la tartinade de courgettes sera terminée et que les voisins ou amis cesseront de passer leur déposer des lasagnes et des soupes de palourdes, Leo se demande bien ce qu'ils pourront manger. Et pour l'argent ? Qui va payer les traites de la maison ?

C'est là que Savannah entre en jeu. Elle s'occupe de tous les aspects matériels de la succession, elle fait le point sur les finances de Vivi et garde un œil sur la publication du dernier roman de son amie. Elle est aussi l'administratrice de la page Facebook qui lui est dédiée.

— Vous voulez lire les commentaires que les gens ont postés ? leur a-t-elle proposé, à Carson et à lui, un matin qu'ils se trouvaient tous les deux au même moment dans la cuisine.

— Non, a-t-il répondu.

— Non, a-t-elle dit aussi. C'est pour Willa, ce genre de truc.

— Est-ce que l'un de vous deux a déjà entendu parler d'un ancien petit ami de votre mère, à l'époque du lycée ? Un certain Brett Caspian ?

— Négatif, rétorque Leo.

— Maman n'avait pas de mec au lycée, ajoute Carson. C'était une intello coincée.

— C'est aussi ce qu'elle m'a raconté, reconnaît Savannah. Mais ce type prétend qu'il est sorti avec elle pendant l'année de terminale, et l'été qui a suivi, avant qu'elle parte à la fac. Il aurait des photos.

— Demande à les voir, insiste Carson. Je n'ai jamais entendu parler d'un Brett Kardashian, en tout cas.

— Caspian. Il voudrait discuter du prochain roman avec quelqu'un.

— Sans doute un cinglé, alors, lâche Carson. Attiré par la célébrité. Mais dis-lui quand même de t'envoyer les photos.

— Oui, c'est ce que je pense faire. Votre père n'a jamais entendu parler de lui non plus. Il m'a affirmé qu'il était le premier amoureux de votre mère, en insistant bien sur ce que ça sous-entendait.

— On peut changer de sujet ? intervient Leo.

Savannah leur laisse une enveloppe pleine de liquide à se partager.

Marissa prend quelques billets et se charge de faire un plein au supermarché pour eux. Leo est soulagé. Il risquerait de croiser Cruz au Stop and Shop. Quand elle revient, il est tenté de lui demander si elle l'a vu... Il n'y arrive pas.

Il est incapable de prononcer ce prénom à voix haute. Cruz.

Leo se nourrit essentiellement de pain et de beurre de cacahuètes. Il sort acheter des plats à emporter, mais il doit éviter le Nickel, alors qu'il rêverait d'un sandwich au pastrami avec la sauce maison de Joe sur du pain de seigle marbré. Leo sait qu'il évite les DeSantis, et pourtant il est surpris, blessé même, que ni Cruz ni Joe ne soient passés prendre de ses nouvelles, et que Joe n'ait pas déposé un assortiment de sandwichs alors que c'est ce qu'il fait chaque fois qu'un habitant de cette île se casse ne serait-ce qu'un orteil. Ils ne s'inquiètent pas pour lui ? Ils s'en fichent ?

Willa et Rip sont partis s'installer à Smith's Point, mais leur sœur leur rend régulièrement visite pour s'assurer que tout va bien. Rip suit l'enquête policière, parce qu'avec son métier il a l'habitude des procédures. C'est lui qui a ouvert le dossier pour la jeep de Marissa. La veille de la mort de Vivi, elle était tellement contrariée par sa rupture avec Leo qu'elle est allée la noyer dans la Baignoire à Eel Point.

— Et comment tu es rentrée chez toi, alors ? s'est-il étonné quand elle le lui a raconté.

— À pied.

Il a eu du mal à le croire et il ne s'en est pas caché, alors elle lui a avoué qu'elle avait été prise en stop par un inconnu qui se trouvait sur Madaket Road. Elle ne pouvait prévenir personne parce qu'elle avait noyé son téléphone avec la voiture.

Rip s'était occupé de la jeep, qui avait été emportée sur le continent. Candace, la mère de Marissa, lui avait non seulement payé un nouveau portable mais aussi une jeep toute neuve, qui avait dû au moins lui coûter 50 000 dollars.

— Ta mère ne t'a pas engueulée pour la voiture ? lui a demandé Leo. Tu l'as quand même bousillée toute seule...

— Et alors ?

— Et alors, je connais des parents qui t'auraient laissé un peu réfléchir aux conséquences de tes actions.

Elle hausse les épaules.

— J'étais contrariée par notre rupture. Elle comprend.

Ils sont ensemble depuis assez longtemps pour qu'il sache que Candace Lopresti est le genre de mère qui cherche à être l'amie de ses filles. Elle n'a jamais établi la moindre règle, notamment parce qu'elle n'était pas à la maison pour les faire appliquer – toujours en déplacement professionnel. Elle offre à Marissa et à sa grande sœur Alexis tout ce qu'elles veulent, quand elles le veulent. Un nouveau portable et une nouvelle voiture pour remplacer ceux que sa fille a volontairement détruits, c'est une façon pour Candace de dire : « Je suis là pour toi, mon trésor. »

Plus rien n'est normal, plus rien ne sera jamais normal, mais Leo tente de se noyer dans le travail à la marina – les clients, la voiturette qu'il conduit, son talkie-walkie. Il sourit et fait la conversation comme si tout était super chouette ; pour les propriétaires des bateaux, Leo n'est qu'un jeune homme joyeux et amical qui, à l'automne, partira faire des études supérieures dans le Colorado, et qui n'a pas le moindre souci au monde. Chaque fois qu'il empoche un pourboire il se dit : *Je mérite un Oscar.*

Jusqu'à ce que, un matin, Marissa l'appelle au travail pour lui annoncer qu'Alexis a du neuf. Les baskets de Vivi, qui avaient mystérieusement disparu, viennent d'être retrouvées dans la poubelle de la salle de repos du Stop and Shop. L'agent d'entretien s'en est rendu compte parce que – et cette nouvelle n'a pas fait plaisir à grand monde – il lui arrivait d'y repêcher des objets de valeur. Il a d'ailleurs d'abord pensé avoir eu la main heureuse en découvrant les baskets, avant de se rendre compte qu'elles étaient tachées de sang. Il a prévenu la police.

— Ça m'embête d'avoir à dire ça, mais ça ne sent pas très bon pour Cruz, conclut-elle.

— Pourquoi est-ce que tu penses tout de suite à lui ? Il est loin d'être le seul employé de ce supermarché...

— Arrête, Leo.

Vivi

Elle a besoin de Martha ! Martha ? Où est-elle ?

Vivi s'approche de la porte verte et y colle son oreille. Elle entend de vagues bruits de chants. On dirait... *Fool in the Rain*, de Led Zeppelin. Est-ce qu'elle a des hallucinations ? C'est une super chanson, géniale, tout à fait digne de l'éternité, mais est-ce que le chœur ne devrait pas plutôt chanter des cantiques ?

Elle approche très lentement sa main de la poignée...

— Vivian !

Tout à coup, Martha ouvre la porte de l'autre côté, et Vivi se retrouve projetée vers les bibliothèques. Un nouveau foulard, lavande, est noué autour de la queue-de-cheval de Martha, ce qui lui donne un côté danseuse de twist des années 1950.

— Qu'est-ce que j'ai dit au sujet de la porte, Vivian ?

— Je ne suis pas censée l'ouvrir.

— Je devrais raccourcir votre fenêtre de visionnage d'une semaine.

— Oh non, pitié ! Je suis désolée ! Vous m'aviez promis de venir dès que j'aurais besoin de vous, et j'ai besoin de vous tout de suite. J'ai besoin que vous me disiez que ce n'est pas Cruz qui m'a renversée. Je lui pardonnerais, je pardonnerais tout à ce môme. Mais j'ai peur que le reste du monde n'y arrive pas. Je me méfie de la justice, de la police et de mes propres enfants. S'il vous plaît, Martha, dites-moi que ce n'est pas Cruz qui m'a renversée.

— J'ai l'impression que vous avez un peu de mal à retenir les règles. Je ne peux pas vous dire qui vous a renversée. Et donc qui ne vous a pas renversée.

— Parce que vous ne le savez pas ou parce que vous n'avez pas envie de me le dire ?

— Oh, Vivian, les règles d'en bas sont valables ici aussi.

Ce n'est pas tout à fait exact, songe-t-elle.

Martha secoue la tête, et les pans du foulard ondulent.

— Il y a certaines questions auxquelles vous devez trouver les réponses toute seule.

Ed

C'est encore Dixon qui vient lui apporter de mauvaises nouvelles. Un agent d'entretien a trouvé des baskets tachées de sang dans la poubelle de la salle de repos du Stop and Shop, et il a prévenu la police. Dixon est allé en personne récupérer les chaussures : elles correspondent en tout point à la description de celles que Vivi portait le jour de l'accident.

— Bon sang de bonsoir ! s'exclame Ed, qui a évidemment aussitôt pensé à Cruz.

— Mais non, c'est bien, proteste Dixon. On les a retrouvées. Et vous savez, le fils DeSantis bosse justement dans ce supermarché.

— L'agent d'entretien a-t-il aussi retrouvé les vêtements ?

— Non, juste les baskets.

Juste les baskets. Ça n'a aucun sens. D'autant que ce sont les vêtements – le short et le débardeur – qui intéressent la police scientifique, puisqu'elle espère y retrouver un éclat de peinture. « Tout contact laisse une trace. »

— Vous voulez que j'amène DeSantis pour l'interroger ? lui demande Dixon.

— Pas encore. J'ai besoin de réfléchir.

Il charge son lieutenant d'expédier, par avion, les baskets à Lisa Hitt. Il devrait sans doute faire venir un enquêteur de la criminelle de Cape Cod – le Grec serait la meilleure des options –, mais il ne veut pas précipiter les choses. Le Grec est un homme occupé, et ils n'ont pas encore de preuve scientifique pour établir le moindre lien entre la victime et d'éventuels suspects.

Cruz DeSantis est malin, trop malin pour dissimuler des preuves, trop malin pour jeter des baskets tachées de sang dans la poubelle de son lieu de travail. Non ? Ed va aller lui parler.

Il suffit d'un coup de fil pour avoir confirmation qu'à cette heure, 11 heures, Cruz est bien au boulot. Ed s'arrange pour qu'il puisse prendre une pause afin de l'aider dans son enquête.

Il l'attend à l'arrière, près de la sortie des employés. Le gosse a l'air… fatigué, écœuré, traumatisé.

— Cruz…

— Je suis déjà au courant. Je travaille ici, vous savez.

— Bien sûr… Viens, on va faire un tour en voiture.

Ils n'ont que trente minutes devant eux, ils ne peuvent pas aller très loin. Ed prend le petit rond-point, puis le grand. Ça roule mal, tous les conducteurs sont au téléphone ou occupés à taper des textos. C'est fou qu'il n'y ait pas plus d'accidents mortels sur la route.

— Je sais que Donald a trouvé les baskets dans la poubelle de la salle de repos, dit Cruz. Ce n'est pas moi qui les ai mises là. Pourquoi est-ce que j'aurais les baskets de Vivi ?

— Elles ont disparu entre l'hôpital et le commissariat. Et les vêtements n'ont toujours pas refait surface.

— Vous pouvez fouiller ma voiture, ma maison… Je n'ai pas ces vêtements. Je ne les ai jamais vus ni touchés. Je n'étais même pas au courant qu'ils avaient disparu. Comment je l'aurais su ?

— Calme-toi, fiston.

— J'ai dû quitter mon travail en pleine journée pour aller faire un tour de voiture avec le chef de la police. Vous seriez calme à ma place ?

— Non.

— Je n'ai pas renversé Vivi.

Une fois de plus, il y a quelque chose dans son ton, dans le timbre de sa voix, qui donne envie à Ed de le croire.

— Je l'ai trouvée. Ce n'est pas un crime, si ?

Il tourne à gauche sur Polpis Road en direction de la plage. Trois années se sont écoulées depuis le dernier homicide à Nantucket. La demoiselle d'honneur d'une somptueuse réception de mariage dans une propriété en bord d'océan, retrouvée dans le port. Ils ont fini par classer la mort comme accidentelle, mais ça continue à agacer Ed, et il sait que le Grec aussi. S'il l'appelait là, maintenant, l'enquêteur sauterait sur l'occasion de résoudre ce nouvel homicide, à moins que… À moins qu'il ne pense qu'il s'agit d'une cause perdue, ou que le coupable est assis juste à côté du chef de la police.

— Tu m'as menti, Cruz.

Le môme ne répond rien.

— Tu m'as dit que tu t'étais rendu chez les Howe en partant de chez toi. Or c'est faux.

— Oui.

Cet aveu est un début.

— D'où venais-tu.

— De Hooper Farm.

— Que faisais-tu là-bas ?

— C'est important ?

— Je ne te poserais pas la question dans le cas contraire.

— J'étais allé voir quelqu'un.

— Une fille ?

— Un type du lycée. Peter Bridgeman.

Bridgeman ?

— Le fils de Zach et Pamela ?

— Ouais, il vient de finir le lycée, lui aussi. J'avais besoin de lui parler.

— À 7 heures du matin ? Qu'est-ce qui était aussi urgent ?

— Un truc.

— Fiston.

— C'était juste une embrouille entre lycéens, d'accord ? Mais puisque vous me posez la question, voilà d'où je venais.

— Pourquoi ne me l'as-tu pas dit avant ?

— Je n'avais pas envie d'en parler.

— Rends-toi compte, Cruz... Une femme est morte et, que ça te plaise ou non, tu fais partie intégrante de l'enquête. Tu me dois la vérité, toute la vérité.

Il a pris sa grosse voix de chef de la police et, d'un coup d'œil, il constate que le môme est nerveux.

— Je sais. Juste... je n'ai pas envie de parler de ça en particulier. Ça n'a rien à voir avec le reste.

— Sauf que tu étais bouleversé, non ? Distrait ? Tu as grillé un stop, avant de prendre Surfside Road à toute allure. Un de mes hommes a failli t'arrêter. Quelques minutes plus tard il reçoit un appel des secours concernant Vivian. Tu comprends peut-être pourquoi ton mensonge me pose problème, non ?

— J'ai grillé ce stop et je roulais trop vite, c'est vrai. J'étais bouleversé et j'étais distrait. Mais je n'ai pas renversé Vivi. Je l'ai trouvée. Elle était étendue par terre, du sang sortait de sa bouche et elle était blessée à la jambe. Quelqu'un l'a renversée et abandonnée. Je me suis garé et j'ai appelé les secours. Cette femme était une mère pour moi !

Sa voix manque de se briser dans un sanglot puis, soudain, comme s'il avait actionné un interrupteur, la colère prend le dessus.

— Pourquoi est-ce que vous ne m'accusez pas, hein ? Tout le monde ici pense que je suis coupable, mes amis, mes collègues... J'ai du mal à reconnaître le fameux esprit de corps de cette île. Je suis noir, donc je suis forcément un criminel, c'est ça ?

Assieds-toi sur tes sentiments, Ed, ce môme a tous les droits d'exprimer sa rage.

— Je ne t'accuse de rien du tout. Simplement, je n'ai pas d'autre piste, d'accord ? Et je ne peux pas m'empêcher de penser que si j'arrive à comprendre précisément ce que tu as fait ce matin-là, je finirai par trouver le fil qui me mènera à quelqu'un d'autre.

Il se gare sur le petit parking de la plage. De là, un sentier mène à l'océan. Il n'y a du monde que de bonne heure et en fin de journée, lorsque les gens sortent en kayak.

— Avant la réapparition des baskets, j'aurais pu gober la théorie selon laquelle le conducteur était un gamin en vacances… ou un adulte. Bref quelqu'un qui ne serait pas d'ici, qui aurait pris peur et se serait fait la malle rapidos. Le fait que ces chaussures resurgissent sur ton lieu de travail change tout à l'affaire. Je sais que ce n'est pas toi qui l'as renversée, d'accord ? Mais quelqu'un sur cette île veut nous convaincre du contraire.

— Vous voulez dire qu'on cherche à me piéger ? Comme dans les films ?

— Qui pourrait faire une chose pareille ? Tu connais ce Donald ?

— Non. Il bosse la nuit, et moi seulement la journée. Je connais Justin, l'autre agent d'entretien. Il est un peu… spécial, mais c'est un type bien.

Ed reprend la route du supermarché.

— De quoi voulais-tu parler à Peter Bridgeman ?

Cruz secoue la tête.

— Si tu ne me réponds pas, j'irai lui poser directement la question.

Le môme expire bruyamment et ses narines se dilatent.

— Il a pris une photo à la fin de la fête sur la plage, dans la soirée du vendredi, et il me l'a envoyée dans la nuit. Je l'ai trouvée quand je me suis réveillé. Je l'ai tout de suite appelé. Il n'a pas décroché, alors je suis allé chez lui.

— Il était là ?

— Je n'ai pas vu sa camionnette, et j'ai pensé qu'il avait pu la laisser à la plage et se faire raccompagner. Il avait bu. Il a son propre appartement au-dessus du garage de ses parents. Je suis monté, j'ai frappé plusieurs fois, mais il n'a pas ouvert, alors je suis parti. J'en ai déduit qu'il était absent… ou qu'il m'ignorait.

— Est-ce que quelqu'un t'a vu ?

— Non. Enfin je ne sais pas. Ses parents ne sont pas sortis de la maison en tout cas.

— Et en partant de chez les Bridgeman, tu es allé directement chez les Howe ?

— Oui.

— Pourquoi ?

Cruz lui lance un regard exaspéré.

— Leo est mon ami, je voulais lui parler.

— Est-ce que ce dont tu voulais lui parler avait un rapport avec cette photo ?

— Ouais. Je me doutais que Leo avait reçu la photo de Peter, lui aussi, et il fallait qu'on en discute ensemble. Et puis on s'était accrochés...

— Tu veux parler du coup de poing qu'il t'a donné ? Qui t'a laissé un coquard ?

— Vous voyez ? Vous savez déjà tout.

— Ça te dérange que je te demande ce qu'il y avait sur la photo ?

— Oui. Ça me dérange.

Ils sont revenus sur le parking à l'arrière du Stop and Shop.

— Est-ce que je peux y aller maintenant ?

Ed va interroger l'agent d'entretien, Donald. Et le fils Bridgeman.

— Oui. Tu peux y aller.

Amy

Elle rentre du travail avec une bouteille de vin hors de prix, l'une des préférées de J. P., et les fameux rumstecks marinés au bourbon de la boucherie. Il est trop tôt dans la saison pour espérer trouver du maïs local, mais elle y voit une occasion rêvée de tester la recette de salade de pommes de terre tièdes qu'elle a repérée dans la rubrique culinaire du *New York Times*.

Elle trouve J. P. assis dans leur chambre, la climatisation poussée à fond. (Si les rôles étaient inversés, en entrant dans la pièce, il la baisserait aussitôt en lui disant que « ça coûte cher »).

— J. P. ?

Elle est surprise qu'il soit déjà là. Il lui avait dit qu'il rentrerait vers 20 heures.

Il se retourne d'un mouvement brusque, comme si elle venait de le surprendre. Et c'est le cas. Devant lui, sur le lit, est posé un carton rempli de photos – de Vivi, d'elle et lui, des enfants quand ils étaient petits. Amy est si occupée à parcourir les clichés étalés sous ses yeux qu'elle met une minute à se rendre compte que J. P. pleure.

Elle sort de la chambre en fermant la porte et se rend dans la cuisine pour se ressaisir. Du vin. Il lui faut du vin. La bouteille qu'elle vient d'acheter est trop précieuse, mais il reste la moitié de celle de rosé de la veille. Elle remplit un verre et avale une gorgée. Ce n'était pas de la pornographie, au moins, se rassure-t-elle – elle connaît plein de femmes qui ont surpris leurs maris ou compagnons dans ce genre d'activité. Enfin, c'est peut-être pire. Toutes ces photos de Vivi, partout. Une vision sortie de ses pires cauchemars.

Elle est morte, se dit-elle. Elle ne reviendra pas, ce n'est plus une concurrente. J. P. a le droit de la regretter. Lorna le lui a bien dit :

— Cet homme a besoin de faire son deuil, tu sais. Ils ont été mariés pendant seize ans, ma poule. Elle est la mère de ses enfants.

Amy saura-t-elle trouver en elle la force d'être une compagne compréhensive et aimante ? Oui, bien sûr.

Elle retourne dans la chambre avec son verre de vin et pose une main tendre dans le dos de J. P.

— Comment tu te sens ?

Il secoue la tête.

— Je n'arrive pas à croire qu'elle est morte. Je ne réussis pas à l'intégrer.

Il tient une photo de Vivi avec une rose rouge entre les dents. Elle doit se retenir de la lui arracher des mains pour la déchirer en deux.

Il ne faut pas qu'elle alimente sa jalousie. Au contraire, il faut qu'elle s'en défasse.

— Elle était si jolie. Si... vivante.

J. P. lui sourit, reconnaissant de ce compliment sur son ex-femme. Amy s'assied à l'autre bout du lit et parcourt les photos. Où les avait-il cachées ? Elle pensait avoir exploré le moindre recoin de la maison. C'est un véritable trésor, un mausolée de la vie de J. P. avant sa rencontre avec Amy : Vivi et lui devant le sapin de Noël du Rockefeller Center, Vivi qui chancelle sur une paire de patins à glace, Vivi qui boit un chocolat chaud et a un peu de crème fouettée sur le bout du nez. Il y a aussi des clichés de leur mariage – Vivi en robe de satin blanc mi-longue, épaules dénudées, avec un jupon de tulle sous la taille froncée. Ce n'est pas du tout la tenue qu'Amy aurait choisie, mais Vivi, évidemment, est radieuse avec son adorable coupe garçonne et sa bouche bien rouge. Savannah, qui jouait les demoiselles d'honneur, était en Laura Ashley au motif démodé – ça devait être avant son passage aux couleurs neutres, à moins que cette robe n'ait été la cause de ce changement. Amy trouve aussi des photos de différents voyages – une plage déserte, un petit restaurant dans une ville paumée et poussiéreuse, une piste de ski, Big Ben, le Colisée, l'opéra de Sydney, Vivi qui prend la pose devant un panorama citadin, qui doit être à Toronto ou à Seattle – elle n'ose pas poser la question à J. P. Bien sûr, suivent des clichés de la jeune maman : Vivi à la maternité avec Willa, puis avec Carson, sous l'œil noir de son aînée. Et des photos de Noël (dont une avec l'un des enfants enrubanné et posé au pied du sapin comme un cadeau), de Thanksgiving (Vivi, J. P., les deux filles, Savannah, Lucinda et Penny Rosen), d'été à Nantucket (pique-niques sur la plage, magnifiques bars pêchés à la ligne, Vivi à la proue du voilier de Lucinda, *L'Arabesque*, J. P. et elle sur la terrasse d'un restaurant en bord de mer, Vivi avec une couverture, sur un transat dans le jardin de Lucinda, pour regarder le feu d'artifice tiré depuis une barge dans le port, un 4 juillet).

Le cœur d'Amy se serre un peu plus à chacun de ces souvenirs ; elle n'avait encore jamais eu sous les yeux ce tableau du foyer qu'elle a détruit.

Waouh. Ce n'est pas rien, comme on dit.

Naturellement, J. P. n'a pas de photo de Vivi condescendante, méprisante ou trop débordée pour s'occuper de son mari. Il n'y a aucune photo de la dispute au cours de laquelle elle a réveillé les enfants en brisant un verre sur le carrelage. Ce mariage a volé en éclats pour une raison, et bien que tout le monde semble persuadé que celle-ci s'appelle Amy Van Pelt, les Quinboro étaient malheureux bien avant qu'elle ne mette les pieds dans la cave à vin de J. P. Elle est inquiète. Maintenant que Vivi est morte, l'histoire pourrait être facilement réécrite : la défunte restera dans la mémoire de tous une sainte que J. P. a trahie en tombant entre les griffes d'Amy la tentatrice. Elle décide de se faire l'avocate du diable pour tâter le terrain.

— Vous avez l'air si heureux sur cette photo, dit-elle en lui en montrant une du baptême de Carson.

Ils sont devant l'autel avec leur fille, leur air joyeux est presque hystérique.

— Carson avait des coliques, répond-il. On ne fermait pas l'œil de la nuit. Tu vois deux parents au bout du rouleau.

— Vous n'auriez jamais dû vous séparer, lâche-t-elle dans un accès de sincérité. J'aurais disparu discrètement et vous auriez pu essayer de recoller les morceaux...

— Elle n'en avait aucune envie. Elle avait jeté l'éponge.

— Pour sa défense, tu l'avais trompée.

— Oui, mais...

— Oui, mais... quoi ?

Elle tente de ravaler la boule dans sa gorge.

— Oui, mais ça ne voulait rien dire ? reprend-elle. Oui, mais c'était une erreur ? J'étais une erreur ? Ou bien un simple pion sur ton échiquier ?

Elle se rend brusquement compte que ces craintes sont restées tapies dans les profondeurs marécageuses de son esprit depuis dix ans.

— Amy, s'il te plaît.

— S'il te plaît quoi ?

« S'il te plaît, ne sois pas ridicule », voilà ce qu'elle voudrait entendre. « Notre amour est bien réel, notre relation solide, on n'est pas ensemble depuis dix ans, dont trois sous le même toit, parce que j'avais juste besoin d'une présence à mes côtés. »

— S'il te plaît, est-ce qu'on pourrait avoir cette conversation plus tard ? Il faut sans doute qu'on se parle, c'est vrai, mais pas ce soir. Je n'ai pas l'énergie.

Elle est séchée. Il faut qu'ils se parlent ? Qu'est-ce que ça veut dire ? Elle repense à la bague dans le tiroir de la commode. Peut-être que la conversation qu'il évoque se finira, enfin, par une demande en mariage. Et pourtant, elle a le pressentiment que ce ne sera pas le cas.

— J'ai acheté une bouteille de ton vin préféré. Et des rumstecks marinés. Je vais les accompagner de cette salade de pommes de terre qui me fait de l'œil depuis un moment. Il y a du bacon...

— Je ne dîne pas là ce soir.

— Quoi ?

Elle avale une longue gorgée, mais le rosé n'a pas plus d'effet apaisant que si elle buvait de l'eau colorée.

— Tu vas où ?

— Chez Savannah. Elle m'a invité quand elle m'a raccompagné, après la réception en l'honneur de Vivi. C'était la date qui nous convenait à tous les deux. J'aurais dû te le dire ce matin, pardon.

Amy a l'intelligence d'ignorer son premier réflexe et de sourire.

— Aucun problème. La viande tiendra jusqu'à demain. Je vais appeler Lorna pour lui proposer qu'on sorte manger un bout ensemble.

— Bonne idée.

Après un silence, il ajoute :

— Merci de te montrer aussi compréhensive, j'apprécie beaucoup. Ça ne doit pas être simple pour toi.

Amy sort prendre une douche à l'extérieur, où elle verse de gros sanglots amers qu'elle étouffe dans les serviettes en coton épais hors de prix dont J. P. ne peut pas se passer. Elle a ouvert la bouteille de vin qu'elle lui avait achetée et a posé son verre sur le petit banc à côté de la douche. La viande peut attendre, mais pas ce délicieux cabernet. Elle a à peine coupé l'eau qu'elle le boit goulûment. Elle ne sait pas très bien comment s'attaquer à sa souffrance. Qu'est-ce qui est le plus douloureux ? Que J. P. aille dîner chez Savannah, où ils vont parler de Vivi – de souvenirs dans lesquels Amy n'a aucune place ? Pendant les deux ou trois heures qu'il passera chez elle, à l'Entre Nous, une maison si sublime qu'elle suscite automatiquement la jalousie, Amy n'existera plus. Ou a-t-elle été plus blessée de voir l'abattement total de J. P., mâtiné de regret, devant ces photos ? Sans oublier évidemment la perspective de cette conversation, pour le moins inquiétante.

Elle envoie un texto à Lorna. J. P. vient de m'informer qu'il était invité à dîner chez Savannah ce soir.

Elle attend. Lorna est sa meilleure amie, elle n'a pas besoin de plus de précisions.

QUOI ???!!!

C'est exactement comme ça qu'elle a réagi, elle aussi !

Tu peux me retrouver au Gaslight dans une heure ? Pour une soirée entre filles ?
J'aurais adoré, ma poule, mais je suis sur le bateau pour Hyannis. Je vois le médecin à la première heure demain.

Bien sûr, enfin ! Elle a rendez-vous à l'hôpital de Cape Cod après une mammographie qui requérait un second examen. Si J. P. avait prévenu Amy à temps, elle aurait pu être sur le ferry avec son amie. Elles auraient profité de cette occasion pour faire un peu de shopping dans le centre commercial et dîner dans l'un des restaurants, comme de vraies continentales. Et Amy l'aurait accompagnée à l'hôpital.

Je suis bête ! Bonne chance pour demain, appelle si tu as besoin !

Maintenant il faut qu'elle prenne sa décision : rester à la maison ou sortir seule ? Sortir seule.

Elle choisit sa robe la plus sexy, qu'elle pose ostensiblement sur le lit pour que J. P. puisse bien la voir. Il sort de la salle de bains en caleçon, les joues couvertes de crème à raser.

— Oh, mais c'est que tu te fais beau, dis donc...

Il hausse les épaules avant de disparaître à nouveau dans la salle de bains. Il n'a même pas accordé un seul regard à la robe.

Elle boit un deuxième verre, puis un troisième. Il restera une moitié de la bouteille, enfin un tiers plutôt, pour une autre fois. Elle porte une petite robe noire sexy – le noir est si flatteur –, et elle se sent bien. Ce n'est pas si bizarre de sortir seule, se dit-elle, ou de ne s'être fait qu'une amie en dix ans. Elle s'imagine dans la peau d'un personnage de

Vivian Howe – les femmes de ses romans n'ont aucun mal à s'amuser toutes seules.

Le Gaslight est un ancien cinéma transformé en restaurant qui accueille des concerts. Le plafond est recouvert de dalles en étain et l'un des murs est tapissé de platines et d'enceintes vintage. Au fond de la scène, au-dessus de la batterie, on peut lire en lettres au néon, rose fluo, GASLIGHT. La clientèle installée au bar est animée, la nourriture est délicieuse, et on sert ce genre de cocktails inventés par des mixologues et qui contiennent des ingrédients dont Amy n'a jamais entendu parler.

Il y a un tabouret libre au bar, et elle se dit que c'est le genre de hasard bien commode qui se produit dans les romans de Vivi. Elle ne connaît aucun des clients, ce qui est un autre bon point.

Le barman est un grand type bien charpenté qui ressemble à un ours et s'appelle Nick. C'est un peu une star de Nantucket.

— Vous attendez quelqu'un, madame ?

— Oui, répond-elle d'un ton guilleret. Mon amie Lorna.

— Lorna, la coiffeuse ? C'est elle qui me coupe les cheveux. Elle aurait dû m'envoyer un texto pour me prévenir de votre visite. Je vous aurais gardé deux places.

— Est-ce que je peux avoir un Blackout Barbie ? Enfin deux. Comme ça elle aura déjà le sien en arrivant.

Le Blackout Barbie est préparé avec des fraises de la ferme Bartlett, du jus de citron, de la tequila et un trait de cava. Il est saupoudré de fleurs de thym et servi avec un immense glaçon sphérique. Un vrai régal. Amy boit le sien et « celui de Lorna » coup sur coup, puis en passant la commande du troisième elle ajoute :

— J'imagine que Lorna ne va pas venir finalement.

— Ouais, je lui ai écrit, répond Nick. Elle passe la soirée sur le continent.

Elle ne sait pas très bien si elle doit jouer la surprise ou faire comme si de rien n'était. Elle arrête son choix sur la seconde option.

— Eh bien dans ce cas, il ne me reste plus qu'à manger. Je vais prendre le bao burger et les nachos au tartare de poisson.

Le cocktail arrive avant la nourriture. Pendant qu'elle le boit, elle observe les autres clients avec un œil d'anthropologue. Cet établissement est fréquenté par des gens jeunes et magnifiques, qui sont tous ivres de joie et de rires. À chaque seconde qui passe, elle se sent de plus en plus minable. À quel moment s'est-elle fourvoyée ? Oh, elle le sait très bien. Elle n'aurait jamais dû entamer une relation avec un homme marié. Elle pourrait toujours y mettre un terme et commencer une histoire avec quelqu'un comme Nick. À moins qu'il ne soit trop jeune... Il est trop jeune.

Son dîner arrive, mais sa faim s'est envolée – ce qui ne lui ressemble pas. Elle dit à Nick qu'elle va emporter la nourriture et lui demande l'addition.

— Bien sûr, répond-il.

Elle essaie de ne pas entendre la touche de pitié dans son ton.

— Le groupe joue à 22 heures, si vous voulez repasser.

— Merci.

L'espace d'un instant, elle se sent forte et indépendante, le genre de femme qui serait capable d'apprécier un concert si elle était d'humeur.

— C'est peut-être bien ce que je ferai.

Une fois dans la rue, elle a une idée. Elle essaie aussitôt de se convaincre qu'elle est mauvaise.

Elle dépose les boîtes du restaurant sur le siège passager, à côté d'elle. *Rentre,* se dit-elle, *rentre à la maison.*

Seulement voilà, elle est ivre, et elle ne devrait pas prendre le volant dans son état. Il serait plus sage de marcher un peu le temps de dessaouler, et si ses pas la conduisent dans

Union Street est-ce un crime ? Elle se dirige en flânant vers l'Entre Nous. Les deux lanternes électriques qui flanquent la porte d'entrée sont allumées, et il y a aussi de la lumière dans les pièces qui donnent sur la façade, pourtant elles semblent vides. N'étant jamais entrée dans la maison, Amy n'est pas certaine de son agencement intérieur, même si les enfants allaient sans arrêt se baigner dans la piscine des Hamilton avant que Vivi ne fasse creuser celle du Gouffre Financier.

Amy aperçoit une discrète allée de dalles qui s'enfonce entre les haies. Elle vérifie que la rue est bien déserte, puis elle se faufile dans le jardin pour faire le tour de la bâtisse. Elle redoute que des éclairages équipés de détecteurs de mouvement ne révèlent sa présence, mais il ne se passe rien. Le rectangle bleu canard de la piscine est éclairé par plusieurs spots.

La façade arrière est entièrement vitrée, et grâce à la lumière elle aperçoit Savannah et J. P., assis devant l'îlot de la cuisine et séparés par une bouteille de tequila Casa Dragones et un bol de pop-corn. Amy s'approche sur la pointe des pieds pour avoir une meilleure vue et tenter d'entendre ce qu'ils disent – les fenêtres sont malheureusement fermées à cause de la climatisation.

Savannah porte un jean blanc et un débardeur. Elle est pieds nus, elle n'a ni maquillage ni bijoux, et ses cheveux sont relevés en un chignon peu soigné sur le sommet de son crâne. Elle parle en clignant rapidement des yeux, avale plusieurs gorgées de tequila, avant, soudain, de se décomposer et de se mettre à pleurer.

J. P. se lève. *Pitié, faites qu'il parte,* songe Amy. Il n'y a aucun signe d'un repas. Peut-être ont-ils déjà dîné, ou peut-être que Savannah ne sait rien préparer d'autre que du pop-corn… Il ouvre les bras en grand et elle se blottit contre lui pour sangloter comme l'héroïne d'un film. Il pose une main dans son dos, et l'autre à l'arrière de sa tête, et il se balance de gauche à droite.

C'est… terrible. Si Amy s'était contentée de rester à la maison et d'imaginer la soirée à l'Entre Nous, elle n'aurait pas pu fantasmer quelque chose de plus traumatisant.

Ils ont un deuil à faire, se rassure-t-elle. *Ils ont perdu quelqu'un d'important pour eux, et ce dîner va leur permettre de parler et de se consoler.* Il faut juste qu'elle soit patiente.

Savannah redresse la tête et regarde J. P. Elle a l'air si vulnérable… Est-ce qu'ils vont s'embrasser ? Vraiment ? Combien de fois J. P. a-t-il expliqué à Amy, dans les détails, pourquoi Savannah était une vraie garce à ses yeux ? Il se montrait si impitoyable qu'Amy se retrouvait à la défendre. *Elle a fondé une association caritative, elle sauve la vie d'enfants. Et c'est une femme très élégante.*

Le temps semble se suspendre, comme juste avant un baiser.

Amy s'enfuit en courant. Elle bute sur l'une des dalles et fait un vol plané qui lui écorche le genou. Elle se relève. Elle doit rentrer tout de suite et vérifier le tiroir de J. P., pour s'assurer que la belle bague de fiançailles y est toujours. Et pourtant, alors qu'elle atteint le trottoir et prend la direction de sa voiture, elle sait déjà qu'elle ne trouvera rien. Elle sait déjà que la bague a disparu.

Sa jambe saigne, mais ça lui est égal. Elle ne rentrera pas avant J. P. Elle veut qu'il arrive le premier et se demande où elle est.

J. P. et Savannah… ensemble ? C'est impossible. Il va la repousser et dire qu'il doit rentrer, puis, tout le temps du trajet, il se demandera ce qui a bien pu lui passer par la tête pour se retrouver dans une aussi grande proximité avec Savannah. Amy atteint Main Street, elle pense au piano-bar Le Club Car. Elle pourra se fondre dans la masse et s'époumoner avec tout le monde sur *Stop Draggin' My Heart Around.* Personne ne se rendra compte qu'elle est venue seule. Malheureusement, il y a une longue file d'attente devant l'entrée du bar. Non, merci. Elle envisage deux autres endroits, le Straight Wharf (mais la clientèle est trop jeune), et Cru (elle y a dépensé assez d'argent pour tout l'été). Elle décide de retourner au Gaslight, puisque Nick l'y a (plus ou moins) encouragée.

Elle entend le groupe avant même d'avoir franchi le seuil. Elle s'arrête au distributeur dans l'entrée qui vend de minuscules bouteilles de Moët & Chandon à 20 dollars pièce. C'est complètement gadget, et le prix est exorbitant, pourtant elle a une subite envie de champagne pour célébrer l'affreux naufrage qu'est en train de devenir sa vie.

La bouteille est bien fraîche. Elle boit directement au goulot, puis se dirige vers le bar. Incroyable mais vrai, le tabouret qu'elle occupait plus tôt est libre. C'est magique, on pourrait penser que la romancière Vivi l'a gardé en prévision d'un éventuel retour de son personnage. Sauf qu'Amy n'est pas un personnage. Elle est bien réelle. Elle lève sa petite bouteille de champagne en direction de Nick pour le saluer.

— Hé ! lui lance le type assis à côté d'elle. Vous vous êtes blessée à la jambe.

Elle baisse les yeux, et c'est vrai que ce n'est pas jojo. Un filet de sang a dévalé jusqu'à sa sandale.

Le type lui tend plusieurs serviettes de cocktail. Elle lève les yeux vers lui. C'est Dennis.

— Ah... bonsoir.

Il éclate de rire.

— Décidément.

Il jette un coup d'œil derrière elle et lui demande :

— Où est votre petit copain ?

— Qui ça ?

Dennis rit de plus belle. Il est plutôt... pas mal. Il est bronzé, même si elle aperçoit la démarcation de son tee-shirt, et ses yeux sont d'un bleu électrique. Une bouteille de bière est posée devant lui.

— Vous êtes seul ?

— Oui. C'est toujours mieux que de tourner en rond dans une maison vide.

Elle hoche la tête. Pourquoi un homme peut s'asseoir seul à un bar, alors que pour une femme ça confine aussitôt au pathétique ?

— J. P. dîne avec Savannah ce soir.

— Ah... Ça doit être dur pour vous.

— Oui.

Elle retient ses larmes. Pourquoi Dennis Letty est-il le seul à se soucier de ce qu'elle ressent ? Elle lève sa bouteille pour trinquer avec lui, et ils boivent.

— Je vous garde votre place le temps que vous alliez vous nettoyer la jambe aux toilettes. Et après on dansera.

Danser avec Dennis ? Une part d'elle se révolte à l'idée de sortir encore avec un homme que Vivi a eu avant elle. Mais une autre part d'elle rétorque : « Et pourquoi pas ? Ça pourrait être sympa. »

— D'accord. Je reviens tout de suite.

Vivi

Quand Vivi descend voir comment va Savannah, sa meilleure amie, la marraine de ses enfants, la personne dont les conseils et la sagesse surpassaient, à ses yeux, ceux de n'importe qui d'autre, elle la trouve dans la cuisine de l'Entre Nous dans les bras d'un homme qui la berce.

Oh oh ! se dit-elle. *Mais qui voilà ?*

Puis elle se rend compte qu'il s'agit de son ex-mari.

Rebondissement ! Savannah et J. P. se détestent. Pendant ses seize années de mariage avec lui, elle a eu l'impression d'être ce bébé tiraillé entre sa mère et son père, comme dans cette affreuse nouvelle de Raymond Carver. J. P. se sentait menacé par Savannah pour des raisons que Vivi n'a jamais comprises (il devait sentir que la loyauté qu'elle avait pour son amie était supérieure à celle qu'elle avait pour lui). Quant à Savannah, elle ne trouvait pas J. P. assez bien.

— Il est cabossé, il n'a pas connu son père, et il entretient une relation malsaine avec sa mère.

J. P. passe une main dans le dos de Savannah, d'un geste qui se veut réconfortant. Elle tremble. Elle vient sans doute de pleurer un bon coup. Elle lève les yeux vers J. P. Leurs bouches sont à quelques centimètres l'une de l'autre. Leurs regards se croisent.

Embrasse-la ! pense Vivi.

À moins que... ce serait peut-être bizarre ?

Pas plus que son roman *Lumière oblique*, dans lequel les deux héros se rencontrent après le décès de leurs époux respectifs. J. P. et Savannah ont perdu la même personne – elle ! –, et leur lien n'en est que plus fort. Ils n'auront plus besoin de se disputer l'attention de Vivi, plus aucun obstacle ne se dresse entre eux.

Très littéralement. Ils sont presque collés l'un contre l'autre.

Embrasse-la !

— Ça va aller ? lui demande-t-il. Je ferais sans doute mieux de rentrer...

Savannah semble aussitôt sortir de son état de transe et retrouver son pragmatisme habituel.

— Oui, bien sûr. Je suis désolée de m'être laissée submerger par mes émotions. C'est juste que... tu es le seul à comprendre.

— Je sais.

Il essuie une larme sur sa joue.

— Revoyons-nous la semaine prochaine. Et cette fois pour manger quelque chose.

Elle rit.

— Qu'est-ce que tu dirais de vendredi prochain ? On pourrait fonder le club des tristes hères du vendredi soir ?

— Marché conclu.

Il la lâche et recule d'un pas.

— Comment ça va avec Amy ?

— Je suis un peu perdu, lâche-t-il dans un soupir. Je vais mettre un terme à cette histoire. Lui demander de quitter la maison.

— Waouh ! dit Savannah.

Waouh ! pense Vivi.

— Amy était une erreur.

— Une erreur de dix ans ? Arrête, J. P., tu ne me feras pas croire que tu n'as pas de sentiments pour elle.

— J'en ai. Ou plutôt je croyais en avoir. Quand je l'ai rencontrée, elle était jeune, jolie, charmante, sincère, admirative. J'ai été ébloui par la façon qu'elle avait de me regarder. Je me suis senti important, alors que Vivi me donnait l'impression d'être un pauvre type. J'ai démarré cette histoire parce que j'avais envie de ressentir ça en permanence. Et ça a été le cas, pendant plusieurs années. Ce qui n'a pas empêché les problèmes, aussi. Elle a mis de la distance entre les enfants et moi.

Oui ! Tant d'eau a coulé sous les ponts que Vivi a presque épuisé tout son ressentiment envers Amy. Celle-ci était jeune et impressionnable, ce premier été où J. P. l'a employée, et il a profité de la situation. Elle lui a donné dix ans de sa vie sans aucune promesse d'engagement en retour. Elle doit bien espérer une bague, non ? Elle n'a pas su exiger de preuve, et aujourd'hui J. P. est prêt à la sacrifier.

— Elle a toujours été jalouse de Vivi. Ça l'a tellement occupée qu'elle n'a jamais réussi à trouver sa vraie place, à se forger une vraie personnalité. En septembre dernier, j'ai acheté une bague de fiançailles, et chaque fois que j'ai voulu la lui donner j'ai paniqué. Je l'ai rapportée au bijoutier, à Boston. Je n'ai plus aucun des sentiments que j'avais pour Amy avant. J'ai essayé de l'ignorer depuis un an ou deux, mais la mort de Vivi me force à regarder les choses en face. Je n'ai pas envie de passer le restant de mes jours aux côtés d'Amy Van Pelt.

— Comment a-t-elle réagi quand elle a appris que tu venais dîner chez moi ? Ça n'a pas dû lui faire très plaisir.

— Elle est sortie avec sa copine, Lorna. Elle a mis une robe sexy. Elle cherchait à me rendre jaloux, je suppose. Ça aurait sans doute marché il y a cinq ans, ou même l'année dernière. Aujourd'hui, j'espère juste qu'elle va rencontrer quelqu'un ce soir.

— Ah oui…

— Et toi ? Tu vois quelqu'un ? Un entraîneur de la NBA ? Le PDG de Colgate-Palmolive ? Le chef du service de chirurgie du Massachussetts General Hospital à Boston ?

— Personne en ce moment. Il y a eu le prince d'un petit pays européen, mais on a décidé de tout arrêter.

J. P. ricane, et elle le pousse vers la sortie.

— Rentre, J. P.

Il la prend dans ses bras devant la porte, et Vivi pense : *Embrasse-la ! Il n'est pas trop tard ! De toute façon tu as l'intention de quitter Amy, alors embrasse-la !*

Ils s'éloignent l'un de l'autre, et J. P. disparaît dans la nuit noire. Savannah s'adosse à la porte après l'avoir refermée et sourit.

Il lui plaît ! Enfin… peut-être ?

— Vous auriez pu utiliser un de vos coups de pouce, vous savez.

Martha vient de surgir. Elle est assise sur la méridienne en velours vert, avec un foulard Hermès qu'elle porte façon diseuse de bonne aventure cette fois.

— Ça aurait fonctionné, insiste-t-elle. Ils étaient proches.

— C'est moi la romancière. Patientons encore quelques chapitres.

Willa

L'été à La Lichette commence à trouver son rythme, et la routine évite à Willa de tomber dans un puits de désespoir sans fond. Elle se réveille de bonne heure le matin et prend une tisane sur la terrasse en regardant le ciel se teinter d'un rose nacré. Elle n'avale rien. Elle en est incapable, ses nausées rôdent constamment dans les parages. Et elle en est heureuse. Elle ne croit pas avoir jamais été aussi malade. Elle est toujours à l'affût de ce qui différencie cette grossesse des autres.

Elle va au travail en voiture ou à vélo. Les dix kilomètres ne lui font pas peur. La route est pittoresque, bucolique, elle lui fait franchir le pont qui enjambe l'embouchure de la baie de Madaket, traverser le village du même nom, emprunter les fameux virages, au nombre de vingt-sept, qui conduisent au-delà du ruisseau et de l'étang aux tortues, avant de filer sur les deux derniers kilomètres jusqu'au drapeau de Caton Circle, qui marque l'entrée de Main Street. Willa préfère éviter les pavés dans son état, alors elle fait un détour et emprunte West Chester (qui est, pour ceux que l'histoire de Nantucket intéresse, la plus vieille rue de l'île) pour arriver au musée de la Chasse à la baleine.

Son bureau est climatisé. Elle n'est pas tenue d'assurer de visite de groupe ni de voir du public tant qu'elle ne se sentira pas assez solide émotionnellement. Elle passe donc ses journées derrière son bureau, à régler des tâches administratives : donner son bon à tirer pour toutes les publications, valider les propositions du marketing et de la communication, organiser les interventions pour l'entretien des quatorze sites de la SHN.

Après le travail, elle va généralement se promener sur la plage. Quand Rip rentre de bonne heure, il l'accompagne et ils se tiennent par la main. Il aime ramasser des coquillages, des carapaces de limule et des bourses de sirènes. Il sait reconnaître les empreintes des différents oiseaux – huîtriers, pluviers siffleurs (menacés d'extinction) et bécasseaux sanderlings, ses préférés.

Pour le dîner, ils vont chercher quelque chose chez Millie's ou font cuire au barbecue des hamburgers, des steaks, du poulet, d'épaisses tranches d'espadon. Willa a un appétit d'ogre pour les protéines. Cela lui est-il déjà arrivé ?

Elle se couche de bonne heure, souvent avant la tombée de la nuit. L'épuisement s'abat sur elle comme une météorite tombée du ciel.

Évidemment, il faudrait s'attarder sur quelques détails qu'on oublie en regardant le tableau d'ensemble. Par exemple les dix-sept visites qu'elle rend aux toilettes chaque jour – pour soulager sa vessie ou pour pleurer (sans bruit au travail, puis à gros sanglots bruyants quand elle peut enfin s'y autoriser, à La Lichette, seule).

Sa mère est morte.

Parfois, lorsqu'elle pleure le soir, dans le lit, Rip la serre dans ses bras et lui murmure des paroles réconfortantes. Il dit qu'il ferait n'importe quoi pour chasser sa douleur, qu'il accepterait de souffrir à sa place s'il le pouvait. Rip ne peut pas l'aider. Personne ne peut l'aider. Elle aimait infiniment sa mère, et sa mère est morte. Elle sait bien que c'est dans l'ordre des choses, qu'on perd tous un proche à un moment ou à un autre. Ça fait partie de la vie. Et on est toujours seul face à cette peine.

Elle ne peut pas dire que la visite de Pamela et l'annonce de l'infidélité de Zach ont été une bonne chose, mais elles ont fait office de distraction. Ce jour-là, après avoir trouvé Pamela dans sa voiture, garée devant La Lichette, Willa l'a emmenée s'asseoir à la table de pique-nique sur la terrasse, puis elle lui a demandé :

— Qu'est-ce qui te fait penser ça, au sujet de Zach ?

Pamela avait remonté ses lunettes de soleil sur le sommet de son crâne : son regard se perdait vers les dunes. Willa a remarqué quelques mèches argentées dans ses cheveux blond platine. Elle avait le visage bronzé à force de passer des heures sur les courts de tennis, et des pattes d'oie étaient apparues autour de ses yeux bleus. Willa n'avait pas souvenir d'avoir jamais pu l'observer de si près. Il faut dire que sa belle-sœur s'était toujours tenue à un mètre de distance d'elle au moins. À présent ses défenses tombaient.

— Il s'absente en pleine nuit. À minuit, une heure du matin. Il prétend qu'il fait des insomnies et qu'il va sur la plage. Que ça l'apaise de regarder les vagues.

Willa a bien été obligée de reconnaître que ça semblait louche.

— Et tu as regardé dans son téléphone ?

— Je ne peux pas accéder à ses factures, c'est un portable pro. Bien sûr, il est autorisé à l'utiliser pour passer ses appels perso, mais je n'ai aucun moyen de savoir quels numéros il a appelés.

— Tu pourrais toujours regarder directement dans le téléphone.

— Si je connaissais son code, oui.

— Il a un code ?

— Tout le monde a un code, Willa.

— Pas moi. Rip non plus. On se prête nos téléphones sans arrêt.

— Vous n'êtes pas normaux.

Willa s'est détendue. Elle retrouvait enfin un peu la Pamela qu'elle connaissait. Et elle avait conscience que leur proximité, à Rip et à elle, n'était pas monnaie courante. Elle en était très fière, d'ailleurs.

— Tu as remarqué autre chose ? a-t-elle demandé.

— Il est heureux.

À nouveau, ses yeux se sont embués de larmes.

— C'est ce qui fait que je suis certaine de moi. Il sifflote. Il chantonne.

— Ça ne pourrait pas être dû à autre chose ?

— Il fait des insomnies et profite du fait que je dorme pour sortir. Et je ne l'ai pas vu aussi heureux depuis des années.

Willa a dû se rendre à l'évidence : la combinaison de ces éléments ne pouvait conduire qu'à une seule conclusion.

— Et qu'est-ce que tu comptes faire ?

— Trouver avec qui il me trompe.

La curiosité de Willa a été piquée, et ça la chagrine de n'avoir personne avec qui partager cette information. Elle ne peut rien dire à Rip. Il côtoie quotidiennement sa sœur au travail, et même s'il est en général muet comme une tombe, Pamela est son point faible. Il craquerait, et Willa perdrait la confiance de celle-ci.

Sa mère lui manque. Si Vivi était encore en vie, c'est à elle qu'elle se confierait.

Pourrait-elle en parler à Carson ? Elles se sont rapprochées depuis la mort de leur mère. Carson répond aux textos de Willa pour donner de ses nouvelles, et sa grande sœur l'a invitée à dîner à La Lichette dès qu'elle aura une soirée de libre. D'un autre côté, Carson se fiche des Bonham – elle les juge froids et prétentieux –, et si Willa lui parlait de l'infidélité de Zach, elle lui rétorquerait sans doute : « Qui est-ce que ça peut bien intéresser, sérieux ? »

Il lui reste Savannah, mais elle fait déjà tellement pour eux, en s'occupant de mettre de l'ordre dans les affaires de Vivi. Quand Willa lui a proposé de reprendre le flambeau pour la page Facebook, elle a eu l'air soulagée.

— Regarde le message d'un certain Brett Caspian. Il prétend qu'il sortait avec ta mère au lycée.

— Maman n'avait pas de copain au lycée.

— Jette juste un coup d'œil, s'il te plaît, Willie.

Il y a plus de deux cents nouveaux messages sur la page Facebook depuis la dernière connexion de Willa. Elle les parcourt. Ils expriment tant d'amour, tant de tristesse. Une femme de Niagara, dans l'État de New York, Eden F., dit qu'elle n'arrête pas de pleurer et qu'elle a personnellement appelé le commissariat de Nantucket pour réclamer justice.

Ça paraît un peu excessif. D'un autre côté, Vivi inspirait ce genre de dévouement. Elle ne cherchait pas à embellir sa vie – elle partageait des vidéos de sa cuisine lorsque l'évier était rempli de vaisselle sale ou du couloir malgré le bazar au pied de l'escalier –, et ses lecteurs appréciaient son authenticité. *On a tous de la vaisselle qui traîne, du linge sale, des affaires au pied de l'escalier qui attendent d'être rangées. Ça vaut aussi pour notre romancière préférée.* Les lecteurs de Vivi avaient l'impression de la connaître. Évidemment qu'ils sont bouleversés.

Willa se dit que dénicher le message de Brett Caspian dans cette masse revient à chercher une aiguille dans une botte de foin, et pourtant elle tombe rapidement sur celui qu'il a posté le matin même. Un nouveau, donc.

J'espère qu'un membre de la famille de Vivi lira ces mots. J'ai réussi, en passant quelques coups de fil, à joindre son éditeur et à obtenir un jeu d'épreuves de son prochain roman, *Petite Chérie*. Au lycée, j'ai écrit une chanson qui portait le même titre, et qui m'avait été inspirée par Vivi. Elle a été ma petite amie de septembre 1986 à août 1987. En lisant le livre, je me suis rendu compte qu'elle n'avait pas uniquement repris le titre de cette chanson. Elle y raconte notre histoire. Bon, je vais me mouiller sur ce coup, et laisser mon numéro de téléphone dans l'espoir qu'un membre de sa famille me contactera pour qu'on puisse en discuter ensemble. Merci. Brett Caspian

Willa lit le message une seconde fois. Brett Caspian a composé une chanson intitulée *Petite Chérie* inspirée par Vivi ? Et celle-ci a repris leur histoire dans son dernier roman ? Willa n'a lu que deux des treize livres de sa mère – elle n'a pas de goût pour la fiction, elle préfère les biographies –, mais c'est toujours deux de plus que Carson et Leo. Willa sait que *Petite Chérie* raconte l'histoire d'amour entre deux lycéens et qu'il y est question d'une chanson qui porte le même titre, pourtant elle était persuadée que tout était inventé.

Elle tape *Brett Caspian* et *Petite Chérie* dans un moteur de recherche. Elle trouve plusieurs liens qui renvoient au nouveau roman de sa mère, et quelques-uns à un parfum.

Vivi n'a jamais parlé d'un copain au lycée. Elle était concentrée sur ses cours et avait deux bonnes amies, Stephanie et Gina, qu'il lui arrivait de mentionner, mais dont elle n'avait aucune nouvelle, à la connaissance de Willa.

Tu nous baratines, Brett Caspian.

Et pourtant...

Elle note son numéro de téléphone, parce que... et si ce n'était pas du baratin ? Et s'il lui donnait accès à une part de la vie de sa mère dont Willa ignorait tout ? Et si elle découvrait un secret que Vivi aurait gardé jusqu'à sa mort ? C'est typiquement le genre de rebondissement que l'on trouverait dans un roman de sa mère. La frontière entre la réalité et la fiction se brouille.

Rien que le fait de composer le numéro lui semble fou. Elle se répète que c'est Savannah qui l'a chargée de se pencher sur les messages de ce type. Au fond, il est bien naturel qu'en tant qu'administratrice de la page Facebook, elle procède à quelques vérifications.

Il ne décroche pas. Il n'a pas enregistré d'annonce personnalisée sur son répondeur. Elle laisse un message :

— Bonjour, je suis Willa Bonham, la fille de Vivian Howe. J'ai vu votre message sur Facebook, c'est la raison pour laquelle j'ai cherché à vous joindre aujourd'hui.

Elle n'a pas raccroché depuis deux secondes que son téléphone sonne. Le numéro de Brett Caspian s'affiche sur l'écran.

Oh là là... Elle le fixe, une main posée sur son ventre.

— Allô ?

— Allô, ici Brett Caspian. Vous avez essayé de m'appeler ?

— Oui.

Il a une voix avenante, puissante et un peu rauque.

— Je m'appelle Willa. Je suis la fille de Vivian Howe.

— Oh !

Il pousse un sifflement.

— J'ai du mal à y croire. Je suis... Eh bien d'abord, je suis désolé pour votre mère.

— Merci.

Ça lui fait tout drôle de répondre ça, mais c'est ce qui se dit dans ces circonstances.

— Bon, écoutez... Je ne sais même pas par où commencer. J'étais au lycée avec Vivi.

— Et où était-ce ?

Il marque une hésitation.

— Euh... Au lycée de Parma ? Dans l'Ohio ? Vous savez que c'est là qu'elle a grandi ?

Willa rit.

— Oui, oui, je le sais. Je voulais juste m'assurer que vous, vous le saviez. Parce qu'elle n'a jamais parlé à personne d'un copain de cette époque. Elle nous a toujours dit qu'elle était trop sérieuse pour ça.

Il ricane.

— C'est vrai qu'elle était sérieuse. La plus jolie fille sérieuse du monde, toujours le nez dans un bouquin, ou la main levée pour donner une réponse.

— Et vous avez été son copain ?

— En terminale, oui. L'année où son père est mort.

D'accord, ce type sait ce qu'il raconte. Un picotement parcourt les jambes de Willa. Elle a une subite envie d'uriner.

— Je suis navrée, elle ne m'a pas parlé de vous.

Et pourquoi ça ? Pour éviter de rendre J. P. jaloux ? Ou pour une autre raison ?

— C'est devenu compliqué à la fin, la rupture a été dure pour nous deux. Elle est partie à la fac, et moi à Los Angeles. On ne s'est plus jamais revus. Je vis dans le Tennessee maintenant, à Knoxville. Je suis gérant d'un hôtel et je joue un peu de guitare, mais je ne suis pas du tout branché Facebook ou réseaux sociaux en général, ce qui fait que je n'ai gardé le contact avec personne de Parma, à part les mecs avec qui je formais un groupe à l'époque. Ils avaient une dent contre Vivi pour des raisons que je pourrai vous expliquer plus tard, et on ne parlait jamais d'elle. Jusqu'à la semaine dernière. Roy m'a appelé pour me dire qu'il avait appris la mort de Vivi par sa sœur. J'ai découvert par la même occasion qu'elle écrivait. Alors j'ai cherché des infos en ligne, et je suis tombé sur son dernier roman, *Petite Chérie.* Le nom de ma chanson.

— Votre chanson…

— Celle que j'ai écrite pour Vivi au lycée. J'ai terminé son roman hier soir et, pfff, il s'inspire très largement de notre histoire.

— Je ne l'ai pas encore lu, avoue-t-elle.

— Ah, j'avais espéré qu'on pourrait en discuter.

Ce n'est pas ce qu'on est en train de faire ?

— J'ai des jours de congé à poser, et je me disais que je pourrais venir, peut-être d'ici une quinzaine de jours ? Je pourrais loger au Holiday Inn de Hyannis, à Cape Cod, puisqu'il fait partie de la chaîne qui m'emploie. Et je prendrai le ferry pour venir vous rencontrer.

— Vous envisagez de venir ici ? À Nantucket ?

— J'ai des photos de votre mère et moi. Je les ai sorties de mes archives et… on a l'air si jeunes. J'aimerais beaucoup vous les montrer.

Willa ne sait pas très bien quoi lui répondre. Il a l'air réglo, et peut-être qu'il sortait vraiment avec Vivi à l'époque du lycée. Après tout, c'est une époque de sa vie dont elle ne parlait presque jamais. Comme si sa vie avait véritablement commencé à son arrivée à la fac, lorsqu'elle a rencontré Savannah. Tout ce qui précède a toujours été parcellaire, une esquisse au trait, sans couleur ni aucun détail.

— Je peux vous loger sur l'île, si vous voulez en profiter pour passer de vraies vacances et faire un peu de tourisme sur place.

Elle se mord aussitôt la langue et essaie d'imaginer la réaction de Rip quand elle lui annoncera qu'elle a invité un parfait inconnu – possiblement un détraqué –, rencontré par l'intermédiaire d'une page Facebook à venir dormir dans leur maison de Quaker Road.

— L'hôtel m'ira très bien. J'ai l'habitude. Est-ce qu'on peut se dire dans quinze jours ? À compter de demain ?

— D'accord.

Elle ressent un étrange sentiment d'exaltation. Elle va retrouver une part de sa mère dont elle ignorait jusqu'à présent l'existence.

— Ça me paraît très bien, ajoute-t-elle. Tenez-moi au courant des détails, et je viendrai vous chercher à l'arrivée du ferry.

— Entendu. Merci de m'avoir appelé, Willa. Ce sera un grand honneur de faire votre connaissance. La fille de Vivi… Sa page Wikipédia dit qu'elle a trois enfants ?

— Oui, j'ai une sœur et un frère.

— Je me souviens qu'elle en voulait cinq. Et qu'elle comptait les appeler comme ses auteurs préférés.

Après un bref silence, il ajoute :

— Est-ce qu'elle l'a fait ?

— Oui ! Je porte le même prénom que Willa Cather. Et c'est aussi vrai pour ma sœur et mon frère.

— Vous voyez ? Je n'aurais jamais pu inventer un truc pareil !

C'est exaltant, pense-t-elle. *Brett Caspian va venir et il me racontera l'histoire secrète de notre mère.*

Vivi

Dieu merci, elle a gardé ses coups de pouce !

— Martha !

Elle s'approche de la porte verte, mais elle n'ose pas la toucher. Et si Martha la privait d'une précieuse semaine de visionnage ? Vivi se jette sur la méridienne et observe le motif lumineux que la suspension marocaine découpe au plafond. En temps normal ça suffit à l'apaiser. Pas aujourd'hui.

Une seconde plus tard, Martha apparaît. Elle cueille un fruit sur l'oranger nain et s'assied sur la table basse en émail blanc, puis pose le dossier sur ses cuisses. Un bout de son foulard dépasse du haut de sa tunique blanche.

— Qu'est-ce qui se passe, Vivian ?

— Je ne peux pas laisser Brett Caspian aller à Nantucket. Je dois utiliser un de mes coups de pouce.

Martha met ses lunettes pour consulter son dossier.

— Je vous le déconseille fortement.

— Eh bien désolée mais je vais quand même le faire.

Martha se met à peler l'orange d'un geste très lent. L'odeur est enivrante, et Vivi voit combien la pulpe est juteuse lorsque sa Guide sépare les quartiers. La couleur lui évoque celle de vitraux, de bijoux en ambre. Ce qui est étrange, c'est qu'elle a déjà essayé d'en manger une, elle... Sous l'écorce, la chair était sèche et tombait presque en poussière. Martha sait comment marchent les choses ici, contrairement à elle. C'est injuste.

— Je mets mon veto pour cette fois, déclare-t-elle avant de gober un délicieux quartier d'orange, sans en proposer à Vivi. Il ira à Nantucket.

Brett Caspian sur son île ? Pour faire la connaissance de ses enfants ? Quel enfer !

Il doit y avoir une bonne raison pour que Martha lui impose ça.

« Vous allez devoir apprendre à me faire confiance. » C'est ce qu'elle lui a dit au début.

D'accord, songe-t-elle à contrecœur. *Je vous fais confiance.*

Vivi est flattée que Brett se souvienne aussi bien d'elle. Il se rappelle qu'elle voulait cinq enfants et leur donner les prénoms de ses auteurs préférés !

Cette nuit-là, pendant que tout le monde dort, Vivi remonte le temps de vingt ans.

C'est le mois de février à Nantucket, humide et glacial, avec un vent aussi bruyant qu'une tronçonneuse. J. P. et elle ont deux filles : Willa (en l'honneur de Willa Cather) et Carson (en l'honneur de Carson McCullers – tout le monde pense évidemment que c'est un garçon).

Vivi croyait, à une époque, vouloir cinq enfants. Elle était si naïve ! Elle aurait déjà perdu la tête si Willa, du haut de ses 3 ans, n'était pas assez mature pour s'asseoir dans son petit fauteuil à bascule à côté du grand, occupé par Vivi, pour « lire » ses livres d'images pendant que sa mère allaite le bébé. Elle a aussi pour habitude d'écouter ses cassettes d'espagnol pour enfants quand sa petite sœur pleure.

Il faut dire que cette petite consacre vingt-trois heures chaque jour, soit à téter, soit à pleurer.

Le seul moment où elle dort profondément, pendant une heure, c'est lorsque J. P. rentre de son travail à l'agence immobilière. Dès que Carson pose la joue sur l'épaule de son père, elle s'écroule de fatigue. Ce qui laisse le temps à Vivi de préparer le dîner.

— On a été mal habitués avec Willa.

Oui, leur fille aînée était un bébé parfait. Elle dormait constamment, d'un sommeil paisible, sur le dos, dans son couffin puis son lit à barreaux. Elle n'a pas eu besoin de tétine, elle tétait sans problème, mais n'a jamais dit non à un biberon.

Carson, elle, souffre à la fois de coliques et de reflux. Elle mange, puis vomit et pleure. Vivi a tout essayé : le sein, le biberon, avec son lait et avec du lait maternisé. Rien n'y fait, la situation ne s'améliore pas. Elle préfère dormir sur le ventre, et quelle mère responsable laisserait son bébé dans cette position ?

Il y a certains jours où elle pleure avec Carson – seulement lorsque Willa fait sa sieste.

Elle s'efforce de ne pas catégoriser ses filles, la bonne et la mauvaise, la facile et la difficile, parce qu'il ne faudrait surtout pas que ces étiquettes les poursuivent à l'adolescence puis à l'âge adulte.

— Elles sont si différentes, comment est-ce possible ?

— C'est souvent le cas, rétorque J. P., tel un expert de la question, alors que Vivi et lui sont des enfants uniques.

Une nuit qui pourrait bien être la pire qu'elle ait connue – Carson hurle comme une forcenée et a le visage aussi rouge qu'une tomate de la ferme Bartlett, Willa pousse ce petit gémissement continu dont elle vient de prendre l'habitude et qui tape encore plus sur le système de Vivi que les pleurs du bébé, et J. P. est sur le continent pour passer l'examen qui lui permettra d'obtenir son diplôme d'agent immobilier –, elle a l'idée d'un roman sur deux sœurs. Celle-ci lui apparaît d'un coup, si bien ficelée qu'on dirait presque qu'elle est emballée dans un beau paquet-cadeau. *Filles de la dune.*

Charlotte et Evangeline. Leur père est un pêcheur de coquilles Saint-Jacques, qui les élève seul dans un cabanon au milieu des dunes, près de Long Pond. L'une des sœurs épouse un garçon du coin, et l'autre un riche estivant. Qui sera la plus heureuse ?

Willa et Carson ne s'endorment pas avant minuit passé, pourtant Vivi est si accaparée par l'intrigue de ce roman qu'elle n'en prend pas ombrage. Lorsque la maison finit par être silencieuse, elle sort un carnet et un stylo, puis se prépare une tisane (elle a envie de café, mais elle n'y a pas droit tant qu'elle allaite). Elle s'inspire du calme ambiant et les mots coulent sur la page tel un souffle. C'est aussi facile, aussi naturel que respirer. Deux heures plus tard, Carson, réglée comme du papier à musique, pleure. Elle continue à écrire, malgré le lait qui jaillit de ses seins. Par miracle, Carson se calme toute seule. L'avant de la chemise de nuit de Vivi est trempé, et ça lui est bien égal. Elle écrit, encore et encore.

Huit mois plus tard, le premier jet de *Filles de la dune* est prêt. Vivi s'y est consacrée pendant les siestes de ses filles et tard le soir. Elle a appris à vivre avec moins de sommeil comme certains apprennent à faire avec moins de nourriture en temps de guerre.

La nuit où elle a terminé son roman, elle réveille J. P. en venant s'asseoir au bord du lit pour déposer un baiser dans son cou. Il a passé un été infernal. En tant qu'employé le moins qualifié de l'agence, il se voit confier les locations les moins alléchantes, et qui semblent justement attirer les familles les plus exigeantes. Il a passé douze week-ends de suite à remettre des clés, à courir après des plombiers pour réparer des douches extérieures qui fuyaient, à foncer acheter des bonbonnes de gaz pour les barbecues en rade. J. P. aime son employeur, Eddie Pancik – que tout le monde surnomme Eddie Rapido –, mais il sait qu'il serait plus heureux s'il était son propre patron.

— Ne démissionne pas, lui a-t-elle répété tout l'été. On a besoin d'argent.

Pour acheter la maison dans Surfside, ils ont vidé le compte d'épargne que les grands-parents de J. P. lui avaient ouvert – il fallait bien un apport –, et les dépenses « annexes ». Les enfants coûtent cher. La vie coûte cher.

— J'ai fini mon livre, lui dit-elle lorsqu'il ouvre les yeux.

Il se redresse sur les coudes.

— C'est vrai ? À l'instant ?

— Je ne sais pas s'il est bon.

Elle a procédé à une douzaine de relectures complètes, et tantôt a eu l'impression que son texte était inspiré, tantôt l'a trouvé nunuche et cliché, le grand chantier d'une mère au foyer au bout du rouleau.

— Je n'ai plus assez de recul, ajoute-t-elle.

J. P. l'attire vers lui et dépose un baiser sur le sommet de son crâne.

— Bien sûr qu'il est bon. Puisque c'est toi qui l'as écrit.

Quand Vivi annonce au groupe de jeunes mères de famille avec lesquelles elle se réunit régulièrement qu'elle a terminé un roman, la moitié d'entre elles se montrent sceptiques sur ses chances d'être publiée, et les autres font preuve de condescendance.

J. P. lui certifie qu'elles sont simplement jalouses parce que Vivi a trouvé le temps d'accomplir quelque chose pour elle.

Il y a sans doute une part de ça, oui. D'un autre côté, comment attendre qu'elles s'enthousiasment pour un livre qui n'est pas encore publié...

Et comment pourrait-elle un jour se faire publier ?

Vivi est restée en contact, toutes ces années, avec le célèbre auteur, celui qui animait l'atelier auquel elle a participé au lycée. Elle lui écrit pour lui demander des conseils.

Il l'appelle, ce qui la prend complètement au dépourvu, même si elle avait indiqué son numéro de téléphone dans sa lettre – elle n'aurait jamais cru qu'il l'utiliserait.

Il lui donne les coordonnées de son agente.

— Envoyez votre manuscrit à Jodi avec un mot insistant bien sur le fait que c'est moi qui vous adresse à elle. Je tiens à ce que le mérite de votre découverte me revienne, vous m'entendez ? Vous allez connaître un immense succès, Vivian. Je le savais déjà il y a treize ans. Vous avez le petit truc en plus.

Une semaine après l'envoi du manuscrit, elle reçoit un coup de fil de Jodi Partridge, qui lui annonce qu'elle serait honorée de la représenter.

— Ce livre est un concentré... de douceur estivale. Il me donne envie d'emménager à Nantucket et d'y vivre les meilleurs moments de ma vie, au bord de l'océan.

Vivi regarde autour d'elle. Le sol de la maison est jonché de vêtements de poupées et de Cheerios, une brique de jus de fruits (non bio) coule sur la table basse. Vivi avait projeté d'emmener les filles en balade – la bruyère est en train de changer de couleur et le soleil d'octobre donne l'impression que tout a été doré à la feuille, mais il est 14 heures et elle est encore en pantalon de yoga.

— Je vous prédis que plusieurs éditeurs vont vouloir acquérir les droits et que nous allons pouvoir faire monter les enchères. Avec un peu de chance, on va en tirer un joli pactole.

— Un joli pactole ! annonce-t-elle à J. P. dès qu'il franchit le seuil de la maison.

Elle lui prend les deux mains et se met à sautiller.

— Un joli pactole ! répète-t-elle.

Quelque chose cloche, pourtant. Il a l'air... abattu. Aussi déprimé que si son chien était mort. (Sauf qu'ils n'ont pas de chien.) Ou que s'il venait de se faire renvoyer.

— Qu'est-ce qui se passe ? Tu t'es fait virer ?

Il faut reconnaître que J. P. n'a pas encore généré beaucoup de revenus pour l'agence, mais il faut du temps pour se constituer une clientèle.

— Non.

— Qu'est-ce qui ne va pas, alors ?

— Ma mère a acheté la moitié de la marina, voilà ce qui ne va pas. Elle s'est portée acquéreuse de cinq bâtiments sur les quais pour la modique somme de trois millions et demi.

— Quoi ?

— Et elle a utilisé Eddie Pancik comme intermédiaire. Au lieu de moi, son unique fils. Tu sais quelle commission il va toucher pour une vente pareille ?

Vivi l'ignore, et à cet instant précis elle s'en fiche. Est-ce que ce serait déplacé de se réjouir de la bonne nouvelle qui la concerne, elle, dans l'immédiat ? Sans doute.

— Qu'est-ce que ta mère va bien pouvoir faire de ces cinq bâtiments ?

— Les louer, pardi. Elle m'a dit que si je lui proposais un projet convaincant, elle était prête à me faire un prix préférentiel. Alors… j'envisageais un service de conciergerie pour les yachts. Je pourrais répondre à toutes les demandes des gros bateaux en été.

— Et tu te retrouverais à nouveau à aller chercher des affaires au pressing. Ce n'est pas ce qu'il te faut, J. P. Tu n'as pas d'autre idée ?

— Si, j'ai aussi pensé à une cave à vin.

— Et pourquoi pas quelque chose autour d'un produit moins coûteux et qui séduit tout le monde. Comme des glaces ?

— Pour faire de la concurrence au Juice Bar ? Tu es folle ?

La perche qu'il lui tend est fine, mais elle compte bien la saisir malgré tout.

— Oui, je suis folle… folle de joie !

Elle réussit à retenir son attention.

— J'ai une agente, J. P. ! Jodi m'a appelée, mon livre lui plaît et elle pense que plusieurs éditeurs vont se battre pour le publier. Elle dit qu'avec un peu de chance on en tirera un « joli pactole » !

Il conserve une expression impassible, et elle se demande s'il va être capable de laisser de côté ses contrariétés un instant pour se réjouir avec elle.

Un immense sourire lui fend soudain le visage et il soulève Vivi dans ses bras. Elle enroule ses jambes autour de sa taille, et ils s'embrassent comme ils ne l'ont plus fait depuis la naissance de Carson. Qui se met à pleurer dans son parc. Et Willa a passé suffisamment de temps devant un écran pour la journée, il faudrait aussi s'occuper d'elle. Mais Vivi s'en moque ! Elle est tellement heureuse ! Rien au monde n'est aussi doux que l'espoir.

Carson

Le vendredi suivant, au travail, une pinte de bière lui échappe des mains et se brise sur le sol derrière le bar. Personne n'a été touché, mais il y a les éclats de verre à ramasser et la bière à éponger.

Carson est trop occupée pour s'interrompre.

— Nettoie, aboie-t-elle à Jaime (la fille).

Elle sait que la serveuse la déteste, et elle lui a d'ailleurs récemment offert une carte-cadeau de 150 dollars dans son café préféré en ville, histoire de la remercier pour son « soutien » – ce qui représente des smoothies et des açaï bowls pour plusieurs jours –, et la voilà revenue à la case départ en un instant.

Moins d'une heure plus tard, elle lâche un plateau avec des verres et des assiettes dans un fracas si assourdissant qu'il est accueilli par un silence général des plus gênants. Cette fois, elle s'accroupit elle-même pour réparer les dégâts, et quand Jaime veut l'aider elle la chasse :

— Non, s'il te plaît. C'est moi qui ai fait une bêtise.

Elle perd de précieuses minutes, et lorsqu'elle retrouve son poste au bar, le retard s'est accumulé dans les commandes. Jamey (le garçon) a un peu déblayé le terrain en servant des pressions, mais c'est tout ce qu'il sait faire.

Un client à la fois, se dit-elle. C'est le seul moyen de s'en sortir. Et ça finira forcément par se calmer.

Un Cape Cod, une vodka collins, un sauvignon blanc, une douzaine d'huîtres avec supplément de raifort.

Soudain la manageuse du restaurant surgit derrière elle avec un sourire de façade qui cache mal son grincement de dents.

— George veut te voir dans son bureau à la fin du service.

— C'était un accident, Nikki.

— Je ne suis que la messagère, Carson.

Elle essaie de se concentrer : il y a tellement de commandes, tellement de visages, de bras levés, de mains qui brandissent des billets sous son nez pour tenter d'attirer son attention. Elle a tendance à servir les hommes en premier, une très mauvaise habitude qu'elle s'efforce de perdre, elle cherche donc des femmes et, ce faisant, elle aperçoit Pamela Bonham Bridgeman à l'extrémité du bar. Son cœur se brise comme la vaisselle qui se trouvait sur le plateau, parce qu'elle a probablement tout découvert et décidé de venir trouver Carson dans l'endroit où elle sera le plus humiliée, son lieu de travail. Comment expliquer sa présence, sinon ? Elle remarque alors, à ses côtés, Willa, qui lui fait justement signe de la main. Elle n'a pas vraiment l'air heureuse – aucun d'eux trois n'aura sans doute plus jamais l'air heureux –, mais elle semble bien, dans un état qu'on pourrait qualifier de normal.

Que font-elles ici ? Et ensemble ? Willa déteste Pamela. Tout le monde déteste Pamela.

Carson prend les commandes de toutes les autres clientes au bar, puis de tous les clients. Quand elle ne peut plus ignorer sa sœur et la femme de son amant, elle lance :

— Mesdames, quelle surprise ! Qu'est-ce que je vous sers ?

— Un verre de chardonnay avec des glaçons à part, répond Pamela.

— Un jus de cranberry avec de l'eau pétillante et une rondelle de citron.

— Vous comptez rester dîner ?

— Le bar est complet, et on m'a répondu qu'il y avait quatre-vingt-dix minutes d'attente pour une table. Tu peux faire quelque chose ?

Pas ce soir... Et en même temps, elle ne résiste pas à l'envie de frimer un peu devant Pamela, alors elle va trouver Nikki, en charge de l'accueil et occupée à détruire les rêves des clients.

— C'est la première sortie de ma sœur depuis la mort de notre mère. Est-ce que tu crois que tu pourrais l'installer à la table 1 ?

C'est la table pour deux la plus proche des dunes au coucher du soleil. Autrement dit, la meilleure du restaurant.

Nikki grogne.

— Je devrais te dire non, mais d'accord. Je le fais pour elle, pas pour toi. Les clients sont en train de régler. La table sera à elle d'ici cinq minutes.

Carson se précipite au bar.

— Cinq minutes, lance-t-elle en leur tendant le verre de blanc, les glaçons et le jus de fruits. Et je vous offre les boissons.

— Merci ! s'exclame Willa.

Carson se fiche de sa sœur. Elle ne s'intéresse qu'à Pamela, qui a le regard perdu vers la plage, et qui paraît très seule au milieu de la cohue. Elle prend son verre sans dire un mot ni même accorder un regard à Carson.

Je suis invisible, songe-t-elle. Et bien que vexée, elle sait que ça vaut mieux.

À la fin du service, Carson s'engage dans le couloir, dépasse la boutique et les toilettes pour arriver au bureau de George. La porte est fermée. Serait-elle sauvée ? Est-il déjà parti ? Demain, ses bourdes seront oubliées. Dans la restauration, on a la mémoire courte, surtout dans un endroit comme L'Huîtrier, où on n'a jamais cinq minutes pour se poser.

Elle frappe.

— Entrez !

Elle jure tout bas et ouvre la porte. George est derrière son bureau, organisé avec grand soin – les factures à gauche, les autres papiers à droite et au centre l'agenda hebdomadaire avec le planning, toujours au crayon. Il en a plusieurs, parfaitement taillés et rangés dans un bocal en verre. L'ordinateur, installé sur le côté, derrière le bureau, est ouvert sur une vieille version de Tetris.

— Assieds-toi, Carson.

La chaise pliante où il l'invite à prendre place a été surnommée « le siège éjectable » par les employés.

Carson sent qu'elle ferait mieux de rester debout, mais elle ne s'est pas posée une seule seconde depuis 15 heures, et elle obtempère.

— Il y a eu beaucoup de casse, ce soir.

— Je sais, je suis désolée. Et je n'ai pas d'excuse. J'ai été distraite.

Il claque la langue. Tout le monde adore George, à L'Huîtrier et à Nantucket en général. Il travaille dans les restaurants de l'île depuis quelque chose comme quarante ans, il a été manageur au Straight Wharf et au White Elephant, avant de tenir le grill du golf de Miacomet quelques années puis d'acheter ce bar à huîtres. Il a occupé tous les postes, au service, au bar, ce qui fait de lui un excellent patron. C'est un célibataire endurci, un séducteur, qui adore le poker, le golf et la pêche à la palourde. Son seul problème, c'est qu'il connaît beaucoup de gens, parfois célèbres, et que les clients utilisent son nom comme un sésame pour obtenir une meilleure table – ou une table tout court. Enfin, c'est le problème de Nikki, pas de Carson. Elle n'a aucune raison de se plaindre de lui, elle.

— Qu'est-ce que tu prends ? lui demande-t-il.

— Pardon ?

— Qu'est-ce que tu prends ?

Il paraît curieux plus que furieux.

— Tu viens de perdre ta mère dans un accident tragique, Carson. Et tu veux savoir ? Quand j'étais à la fac, ma sœur a été tuée par un chauffard ivre. Elle avait 16 ans. Alors je comprends, je suis passé par là. Et c'est la raison pour laquelle je veux savoir ce que tu prends, parce que tu ne me feras pas croire que quinze jours plus tard tu es d'attaque pour un boulot qui exige une concentration parfaite malgré un rythme effréné, la patience de Mère Teresa et le sens de l'humour, sans un petit coup de pouce chimique. Dis-moi la vérité, s'il te plaît.

Lui dire la vérité ?

Elle se réveille tous les jours vers midi, se brosse les dents, puis corse son café avec un trait de liqueur, quand elle ne boit pas carrément une vodka orange. Pour son déjeuner, elle fume de l'herbe ou avale un cookie au cannabis. Avant le travail, elle enchaîne trois expressos et sniffe un peu de cocaïne. Parfois c'est trop, elle sent son cœur palpiter dans sa gorge, ses tempes et ses fesses, alors elle contrebalance la poussée d'adrénaline avec un anxiolytique. La plupart du temps, cette poussée lui permet d'être suffisamment productive. Elle va bosser et enchaîne les commandes aussi vite qu'une mitraillette. Pendant le service, il y a d'autres cafés, et un ou deux rails dans les toilettes. Après le service, les choses sérieuses commencent côté alcool : deux cocktails pour se chauffer, quelques shots, puis des bières. Ensuite de l'herbe et un anxiolytique pour dormir.

— Je ne prends rien.

Elle est surprise d'être aussi convaincante.

— Enfin, je fume un peu d'herbe pendant mon jour de repos et je bois généralement un verre après le service…

— Alors pas d'oxycodone, pas de comprimés, pas de poudre ?

— Non !

Elle a l'air offensée, elle se sent offensée.

— De l'oxycodone ? De la poudre ? Tu me prends pour une junkie ou quoi, George ?

Il pousse un soupir de soulagement. Ses cheveux ont bien grisonné depuis qu'il l'a embauchée, trois ans plus tôt. Elle aime bien ça. Zach a aussi les tempes argentées, elle trouve ça sexy.

— Il y a trente-huit ans que je suis dans le métier, je devais te poser la question. Une casse dans la soirée, pas de problème, c'est un accident. Deux, je commence à me poser des questions.

— C'était une mauvaise soirée. Ça arrive, non ?

Elle repense aux précédents étés qu'elle a passés ici.

— Je me souviens du jour où Gunner a empoigné un client par-dessus le bar parce qu'il croyait avoir entendu un truc qui ne lui plaisait pas. Je n'ai agressé personne, au moins.

— Tu as raison, Gunner était un sanguin, et j'avais décidé de fermer les yeux parce qu'il avait beaucoup de succès, il était beau, charmant, n'oubliait jamais une commande, et nous rapportait donc beaucoup d'argent.

Il pointe l'index sur elle.

— Tu as le potentiel pour devenir encore meilleure à ce poste que Gunner, Carson Quinboro.

Elle est sonnée. C'est un compliment incroyable, et totalement inattendu. Gunner – Greg Gunn – est une légende vivante. Il a tenu le bar de L'Huîtrier pendant quatre ans, avant d'être « découvert » par un client important qui lui a proposé un boulot à Wall Street.

— Je ne sais pas quoi dire, George. Merci ?

— Tu es sublime, et je dis ça avec tout le respect que j'ai pour toi, sans chercher à te draguer un seul instant. Tu as ce qu'il faut de froideur, d'indifférence, tu es spirituelle et rapide mais pas cassante, tu es dure avec ceux qui bossent avec toi au bar, et tu as raison, ils doivent apprendre à se remuer un peu. Je suis au courant pour la carte-cadeau. C'était futé.

Carson sourit malgré elle.

— J'ai été à leur place, je sais comment leur parler.

— Plusieurs personnes de l'équipe sont venues me trouver pour me dire qu'elles pensaient que tu prenais de la drogue aux toilettes. Ils ont remarqué un changement d'humeur significatif quand tu en reviens.

— Parce que je suis soulagée d'avoir pu vider ma vessie et de m'être assise trente secondes.

— Si je découvre qu'ils ont raison ou si les incidents de ce soir se répètent une seconde fois, je te vire.

Il pointe à nouveau son index sur elle.

— Tu es prévenue.

Elle traverse le parking pour rejoindre la jeep de sa mère. Elle a été si calmée par la petite leçon de George qu'elle a zappé sa bière de fin de service – pour autant elle n'oublie pas de se faire une ligne une fois qu'elle est tranquillement installée derrière le volant.

La cocaïne réveille sa colère. Il dit qu'il comprend ce qu'elle vit parce qu'il a perdu sa sœur, mais de toute évidence il a oublié combien c'est compliqué de se concentrer quand le chagrin imbibe en permanence les pensées.

— J'ai perdu ma mère ! hurle-t-elle.

Les tendons de son cou saillent, elle est enragée.

— Quelqu'un l'a tuée et a pris la fuite ! J'ai besoin d'elle, moi !

À présent les larmes coulent, et la morve, et la tristesse, d'une profondeur abyssale. Elle ne cessera jamais d'être triste.

La radio passe *Stone in Love*, de Journey. Mais non ! C'est la dernière chanson que Vivi a entendue, une chanson que Carson avait sélectionnée dans sa playlist parce qu'elle se rappelait que sa mère avait un jour monté le volume de la radio pour cette chanson et s'était mise à chanter. Elle beugle à son tour les paroles et se demande si sa mère, quelque part, la regarde. Peut-être que c'est elle qui a fait en sorte que la chanson passe à cet instant précis, pour dire à Carson qu'elle est dans les parages, dans le ciel, juste au-dessus d'elle.

Elle sort son portable et écrit à Zach : On se voit ?

Pas de réponse.

Stone in Love se termine. La radio est réglée sur une station qui passe de vieux tubes, parce que c'est la voiture de Vivi et que c'était ce que Vivi écoutait. Des trucs de vieux. Ça n'a rien de magique si Carson est tombée sur cette fameuse chanson de Journey. La station diffuse ce genre de musique de vieux croulants. C'est comme ça qu'elle l'appelle.

Elle perd la boule.

Zach ne s'est pas encore manifesté. Il est 22 h 45, il doit dormir. Peut-être qu'au retour de Pamela, après sa petite « soirée entre filles », ils ont couché ensemble. Ça arrive parfois, lui a-t-il avoué, et Carson s'en veut d'y attacher autant d'importance. Cette souffrance est le prix à payer, pour elle et pour toutes les autres qui ont le malheur de tomber amoureuses d'un homme marié. Elle a envie de sortir. Elle a besoin de voir du monde, d'autres gens, même anonymes.

Elle sort une poignée de mouchoirs de la boîte posée sur l'accoudoir et s'essuie le visage. Elle défait ses tresses et passe les doigts dans ses cheveux pour les démêler. Cet après-midi, elle s'est acheté un top dos nu à motifs cachemire noir et blanc. Il est sur la banquette arrière, dans le sac du magasin. Elle se change là, dans la voiture. Dans la pochette zippée de son sac à main se trouvent de sublimes boucles d'oreilles en argent de sa mère, elle les met. Elle lorgne dessus depuis des années, et elle avait demandé plusieurs fois à les emprunter pour la soirée. « Non, lui répondait Vivi, tu vas les perdre. Je te connais, Carson. » Elle avait envisagé de les lui piquer, avant de se raviser : sa mère avait raison. Maintenant elles sont à elle. Tout est à elle. Elle porte les vêtements de Vivi, ses chaussures et ses bijoux. Elle dort dans son lit. Pourquoi ? Cherche-t-elle à devenir sa mère ? Oh, qui sait ? Vivi avait bon goût, et le lit est confortable. Les cheveux bruns de Carson font ressortir les boucles d'oreilles. Elle est prête.

Il y a une longue queue devant le Chicken Box, mais Carson, grâce à son nouveau prestige de barmaid en chef de L'Huîtrier, n'a pas à patienter. Le videur, Jerry, qui est aussi le fiancé de Nikki-du-travail, la fait entrer par la porte de service et lui offre même une bière bien fraîche.

Le bar est bondé, une marée humaine si dense qu'elle doit se faufiler entre les gens pour atteindre la scène, où elle arrive au moins à respirer. Le groupe, Maxxtone, a beaucoup de succès. Il joue des reprises. Le chanteur, Aaron, fait signe à Carson quand il l'aperçoit. Il est venu dîner à L'Huîtrier, avec les musiciens du groupe, la veille au soir. Carson boit sa bière et tente de s'absorber dans la musique.

À la fin de la chanson, elle observe les autres spectateurs au premier rang et reconnaît Greg Gunn, le barman de légende, son prédécesseur, à l'opposé de la salle, dans un coin. Il est bien trop habillé pour cette boîte – une belle chemise blanche, un pantalon en tissu gaufré –, et il est accompagné d'une bombe qui porte ce qui a bien l'air d'être du Stella McCartney vintage.

Carson se dirige vers eux pour les saluer avant de s'arrêter à mi-chemin : et s'il ne se souvient pas d'elle ? Il y a trop de bruit pour pouvoir parler, et elle finira par se ridiculiser, perspective des moins tentantes après la mauvaise soirée qu'elle vient déjà de passer. Elle devrait rentrer. Mais qu'est-ce qui l'attend à la maison ? Rien. Il lui faut une autre bière. Elle prend la direction du bar. C'est plus facile de faire le trajet dans ce sens-là, mais un type lui barre le passage. Quand elle essaie de faire un pas de côté, il se décale lui aussi. À droite, puis à gauche. Très drôle.

Elle grimace.

— Carson…

C'est machin, le barman du Club.

— Marshall. De l'Oregon.

Il sourit. Il est adorable, un peu comme un bébé ou un chiot. En même temps ce soir, avec son tee-shirt, sa casquette à l'envers sur ses boucles dorées, sa légère barbe – il a dû avoir sa journée off, parce que le Yacht Club n'est pas du genre à tolérer la moindre pilosité faciale –, il est plus séduisant que les deux autres fois où elle l'a vu. *Voyons un peu, Marshall…* Et si elle passait un bon moment avec lui, si elle acceptait de s'éclater à l'ancienne ? Ils pourraient danser, s'embrasser, aller manger une part de pizza en ville puis prendre un bain de minuit et faire l'amour sur la plage. Ce serait tellement rafraîchissant. Innocent. Typiquement le genre de soirée d'une jeune femme de 21 ans.

Alors ?

— Je t'offre un verre ? lui propose-t-elle.

— J'ai ce qu'il faut, répond-il en montrant sa bière.

Au même instant, une petite blonde en robe trapèze lui prend la main.

— On va danser ?

Remarquant alors Carson, elle ajoute :

— Ah salut ! Désolée, ce soir, je ne le partage pas.

Carson pourrait la gifler. Marshall hausse les épaules et se laisse entraîner par la demi-portion. Elle n'a aucune raison de se sentir rejetée. Il l'a invitée à sortir, elle l'a rembarré puis elle a jeté son numéro. Et pourtant c'est le cas. Il est séduisant, et c'était exactement ce dont elle avait besoin ce soir. Mais cette blondinette avait mis la main dessus avant elle.

Elle attend une seconde, au cas où Marshall reviendrait sur ses pas. Comme il ne le fait pas, elle décide de partir. Un type lui agrippe les fesses dans la foule, et elle est si abattue qu'elle n'a même pas la force de l'engueuler.

De retour dans la voiture, elle regarde son téléphone. Toujours pas de nouvelles de Zach. Il dort, c'est sûr. Eh bien il va devoir se réveiller. Elle lui écrit à nouveau. Tu fais quoi ? Pas de réponse. Il n'y en aura pas. Il dort. Il ne peut pas voir son portable. Et elle ne peut pas appeler son fixe.

Elle décide de passer devant chez lui, c'est sur le chemin du retour. Elle s'engage sur le petit rond-point, en vérifiant qu'il n'y a pas de voiture de police dans les environs – vu le tour que prend cette soirée, au moindre faux pas, elle pourrait bien être arrêtée et obligée de souffler dans un ballon. Elle emprunte Hooper Farm, puis tourne à droite et encore à droite dans Gray Avenue. La maison des Bridgeman est en retrait, à une centaine de mètres de la rue environ. Elle a un toit mansardé, et au-dessus du garage qui lui est accolé se trouve un appartement où vit le fils de Zach, Peter. Il est parti pour l'été. Il va en colonie depuis ses 8 ans, et cette année il est l'animateur en chef. Zach dit que son fils a trouvé là-bas une place qu'il n'a jamais su se faire au lycée. Pour quelqu'un à peine sorti de l'adolescence, elle estime avoir écouté bien trop de considérations sur les déboires d'un père d'adolescent.

Elle se gare devant l'écurie à l'abandon de l'autre côté de la rue. De là, elle a une vue imprenable sur la maison plongée dans le noir à l'exception de la lumière du perron et d'une seconde au-dessus de l'entrée du garage. Elle est tentée d'aller frapper à la porte d'entrée ou de lancer des graviers sur la fenêtre de Zach. Elle regarde pour la énième fois son portable. Toujours rien.

Le cœur est un chasseur solitaire, se dit-elle. Celle à qui elle doit son prénom, Carson McCullers, l'avait bien compris.

Elle s'adosse à son siège et ferme les yeux. Qu'est-ce qu'elle fout ? Et comment, mais oui, comment en est-elle arrivée là ?

Leur liaison a débuté en novembre dernier. Carson s'était inscrite à une formation de barmaid à Boston. Savannah lui avait proposé de l'héberger. Elle était elle-même en déplacement à Dakar, pour son association, et Carson aurait donc la grande maison de Marlborough Street pour elle seule. Elle venait de fêter ses 21 ans, et elle était prête pour la vie citadine. Elle comptait courir le long du Charles, acheter un café à emporter au retour, se choisir un musée ou une autre sortie culturelle pour occuper ses après-midi, se rendre à son stage, puis manger au restaurant le soir. Elle avait fait la liste de ceux qu'elle voulait tester.

Elle était à bord d'un vol Nantucket-Boston assuré par la compagnie Cape Air sur un Cessna qui pouvait accueillir neuf passagers. Zach Bridgeman prenait le même avion qu'elle. Lorsqu'elle l'a vu à l'aéroport, elle lui a fait signe de la main. Il lui a répondu avec un sourire. Elle a hésité entre aller lui parler et s'asseoir avec ses écouteurs sur les oreilles. À travers Willa, elle avait maintenant un lien de parenté avec les Bridgeman – Zach, Pamela, Peter. Il était en quelque sorte un oncle lointain, ou un cousin au second degré.

Elle a pensé que la chance était de son côté quand elle s'est vu attribuer un siège derrière celui de Zach, dans l'avion : elle ne serait pas obligée de faire la conversation. Lors de l'embarquement, ils avaient épuisé leur seul sujet de discussion : la raison de leur présence dans l'aéroport. Zach se rendait à une conférence sur le contrôle aérien, qui avait lieu dans un hôtel cinq étoiles de Boston. « Oh, classe », avait-elle dit, sincèrement impressionnée. Elle lui avait parlé de sa formation et avait précisé qu'elle était logée chez Savannah. « Tu sais, lui avait-il répondu, c'est un truc que je regrette ça, de n'avoir jamais bossé derrière un bar. » Elle s'était alors rappelé combien il était amical et chaleureux. Contrairement à Pamela qu'elle évitait, agressive et négative. Celle-ci lui aurait sans doute conseillé de reprendre ses études à la fac et d'obtenir un diplôme pour prétendre à un vrai métier.

L'avion a rencontré une zone de turbulences au sud de Boston, aux environs de Plymouth peut-être. Carson cherchait toujours des repères au sol pour suivre la progression du vol, mais au moment d'entrer dans cette zone elle avait seulement identifié une portion de la route 3, qu'ils suivaient sur la quasi-totalité de leur trajet. L'avion était agité de secousses, et la pluie donnait l'impression que du gravier s'abattait sur les hublots. Ils étaient dans du « coton » – elle ne voyait plus que des nuages noirs et denses. La passagère assise derrière le pilote a sorti son sac à vomi. Carson n'était pas inquiète, elle trouvait ça même plutôt amusant, un peu comme une attraction de fête foraine.

Et d'ailleurs, sans surprise, l'avion a quitté les nuages pour retrouver un ciel limpide. On voyait à nouveau le sol, et elle a reconnu Boston au loin. Tout le monde s'est détendu.

Le pilote a viré vers l'est, pour survoler l'océan.

Elle a été réveillée en sursaut par un choc si violent qu'elle a cru qu'ils avaient atterri – en réalité, ils étaient toujours dans les airs, à nouveau dans le coton. Cette zone de turbulences ne ressemblait à aucune de celles qu'elle avait déjà connues. On aurait dit que l'avion était un gobelet à dés que Dieu secouait. Le sac à main de Carson a été projeté en avant, les documents de l'homme assis à sa gauche ont été éparpillés, la femme assise au premier rang a de nouveau vomi. L'avion a basculé sur le côté puis a plongé en piqué. Les secousses continuaient. Le pilote se démenait avec son manche pour redresser l'appareil.

Ils allaient s'écraser. Ils allaient mourir. Elle a tendu la main devant elle pour attraper, presque par réflexe, la main de Zach.

— Ne t'inquiète pas, lui a-t-il dit, il va réussir à nous poser. Et s'il a vraiment du mal, j'irai l'aider. Je suis capable d'atterrir.

Carson n'était pas entièrement rassurée. Elle a baissé la tête et appuyé le sommet de son crâne contre l'arrière du siège de Zach, et un chapelet d'injures lui a échappé. Elle a pensé à sa mère, son père, son frère et sa pauvre sœur, qui venait de faire une fausse couche pour la deuxième fois. Ils ne s'en remettraient jamais. Ce n'était pourtant pas ce qui l'angoissait le plus. Sa peur était surtout alimentée par l'idée qu'elle était jeune, qu'elle n'avait pas encore eu l'occasion d'expérimenter des tas de choses dont elle rêvait : vivre seule dans une grande ville pendant trois semaines, tester les restaurants qu'elle avait repérés, obtenir son diplôme de barmaid pour pouvoir accéder au poste de responsable du bar de L'Huîtrier l'été suivant. Elle voulait aussi visiter Londres à Noël, traverser la Thaïlande à moto, voir Serena Williams jouer à l'Open d'Australie. Elle voulait gagner assez d'argent pour s'acheter un petit hors-bord qui lui permettrait d'aller à la plage de Coatue à sa guise. Elle venait d'avoir 21 ans, et donc le droit, enfin, d'acheter de l'alcool. Elle comptait tomber amoureuse. Si elle n'était pas séduite par la perspective d'un mariage, de la maternité ou, pire !, de l'envoi annuel d'une carte de vœux imprimée en caractères tarabiscotés, trouver un homme qui serait à la fois un ami et un amant était un objectif. Jusqu'à présent, ceux qu'elle avait connus étaient soit l'un soit l'autre.

L'avion a penché si fort sur la gauche qu'elle a bien cru qu'il allait partir en vrille.

— On a touché un tuba nuageux, lui a dit Zach.

— Une tornade ?

Elle sentait combien l'air était instable autour d'eux. Elle serrait si fort les doigts de Zach qu'elle avait peur de les casser, et pourtant elle était incapable de les lâcher. L'alliance en métal sombre qu'il portait s'enfonçait dans sa paume.

L'homme qui avait perdu ses documents récitait une prière en espagnol.

— Fais quelque chose, a-t-elle dit à Zach. Si tu peux ?

L'avion grondait autant qu'un camion sur une route cahoteuse, et tressautait non pas seulement d'avant en arrière mais aussi d'un côté à l'autre. La passagère du premier rang pleurait. Le pilote actionnait des boutons et des leviers. Carson le voyait remuer les lèvres. Il parlait à la tour de contrôle de Boston.

— Je crois qu'il a la situation en main.

Au moment où Zach a prononcé ces mots, l'avion a rencontré un tel trou d'air que tout le monde a fait un bond sur son siège. La tête de Carson a effleuré le plafond. Elle s'est mise, elle aussi, à pleurer et à prier. Elle voyait sa vie se terminer dans des décombres en feu ou au fond de l'océan. *Pitié, Dieu, faites que ça se termine. Je retournerai à la fac, je travaillerai, je ferai ma part dans la société, je serai quelqu'un de bien, je deviendrai une citoyenne modèle.*

Soudain, la piste d'atterrissage est apparue devant eux et l'appareil, même s'il restait instable, se dirigeait vers elle. Ils ont perdu de l'altitude. Ils allaient se poser.

— C'est bon, il va y arriver, a dit Zach.

Et, après ce qu'ils venaient de vivre, ils se sont posés en douceur.

Carson lui a lâché la main. Ses muscles étaient encore si crispés que le soulagement ne parvenait pas à se diffuser en elle comme il aurait dû. Ça a fini par arriver au bout d'un moment, et cette énergie positive qui coulait dans ses veines lui a alors donné le tournis. Sa nuque s'est dénouée. Elle était en vie. Ils roulaient vers leur porte de débarquement. Elle allait reposer le pied sur la planète Terre, ses projets d'avenir redevenaient d'actualité. Mais qu'on ne s'y trompe pas : Carson avait changé. Elle ne considérerait plus jamais rien comme allant de soi.

Le pilote a retiré son casque.

— Désolé pour les secousses.

— « Désolé pour les secousses » ? a-t-elle murmuré à Zach.

Quand ils ont gravi les marches menant au terminal, il lui a dit :

— Je ne sais pas toi, mais moi, j'ai besoin d'un verre.

— On est deux.

— Je connais un bar sympa, même si je crains qu'il ne soit déjà pris d'assaut. À quelle heure est ton cours ?

— Je n'en ai pas avant demain. Je suis libre comme l'air.

— Alors allons à mon hôtel. Je t'invite.

Elle a envisagé de décliner. Elle avait envie de filer chez Savannah. Elle aurait très bien pu sortir boire un verre toute seule dans l'un des innombrables bars de son quartier. Puis elle s'est rappelé qu'elle avait promis à Dieu d'être moins égoïste. Et elle ne savait pas très bien ce qui se serait passé si Zach n'avait pas été là pour la tranquilliser.

— Super idée, a-t-elle donc répondu.

Ils ont partagé un Uber jusqu'à l'hôtel de luxe. Carson y avait déjà été une fois, petite – Vivi était invitée à parler lors d'un déjeuner-conférence, et Savannah l'avait emmenée. Elle se souvenait de la rotonde, du hall d'entrée à l'élégance feutrée, de la gigantesque composition florale sur la table au centre et des jolis savons dans les toilettes pour dames.

C'était la première fois qu'elle avait compris que sa mère était célèbre – une salle entière l'avait applaudie.

Zach est allé à la réception prendre la clé de sa chambre pour y déposer ses affaires. Il a suggéré à Carson de laisser son sac à la réception puis de leur garder deux places au bar. C'était un espace tout en bois sombre ciré et en moulures sophistiquées, meublé de tables basses, de gros fauteuils confortables et de petites banquettes arrondies. La salle était baignée d'une lumière dorée, ce qui en faisait le lieu idéal pour passer un après-midi d'automne gris. Carson s'est installée à une table dans un coin, sur la banquette, et un serveur en noir lui a apporté une carte.

Elle s'est demandé si elle serait un jour capable de travailler dans un endroit comme celui-ci. C'était le genre de lieu où il se passait des choses – contrats d'affaires, aventures extraconjugales. Les prix affichés étaient étourdissants, mais Zach avait proposé de payer, alors elle a commandé un verre de Veuve Clicquot.

Arrivant juste à ce moment-là, il a rectifié :

— Apportez-nous une bouteille.

Le serveur a disposé sur la table plusieurs petites coupelles au contenu si joliment agencé qu'on n'osait pas y toucher, puis une bouteille bien fraîche, un seau à glace et deux flûtes. Elle a observé ses gestes élégants – on aurait dit qu'il avait quatre bras. Le bruit sec du bouchon de champagne l'a fait frissonner. Elle était en vie, elle pouvait encore apprécier ce son délicieux.

Ils ont levé leurs verres et les ont délicatement entrechoqués.

— On s'en est sortis, a-t-il dit.

Ils ont bu.

— Tu étais inquiet ? lui a-t-elle demandé.

— J'avais peur que le pilote panique et qu'il perde le contrôle de l'avion dans la précipitation. Dans ce cas, je me serais assis à côté de lui et je nous aurais posés.

— Tu aurais dû.

— Mais non, personne n'avait besoin de moi. À part toi.

Il a versé du champagne dans leurs flûtes.

— J'ai bien cru que j'allais y laisser un ou deux doigts, d'ailleurs, a-t-il ajouté.

Il n'y avait rien de sexuel ni de romantique pour Carson au début, juste un esprit de franche camaraderie, puis, quand ils ont commandé une seconde bouteille de champagne, ainsi qu'un hamburger à partager, avec double portion de frites, une forme de complicité. Carson Quinboro et Zach Bridgeman passaient l'après-midi ensemble à se saouler dans le bar d'un bel hôtel !

C'était facile de parler à Zach. Il lui a raconté qu'après son diplôme d'ingénieur en aéronautique, il était parti bosser pour l'été à Nantucket avant son entrée à l'Institut polytechnique Rensselaer pour un master. Il avait été embauché au Yacht Club, où Pamela Bonham lui avait mis le « grappin dessus ». Il avait été presque aussitôt propulsé dans la famille Bonham.

— Quand tu dis « propulsé »...

— Pamela est tombée enceinte.

— Ah... Tu étais très jeune.

— Oui, ma chère, tu l'as dit. Ce n'était pas la vie que j'avais prévue, mais j'ai fait en sorte que ça marche. J'adore mon travail à l'aéroport. J'adore piloter dès que j'en ai l'occasion. J'adore Nantucket. Je serais un abruti de me plaindre.

Le serveur est venu leur demander s'il pouvait leur apporter autre chose. Carson était déjà bien avancée sur la voie de l'ébriété, et elle savait qu'elle aurait dû remercier Zach, aller chercher son sac et commander un Uber. Et pourtant, elle avait remarqué quelque chose dans l'expression de Zach, une fêlure dans son masque d'assurance et de chaleur. Peut-être qu'il avait envie d'être un abruti. Peut-être qu'il avait envie de se plaindre. Et dans ce cas-là, elle voulait être là pour l'entendre.

— Je crois que j'ai envie de passer à un cocktail, a-t-elle dit.

Elle s'attendait à ce que Zach lui fasse remarquer avec tact qu'ils avaient assez bu et qu'il était attendu quelque part, mais il n'a pas hésité.

— C'est parti ! Un bourbon avec de la glace pour moi et...

— Une vodka collins, s'il vous plaît.

Quand s'est-elle rendu compte qu'elle voulait coucher avec lui ? Peut-être après deux gorgées de son cocktail, lorsqu'elle s'est excusée pour aller aux toilettes et qu'il s'est levé – son père le faisait toujours, lui aussi, et Carson aimait les hommes avec des manières de gentleman (tous les garçons avec lesquels elle était sortie dégainaient leur portable avant même qu'elle ait eu le temps de quitter la table). Ou peut-être un peu plus tard, lorsque, assise sur la cuvette des toilettes, elle a eu envie d'écrire à Willa : *Tu ne devineras jamais avec qui je suis en train de me saouler !* Elle savait pourtant qu'il ne fallait rien dire à sa sœur, parce que celle-ci le répéterait à Rip, et qu'il en parlerait à Pamela, or ce qu'il y avait justement d'excitant, c'était que Zach et elle étaient en train de se créer un lien sans que personne dans leurs familles respectives ne soit au courant.

Le premier cocktail en a entraîné un deuxième. Avant qu'ils ne commandent le troisième, il a dit :

— Il faudrait sans doute que je t'envoie te coucher, ce serait plus prudent.

Enhardie par la simple suggestion qu'il s'inquiétait d'une éventuelle imprudence, elle s'est alors rapprochée de lui sur la banquette, au point de sentir la chaleur qui se dégageait de son corps. Il était vieux, oui, la quarantaine, mais en plus d'être franchement pas mal, il était gentil et intelligent – il avait un diplôme d'ingénieur d'une des meilleures facs ! Et il s'était conduit en héros à bord de l'avion, et c'était le premier jour de sa nouvelle vie d'adulte indépendante. Sans oublier que, comme aurait dit sa mère, les meilleurs rebondissements se produisent quand on s'y attend le moins. C'est d'ailleurs ce qui faisait d'eux des rebondissements.

— Tu sais, j'imagine que je suis le vilain petit canard de la famille.

— J'ai toujours pensé, moi, que tu étais la plus intrigante des Quinboro. Et cette journée m'a donné raison.

— Ah oui ?

Elle a laissé sa main tomber délicatement sur la cuisse de Zach, geste complètement déplacé et très osé. Il lui a pris la main et l'a embrassée.

— Tu es très belle, Carson. Mais je suis marié, j'ai un fils, et tu as la moitié de mon âge.

— On a failli mourir, aujourd'hui. Il faut célébrer la vie, je sens que quelque chose doit arriver.

Zach a fait signe au serveur de lui apporter l'addition.

— Ce qui va arriver, c'est que tu vas aller chez Savannah, et qu'on se reverra à Nantucket pour… Thanksgiving. C'est Willa qui reçoit chez elle, non ?

— Oui.

— Et on ferait sans doute mieux d'éviter de parler d'aujourd'hui aux autres.

— On n'a rien fait de mal. Tu repousses même mes avances.

Il lui a serré la main.

— Un jour, tu me remercieras de l'avoir fait, Carson. Rien de bon ne pourrait en sortir, ni pour moi ni pour toi.

Zach a signé l'addition puis l'a raccompagnée dans le hall de l'hôtel. Il a attendu avec elle qu'un portier lui apporte sa valise. Il a évidemment pensé à lui donner un pourboire, et ce geste généreux l'a rendu encore plus attirant aux yeux de Carson.

— Tu veux que je reste le temps que ton Uber arrive ? lui a-t-il demandé quand ils se sont retrouvés sur le trottoir devant l'hôtel.

— Non, je t'en prie. Ça ira.

Il a déposé un petit baiser au coin de sa bouche. Quelque part entre l'amant romantique et l'oncle affectueux.

— Merci, Carson. Ça faisait longtemps que je n'avais pas passé un aussi bon après-midi.

— Il pourrait être encore meilleur…

Il a ri avant de disparaître dans la porte à tambour.

Après quelques secondes de grande confusion à tenter d'interpréter ce baiser, elle a décidé d'annuler son Uber. Elle a traîné sa valise à l'intérieur de l'hôtel et s'est dirigée tout droit vers les ascenseurs. Elle s'est félicitée qu'un client (qui l'a reluquée de haut en bas sans grande subtilité) monte avec elle – grâce à la clé magnétique de sa chambre il a pu mettre en marche la cabine.

— Quel étage ? lui a-t-il demandé.

— Onzième.

La clé de Zach, dans son porte-cartes en carton, était restée posée sur la table tout l'après-midi. Chambre 1112.

Elle a fait rouler sa valise sur l'épaisse moquette du couloir jusqu'à la porte. Elle a patienté devant une seconde, en silence. Puis, comme on dit que ça arrive dans les instants qui précèdent la mort, sa vie a défilé devant ses yeux. Elle a vu tout ce qu'elle avait fait de bien et de mal jusque-là : gifler Willa, voler des Tic Tac au Stop and Shop, traiter sa mère de pute, dire à Amy qu'elle avait un gros cul, lancer une fausse rumeur sur Juliana Corty en sixième, vapoter, fumer de l'herbe, piquer la jeep de sa mère pour s'amuser à traverser le parcours de golf, participer à des beuveries jusqu'à 3 heures du matin à la fac, coucher avec le président d'une fraternité dans le placard à manteaux, rater toutes ses UE sauf une lors du premier semestre de la deuxième année, et, de façon générale, prendre les gens de haut, se montrer pénible, chercher sans arrêt à attirer l'attention et gueuler plus fort que les autres.

Et pourtant, rien de ce qu'elle a fait en vingt et une années d'existence ne peut se comparer à ça.

Elle a frappé. Une seconde plus tard, il est venu lui ouvrir. Avait-il l'air surpris ?

Non.

— Je t'ai vue par la fenêtre, a-t-il dit d'une voix soudain rauque.

— Et ?

Il l'a dévisagée longuement, si longuement qu'elle s'est demandé s'il passait lui aussi en revue ses pires forfaits. Enfin il a soupiré et a ouvert la porte en grand.

Carson est tirée de ses souvenirs par une paire de phares qui remontent lentement Gray Avenue. Elle plisse les yeux. Il est très tard, maintenant, plus d'1 heure. Qui est-ce ?

Elle remarque d'abord la couleur rouge avant de reconnaître les contours d'une Range Rover. La voiture de Pamela. Carson est sur le point de se faire prendre. Comment expliquerait-elle sa présence ici, à cette heure ?

Elle se laisse glisser au pied de son siège et résiste à une furieuse envie d'ouvrir sa portière pour vomir par terre. Elle entend la voiture qui approche et ralentit davantage. Elle a aussi peur que lorsqu'elle a traversé la zone de turbulences à bord de cet avion. Elle décide de jouer la surprise. Elle dira qu'elle ne savait pas que les Bridgeman vivaient là. Pamela tombera-t-elle dans le panneau ? Carson se servira de la mort de sa mère. Elle dira qu'elle rentrait chez elle après le Chicken Box, qu'elle a tourné au mauvais endroit et qu'elle s'est garée pour reprendre ses esprits. Elle dira qu'elle est complètement paumée depuis l'accident.

La seule fois où elle est venue ici, c'était pour une réception en l'honneur de Willa, juste avant son mariage. Carson a rarement passé un après-midi plus pénible. Elle se souvient des cris d'exclamation au moment du déballage des serviettes monogrammées, les rubans scotchés sur une assiette en papier que Willa devait porter sur la tête. Carson s'était échappée pour sortir fumer – comment supporter ça, sinon ? –, et à son retour, le regard rougi et vague, elle avait englouti la moitié d'un plat de petits sandwichs triangles que Tink Bonham avait fait venir de Philadelphie. Sa mère était venue la trouver, la mine renfrognée, et lui avait dit :

— Tu aurais au moins pu me proposer de t'accompagner.

La Range Rover semble s'arrêter le long de la jeep de Vivi pendant de longues minutes. Que fait Pamela ? Carson retient son souffle, s'attendant à ce que la femme de Zach frappe à la vitre. C'est comme dans un film d'horreur. Pamela tient la hache qui va réduire la vie sentimentale de Carson en une bouillie sanglante.

Le coup à la vitre ne vient pas. Le faisceau des phares finit par se tourner vers la maison des Bridgeman. Elle relâche progressivement sa respiration. Lorsqu'elle entend une portière claquer, elle redresse la tête, juste assez pour apercevoir Pamela qui se dirige, d'un pas mal assuré, vers la porte d'entrée.

Carson compte jusqu'à cinquante, attend qu'une lumière s'allume. Les fenêtres restent plongées dans l'obscurité. Pamela a dû monter se coucher à tâtons, à moins qu'elle ne se soit écroulée à plat ventre sur le sol de la cuisine.

Elle remet le contact et s'empresse de foutre le camp.

Ed

— Cette pièce est toujours ouverte ?

Ed adresse sa question au manageur du Stop and Shop, un certain Dick. Il se montre très protecteur envers ses employés, et Ed aime ça. Il se trouve que Donald, l'agent d'entretien du soir, approche des 80 ans. Ce vétéran travaille pour arrondir ses fins de mois, et il est dur d'oreille.

Par conséquent, Dick préférerait qu'il ne soit pas interrogé par la police, sauf en cas d'absolue nécessité.

— Oui, toujours ouverte, confirme-t-il.

— Même quand le magasin est fermé ?

— On a une équipe de nettoyage et des employés qui travaillent en dehors des horaires d'ouverture. Ils se servent de cette pièce, eux aussi.

— Et vous surveillez son accès ou pas ? Parce que quelqu'un a mis ces baskets à la poubelle.

Dick lui remet une liste des employés, puis reconnaît qu'il serait facile pour un client de se glisser dans la salle ni vu ni connu. Elle est située juste à côté des toilettes. Or il aurait suffi d'ouvrir la porte, de fourrer les chaussures dans la poubelle et de ressortir. Malheureusement, il n'y a pas de caméras de surveillance ni dans la salle de repos ni dans le couloir qui y mène.

— À quoi serviraient-elles ? demande Dick. À enquêter le jour où quelqu'un déciderait de se débarrasser d'une preuve dans cette pièce ?

Ed quitte le supermarché abattu. Il est 18 heures. Et en ce vendredi soir de juillet, Andrea a décidé d'organiser un dîner de famille : Chloe et Finn sont obligés de mettre leur travail et leur vie sociale de côté. Ed aussi.

Sur le chemin de la maison, il appelle Pamela Bonham Bridgeman et lui demande s'il pourrait prendre rendez-vous pour discuter avec Peter.

— À quel propos ?

Elle est toujours très directe, ce qu'Ed apprécie : ils sont tous occupés et faire la conversation pour rien est une perte de temps.

— J'ai besoin de son aide dans le dossier Vivian Howe.

Il prend une inspiration pour se contenir, il en a déjà sans doute trop dit.

— Quel âge a Peter ?

— 19 ans.

— Alors je vais lui parler directement. Pourriez-vous me donner son numéro de téléphone ?

— Il est dans le Maine jusqu'à la fin août, il bosse dans une colonie. Les portables ne sont pas autorisés, et de toute façon il n'y a pas de réseau.

Le moral d'Ed dégringole un peu plus bas dans ses chaussettes. Cette affaire est décidément au point mort.

— Pourquoi diable voulez-vous discuter de la mort de Vivi avec Peter ? insiste-t-elle.

— J'ai juste quelques questions à lui poser. Qui devront de toute évidence attendre. Merci, Pamela.

Il a besoin d'un coup de main. Enquêter sur des affaires d'homicide, ce n'est pas son boulot de toute façon. Son boulot, c'est de diriger la police de l'île. D'un autre côté, le vrai travail d'investigation lui manque, et l'élucidation de ce crime lui tient particulièrement à cœur : d'une part parce que Vivian Howe était une figure importante de Nantucket (et l'autrice préférée d'Andrea), d'autre part parce qu'il veut laver le nom de Cruz.

Il appelle donc le Grec, Nicholas Diamantopoulos, un vrai enquêteur, lui.

— Nicky, lui dit-il, j'ai besoin de conseils.

— Je suis en vacances, Ed, lui répond-il. Plus précisément sur une plage de Block Island. Je suis arrivé il y a quarante minutes, et je ne suis pas censé reprendre le travail avant lundi en huit.

Le chef de la police entend une voix féminine derrière lui. Le Grec a beaucoup, beaucoup de succès avec la gent féminine.

— Ça peut attendre dix jours ? ajoute-t-il.

Est-ce que ça peut attendre dix jours ? Peter Bridgeman, qui a envoyé on ne sait quelle photo et bouleversé Cruz, est injoignable. Quant à Lisa Hitt, qu'Ed a appelée pour savoir si elle avait trouvé quoi que ce soit d'intéressant sur les baskets, elle est aussi en vacances.

— Tu aurais juste cinq minutes pour me donner un avis ?

— Cinq minutes. Quatre minutes, cinquante-neuf secondes...

Un homicide avec délit de fuite, explique-t-il. Une écrivaine locale avec sa petite notoriété, plusieurs de ses romans ayant figuré dans la liste des meilleures ventes du *New York Times*, renversée quasiment devant chez elle alors qu'elle sortait courir. La police scientifique n'a, jusqu'à présent, rien trouvé d'utile, mais les vêtements et les baskets de la victime se sont volatilisés.

— J'ai d'abord cru à une simple bourde, qu'ils s'étaient perdus ou qu'ils avaient été rangés au mauvais endroit, tu vois le genre. Puis les baskets sont réapparus dans la poubelle de la salle de repos des employés du supermarché.

— Tu penses que c'est un hasard ?

Ed sent qu'il a piqué l'intérêt du Grec. Vacances ou pas, ce dernier reste un professionnel, et il ne peut pas résister à un homicide non résolu.

— Non. Le môme qui a prévenu les secours, Cruz DeSantis, bosse dans ce supermarché. Il était ami avec le fils de la victime, et ce matin-là il était justement venu lui parler.

— Tu penses que c'est le coupable.

— Non. La police scientifique a trouvé du sang sur sa voiture, mais uniquement sur la poignée. Il n'y avait rien sur le pare-chocs. Or la victime avait une plaie à la jambe, selon toute logique cette partie-là de la voiture aurait dû en comporter aussi.

— Ne présuppose rien, Ed. Elle a très bien pu s'ouvrir la jambe sur une pierre au moment où elle a été projetée sur le sol.

— C'est un chouette môme, Nicky. Je le connais, je connais son père, Joe. Un gars qui a fait l'Irak...

— Ça ne signifie rien...

— Je crois que quelqu'un cherche à faire accuser ce môme. C'est en tout cas ce que suggère la réapparition des baskets sur son lieu de travail. Mais qui et pourquoi ?

Il se racle la gorge avant d'ajouter :

— Ce gosse, Cruz, il est noir, et j'ai l'impression que sa couleur de peau joue un rôle dans l'histoire.

— C'est bien possible.

Le Grec a des origines cap-verdiennes par sa mère.

— Tu ne peux pas l'écarter de la liste des suspects pour autant, juste parce que tu l'aimes bien, Ed.

— Je suis dans une impasse. Et je vais arriver en retard à mon dîner.

— Les homicides avec délit de fuite sont des affaires difficiles.

— On vit sur une île, Nicky. Personne ne peut disparaître comme ça.

— Tu as fait le tour des garages ?

Dixon s'en est chargé. Ça n'a rien donné. Toutes les réparations de carrosserie depuis la mort de Vivian Howe étaient liées à des accidents ayant fait l'objet d'une déclaration à l'assurance. Il est bien sûr possible qu'un automobiliste roule à présent sur l'île avec une voiture cabossée. Tout comme il est possible que la collision avec Vivian Howe n'ait pas provoqué le moindre impact sur le véhicule.

— Oui.

— Et tu as parlé au fils ?

— Je retardais au maximum. Il a perdu sa mère.

— Eh bien j'ai l'impression que le moment est venu d'avoir cette conversation.

Leo

Il finit par tomber sur Cruz – ce jour devait bien arriver –, à l'endroit où il s'y attend le moins : dans la marina.

Son travail consiste principalement à jouer les éboueurs et les garçons de courses. Équipé d'une voiturette de golf et d'un talkie-walkie, il file d'un bateau à un autre, apporte des glaçons et repart avec des ordures. Il aime son boulot, même si certains clients mettent sa patience à l'épreuve. Il mesure sa chance, malgré tout : il évolue au milieu de somptueuses embarcations, les gens se montrent chaleureux et reconnaissants (la plupart du temps), et il passe ses journées non seulement dehors mais aussi au bord de l'eau. Beaucoup tueraient pour un job pareil.

Il vient de charger quatre sacs-poubelle et un sac de recyclage pour le verre (essentiellement des bouteilles de champagne) à l'arrière de sa voiturette lorsqu'il aperçoit Cruz, qui descend d'un yacht de vingt mètres, le *Queen Bee.*

Hein ?

Il a des manuels scolaires sous le bras. Il a sans doute donné des cours particuliers à un gamin. Leo envisage de s'échapper en marche arrière, mais ce serait lâche. Comme poussé par une force extérieure, il avance et arrête sa voiturette devant Cruz. Il ne sait pas quoi lui dire.

— Salut, lâche-t-il après avoir dégluti.

Cruz le dévisage une seconde. Son expression est indéchiffrable.

— Salut.

— C'est toi qui as renversé ma mère ? Parce que si c'est le cas, tu dois le dire, mec.

— Ce n'est pas moi. Je l'ai trouvée par terre. Tu peux me poser la question mille fois, ma réponse ne changera pas, parce que c'est la vérité. Si j'avais renversé Vivi, je te l'aurais dit. Je serais incapable de me regarder dans un miroir. J'ai des principes.

Ça, ils sont même chevillés à son corps, ses principes. Leo le sait. Les adultes emploient d'ailleurs souvent cette expression quand ils parlent de Cruz, parce que c'est quelqu'un de droit, qui regarde toujours les gens dans les yeux, qui était gentil avec les élèves que personne n'aimait à l'école, qui ne jure jamais, ne se plaint pas, qui pense aux autres avant de penser à lui. Et est-ce qu'une partie de ses qualités n'ont pas déteint sur Leo ? N'a-t-il pas cherché à devenir quelqu'un avec des principes, lui aussi ?

— Je n'ai même pas réussi à fermer ma gueule le jour où on a piqué ce panneau dans Hulbert Avenue, ajoute Cruz.

Leo se mord la lèvre : il ne lui fera pas le plaisir de sourire. L'été entre la cinquième et la quatrième, ils avaient pris l'habitude de faire le mur et de se retrouver en pleine nuit, à vélo. Il leur est arrivé une fois d'allumer un feu dans la forêt de bambous entre le Gouffre Financier et Madaket Road pour faire griller des hot-dogs. Si Cruz n'avait pas pensé à apporter de l'eau, tout aurait brûlé. Ils avaient pris un bain de minuit, nus, dans la piscine d'une maison de Cliff Road. Ils avaient volé le panneau d'Hulbert Avenue, où se trouvent les propriétés les plus chères de l'île. Ils avaient souvent assisté au lever du soleil, cet été-là, puis rentraient se coucher pour dormir jusqu'à 14 heures.

— J'ai entendu dire que tu avais grillé un stop et que la police t'avait vu en plein excès de vitesse juste avant que tu arrives à Kingsley Road. Du coup, je me dis que tu étais tellement contrarié par la photo de Bridgeman que tu n'as pas été assez attentif et que tu as renversé ma mère. Et maintenant tu te réfugies derrière tes fameux principes.

— Mec, p...

Il s'interrompt.

— Vas-y, l'encourage Leo.

— Bien sûr que j'étais contrarié par la photo. Je venais d'ailleurs en parler avec toi.

— Avoue que tu l'as renversée, c'est tout ce que je veux, mec. Elle est morte, rien ne pourra la ramener, j'ai bien compris, mais tu dois passer aux aveux. C'était un accident, je ne te soupçonne pas d'avoir voulu délibérément la tuer, mais c'est toi qui l'as renversée. La police t'a vu, tu avais une « conduite imprudente ».

Cruz se baisse et approche son visage à quelques centimètres du sien. Leo aperçoit la transpiration au-dessus de sa lèvre supérieure, il reconnaît l'odeur de la lessive des DeSantis. Cruz est son meilleur ami au monde. Son pote depuis toujours. Vivi avait des milliers de surnoms pour eux : Tic et Tac, Zig et Puce, Laurel et Hardy, Tom et Jerry, Blake et Mortimer. Vivi adorait Cruz. Elle s'occupait de lui comme s'il était son second fils. Quand elle cuisinait, elle lui servait toujours une portion plus généreuse qu'à Leo. Elle savait comment lui faire plaisir : mangue, glace aux éclats de cookies, pistaches. Elle lui prêtait ses livres. Ils lisaient tous les deux le *New York Times* et ils échangeaient leurs impressions sur certains articles par texto. Il avait une « connexion intellectuelle » que Leo n'avait pas avec sa mère. Il aurait pu en être jaloux, et pourtant ce n'était pas le cas. Il était heureux, au contraire, qu'ils s'entendent aussi bien. Vivi disait que Cruz rétablissait l'équilibre au sein de la famille : grâce à lui elle avait deux filles et deux garçons. Une personne de plus, c'est de l'amour en rab, pas en moins.

Et aujourd'hui tout cet amour est mort.

— Le seul qui doit passer aux aveux ici, Leo Quinboro, c'est toi, dit Cruz en plantant violemment son index dans son torse. Il est temps que tu acceptes d'affronter ta vérité.

Sur ces mots, il s'éloigne, et Leo, qui ne sait plus très bien quoi faire ou penser, observe en clignant des yeux le ciel d'un bleu intense, l'océan d'un bleu encore plus foncé et les yachts bien rangés le long des quais, comme des jouets hors de prix. Puis son talkie-walkie grésille : l'emplacement 92 réclame des glaçons.

Leo prétexte des « maux de ventre » pour rentrer plus tôt et tombe nez à nez avec le chef de la police, Ed Kapenash, qui frappe à la porte du Gouffre Financier.

Leo regrette aussitôt d'avoir écourté sa journée de travail. Si seulement Carson pouvait être là pour s'occuper de lui... Mais à 16 heures, elle est déjà à L'Huîtrier.

— Hé, bonjour, dit Ed en tendant la main à Leo. Tu es le fils de Vivian Howe ?

— Oui, Leo. Leo Quinboro.

— Leo... le lion.

— En fait c'est plutôt inspiré de Leon Tolstoï, l'écrivain. Il était russe. Il a écrit *Guerre et Paix.*

Ed hoche la tête. Il s'en fiche. Tout le monde s'en fiche.

— Tu as quelques minutes à m'accorder ?

— Bah oui.

Il le fait entrer dans la cuisine. Cette pièce a un plafond cathédrale et une immense cuisinière bleu canard avec hotte assortie que Vivi avait surnommée « la Lamborghini » parce que c'était l'équivalent, dans le domaine des cuisinières, d'une sublime voiture italienne. C'est la première pièce du Gouffre Financier qu'elle a rénovée, mais personne n'y a fait le ménage depuis sa mort, et elle est loin d'apparaître sous son meilleur jour. Sur le plan de travail, le blender, à moitié rempli d'un smoothie violet, a attiré des moucherons, et il y a des miettes de pain ainsi que des graines partout sur la planche à découper. Le dernier bouquet des funérailles se flétrit sur la table. Des pétales sont tombés et les pistils ont laissé des traces sur la surface blanche.

— Je peux vous offrir quelque chose ? propose Leo. Une limonade ?

C'est ce qu'il va prendre, lui. Il ouvre une canette et avale une gorgée. Il y a de fortes chances pour qu'il vomisse. Qu'est-ce que la police fait ici ?

— Non, je te remercie. J'ai quelques questions à te poser. Tu veux t'asseoir ?

— Euh… d'accord.

La table est poisseuse. Il pourrait proposer au chef de la police de sortir s'installer près de la piscine, mais la chaise longue sur laquelle Vivi écrivait s'y trouve, et c'est pour cette raison qu'il évite cet endroit. En été, elle s'y allongeait presque tous les jours pour noter des choses dans ses carnets. Si Leo, Carson ou Willa la dérangeaient – « Maman, tu peux me préparer un sandwich, s'te plaît ? », « Maman, tu peux me donner de l'argent pour faire le plein ? », « Maman, ça t'embête si j'invite quelques amis à la maison ? » –, elle leur disait :

— Je sais que je donne l'impression de me la couler douce et d'être là à attendre de pouvoir répondre au moindre de vos désirs, mais je suis en train de travailler en réalité, alors ouste.

Ils prennent place autour de la table, et Leo évite obstinément de regarder les pétales de lis fanés et les traces de gras de dieu sait quel plat livré à domicile.

— On enquête sur la mort de ta mère, lui explique le policier. Et il y a certains éléments que j'aurais besoin de clarifier. Nous avons entendu parler d'une photo qu'un élève du lycée vous aurait envoyée, à Cruz DeSantis et à toi. Tu vois de quoi je parle ?

Leo se crispe. La photo. La police est au courant pour la photo.

— Vous l'avez vue ?

— Non. Cruz refuse de m'en parler, et celui qui vous l'a envoyée n'est pas joignable actuellement.

Peter n'est pas joignable ? Où peut-il bien être ? En cure de désintoxication ? C'est la première pensée qui traverse l'esprit de Leo. Peter Bridgeman est accro aux amphétamines et à toutes les autres drogues sur lesquelles il peut mettre la main. Mais s'il était en cure, Leo l'aurait appris par ouï-dire, ou par Willa. Il se rappelle soudain que Peter a pour habitude d'aller en colo dans le Maine. Comment n'y a-t-il pas pensé avant ? Il s'était dit que Peter n'avait pas fait circuler davantage la photo à cause de ce qui est arrivé à Vivi – ou parce qu'il était si camé que ça lui était sorti de la tête, ou encore parce que Cruz avait réussi à lui faire entendre raison.

Il réfléchit à toute allure. La police n'a pas vu la photo. Elle pourrait donc représenter n'importe quoi.

— Nous avons la conviction que quelqu'un essaie...

Ed s'interrompt brusquement.

— La veille de la mort de ta mère, vous vous êtes disputés, Cruz et toi, c'est bien le cas, non ? Il en est ressorti avec un coquard.

— Je me suis juste défendu, proteste Leo avant de regretter sa réaction et de tenter un retour en arrière. Pour être honnête, je ne suis pas certain de pouvoir expliquer ce qui s'est passé cette nuit-là. Je ne me souviens même pas comment je suis rentré.

— Passons à un autre sujet un instant. As-tu vu les chaussures de course de ta mère ? Est-ce que tu les aurais récupérées à l'hôpital, avec ses vêtements ?

Leo a un haut-le-cœur. Les baskets de sa mère. Ses vêtements.

— Je suis désolé, fiston. Je sais que c'est dur. Peux-tu juste me répondre ? As-tu vu ces chaussures ou ces vêtements depuis la mort de ta mère ?

— Non, murmure-t-il. On nous a juste rendu son téléphone.

— D'accord.

Il pose une main sur l'épaule de Leo.

— Je sais que Cruz a grillé un stop et qu'il roulait trop vite avant d'arriver ici, lance-t-il en croisant, pour la première fois, le regard du chef de la police. Si ce n'est pas lui qui l'a renversée, qui est le coupable ?

— C'est ce que nous cherchons à découvrir. Merci pour ton aide. Je te donnerai des nouvelles.

Ed Kapenash est reparti. Il a laissé sa carte en disant à Leo que s'il se rappelait un détail, n'importe lequel, au sujet des baskets ou des vêtements, il pouvait l'appeler sur son portable perso, pas au commissariat.

Leo monte s'enfermer dans sa chambre. Il imagine Cruz arrêté, traduit en justice puis condamné, envoyé en prison. Et les solides fondations qu'il construit depuis des années pour son avenir s'écroulent...

Il revoit le geste sévère de Cruz, l'index planté dans son torse. Le genre de geste que Joe DeSantis utilise pour faire passer un message. « Il est temps que tu acceptes d'affronter ta vérité. »

Ma vérité ? pense Leo. Il est soudain submergé par une colère telle qu'il donne un coup dans le mur. Son poing traverse le plâtre. Sa mère aurait été furieuse... mais elle est morte. Il peut bien faire des trous dans les murs, il n'y a plus personne pour s'en formaliser.

— Maman ! hurle-t-il. Maman, tu es où ?

Il traverse le couloir pour se rendre dans la chambre de Carson. La porte est grande ouverte – évidemment, elle ne dort plus là. Elle s'est installée dans celle de Vivi, à l'autre bout du couloir. Cette porte-là est toujours bien fermée, parce que c'est la seule pièce de l'étage à posséder un climatiseur.

Il entre et fonce tout droit vers la table de nuit de Vivi. Dans le tiroir, il trouve ce qu'il cherche : un sachet en plastique rempli de comprimés. Il veut un anxiolytique ou quelque chose de plus fort. Peu importe quoi. Il a besoin d'échapper à ses pensées.

Il fait glisser quatre comprimés dans sa paume. Puis un cinquième.

Vivi

— Je compte utiliser un de mes coups de pouce, et vous ne m'en empêcherez pas, cette fois.

Martha a un air pincé. Elle porte un foulard autour du cou, le même que le jour de leur rencontre. Peut-être qu'elle a un système de rotation très rodé. Vivi lui posera la question, mais à un autre moment.

— Voilà une situation où une mère se doit d'intervenir. Il va prendre ces comprimés, qu'il associera ensuite à un sentiment de mieux-être, par conséquent il en prendra d'autres et il deviendra accro. Soit personne ne se rendra compte de rien, soit il ira en cure de désintoxication, soit il mourra. C'est ce qui va se passer ? Vous pouvez regarder dans votre dossier ?

— Je ne l'ai pas apporté. Je vais faire comme ça pour cette fois, ajoute Martha en fermant les yeux.

Elle les rouvre brusquement et dit :

— J'ai bien peur que vous ayez raison.

— Vous pouvez voir l'avenir ?

— J'ai certains dons, oui. Je peux lire dans les pensées, vous l'avez compris. Et je peux voir les futurs potentiels, et avec beaucoup de concentration j'arrive à remonter le temps et à suivre le fil de ce qui aurait pu advenir.

Quoiiii ???

— Ne perdons pas de temps, reprend Martha. Intervenez. Tout de suite.

— Comment ?

Leo vient d'entrer dans la salle de bains de Vivi et il remplit son gobelet d'eau.

— Descendez le voir et... agissez.

Elle observe Leo, son petit dernier, son fils chéri. Le gobelet est rempli d'eau, les comprimés sont dans sa paume.

Concentre-toi, se dit-elle. Elle est pourtant distraite par le bazar dans la salle de bains. Le maquillage de Carson traîne partout, et elle a oublié de refermer le pot de crème pour le visage à 300 dollars.

— Vivi !

Rappelée à l'ordre par Martha, elle reporte aussitôt son attention sur Leo. Il approche les comprimés de sa bouche.

Elle saute dans le vide. Elle tente de déchirer la membrane qui la sépare du monde d'en bas, mais celle-ci se contente de s'étirer tel un collant. Bon, bizarre. Elle attrape la main de Leo et l'éloigne de son visage. Il observe son bras comme s'il était possédé. Puis son corps se détend et semble se résigner. Il vide le gobelet dans le lavabo et remet les comprimés dans le sachet.

Elle remonte dans le salon vert, où Martha l'attend.

— J'aurais dû les lui faire jeter aux toilettes, dit Vivi. Zut !

— C'est bon, la rassure Martha.

Leo range le sachet dans la table de nuit et quitte la chambre.

Elle éprouve ce qui ressemble bien à une forme d'euphorie. Elle a utilisé son premier coup de pouce ! Elle a empêché son fils de devenir accro aux médicaments ! Elle se sent puissante. Elle est une bonne mère.

— Je l'ai sauvé ! Vous avez pu voir le futur, il serait devenu accro et il aurait perdu des heures et des heures à boire du café dans des salles paroissiales avec d'autres drogués.

— Pitié, évitons les stéréotypes, Vivian. Il aurait fini par s'en sortir, mais vous lui avez épargné une longue lutte. Il a compris que les médicaments n'étaient pas la solution.

— J'ai tué le mal dans l'œuf.

Son triomphalisme lui a fait oublier l'autre élément qui l'intrigue.

— Pourquoi est-il aussi remonté contre Cruz ? Pourquoi est-il convaincu que c'est lui le coupable ? Je suis certaine que Cruz n'a pas pu faire une chose pareille.

Après un silence, elle reprend :
— Je me trompe ?
— Je ne...
— Vous ne pouvez rien me dire, je sais, soupire Vivi. Ça me brise le cœur de les voir se battre comme ça.
— Je suis d'avis que vous vous concentriez sur l'aide que vous venez d'apporter à votre fils.
— Et s'il a encore besoin de moi ?
— Vos trois enfants finiront bien par devoir apprendre à vivre sans vous. Pour le reste de leur vie. L'été va se terminer, Vivian. L'été se termine toujours.
Cette idée lui est insupportable... Heureusement, elle n'a pas besoin d'y penser. On n'est encore qu'à la mi-juillet.

Nantucket

Le dernier roman de Vivian Howe, *Petite Chérie,* fait son entrée dans le monde le mardi 13 juillet. Nous ne pourrions être plus fiers.

L'éditeur de Vivi, « M. Hooper » lance une campagne coordonnée sur les réseaux sociaux, Facebook, Twitter et Instagram. La maison d'édition achète une pleine page de publicité dans le magazine *People,* en l'honneur de sa « petite chérie », Vivian Howe. Au centre de la page se trouve une magnifique photo de l'autrice, assise au milieu de dunes de sable, et immortalisée par notre célèbre photographe locale, Laurie Richards. Vivi porte des boucles d'oreilles Jessica Hicks et un pull duveteux, de teinte pastel, tricoté ici même. La couverture du nouveau roman est placée en dessous. C'est un sacré numéro d'équilibrisme... L'éditeur cherche-t-il à commémorer Vivi ou à vendre son dernier livre ?

Il a également commandé un spot publicitaire de soixante secondes pour la télévision, constitué d'un montage d'extraits de Vivi parlant de Nantucket et de son écriture. Le message final rappelle le décès de Vivian Howe et encourage les lecteurs à acheter « sans tarder » son dernier roman. Le spot jouit d'une large diffusion, il est vu par des millions de gens.

Savannah Hamilton a appelé l'attachée de presse de Vivi, Flor, pour lui dire que J. P. ou elle seraient prêts à participer à la matinale de Tanya Price. Flor a aussitôt écarté la possibilité que J. P. remplace son ex-femme – le pays n'a aucune envie de voir un homme s'exprimer au nom d'une femme qui n'est plus de ce monde, et surtout pas son ex-mari. En tant que meilleure amie, Savannah serait une option plus satisfaisante, mais Flor insinue que les producteurs accepteront seulement de la remplacer par l'un de ses enfants. Savannah exclut d'emblée Leo et Carson – ils sont encore beaucoup trop fragiles –, et Willa décline dès qu'elle reçoit la proposition. Elle ne se sent pas très en forme, et elle n'a pas envie de faire le déplacement. C'est une période active pour le musée. Savannah la soupçonne de se chercher des excuses – en réalité, l'idée de passer en direct à la télévision devant dix millions de personnes la terrifie.

— Moi, je n'ai pas peur, dit-elle à Flor. Enfin si, bien sûr que j'ai peur, mais je suis aussi prête à faire ce qu'il faut pour propulser le livre de Vivi en tête des ventes. Elle n'aimait pas en parler, mais vous savez aussi bien que moi, Flor, que son rêve de toujours était d'arriver sur la plus haute marche du podium.

— Les ventes sont bonnes.

— Une apparition dans cette matinale leur donnerait un élan supplémentaire. Je le répète, je suis disponible pour faire cette émission à sa place.

— Je vais contacter les producteurs, je vous tiens au courant.

Savannah, qui connaît par cœur les euphémismes du monde professionnel, comprend sans mal que c'est un non sans appel.

Tous les employés de la maison d'édition, comme tous les habitants de Nantucket, retiennent leur souffle le mercredi 21 juillet à 16 h 55, soit quelques minutes avant l'annonce, par le *New York Times,* de la liste des meilleures ventes de la semaine écoulée. Nous espérons tous que Vivi y figurera en bonne place. Son meilleur palmarès, jusqu'à présent, voyait apparaître deux de ses romans, dont un en édition de poche, en deuxième et troisième places. *Petite Chérie* a-t-il une chance d'accéder à la première place ? L'espoir est permis. L'algorithme utilisé par le journal pour établir son classement est le plus grand mystère de toute l'histoire de l'édition.

Savannah, J. P. et Willa se sont réunis dans la cuisine de la maison d'Union Street pour suivre le résultat en direct. Ils sont tous les trois devant l'ordinateur de Savannah. Flor lui a promis de lui faire suivre la liste à la seconde où elle la recevra par mail.

Il est 17 heures. Savannah a mis du champagne au frais.

Elle rafraîchit la page de sa boîte de réception. Rien.

À 17 h 01, J. P. dit :

— Je me souviens de la première fois qu'un roman de Vivi est entré dans la liste, c'était...

— *Vacances sur la côte,* complètent en chœur les deux femmes.

— Je sais bien ! J'avais la cave à vin à l'époque. En quelle position est-elle arrivée ?

— Quinzième, lui dit Willa. J'étais consternée, je croyais que ça voulait dire qu'elle était dernière. C'est parce que son nom était tout en bas de la liste.

— Et ensuite *Lumière oblique* a fait une entrée directement à la septième place, ajoute Savannah. J'ai invité Vivi au restaurant pour fêter ça.

— *Rumeurs dans Main Street* a été si proche du sommet, soupire Willa. Détrôné par Stephen King.

— Soit l'auteur le plus célèbre des temps modernes, ça ne compte pas !

À 17 h 02, Savannah regarde à nouveau sa boîte de réception. Elle a un reçu un mail de Flor Riviera, « Liste des meilleures ventes 21/07 ». Savannah clique sur le fichier joint.

Petite Chérie est deuxième, derrière un roman intitulé *Le Week-end de Satan*, d'une certaine D. K. Bolt, qui serait le quinzième tome de la série « Gothique macabre ».

— Gothique macabre ? répète Savannah. Ça a l'air épouvantable...

— J'aurais dû aller à cette matinale, gémit Willa, je suis désolée. Je ne m'en sentais pas la force...

Savannah sort la bouteille de Veuve Clicquot.

— On va quand même trinquer ! Je sais que Vivi aurait voulu le faire.

— Je vous laisse, répond Willa, je suis crevée, et Rip m'attend à la maison.

— Oh, juste un verre en mémoire de ta mère, insiste J. P. Numéro deux des États-Unis, c'est un joli résultat, malgré tout.

— Non, je n'ai pas envie de boire.

Elle prend son *tote bag* de la SHN, qui lui sert de sac à main, et les quitte.

— Je les ai perdus, dit-il à Savannah dès que la porte d'entrée s'est refermée. Ils ne veulent plus jamais passer de temps avec moi.

— Tu les retrouveras, le rassure-t-elle avant de faire sauter le bouchon. Tu as quitté Amy, alors ?

— Pas encore. J'ai été trop occupé au Cône. Mais j'ai posé un jour de congé la semaine prochaine, et ce sera le bon moment.

Savannah sort les flûtes en cristal du meuble où elle range la vaisselle de fête – un vieux buffet qui ne paie vraiment pas de mine et dont la mère de Savannah était persuadée qu'il tromperait de potentiels cambrioleurs, justement –, et les remplit. Elle lève son verre.

— À Vivi, numéro deux de la liste, et numéro un dans nos cœurs.

J. P. trinque avec Savannah, puis boit.

— Je n'arrive pas à me réjouir. Tu essaies de voir le bon côté des choses, mais moi, je ne peux pas m'empêcher de penser que, où qu'elle soit à cet instant précis, Vivi est furieuse.

Vivi

— Numéro deux ? Je suis morte et j'arrive quand même sur la deuxième marche du podium ?

— C'est sûr que *Le Week-end de Satan* a l'air d'une œuvre qui mérite plutôt de figurer dans les bas-fonds du classement, dit Martha en gloussant.

— Je connais Darla Kay Bolt, en plus ! On partageait une chambre au congrès de Bread Loaf.

— Ça alors ! C'est fou que vous vous retrouviez en compétition si serrée quelques années plus tard !

— Je suis ravie que ça vous amuse à ce point. Vous avez conscience que c'était ma dernière chance d'atteindre la première place ? J'aurais dû utiliser un de mes coups de pouce.

— Nous savons toutes les deux que vous ne vouliez pas arriver en tête à ce prix.

Vivi le concède en silence. Elle voulait être première à la loyale. Et ça ne sera jamais le cas.

— S'il y a une chose que l'on apprend ici, c'est à ne jamais dire jamais, lui souffle Martha. Ces dernières années, j'ai vu des choses se produire dans notre monde, dans notre pays et dans des destinées individuelles que j'aurais jugées proprement impossibles. La vie m'a donné tort.

— Vous voulez dire que je peux encore atteindre la première place ? Comment ? Si on n'y est pas la semaine de la sortie du livre, c'est fichu.

— Allons, Vivian, inutile de vous agiter autant.

Elle caresse le pan du foulard sur son épaule comme s'il s'agissait de la queue d'un chat.

— Gardez la foi, ajoute-t-elle.

Willa

Brett Caspian arrive à Nantucket avec le ferry de 10 h 30 le vendredi 23 juillet, et Willa, qui a posé sa journée, l'attend sur le quai. Il reprend le bateau de 14 h 15, ce qui leur laisse un peu moins de quatre heures de visite. En même temps, ça paraît un laps de temps raisonnable – elle n'en revient toujours pas de lui avoir proposé de l'héberger : c'est un parfait inconnu, et s'il se révèle un peu tordu, ou carrément psychopathe, que fera-t-elle ? Elle n'a parlé à personne de cette visite, à l'exception de Rip, qui a manifesté une absence totale d'intérêt pour cette rencontre.

— J'espère qu'il ne t'a pas baratinée, lui a-t-il dit ce matin-là en engloutissant une banane tartinée de beurre de cacahuètes.

Willa s'est efforcée de fixer sa tisane pour ne pas vomir rien qu'à cause de l'odeur du petit déjeuner de son mari.

— Si jamais c'est le cas, appelle directement la police, parce que je suis débordé.

Il a dix affaires qui l'attendent sur son bureau, la plus délicate concerne la jeep de Marissa Lopresti. Sa mère,

Candace, veut que l'assurance lui rembourse la totalité du véhicule, alors qu'il n'y a pas eu d'accident. C'est Marissa qui a volontairement noyé la voiture à Eel Point parce qu'elle était contrariée par sa rupture avec Leo. Rip n'a trouvé aucun argument pour faire passer ça pour un accident – il a passé des semaines à tenter de négocier avec l'assureur –, et maintenant Candace menace de lui retirer son assurance professionnelle.

— Cette femme est un vrai tyran. Elle dit qu'elle va écrire au journal de l'île pour parler de la piètre qualité de notre service clientèle. En quoi est-ce notre faute si Marissa s'est prise pour un personnage de *Risky Business* ? En plus ça n'a servi à rien ! Ils se sont remis ensemble deux semaines plus tard.

Willa repousse son inévitable sentiment de culpabilité. Elle devrait accorder davantage de temps et d'attention à Leo comme à Carson. Elle garde ses distances avec eux, et avec son père et Savannah, parce qu'elle ne veut pas qu'ils apprennent ni sa grossesse ni la visite de Brett Caspian.

Pour la grossesse, c'est son droit de la garder secrète. Pour la visite de Brett Caspian, c'est un peu moins clair. Elle veut lui parler seule à seul. Il pourra lui raconter comment était Vivi au lycée – et pardon, mais c'est vrai, elle n'a aucune envie de partager cette information-là avec quiconque.

Elle n'a aucune idée de ce à quoi il peut bien ressembler, et pourtant elle le repère sur-le-champ. Il descend la rampe avec un sac à dos et un étui à guitare. Il porte une chemise en jean clair et un jean plus foncé, une ceinture en cuir marron avec une grosse boucle argentée et des Converse noires montantes. Si Carson était là, elle ferait une remarque sur son look « total jean » à la Justin Timberlake. Et il faut bien reconnaître que c'est horrible. Brett se distingue des touristes en polos ou robes de couleurs vives. En même temps, il dégage quelque chose de romantique. Il a fait toute la route depuis le Tennessee pour rencontrer la fille d'une lycéenne qu'il a aimée autrefois.

Willa croise son regard et agite la main. Il approche. Il a des cheveux noirs mi-longs parsemés de gris, et son visage se plisse quand il sourit. Ses yeux sont cachés par des lunettes de soleil, mais elle comprend aussitôt qu'il est le type d'homme de sa mère. Un rebelle vieillissant, mi-James Dean, mi-Steven Tyler. Rien à voir avec le style de J. P. étonnamment, avec son physique BCBG à la Kennedy.

— Je vous aurais reconnue entre mille, lui dit-il. Vous êtes le portrait craché de Vivi.

Les yeux de Willa se remplissent de larmes. Il n'aurait pas pu trouver meilleure entrée en matière pour se la mettre dans la poche. On disait toujours, dans la famille, que Carson tenait de leur père, et Willa et Leo de leur mère. D'un autre côté, les deux traits les plus caractéristiques de Vivi étaient sa coupe courte et son rouge à lèvres écarlate. Or Willa porte les cheveux longs, avec la raie au milieu, et ne se maquille jamais – ce qui, selon Carson, est une conséquence du fait qu'elle sort avec le même type depuis toujours.

— Merci, dit-elle à Brett Caspian. Vous avez apporté votre guitare ?

— Oui, je me suis dit que je pourrais vous chanter une chanson.

Elle se sent gênée – sans très bien savoir si elle l'est pour elle ou pour lui.

— Je suis garée là-bas.

Et elle conduit cet homme surgi du passé de Vivi à sa voiture.

Elle est nerveuse. Elle serait tentée d'entrer directement dans le vif du sujet, de lui demander : « Racontez-moi tout, parlez-moi d'elle ! » Mais elle va d'abord le conduire à Smith's Point. Ils pourront s'installer sur la terrasse, elle a acheté tout ce qu'il faut pour préparer des sandwichs au bacon.

Tandis que sa voiture tressaute sur les pavés de la ville, elle bascule en mode guide touristique. Elle lui indique les maisons les plus imposantes.

— Celles-ci sont surnommées les Trois Briques, dit-elle en indiquant un trio de demeures presque identiques sur la droite. Elles ont été construites par un négociant en baleine, Joseph Starbuck, pour ses trois fils. Il aurait dit à ses deux filles que leurs maris s'occuperaient d'elles… ce qu'ils ont fait.

Elle lui montre ensuite, sur la gauche, deux belles constructions blanches évoquant des temples grecs, avec des colonnes ioniques pour l'une, et des colonnes corinthiennes pour l'autre.

— Les sœurs et leurs maris, qui réussissaient très bien dans la vie, se sont donc installés en face. Ces cinq maisons ont constitué un choc, et un affront, pour l'austère communauté quaker de l'île. Starbuck avait fait construire les trois premières pour ne pas être en reste par rapport à Jared Coffin, qui bâtissait une immense demeure en brique rouge dans Broad Street. Quant aux gendres, Hadwen et Barney, ils avaient opté pour ces hommages à la culture grecque pour ne pas se laisser supplanter par leur beau-père.

Brett hoche la tête, mais Willa se rend bien compte qu'elle donne des explications trop poussées à son goût.

— Quand votre mère a-t-elle emménagé sur l'île alors ?

— Après la fac. Elle est venue passer des vacances dans la famille d'une amie étudiante, et elle s'est tellement plu ici qu'elle est restée.

— Ce qui fait quoi, alors… 1991 ?

— Dans ces eaux-là, je crois.

— Et elle avait obtenu son diplôme de Duke ? Elle a fait les quatre années d'études ?

— Oui.

Il rit.

— Je ne savais même pas ce qu'était « Duke » jusqu'à ce que votre mère envoie un dossier pour s'y inscrire. Nous venions d'une petite ville dans l'Ohio.

— Elle ne parlait jamais du lycée, ni de sa jeunesse ou de ses parents.

Il appuie sa tête contre le dossier de son siège.

— Pas très étonnant...

Willa lui fait un exposé succinct de la famille Howe-Quinboro en enchaînant les vingt-sept virages de Madaket Road. Vivi a épousé J. P. Quinboro, habitué à passer ses vacances sur l'île. Ils ont décidé de s'y installer à l'année. La grand-mère paternelle de Willa, Lucinda Quinboro, ne vient à Nantucket que pour les mois d'été.

— Elle a une grande maison qui donne sur le port. Vous êtes passé devant en ferry.

— Je suppose qu'elle est riche alors. Votre père aussi ?

L'emploi de cet adjectif, *riche*, la déconcerte. Est-ce qu'on utilise encore ce mot-là de nos jours ?

— La maison de ma grand-mère vaut beaucoup d'argent, oui.

Lucinda est pourtant le genre de personne qui méprise l'ostentation et qui n'a pas un sou de monnaie sur elle. Possède-t-elle seulement une carte de crédit ? Willa ne l'a jamais vue payer quoi que ce soit, elle se contente de signer les notes – elle a un compte au pressing, un autre au Club, chez le primeur et le libraire.

— Mon père...

Mieux vaut opter pour la discrétion en ce qui concerne les finances de sa famille, naturellement. Elle s'est bien sûr demandé si l'intérêt manifesté par Brett pour la vie de Vivi à Nantucket n'était pas davantage motivé par des questions financières que par la nostalgie – car celle-ci ne règle pas les factures –, même si elle espère sincèrement que ce n'est pas le cas. Après tout, si une femme mérite qu'on traverse sept États en voiture, c'est bien Vivi.

C'était Vivi.

— Ça ne me regarde pas, je vous présente mes excuses pour mon indiscrétion. Vivi ne s'intéressait pas à l'argent à l'époque où je l'ai connue.

Willa sent les tensions dans sa nuque se dénouer un peu, mais elle a soudain une envie très pressante.

Il siffle lorsqu'ils franchissent le pont à l'embouchure de la baie de Madaket.

— C'est drôlement joli, par ici.

— Il faut que je vous prévienne, la maison où je vous conduis est minuscule.

— L'appartement dans lequel je vis aussi. J'ai quarante-deux mètres carrés, mais je vis seul. Et j'ai une vue sur la Holston. Alors je ne me plains pas.

Willa est gênée maintenant : La Lichette n'est que sa résidence secondaire.

Quand ils se garent le long de la barrière et que Brett découvre les lieux, il éclate de rire.

— C'est vrai que c'est riquiqui ! Je crois que je n'avais encore jamais vu de maison aussi petite.

— On a une terrasse, derrière, avec vue sur l'océan. Allez vous y installer, je dois juste faire un tour aux toilettes.

Lorsqu'elle le rejoint dehors, il est en train d'observer la vue.

— J'aime l'idée que votre mère a fini par s'installer dans un endroit aussi beau. C'était quelqu'un de spécial, ajoute-t-il.

— Racontez-moi votre rencontre.

Brett a un talent de conteur, peut-être aussi grand que celui de Vivi. Il explique à Willa qu'ils avaient fait connaissance pendant qu'il était collé et qu'elle rattrapait un contrôle de maths.

— C'était une élève très brillante, et moi un vrai cancre. Je fumais dans les toilettes du lycée. J'étais obsédé par ma musique. Je jouais dans un groupe qui s'appelait Fuir l'Ohio.

Elle hurle de rire.

— Je connaissais votre mère de réputation. Elle n'était pas populaire, mais elle était très, très jolie. En seconde, mon casier était situé juste en face du sien et je la croisais tous les jours. Elle avait de longs cheveux comme vous, elle portait une tresse, une queue-de-cheval ou un bandeau. Chaque matin j'étais curieux de voir comment elle serait coiffée. Puis elle m'est un peu sortie de la tête, avant que je tombe sur elle en colle. Ce jour-là j'ai pensé : *Tu tiens une occasion, ne la laisse pas filer.* Et je lui ai donc proposé de la raccompagner chez elle.

— Qu'est-ce qu'elle a dit ?

— Elle a accepté. Je vous jure, Willa, je n'en revenais pas. Il y avait un gouffre immense entre nous, vous vous en doutez. Elle avait un côté intello sainte-nitouche, comme vous me l'avez dit au téléphone, et moi j'étais un mauvais garçon. Je passais mon temps à fumer, des cigarettes et de l'herbe quand on m'en proposait. Et vous savez ce qui s'est passé ? On s'est rapprochés, elle et moi. J'ai commencé à être plus attentif en cours. J'ai accepté de jouer de la guitare avec l'orchestre du lycée pour la comédie musicale, et votre mère s'est un peu décoincée, elle s'est acheté un super jean et une paire de Converse. Elle s'est fait percer le cartilage de l'oreille, et elle est venue assister aux répétitions de mon groupe, dans le garage de Wayne.

— Vous avez connu ses parents ? Mes grands-parents ?

Ses grands-parents maternels tiennent du mystère pour Willa. Elle ne connaît que sa grand-mère paternelle. Lucinda est gentille, mais elle est très occupée, aussi bien ici qu'à Manhattan, et elle ne s'est jamais vraiment intéressée à ses petits-enfants, sauf lorsqu'il s'agit de les présenter comme des trophées à ses amis au Club. Willa a toujours regretté de ne pas avoir un gentil grand-père à cheveux blancs qui fume la pipe et fait apparaître des pièces de monnaie derrière son oreille.

— J'ai un peu connu Nancy, dit-il en secouant la tête. Une femme pas commode. Et j'ai rencontré Frank une fois avant sa mort.

— C'est vrai ? Vous l'avez rencontré ?

Des trois grands-parents qu'elle n'a pas eu l'occasion de connaître, c'est le père de Vivi qui suscite le plus sa curiosité, Frank Howe. Il s'est suicidé.

— Ils avaient un rituel depuis des années. Tous les samedis matin, ils sortaient prendre leur petit déjeuner ensemble, dans le même café. Ils ne rataient jamais ce rendez-vous. Quand j'ai commencé à sortir avec Vivi, je lui ai demandé si je pourrais me joindre à eux un jour. Elle a d'abord refusé, parce que c'était leur rituel. Elle a changé d'avis, ensuite, elle trouvait très bien que je puisse faire la connaissance de son père sans que sa mère soit dans les parages. Je n'avais encore jamais vu Nancy. J'avais l'habitude de venir récupérer Vivi à l'angle de sa rue, et c'était aussi là que je la déposais. Il était évident qu'elle n'avait pas parlé à ses parents de notre relation, et ça ne me dérangeait pas, je savais de toute façon qu'elle était trop bien pour moi. Ça me suffisait de sentir que je lui plaisais aussi.

— Alors vous êtes allé petit-déjeuner avec eux un jour ?

— Oui, et je m'en souviens comme si c'était hier. Ils s'installaient toujours dans le même box, et étaient servis par la même serveuse. Ils commandaient une montagne de nourriture : du pain perdu, des omelettes, du bacon et des saucisses. Je me rappelle, j'ai pris des pancakes aux pépites de chocolat et des pommes paillasson. Son père m'a interrogé sur mon groupe. Il faisait partie d'un quatuor de chanteurs *a cappella*.

— C'est vrai ?

— Je ne l'ai jamais entendu, malheureusement. J'étais heureux qu'il ne considère pas la musique comme une perte de temps.

— Il vous a paru triste ? Perturbé ?

— Non. Il m'a fait l'impression d'un type travailleur qui adorait sa fille. Elle s'est absentée pour aller aux toilettes, et il en a profité pour me passer au gril. « Tu seras toujours gentil avec elle ? » J'ai répondu : « Oui, bien sûr. » Je n'ai pas trouvé ça bizarre sur le moment, ça me paraissait naturel dans la bouche d'un père. Il semblait juste vouloir s'assurer que je ne planterais pas Vivi lors d'un match de foot pour partir m'amuser avec mes amis, que je ne la forcerais pas à coucher avec moi. Mais quand il s'est tué, quelques mois plus tard, j'ai repensé à ce qu'il m'avait dit.

Elle se sent de plus en plus émue.

— Je meurs de faim ! Ça ne vous dérange pas que je nous prépare quelque chose à manger ?

Il rit et s'essuie les coins des yeux.

— Au contraire, merci.

Pendant qu'ils savourent les sandwichs, les chips et les pêches si juteuses qu'elles sont compliquées à manger proprement, Brett lui raconte ce qu'il faisait avec Vivi, à l'époque du lycée. Ils se promenaient dans le centre commercial, ils jouaient au bowling, ils sortaient parfois en boîte, assistaient à des matchs de foot, puis allaient manger une pizza. Vivi révisait sur le canapé marron dans le garage de Wayne Curtis pendant que Brett répétait avec son groupe. Ils prenaient souvent la voiture pour se balader dans les environs. Au printemps, quand le temps s'était radouci, ils allaient jusqu'à la plage, au bord du lac Érié.

Willa a la sensation que ce récit s'achemine quelque part. À ce stade, ils ont terminé le déjeuner, elle a débarrassé la table et s'est excusée deux fois pour aller aux toilettes. Il est déjà 12 h 30, et brusquement les grains du sablier ont l'air de s'écouler plus vite qu'elle ne le voudrait. Ils doivent repartir dans une heure pour qu'il ait son ferry.

Pourquoi n'a-t-elle pas insisté pour qu'il passe la nuit sur place ? Il n'a même pas encore mis le pied sur la plage – bien que sa tenue, jean et Converse, ne s'y prête pas.

— Je vous ai apporté des photos, dit-il en ouvrant son sac à dos. Je les ai faites dupliquer pour que vous puissiez les garder.

Il sort une liasse de clichés, qu'il parcourt avec elle.

Vivi en pull jacquard rose et doudoune vert forêt dans les gradins d'un stade de foot à côté de Brett, en veste en jean, qui fait un doigt d'honneur au photographe.

— C'était au début de notre histoire. Votre mère porte encore un bandeau dans les cheveux. Elle ne l'a pas gardé longtemps...

Il passe à la photo suivante, sur laquelle Vivi a un jean moulant, une paire de Converse et un tee-shirt de groupe de rock. Ses yeux sont soulignés à l'eye-liner noir, et elle a un ras-de-cou en dentelle noire. Brett porte son inamovible veste en jean. Ils sont sur un banc dans un centre commercial. Le gobelet en carton d'un fast-food est posé entre eux deux.

— Là, c'était pour le bal de fin d'année.

On les voit prendre tous les deux la pose devant un décor féerique de neige. Elle a une robe noire à bretelles, lui un costume gris à fines rayures avec une chemise et une cravate violettes. Il s'est rasé les côtés du crâne pour se faire une impressionnante coupe mulet.

Ce qui frappe Willa concernant sa mère, c'est que sur ces trois images elle paraît jeune et méconnaissable. Vivi avant le mariage, avant la maternité, avant la découverte de Nantucket – dont elle ne connaissait peut-être même pas l'existence. Cette Vivian Howe a bel et bien existé, c'est sa mère... et c'est une étrangère.

— Puis l'année scolaire s'est terminée, on a eu nos diplômes. Votre mère avait été acceptée à Duke avec une bourse. Je n'avais pas de projets très arrêtés, mon groupe commençait à avoir des propositions de concerts rémunérés. On avait été embauchés pour jouer lors d'une bar-mitsva dans un hôtel, à Independence.

Il s'interrompt et hoche la tête.

— C'est là que tout s'est passé.

— Quoi ? Qu'est-ce qui s'est passé ?

Qu'a-t-il bien pu arriver lors d'une bar-mitsva à Independence, dans l'Ohio ?

— L'un des invités, l'oncle du gamin, a aimé notre son. Il se trouve qu'il s'agissait de John Zubow, le vice-président de Century Records à Los Angeles.

— Non ! Quel coup de chance !

— Il nous a demandé si on avait des compositions perso. On avait deux chansons. Une qui s'appelait *Le Blues de Parma*, composée par notre batteur, Roy. Et une autre qui s'appelait *Petite Chérie*, que j'avais écrite pour votre mère à la mort de son père. Elle était dévastée.

Il baisse la tête.

— Et j'imagine que vous êtes bien placée pour savoir ce qu'elle ressentait. Cette perte tragique. Ce sentiment que rien n'ira jamais vraiment plus.

— Oui, murmure-t-elle.

— Je voulais tellement l'aider. Je la prenais dans mes bras dès qu'elle pleurait, et je la soutenais lorsqu'elle se disputait avec sa mère, mais ce n'était pas suffisant. Alors je me suis demandé : « Qu'est-ce que tu sais faire ? » Je ne connaissais que la musique. Et j'ai écrit cette chanson pour Vivi.

— Waouh !

Willa n'en revient pas !

Il sort sa guitare de son étui. Elle n'y connaît rien, et pourtant elle devine que cet instrument est particulier. En bois sombre avec une plaque en nacre et une sangle brodée.

Il la passe au-dessus de sa tête. Lorsqu'il joue le premier accord, elle en a des frissons. Willa est ce genre de personne qui a consacré sa vie entière à prévoir qu'un jour, dans un avenir indéterminé, elle connaîtrait un bonheur... parfait. D'une certaine façon, la mort de Vivi l'a libérée de cette quête. Plus rien ne pourra jamais être parfait, parce que sa mère ne sera plus là pour le partager avec elle. Même si elle vit jusqu'à 100 ans, entourée d'enfants, de petits-enfants et d'arrière-petits-enfants, sa mère continuera à lui manquer. Il ne lui reste donc plus qu'à espérer quelques moments inattendus de grâce. Comme à cet instant précis. Elle vient de faire la connaissance du petit ami de sa mère au lycée. De regarder des photos de celle-ci portant de l'eye-liner et un jean moulant.

Et Brett va lui chanter la chanson qu'il avait composée pour elle.

— Quand on a commencé à sortir ensemble, notre chanson c'était *Stone in Love* de Journey. Vous connaissez ce groupe ?

Willa tente sa chance.

— *Don't Stop Believin'* ?

— Exactement. On l'écoutait sur mon autoradio. Vivi rembobinait sans arrêt la cassette pour remettre *Stone in Love.* On montait le volume, on baissait les vitres et on hurlait les paroles. Cette chanson est devenue synonyme du lycée dans mon esprit.

Il joue un autre accord.

— Vous avez une chanson comme ça ?

— *Castle on the Hill,* d'Ed Sheeran.

Elle redoute qu'il juge ce chanteur idiot, et pourtant son visage s'illumine.

— Mais oui, exactement ! Ça parle aussi d'un adolescent amoureux, c'est logique que ça vous ait parlé à cette époque.

Oui, c'est l'une de leurs chansons, à Rip et elle. Ils ont dansé dessus le jour de leur mariage.

— Pour nous, *Stone in Love* parlait du plus pur et du plus beau des amours, le tout premier.

Elle hoche la tête avec enthousiasme. C'est exactement ce qu'elle ressent pour Rip, son premier et unique amour !

— À la fin de la chanson, il y a cette phrase : « Petite chérie, je te garderai pour toujours. » Ça a été le point de départ de ma composition. Vivi était ma petite chérie. Celle qui compterait toujours plus que les autres. Et ça reste vrai à ce jour, dit-il en regardant Willa.

— Vous voulez bien me la jouer ? murmure-t-elle.

Brett tape sur la caisse de sa guitare pour donner le rythme, puis il joue les premiers accords. Un air de rock entraînant, avec une touche de blues et de folk. Et il a une voix... sexy. Ce n'est pas un terme que Willa utilise volontiers, mais c'est la réalité. Sa voix possède une force, une tendresse et quelque chose de légèrement éraillé en même temps. « Tu es mon soleil et ma lumière, mon trésor le plus précieux, tu es l'étincelle dans mes yeux... ma petite chérie, ma courageuse, mon aimée, je te conduis vers l'éclaircie, ton cœur je veux le réparer. »

Willa n'en revient pas que la chanson soit aussi parfaite. Elle lui plaît autant que du Ed Sheeran. Quand Brett a terminé, elle applaudit à tout rompre.

— Vous pouvez me la rejouer ? J'aimerais vous filmer pour garder un souvenir.

Elle se dit qu'il va peut-être rechigner à cette idée, mais au contraire il sourit et se redresse. Le soleil éclaire son visage, derrière lui se trouvent les dunes et un fin ruban bleu d'océan qui scintille. La chanson est encore meilleure à la deuxième écoute. Les paroles serrent le cœur de Willa, et même si elle n'a jamais été dans l'Ohio, elle est comme transportée là-bas, dans les années 1980, les pieds sur le tableau de bord de la voiture de Brett, qui vibre à cause des basses de l'autoradio, le vent s'engouffre à travers les vitres baissées et apporte une odeur d'herbe coupée, son cœur se gonfle de passion, de fébrilité. On ne peut pas trouver un amour plus délicieux, mais alors que voulait Vivi ?

Willa est jalouse que quelqu'un ait aimé sa mère au point de lui écrire une chanson pareille. Et troublée que celle-ci n'en ait parlé à personne.

Lorsque Brett a terminé, elle lui dit :

— Je n'en reviens pas que vous ne soyez pas connu.

— Ah ça, c'est justement la suite de l'histoire.

La suite de l'histoire… À son intonation, elle comprend que l'histoire ne s'est pas terminée comme elle aurait dû – et de toute façon il ne travaillerait pas dans une chaîne hôtelière, sinon.

— Vous avez lu le livre de votre mère ?

Elle hoche la tête à contrecœur. Elle a commencé le roman juste après leur coup de fil, mais elle n'en est qu'au chapitre trois. Elle est si fatiguée le soir qu'elle s'endort parfois avant d'avoir lu ne serait-ce qu'une page.

— On a pris l'avion, le groupe et moi, pour aller rencontrer des producteurs chez Century Records.

— Ils n'ont pas aimé la chanson ?

— Ils n'ont pas aimé *Le Blues de Parma*, ils trouvaient ça trop « régional ». Et ils avaient raison. Mais *Petite Chérie* les a emballés. Ils nous ont laissés enregistrer une démo dans leur studio, puis ils nous ont proposé de nous installer à Los Angeles. L'idée, c'était qu'on écrive d'autres chansons, qu'on se produise dans de plus grandes salles, qu'on essaie de se faire un peu connaître tout en bossant sur un premier album.

Brett marque un silence avant d'ajouter :

— Et c'est là que votre mère m'a appelé pour m'annoncer qu'elle était enceinte.

— Quoi ?

Elle bondit sur ses pieds et ressent aussitôt une envie irrésistible d'aller aux toilettes.

— Attendez-moi, je reviens. J'en ai pour deux secondes.

Willa court à la salle de bains en pensant : *J'ai un demi-frère ou une demi-sœur !* Elle a vu passer sur les pages Facebook de certains amis des découvertes surprenantes faites à l'occasion de recherches généalogiques, et honnêtement elle a eu du mal à y croire... jusqu'à maintenant ! C'est donc pour cette raison que Brett Caspian a fait toute cette route.

Pourtant, lorsqu'elle se lave les mains et qu'elle observe son reflet dans le miroir, elle pense : *Non, ce n'est pas ce qu'il va m'annoncer. Il va me dire autre chose.*

Elle se maudit de ne pas avoir davantage avancé dans la lecture du roman.

Brett a l'air particulièrement mal à l'aise quand elle le rejoint.

— J'en déduis que Vivi ne vous a jamais raconté qu'elle est tombée enceinte au lycée ?

— Non.

— Ah...

Il semble hésiter à poursuivre.

— Elle m'a appelé en Californie pour m'annoncer la nouvelle et j'ai pris le premier avion.

Willa a soudain l'estomac lesté par son sandwich. Que va-t-il lui raconter maintenant ?

— La seconde partie de cet été-là a été une période remuante. Je le comprends mieux aujourd'hui avec le recul. On était encore des enfants. On ne savait pas quelle décision prendre. Vivi disait vouloir garder le bébé et la minute suivante elle nous jugeait trop jeunes pour devenir parents. Elle devait aussi se décider pour la fac. On voulait ce bébé, rester ensemble, mais on rêvait aussi d'un avenir.

— Est-ce qu'elle s'est fait avorter ?

— On n'a jamais eu à prendre cette décision. Un matin, à l'aube, elle a débarqué chez mes parents pour m'annoncer qu'elle avait fait une fausse couche.

Willa en reste muette. Sa mère lui a menti ! Éhontément !

— Elle a fait une fausse couche ? Elle a perdu le bébé ?

— Oui. J'étais bouleversé, elle, surtout soulagée je crois. Ça nous a évité d'avoir à prendre une décision.

— Et qu'est-ce qui s'est passé ensuite ?

— Ensuite... Je suis retourné en Californie. Vivi a fini par aller à Duke, et je ne l'ai plus revue.

— Et votre groupe ?

— Il n'a jamais décollé. Je ne m'étais absenté que quinze jours, pourtant à mon retour John Zubow bossait déjà sur un autre projet. Les autres musiciens, Wayne et Roy, ont mis ça sur le compte de mon départ. En vérité, on n'avait pas un rond et Parma leur manquait. Ils voulaient rentrer. J'ai insisté pour que *Petite Chérie* sorte en single, mais ce n'était pas le genre de Zubow, miser sur un seul tube. Il voulait investir sur un groupe qui durerait. Il cherchait le prochain Aerosmith.

— Cette chanson est géniale... Vous voulez dire qu'elle en est restée là ? Personne ne l'a jamais entendue ?

— Zubow nous a proposé de la céder à un autre interprète. John Hiatt était intéressé. J'ai refusé. Je n'avais aucune envie d'entendre quelqu'un d'autre chanter la chanson que j'avais composée pour Vivi.

Il a un petit rire gêné avant d'ajouter :

— En plus de gérer un hôtel, je joue de la guitare le vendredi soir dans un bar, pendant l'happy hour. C'est assez animé les week-ends de matchs de foot. J'interprète surtout des reprises, mais je m'arrange toujours pour glisser *Petite Chérie* au milieu. Certains pensent la connaître et n'en reviennent pas quand je leur dis que c'est moi qui l'ai composée. J'ai fait graver des CD que je propose à 3 dollars pièce. J'en ai vendu six cent vingt-quatre exemplaires à ce jour. Je me dis qu'un de ces quatre, il finira par tomber entre les bonnes mains.

— Vous en voulez à ma mère d'avoir gâché votre chance de faire carrière ?

— Oh non, pas à l'époque. J'avais assez de jugeote pour comprendre qu'elle n'était pas tombée enceinte toute seule. Aujourd'hui ? Dans la vie, je suis convaincu que ce qui doit arriver arrive. Si j'avais dû devenir une énorme rock star, quelqu'un d'autre m'aurait repéré. Le Tennessee regorge de gens qui sont liés au milieu de la musique, et ils passent parfois à Knoxville.

Il secoue la tête.

— Il ne faut surtout pas avoir de peine pour moi, si c'est ce que vous pensez. J'ai une vie qui me plaît, Willa, et très peu de regrets.

Il range sa guitare avec autant de tendresse que s'il bordait un enfant.

— J'aurais juste aimé revoir votre mère.

Il lui sourit.

— Mais faire votre connaissance a été une merveilleuse surprise.

Le trajet du retour en ville se déroule en silence. Si Willa était dans son état normal, elle serait pleine d'allant et interrogerait Brett sur sa vie à Knoxville ou trouverait un autre sujet de conversation anodin. Mais elle est trop préoccupée par ce qu'elle vient d'apprendre : Vivi a fait une fausse couche juste après le lycée.

Brett remarque qu'elle est troublée.

— Est-ce que ça va ? Est-ce que j'ai mis votre univers sens dessus dessous en débarquant comme ça ?

— Ce n'est pas ça. J'ai… j'ai fait trois fausses couches.

— Oh, Willa, je suis navré…

— Et je suis enceinte.

Elle pince les lèvres. Vient-elle vraiment de dire ça tout haut ? D'annoncer à cet homme qu'elle ne connaissait pas il y a encore quatre heures une nouvelle dont sa propre famille n'est pas encore informée ?

— Félicitations, lui dit-il prudemment. Vous en êtes à combien ?

— Onze semaines. Je dois encore faire attention. Une de mes grossesses a tenu jusqu'à quinze semaines avant de...

— Oh, Willa...

— La première fois, j'ai demandé à ma mère si elle avait déjà vécu ça. Et elle m'a répondu que non.

— Je vois...

— Je recherchais sa compassion, bien sûr, mais j'étais aussi en quête d'une explication. Y avait-il déjà eu dans la famille des fausses couches ? Elle m'a menti. Elle m'a dit que non. Alors que la réponse était oui.

Ils sont arrivés. Willa se gare sur le parking, il ne reste plus beaucoup de temps avant que Brett doive y aller.

— Eh bien, soupire-t-il.

Elle se reproche de lui avoir asséné ses états d'âme alors qu'il s'apprête à partir.

— L'une des choses qui m'a traversé l'esprit en lisant le roman de votre mère...

Elle grimace.

— Vous ne l'avez pas lu, si ?

— Je n'en suis qu'à la page 38, avoue-t-elle.

Il prend son élan.

— Dans le livre, la situation est la même que celle que je vous ai racontée, entre votre mère et moi.

Il éclate de rire.

— Oui, c'est sûr que j'ai inspiré le personnage de Stott Macklemore, il me ressemble trait pour trait. Par contre, dans l'histoire, la fille, Alison, appelle Stott alors qu'il se trouve en Californie pour lui annoncer qu'elle est enceinte... et c'est un mensonge. Elle... invente ça parce qu'elle a peur de le perdre, qu'il cède aux sirènes d'une vie de star du rock. Il prend un avion pour rentrer chez lui, et une semaine ou deux plus tard elle lui annonce qu'elle a fait une fausse couche.

Willa retient un cri de surprise.

— Vous pensez que ma mère… a tout inventé ? Qu'elle n'a jamais été enceinte ? Qu'elle n'a jamais perdu le bébé ? Qu'elle vous a menti ?

Il tourne les deux paumes vers le ciel et les remue comme les plateaux d'une balance.

— Je ne sais pas très bien quoi en penser. Avec le recul, je me dis qu'elle a pu mentir, oui. Elle était encore très fragilisée par la mort de son père, et brusquement je me voyais offrir une nouvelle vie sans elle. Elle devait se sentir seule, triste et… désespérée. C'est le cas d'Alison dans son roman.

Il se tourne vers la vitre et secoue la tête.

— Et comme pour Alison, dès que je suis rentré de Californie, j'ai perdu tout attrait à ses yeux… Du coup elle est partie à la fac sans un regard en arrière.

Willa est soufflée par ce qu'il vient de lui confier.

— J'ai du mal à croire que ma mère aurait fait une chose pareille. C'était quelqu'un de bien. Et de très fort, elle était sûre d'elle.

— Je suis certain qu'elle est devenue cette femme-là, adulte. Mais à 17 ans, elle avait pas mal de démons à affronter. La façon dont elle décrit Alison dans le livre me rappelle vraiment beaucoup la Vivi que j'ai connue.

— Elle a sans doute choisi de faire mentir Alison parce que c'était plus romanesque, insiste Willa. Elle adorait les rebondissements dramatiques.

Il soupire.

— Une seule personne connaît la vérité, et malheureusement elle n'est pas là pour nous la dire.

Il ouvre sa portière puis se penche vers Willa pour l'embrasser sur la joue.

— Votre mère était un être humain, vous savez, comme nous tous.

Sur ces mots il sort, referme la portière et agite la main par la vitre baissée.

— Merci pour aujourd'hui. On reste en contact ?

— Oui.

Elle voudrait pouvoir le rassurer, lui certifier que Vivi ne lui a pas menti, qu'elle n'a pas ruiné ses chances de faire une grande carrière parce qu'elle se sentait seule et qu'elle manquait de confiance en elle à l'époque... Pourtant, elle se rend soudain compte qu'il a raison : Vivi est la seule à connaître la vérité. Et si elle avait vraiment menti au sujet de la grossesse ? Ça expliquerait pourquoi elle n'a jamais mentionné, devant personne, l'existence de Brett Caspian, leur histoire d'amour ou la chanson. Elle avait peut-être trop honte. Et ça expliquerait aussi pourquoi Vivi a dit à Willa qu'elle n'avait jamais fait de fausse couche – ce serait la vérité.

Maman ! Qu'as-tu fait ?

Willa ressent alors un besoin irrépressible de présenter ses excuses à Brett, de trouver un moyen de se faire pardonner.

Dès son retour à La Lichette, elle envoie la vidéo de *Petite Chérie* à l'attachée de presse de sa mère, Flor. Peut-être connaît-elle quelqu'un dans le milieu de la musique, peut-être que ce sera une première étape qui lui permettra de trouver un agent.

Puis elle regarde à nouveau la vidéo, pour son plaisir personnel. Trois fois de suite.

Vivi

« Une seule personne connaît la vérité, et malheureusement elle n'est pas là pour nous la dire. »

Mais si, je suis là ! pense Vivi. *Là-haut !*

« Votre mère était un être humain, vous savez, comme nous tous. »

Brett ! Elle n'est vraiment pas sûre de mériter autant d'indulgence...

Cette nuit-là, pendant que tout le monde dort, c'est plus fort qu'elle, elle se remémore ce fameux été 1987.

Brett informe Vivi que son groupe, Fuir l'Ohio, va enfin être payé pour jouer lors d'une bar-mitsva dans un hôtel à Independence.

— Six cents dollars ! lui dit-il. Deux cents chacun ! Pour une soirée de travail !

— Je peux venir ? lui demande-t-elle.

Brett a du mal à cacher son malaise.

— Ça me paraît délicat, c'est une réception privée, les parents paient sans doute en fonction du nombre de personnes présentes...

— Mais je ne mangerai rien ! Je veux juste t'entendre, moi.

— Je viendrai te chercher après, je t'emmènerai au lac.

Elle accepte, même si elle se sent rejetée. Elle passe les heures du concert à faire du tri dans ses tiroirs et sa penderie. Elle a prévu de partir à Duke six semaines plus tard. Ils n'en ont pas parlé ensemble, Brett et elle, parce que c'est un sujet de contrariété. Vivi a envisagé de renoncer à aller à Duke pour s'inscrire à Denison – l'université la plus proche de Parma, qui est aussi prête à lui offrir une bourse. C'est un bon établissement, à deux heures de route seulement. Brett pourrait venir tous les week-ends. Et si elle a sa chambre, il pourra même dormir avec elle.

Il passe la prendre avec une heure de retard après le concert et, au lieu de lui présenter des excuses, il l'inonde de nouvelles. L'un des invités, l'oncle du gamin qui fêtait sa bar-mitsva, John Zubow, est un gros ponte chez Century Records et il a aimé leur son ! Il veut les faire venir à Los Angeles !

Elle prend Brett par les deux mains et saute avec lui. Au même instant, elle sent son cœur se briser en mille morceaux.

John Zubow achète des billets d'avion pour Brett, Wayne et Roy. Leur été en amoureux est abrégé de six semaines. Brett quitte l'Ohio et Vivi se retrouve en plan. Alors que c'est l'inverse qui était prévu.

Elle le conduit à l'aéroport. Elle est en état de choc. C'est arrivé trop vite, elle n'est pas prête, elle ne veut pas qu'il parte, et pour être parfaitement honnête elle doit bien avouer qu'elle n'a aucune envie qu'il devienne une rock star. Elle l'imagine déjà assailli par des jolies filles. Pourtant, elle fait semblant d'être enthousiaste et optimiste.

— Ça va marcher, je le sens, lui dit-elle. Cette chanson est géniale.

— C'est ta chanson.

— Non, c'est la tienne.

Elle tente de ravaler la boule douloureuse dans sa gorge.

— Tu crois que tu reviendras avant mon départ ?

— Je ne suis pas sûr, répond-il en lui caressant la main avec son pouce.

Elle se souvient qu'il a fait exactement la même chose le jour où elle a enterré son père.

— Mais j'espère, ajoute-t-il.

Vivi sait qu'il ment. Il espère l'inverse bien sûr. Il espère que son groupe rencontrera le succès et qu'ils pourront commencer une carrière à Los Angeles.

— Je devrais peut-être renoncer à Duke et chercher une fac à Los Angeles, plutôt.

— Vivi, non. Tu as un avenir.

Elle fond en larmes.

— Je me fiche de mon avenir. Je veux être avec toi, moi.

D'une voix très douce, il chantonne le début de *Petite Chérie*, et elle sanglote tellement qu'elle est obligée de se garer sur le bas-côté pour lui passer le volant. Elle se reproche d'être tombée aussi amoureuse. Et si elle avait répondu « non, merci », ce fameux jour où il lui a proposé de la raccompagner après son contrôle de maths ? Et si elle avait dit : « Je vais prendre le bus » ? Et si elle était restée concentrée sur ses études ? Elle aurait peut-être appris que le groupe Fuir l'Ohio avait été découvert par un producteur de musique, et elle se serait dit « Oh, super ! », mais elle ne se serait pas retrouvée dans cet état, elle n'aurait pas ressenti un tel vide, une telle tristesse.

Devant le terminal des départs, ils échangent un long baiser passionné, et elle lui dit :

— Ils vont t'adorer. Je t'aime.

Il lui sourit. L'excitation anime les traits de son visage.

— Je t'aime aussi.

— Appelle, quand tu pourras.

Il récupère son sac et sa guitare sur la banquette arrière. Wayne et Roy l'attendent devant l'entrée.

— En route, Caspian ! lui crie Roy.

Brett veut donner un dernier baiser à Vivi, mais il rate sa bouche. Il est déjà parti. Elle le regarde rejoindre ses potes d'un pas vif. Il disparaît à l'intérieur de l'aéroport sans même se retourner pour lui faire signe. Les portes coulissantes se referment derrière lui et elle pense : *Je dois trouver le moyen de le récupérer.*

Elle n'arrive plus à garder la nourriture qu'elle ingère. Elle n'arrive plus à dormir. Sa mère en vient à compatir – ce qui n'est pas dans ses habitudes.

— Je suis sûre que c'est très dur de le voir partir. Mais tu sais ce qu'on dit, si vous êtes faits l'un pour l'autre, il reviendra vers toi.

Vivi recopie ce dicton, vaguement inspiré du poète Khalil Gibran, et l'accroche sur le miroir de sa salle de bains. Ça ne résout rien.

Dans le rade où Vivi bosse comme serveuse cet été-là, le sol est poisseux à cause de la bière et ça sent l'aile de poulet frite. Les flippers créent un éclairage stroboscopique. On y diffuse du Van Halen, du Howard Jones, du Run-DMC. Après le départ de Brett, Vivi passe en pilote automatique. Elle prend les commandes sans écouter. Elle doit se souvenir de sourire – ses pourboires en dépendent –, et elle s'efforce de flirter avec les clients, des collègues qui viennent dîner après un match de baseball, mais ça manque de naturel et elle se sent salie.

Une semaine passe sans nouvelles de Brett. Elle sait qu'il loge à l'hôtel et comprend soudain qu'il ne peut pas passer des appels longue distance de sa chambre. Elle va relever le courrier. Il lui avait promis de lui écrire. Combien de temps met une lettre pour arriver jusqu'à Parma ?

Elle perd un kilo et demi. Sa mère lui dit qu'elle n'a plus que la peau sur les os et en arrive à vouloir la gâter : elle rapporte à la maison des saucisses allemandes, des *pierogi*, des beignets. Vivi ne veut de rien.

Le 20 juillet, il y a un concert pour lequel Brett et elle avaient acheté des billets. Il lui a dit d'y aller avec quelqu'un d'autre. Qui pourrait-elle bien emmener ? Elle donne les deux à une fille du travail, Tami.

— Tu es sûre ? s'étonne celle-ci.

Vivi confirme d'un signe de tête, et Tami la serre dans ses bras. C'est la première personne à la toucher depuis le départ de Brett.

Une carte postale arrive au courrier le lendemain. Elle représente les fameuses lettres de Hollywood. À l'arrière, elle lit : *On loge au Marriott à Burbank, chambre 331. Appelle si tu peux. On enregistre une démo de* PC. *Tu me manques ! Bisous, Brett.*

Tu me manques ! Bisous, Brett. Elle relit ces mots quatorze fois de suite, en espérant qu'elle finira par voir apparaître « je t'aime » à la place de « bisous ». Pourquoi ne lui a-t-il pas écrit « je t'aime » ?

Elle a un numéro de téléphone maintenant. Elle peut l'appeler.

Ce soir-là, au restaurant, elle sert un couple qui sort de l'ordinaire – des gens jeunes et beaux qui semblent provenir des pages d'un magazine. Ils portent des vêtements dans les mêmes tons de bleu ciel. Ils s'intéressent à Vivi et lui demandent depuis combien de temps elle vit à Parma. « Depuis toujours », répond-elle avant d'ajouter qu'elle part à la fac à la fin du mois d'août.

La femme, qui est blonde et porte un bandeau taillé dans le même tissu que sa robe en coton gaufré, lui demande où elle est inscrite.

— Duke.

L'homme, en polo bleu ciel, lui dit qu'elle doit être brillante, c'est une super université !

La femme commande des nouilles et du chou.

— J'ai des envies très étranges depuis que je suis enceinte.

— Vous êtes enceinte ? s'étonne Vivi en clignant des yeux.

La femme est si mince que sa grossesse est indétectable.

— Seulement de trois mois. J'ai eu des nausées terribles, et maintenant que je peux à nouveau manger je fais des associations très étranges.

— Comme les nouilles et le chou ! s'exclame son compagnon.

De retour à la maison, Vivi appelle Brett dans sa chambre d'hôtel. Il est 21 h 30 à Parma, donc 18 h 30 sur la côte Ouest. Il doit être sorti dîner. Elle se demande si avec Wayne et Roy ils vont dîner au McDonald's tous les soirs ou si John Zubow les emmène dans les restaurants chics dont on entend parler dans les magazines. Vivi rappelle deux heures plus tard, une fois que sa mère est couchée. Elle se rend dans la cuisine sur la pointe des pieds et demande à la réception d'être mise en relation avec la chambre 331.

Personne ne décroche.

Il n'est que 20 h 30 à Los Angeles, se raisonne-t-elle. Et cet été, il est souvent arrivé que Brett passe la chercher tard.

Elle va se recoucher et rêve de la femme à la robe bleue et au bandeau assorti. Ce jeune couple va avoir un petit garçon, elle le sent.

Elle se réveille à nouveau à 3 h 45. Il est donc 0 h 45 à Los Angeles. Brett sera forcément là. Elle redescend à pas de loup pour téléphoner.

La réception la met en relation avec la chambre 331. Toujours pas de réponse.

Il n'est pas dans sa chambre à cette heure-là de la nuit. Il est dehors… pour faire la fête ? Elle pense aux endroits de Los Angeles dont elle a entendu parler : Hollywood, Beverly Hills, Mulholland Drive, Malibu. Il est forcément à une fête avec les gens de la maison de disques, ce qui signifie qu'il y a aussi des mannequins avec des cheveux crêpés, du fard à paupières violet pailleté, des jupes en cuir moulantes et des talons hauts. Vivi a regardé MTV pendant des milliers d'heures, elle sait très bien ce qui se passe en coulisses.

Elle s'assied sur une chaise de la cuisine dans le noir et comprend soudain pourquoi Brett n'a pas dit qu'il l'aimait sur la carte postale. Il l'a oubliée, il est passé à autre chose.

Elle compose à nouveau le numéro de l'hôtel. Pas de réponse. Sa mère va faire une crise cardiaque quand elle recevra la facture. Il y aura une ligne pour chacune des fois qu'un réceptionniste a pris l'appel.

C'était mieux lorsqu'elle n'avait pas les moyens de joindre Brett, parce qu'au moins elle n'avait aucune certitude sur le fait qu'il n'était pas dans son lit à 1 heure du matin.

Elle s'endort, la tête sur la table de la cuisine, et est réveillée par le chien des voisins dans la lumière rose et nacrée de l'aube. Il est 5 h 20, soit 2 h 20 en Californie. Elle regarde le téléphone.

N'appelle pas, pense-t-elle. Mieux vaut ne pas savoir. Elle devrait attendre la fin de la matinée – elle part pour le travail à 11 h 30. Elle risque de réveiller Brett, mais au moins il sera là, c'est sûr. Si elle appelle maintenant et que la chambre est vide, le monde va s'écrouler. D'autant que le manque de sommeil lui fait déjà perdre la tête.

N'appelle pas, se répète-t-elle. Elle devrait peut-être laisser passer un jour, ou deux. Comme ça il se demandera ce qu'elle fabrique.

Oui, c'est ce qu'elle doit faire. Patienter.

Seulement voilà… elle est consumée par l'amour, la rage et la panique. Elle a l'impression qu'il a disparu dans un trou. Et s'il lui était arrivé quelque chose ? Et s'il était à l'hôpital ou en prison ?

Son père est mort depuis six mois pile, mais elle ne peut pas en parler à sa mère, elle ne peut pas dire qu'elle aimerait qu'une messe soit donnée en sa mémoire, parce qu'elle sait bien que le suicide est un péché. Elle a perdu l'amour de son père, il s'est envolé avec lui. Brett tentait de compenser cette perte. Il tentait de l'aimer pour deux. Elle ne peut pas le perdre lui aussi.

Elle décroche le combiné et compose à nouveau le numéro. Elle le connaît par cœur maintenant.

Au bout de deux sonneries, il décroche.

— Allô ?

Elle est si submergée d'émotions en entendant sa voix qu'elle fond en larmes.

— Vivi ? Vivi, c'est toi ? Pourquoi est-ce que tu pleures ?

— Je suis enceinte.

Brett prend un vol dès la fin de la semaine, et le samedi soir ils sont sur la banquette arrière de sa Buick et font l'amour. Vivi est à la fois folle de joie et dévastée. Elle a inventé un… mensonge monstrueux, et maintenant elle doit assumer les conséquences.

Il veut garder le bébé. Ses parents l'ont eu peu de temps après la fin du lycée et ils sont toujours ensemble, toujours heureux.

Et toujours à Parma, pense-t-elle. *Dans la même équipe de bowling que M. Emery, le prof de maths.* Pour une raison qu'elle ne s'explique pas, la perspective de rester dans ce trou paumé, qui lui paraissait un sort envieux le jour où elle a déposé Brett à l'aéroport, a perdu tout attrait à ses yeux.

— Et ta carrière ? lui demande-t-elle. Le contrat avec la maison de disques ?

— Rien n'est fait, Vivi.

Il lui a raconté ce qui s'était passé en Californie. Ils ont enregistré la chanson, joué devant les propriétaires de quelques clubs de musique, et on leur a dit que la prochaine étape c'était de composer assez de chansons pour un album. D'après lui, l'écriture de ces chansons n'a rien d'évident. Il lui a confié, en la serrant dans ses bras :

— J'ai perdu mon inspiration.

Vivi dit qu'elle n'a pas encore pris de décision pour le bébé, qu'elle a besoin de temps pour réfléchir.

Elle se retrouve prisonnière d'un tissu de mensonges. Elle fait semblant d'avoir des nausées, d'être prise de vertiges. Elle pose la main sur son ventre et ne proteste pas lorsque Brett parle du « bout d'chou ».

Ils ont souvent des rapports sexuels, sans protection. Vivi peut difficilement lui demander de mettre un préservatif ou même de se retirer alors qu'elle attend déjà un enfant. Et elle a donc toutes les chances de finir par tomber enceinte pour de bon, ce qui serait la pire punition karmique qu'elle puisse envisager.

Elle prend une décision : elle va faire semblant de perdre le bébé. Elle va au supermarché pour acheter du sang artificiel, mais le vendeur lui répond que le rayon pour Halloween ne sera pas installé avant début septembre. Elle décide de se passer de cet accessoire. Elle a le pressentiment que Brett – et peut-être bien les hommes en général – connaît mal le fonctionnement du corps féminin.

Elle patiente une semaine de plus parce qu'elle adore la tournure qu'a prise leur relation. Brett est particulièrement affectueux, tendre, attentionné. Elle est devenue sa reine – elle est la mère de son enfant à naître.

Durant cette semaine, deux événements se produisent. D'abord, Wayne et Roy appellent pour savoir quand Brett compte revenir en Californie.

— Qu'est-ce que tu leur as dit ? s'inquiète-t-elle.

Elle a essayé de ne pas penser que l'avenir de Brett n'est pas le seul en jeu dans cette histoire. Wayne et Roy se sont complètement retrouvés en plan.

Brett sourit.

— Je leur ai dit que je regardais les bagues de fiançailles.

Ces mots ne provoquent pas le genre d'euphorie à laquelle Vivi se serait attendue.

Ensuite, elle reçoit un courrier de Duke contenant son emploi du temps, le détail du parcours d'intégration des élèves de première année et l'adresse exacte de son logement. Elle est attendue sur place le 31 août. Soudain, Vivi voit l'avenir comme une grande porte lumineuse devant elle. Il lui suffit de la franchir. Enfin d'abord elle doit arranger les choses. Elle n'en revient pas d'avoir agi de façon aussi impétueuse, irréfléchie et surtout égoïste. Sa mère a emprunté un livre de développement personnel à la bibliothèque, intitulé : *Les gens bien font parfois de mauvais choix*. Vivi sait que sa mère continue à se débattre avec le suicide de son père, mais ce titre lui parle. Elle est cette fille bien qui a fait le mauvais choix. Oui.

Le lendemain matin, dès 7 h 30, elle va voir Brett – elle sait que ses parents partent travailler à 6 h 45. Elle sait aussi qu'il dort encore à cette heure, donc elle s'introduit sans bruit dans la maison, monte au premier, puis se glisse sous la couette à côté de lui et presse son visage entre ses deux omoplates. Il est si chaud, et son odeur... Elle sait déjà qu'elle n'aimera plus jamais personne comme elle l'aime.

— Brett, murmure-t-elle.

Il se réveille en sursaut, se retourne et, lorsqu'il comprend que c'est elle, il la serre dans ses bras.

— Qu'est-ce que tu fais ici, Viv ? Mes parents sont partis pour le travail ?

— Oui.

Elle fond en larmes.

— J'ai perdu le bébé, ajoute-t-elle.

— Quoi ?

Il s'assied dans le lit et se prend la tête à deux mains.

— Quoi ? Non ! Non, Vivi, non !

Il a le buste agité de tremblements, c'est une vision terrible. Elle ne l'a jamais vu se mettre dans un état pareil, tout ça parce qu'elle a manqué de confiance en elle, parce qu'elle a été inconsidérée et cruelle. Ça ne fait que redoubler ses larmes. La culpabilité l'étouffe au point qu'elle manque de tout avouer. Mais non, ça ne servirait qu'à empirer la situation.

— Je suis désolée, Brett. J'ai l'impression d'avoir échoué. C'est comme si tout ça, c'était ma faute.

Il lui demande si elle est sûre d'elle, il est d'avis de prendre rendez-vous avec un médecin. Elle répond qu'elle est sûre et certaine. Et aussi qu'elle n'a pas les moyens de payer une consultation – elle ne peut évidemment pas utiliser l'assurance familiale. Il lui propose de faire un test de grossesse par sécurité, et dans un profond soupir elle accepte.

Par ce beau matin estival, ils vont acheter un test dans une pharmacie de la banlieue voisine, pour ne croiser aucune connaissance. Elle se trouve juste à côté du café où Vivi avait l'habitude de petit-déjeuner avec son père le samedi.

— Tu veux manger quelque chose ? lui propose Brett.

Elle est affamée, mais elle n'est pas en état de mettre les pieds dans cet endroit, où elle n'est pas retournée depuis la mort de son père. Elle ne veut pas prendre le risque de croiser Cindy. Elle ne peut pas s'empêcher de penser que la serveuse et son père seraient déçus s'ils apprenaient ce qu'elle a fait. Elle était une si gentille fille à l'époque où elle commandait du pain perdu avec des pommes paillasson et du bacon bien grillé, où elle buvait du café et lisait les critiques ciné dans le journal avant de se pencher sur son horoscope.

Elle se souvient de l'espoir avec lequel elle déroulait les minuscules rouleaux de papier bien serrés, curieuse de découvrir le sort qui l'attendait en tant que Capricorne. Aucune de ces prédictions ne l'avait conduite à penser qu'elle serait un jour à l'origine d'une situation aussi tumultueuse.

— Je veux juste rentrer à la maison. Enfin chez toi.

Une fois là-bas, elle fait le test. Négatif.

Ils retournent se coucher dans le lit de Brett pour faire la sieste. Il l'embrasse sur le sommet du crâne et lui dit :

— Ça ne nous empêche pas de nous marier.

Les jours suivants, la tension est à son comble. Vivi voudrait que Brett rentre à Los Angeles – elle lui propose même de payer son billet avec l'argent qu'elle a gagné au restaurant –, mais il refuse de partir tant qu'elle ne sera pas remise à « cent pour cent ». Elle lui assure que c'est déjà le cas.

— Tu dois y retourner. Wayne et Roy t'attendent.

— Viens avec moi. Tu es ma muse, Vivi.

Il passe les mains sur son visage comme s'il cherchait à lire en braille.

— Je ne peux pas écrire de chansons sans toi. J'ai essayé et je n'y arrive pas, Vivi.

— Mais Duke m'attend.

— Tu te disais prête à envisager d'aller à l'université en Californie. Il y a plein de bonnes facs là-bas.

Elle l'a dit, oui – et à l'époque elle le pensait d'ailleurs. Elle n'en revient pas à quel point elle a évolué en peu de temps. On dirait qu'ils ont échangé leurs places, Brett et elle.

— Non, je veux aller à Duke, insiste-t-elle en le serrant dans ses bras. Je suis désolée, mais je préfère maintenir mon projet de départ.

— Très bien. Je vais retourner à Los Angeles dans ce cas. Et on remet le mariage à plus tard.

Dans sa bouche, ces mots ressemblent à une menace, et pourtant Vivi est soulagée.

La semaine suivante, elle l'accompagne à l'aéroport.

— Ils vont t'adorer. Je t'aime.

Il se dirige vers les portes automatiques du terminal le dos voûté. Il se retourne pour lui faire un signe de la main, avant de disparaître à l'intérieur.

C'est la dernière fois que Vivi voit Brett Caspian. Elle l'appelle à son hôtel la veille de son départ pour Duke et lui brise le cœur.

— Martha ? murmure-t-elle en gardant les yeux clos.

Elle est allongée sur la méridienne en velours vert, toujours un peu perdue dans ses souvenirs. Elle répète la question un peu plus fort :

— Martha ?

Elle entend un bruissement. Lorsqu'elle rouvre les yeux, elle découvre la Guide assise sur la table basse en émail blanc, face à elle.

— Oui, Vivian, je suis là.

Elle porte son foulard noué autour de son poignet et de son avant-bras, sorte de croisement entre une manchette et un bandage très chic.

Les paupières de Vivi se referment en papillotant. Le dicton qui dit « on dormira quand on sera mort » lui vient à l'esprit.

— Je veux utiliser mon second coup de pouce, chuchote-t-elle. Je veux que Brett sache que je suis désolée.

— Il le sait. C'est clair comme de l'eau de roche dans votre roman.

— Tout ira bien alors ? Mon secret ne sera pas révélé au grand jour ?

Aucune réponse. Vivi se redresse et aperçoit le bas de l'ample tunique blanche de Martha, qui disparaît derrière la porte verte.

— J'espère pour vous que ce sera le cas ! lui crie-t-elle, bien réveillée. Vous m'avez encore imposé votre décision !

Brett pourrait en parler autour de lui. Vivi est sur la liste des meilleures ventes, en deuxième place, et certains pourraient être intéressés par ses révélations – à commencer par le fait qu'il a vécu exactement l'intrigue racontée dans le roman. Internet prendrait le relais. Le secret de Vivi risquerait de devenir viral. Les lecteurs ne sont-ils pas toujours à la recherche de l'histoire derrière l'histoire ? Et si Willa en parle à Carson, Leo, Savannah ou J. P. ? Que penseront-ils ? Qu'elle était un être humain comme eux tous ? Ou en concevront-ils une mauvaise opinion d'elle ?

Au moment de la rédaction de ce livre, elle savait qu'il y avait une petite chance pour que Brett découvre son existence, et une toute petite chance qu'il le lise. Une réflexion surprenante traverse ses pensées : peut-être qu'une minuscule part d'elle, terrée dans le recoin où elle a caché ce secret toutes ces années, voulait que Brett sache la vérité. Peut-être avait-elle besoin de se confesser.

Elle lève les yeux vers le plafond et caresse le velours soyeux de la méridienne. Elle ne peut pas le nier : elle se sent plus légère, presque soulagée.

Amy

J. P. a posé son lundi pour qu'ils puissent aller à la plage ensemble. Amy enfile le nouveau deux-pièces noir qu'elle a acheté, dans un élan d'optimisme, le 8 janvier, soit une semaine après avoir décidé, en guise de bonne résolution, d'entamer un régime. Elle s'étudie sous tous les angles. Elle a des bourrelets de gras au niveau du ventre qui menacent de se transformer en véritables plis, elle va devoir faire attention quand elle sera assise. Son derrière aussi s'est remplumé, mais elle se dit que le monde a peut-être de l'affection pour ce genre de rondeurs maintenant. (Il arrive que Lorna lui agrippe les fesses au salon en lui disant « je ne peux pas résister » – et c'est apparemment un compliment.) Elle ajoute par-dessus une tunique blanche transparente et applique sa crème solaire hors de prix. Elle regrette de ne pas avoir les pieds faits – elle qui côtoie une esthéticienne presque tous les jours au salon ! –, mais J. P. ne l'a prévenue que la veille au soir. Il a pris sa décision sur un coup de tête : il avait envie de passer du temps avec la femme qu'il aime. Et ce sera aussi l'occasion, a-t-il ajouté, d'avoir la « discussion » dont il lui a déjà parlé et qu'elle a mis beaucoup d'application à esquiver.

La bague a disparu du tiroir de la commode. J. P. l'a soit rendue… soit cachée ailleurs. Peut-être dans son pick-up. Est-ce qu'elle se berce d'illusions ? Sans doute, oui.

Il se charge du pique-nique. Amy avait espéré qu'ils pourraient passer au Nickel, mais J. P. craint d'être gêné en présence de Joe DeSantis. Apparemment, Leo et Cruz ne s'adressent plus la parole. Il prépare lui-même les sandwichs sur du pain au levain toasté de chez Born & Bread, avec du jambon, du fromage, de fines tranches de figues bien mûres et de la mayonnaise. Il embarque aussi un paquet de chips à l'aneth (les préférées d'Amy, elle est sensible au geste), du raisin et plusieurs bouteilles d'eau.

Elle remarque l'absence d'alcool – pas de rosé, de champagne ou même de bière. Elle hésite à dire quelque chose, mais le repas c'est le domaine de J. P., et elle préfère ne pas s'en mêler.

Elle se berce complètement d'illusions au sujet de la demande en mariage. Personne ne fait ça sans ouvrir du champagne.

Elle va chercher les serviettes de plage dans la buanderie et ses espoirs éclatent les uns après les autres, comme des ballons après une fête. Elle se dit maintenant que, dans le meilleur des cas, ils vont passer une bonne journée de détente à la plage. Elle emporte aussi le parasol rayé, deux chaises, le livre qu'elle a commencé à Noël et celui de J. P., *Petite Chérie.* Elle envisage de l'oublier. Serait-ce trop demander que passer une journée à la plage sans que Vivi les accompagne ?

Vivi est morte, se rappelle-t-elle. Sa jalousie persistante est puérile et grotesque. Elle fourre le roman dans son sac de plage.

Quand ils sont enfin installés sur la banquette avant du pick-up de J. P., elle lui demande :

— On va où ?

— À Fat Ladies.

Amy tique aussitôt. « Les Grosses Dames. »

— On dit juste Ladies, le reprend-elle.

« Les Dames. »

— On l'a toujours appelée Fat Ladies dans ma jeunesse.

— Oui, eh bien ça ne se fait plus.

Il ricane.

— Il va y avoir beaucoup de monde en plus, ajoute-t-elle. Pourquoi pas Great Point ?

— C'est trop loin.

Le dernier espoir d'Amy est réduit à néant. Les demandes en mariage se font toujours à Great Point en journée – et à Steps Beach au coucher du soleil.

— Mais tu as raison, reprend-il, il y aura du monde à Ladies. Allons à Ram Pasture.

Elle n'a pas le cœur de refuser, alors qu'elle déteste cette plage-là : c'est celle où J. P. et Vivi ont passé leur premier rancard. J. P. lui a évidemment relaté sa rencontre avec son ex-femme, au pressing. Il l'avait invitée à sortir, l'avait emmenée passer la journée à la plage. Leur histoire avait duré tout l'été, puis avait conduit à leur mariage. Il lui avait raconté ça pendant sa première semaine de travail au Bouchon, et à l'époque elle avait trouvé ça mignon, romantique. Il faut dire qu'elle le croyait heureux en mariage. Au fil de l'été, le mythe s'est érodé tel un château de sable.

Peut-être que J. P. n'associe plus cette plage avec Vivi – même si elle sait bien qu'on associe pour toujours certains lieux à certaines personnes, qu'on le veuille ou non. Il doit penser à elle, au moins inconsciemment.

Bon, ils n'auront qu'à se créer leurs propres souvenirs à Ram Pasture, des souvenirs qui supplanteront les anciens.

Amy monte le volume de la musique – Pearl Jam, un groupe qu'ils apprécient tous les deux –, pose ses pieds nus sur le tableau de bord, et les retire presque aussitôt à cause de l'état de ses orteils. Elle prend la main de J. P. Ils vont s'amuser. Se détendre. Resserrer un lien qui s'est distendu. C'est une belle journée avec un ciel limpide, pas la moindre trace d'humidité, une brise légère. La végétation basse et l'horizon dégagé sur la route lui rappellent les paysages de la savane africaine, qu'elle a vus en photo. Soudain, à l'horizon, un fin ruban bleu apparaît. À gauche, on devine déjà le petit étang de Ram Pasture, bordé de rosiers rugueux blancs et roses en pleine floraison. Elle passe de si longues heures au salon qu'elle en oublie que l'île regorge d'endroits incroyables !

— Tu avais raison, murmure-t-elle. Un vrai paradis.

Ils installent leurs fauteuils et une fouta, mettent la glacière à l'ombre du parasol. Il retire son tee-shirt et elle l'observe. Ils n'ont pas fait l'amour depuis des semaines – la dernière fois remonte à quelques jours avant la mort de Vivi –, et on dirait bien qu'il a perdu une partie des kilos qui s'étaient installés lors de l'ouverture saisonnière du Cône (il a du mal à résister à la glace à la pêche). Malgré tout, il est loin d'avoir une plastique parfaite, et ça lui est bien égal. Amy l'aime. Oui, elle l'aime. La magie s'est-elle un peu dissipée ? Ses sentiments sont-ils un peu moins passionnés ?

Évidemment. C'est ce qui arrive à tout le monde. Mais elle continue à ressentir un élan vers lui, une énergie.

Elle pose une main dans son dos pour le faire pivoter vers elle dans l'espoir qu'il l'embrassera, et il se dérobe pour aller se jeter à l'eau. J. P. est un nageur intrépide et débordant. Peu lui importe la hauteur des vagues ou la température de l'eau. Avec les années, Amy a appris à dompter la plupart de ses peurs. Il n'en reste pas moins qu'elle n'a pas grandi près d'un océan. Elle n'allait pas à la plage tous les ans et, quand elle le faisait, c'était pour se baigner dans les eaux plus calmes du golfe du Mexique.

Derrière J. P., elle aperçoit la tête noire et luisante d'un phoque, et même si elle aime voir les animaux dans leur habitat naturel, elle sait aussi que la présence de phoques peut signaler celle de requins. Elle s'approche de l'eau et laisse l'écume lui grignoter les pieds, mais elle ne se baignera pas.

Elle retourne à leur campement et décide de s'étendre sur la fouta plutôt que de s'asseoir dans un des fauteuils. Elle prend son livre sans réel enthousiasme. Il y a si longtemps qu'elle ne l'a pas ouvert qu'elle aurait sans doute tout intérêt à recommencer du début.

À son retour, J. P. se frictionne la tête avec une serviette avant de lancer :

— Ça te dit de marcher un peu ?

— Je viens juste de m'allonger.

— Ah… D'accord.

Au lieu de s'installer dans un fauteuil, il se laisse choir à côté d'elle sur la fouta.

— Amy ?

Elle se redresse sur les coudes et rentre son ventre tout en contractant ses cuisses.

— J. P. ?

Il reste silencieux une seconde, et elle comprend que l'instant qu'elle a tant redouté est arrivé. « Il faut sans doute qu'on se parle… »

— Je sais que ça n'a pas été facile pour toi depuis la mort de Vivi.

C'est le moins qu'on puisse dire.

— Ne t'en fais pas pour ça. C'est à moi de m'inquiéter pour toi. Et les enfants.

— Je m'inquiète pour les enfants, en effet. Ils doivent être ma principale préoccupation.

— Bien sûr.

Elle a un peu fait l'autruche en ce qui les concerne. Elle n'en a pas revu un seul depuis le décès de Vivi.

— On pourrait les inviter à dîner un soir ?

Ça lui semble un excellent point de départ, même si un dîner en famille tient de la plus totale illusion. J. P. travaille au Cône tous les jours jusqu'à 22 heures, Willa sort rarement de sa petite bulle de bonheur marital, Leo part pour la fac dans un mois et Carson travaille aussi tous les soirs ou presque. Et puis en prime, désolée, mais Amy n'est pas du genre à aimer les dîners en famille.

— Je veux qu'on fasse une pause, lui répond-il. Non, ça pourrait prêter à confusion. Je veux qu'on se sépare. Je veux que tu quittes la maison. Je veux qu'on reprenne chacun notre vie, Amy.

Elle reçoit ces mots comme autant de plombs, et sa bouche s'arrondit progressivement, jusqu'à s'ouvrir en grand. Sa surprise doit se lire sur ses traits. Et pourtant, elle ne devrait pas l'être. Si elle était honnête avec elle-même, elle reconnaîtrait qu'elle savait, à la seconde où elle a laissé J. P. Quinboro l'embrasser dans cette boutique après qu'ils avaient bu ensemble deux bouteilles et demie de champagne, qu'elle prenait le risque que cette histoire se termine ainsi – il se rendrait compte qu'elle n'était pas la bonne et il y mettrait un terme.

— Je suis désolé.

Elle entend dans sa voix qu'il ne l'est pas. Il est soulagé. Le coup fatal a été porté. Les dix années qu'elle a investies dans cette relation ont été réduites à néant par quelques phrases.

— Tu es une fille merveilleuse…

— Arrête. Épargne-moi ta condescendance, s'il te plaît.

Elle s'exprime avec une fermeté et une clarté qui l'étonnent. C'est un heureux changement par rapport au ton chantonnant qu'elle se sent habituellement obligée d'employer avec lui, pour être une fille charmante et joyeuse.

— Ta décision est liée à la mort de Vivi ?

— En quelque sorte. J'ai fait un bilan personnel. Je ne ressens pas ce que je devrais ressentir pour toi. Tu mérites d'être aimée, d'être adorée.

— Et tu ne m'aimes pas ? Tu ne m'adores pas ?

— Non.

Il refuse les dérobades et les zones grises, il ne laisse aucune place au doute. Et elle lui en est reconnaissante. Il l'empêche de croire qu'il reste un espoir. Et puisqu'il n'y en a aucun, elle s'autorise à être honnête.

— Je n'aurais jamais dû te laisser m'embrasser ce jour-là. Je savais que c'était mal. Je savais que tu n'étais plus heureux avec ta femme et que tu cherchais à te rassurer avec une jolie fille.

— Tu étais un cadeau tombé du ciel. Cet été-là, tous les jours, j'ai été heureux. J'avais hâte d'être au lendemain matin pour aller travailler. Tu étais mon soleil.

— J'étais aveuglée par mes sentiments pour toi. Tu étais plus âgé, tu étais raffiné et beau… et tu étais un fruit défendu.

Parce que le fait qu'il appartienne à une autre avait contribué à le rendre plus attirant encore, elle en est consciente.

— Je voulais que ça marche, Amy. J'ai vraiment donné toutes ses chances à cette histoire. Je crois qu'à partir du moment où tu t'es installée à la maison…

Oui, il y a trois ans, quand ils ont commencé à vivre sous le même toit, la situation est devenue plus stressante, et les tensions ont érodé leur histoire d'amour. Les enfants étaient plus grands, ils avaient des opinions et ils choisissaient leur camp. Seulement Amy avait besoin d'un endroit où vivre, et elle fréquentait J. P. depuis près de sept ans… ça paraissait logique. Pourtant elle aurait dû garder son indépendance. Elle aurait dû louer quelque chose, ou même acheter son propre bien.

— J'ai toujours été jalouse de Vivi, admet-elle. Vous étiez divorcés, mais vous restiez dépendants l'un de l'autre. Même au bout de plusieurs années avec moi, elle restait la femme la plus importante dans ta vie. Ça n'a jamais été moi, ça a toujours été elle.

Elle s'attend à ce qu'il réfute ces allégations, pourtant il ne dit rien.

— Tu me taquinais sur ma jalousie à une époque. Tu affirmais que c'était ridicule, que je manquais d'assurance en moi. Je ne faisais que réagir au fait d'occuper systématiquement la seconde place.

À présent la colère remonte à la surface. C'est de l'acide qu'elle aimerait lui jeter au visage.

— Je n'aurais jamais dû croire une seule de tes promesses. J'aurais dû te quitter il y a des années. Tu m'as volé les meilleures années de ma vie.

— Tu n'as que 33 ans. Il te reste tout le temps de rencontrer un autre homme et d'avoir des enfants.

Il a raison. Maintenant qu'elle est libre, elle va pouvoir trouver quelqu'un et tomber enceinte, alors qu'avec J. P. cette possibilité avait été écartée dès le début. Il a subi une vasectomie après la naissance de Leo.

— Tu te souviens du soir où tu es allé dîner chez Savannah ? Je vous ai espionnés par la fenêtre de la cuisine, dans son jardin.

— Tu n'as pas fait ça !

Il soutient son regard.

— Tu l'as fait ? reprend-il. Waouh, même pour toi, c'est vraiment bas. Tu as bien conscience qu'on est seulement amis…

— Vous n'étiez pas amis avant. Tu la détestais.

Il le reconnaît d'un geste, en baissant la tête.

— On a une relation compliquée. Avec beaucoup de passif. J'ai connu Savannah toute ma vie. Bien avant Vivi.

Amy sait tout ça. Savannah et J. P. se croisaient, déjà petits, au Yacht Club. Deux enfants d'un milieu ultra-privilégié avec des souvenirs communs sur des courts de tennis ou des voiliers, des images de leurs parents buvant des gin tonics en riant aux éclats sur la terrasse.

— Vous m'aviez l'air plutôt très amis ce soir-là.

— On était tristes.

— Bon, en tout cas, quand je suis repartie d'Union Street, j'ai filé au Gaslight, où je suis tombée sur Dennis.

— Ma pauvre…

— Il m'a invitée à danser et on a fini par s'embrasser sur la banquette de sa camionnette.

J. P. accuse le coup. Est-ce que ça le gêne ? Est-il jaloux ? Amy n'avait pas prévu de lui raconter cette soirée, même si elle y a souvent repensé depuis. Dennis s'était comporté de façon étonnamment élégante avec elle – il avait été respectueux, gentil, généreux (il avait réglé toutes les consommations) –, ce qui ne l'avait pas empêché de se montrer aussi sagace, drôle et honnête.

— Ne reste pas avec J. P., lui a-t-il dit. Il n'est pas assez bien pour toi. Même Vivi pensait que tu méritais quelqu'un de plus jeune, de plus dynamique.

Et puis, plus tard dans la nuit, alors qu'ils faisaient bien plus que s'embrasser dans sa voiture, il lui a murmuré :

— Je t'ai toujours trouvée sexy, vraiment très sexy.

Amy s'était délectée de ces mots : quelle femme ne serait pas flattée d'entendre ça ? Elle n'avait jamais jugé Dennis très séduisant, même si la taille de la bosse sous son pantalon l'avait intriguée (elle n'est pas assez vache pour spécifier ce détail à J. P.).

— Tu as embrassé Dennis, dit-il d'une voix blanche. Oublie ce que j'ai dit tout à l'heure, tu es tombée encore plus bas que je ne le pensais.

— On était tristes, répond-elle du tac au tac.

Elle chasse le sable sur ses mollets.

— On devrait rentrer maintenant. J'ai des valises à faire.

— Tu n'es pas obligée de partir aujourd'hui.

— Oh que si.

Elle sait déjà ce que Lorna lui dira : « Bien sûr que tu peux dormir chez moi, ma poule. Reste aussi longtemps que tu veux. »

— C'est une si belle journée.

— Si tu voulais profiter de la plage, il fallait me mener en bateau jusqu'à la fin de l'après-midi. Après dix ans, tu aurais pu tenir quelques heures de plus, non ?

Il baisse la tête, et malgré elle Amy ressent de la peine pour lui. Il a travaillé non-stop depuis le début de l'été, à part le jour des obsèques de son ex-femme qui se sont terminées par un coup de poing de Dennis.

— Reste, lui dit-elle. Je vais rentrer préparer mes affaires, et je repasse te chercher d'ici quelques heures. Tu me déposeras chez Lorna au retour.

Il se rallonge sur la fouta.

— Merci, je ne mérite pas ta bonté.

Il ne la mérite pas, en effet. Il mériterait qu'elle lui jette du sable au visage. Il mériterait d'appeler un Uber pour pouvoir rentrer, et s'il n'a pas de réseau, de faire, tant pis pour lui, le trajet à pied. Amy enfile sa tunique et quitte la plage. Elle sait bien que la douleur est récente, qu'elle est sans doute en état de choc et que lorsque ça passera, elle constatera que son cœur a été détruit, pourtant elle sait aussi qu'elle survivra. Elle mûrira grâce à cette histoire. Des couples se séparent tous les jours. Elle ne fait pas exception.

Elle envisage d'écrire à Dennis pour lui annoncer qu'elle est une femme libre, que J. P. l'a virée, mais elle se dit qu'il l'apprendra bien assez tôt par le téléphone arabe de Nantucket. Certains diront, elle ne se fait aucune illusion, qu'elle l'a bien cherché. Et d'autres auront sans doute de la peine pour elle, ils se diront qu'ils l'ont jugée trop sévèrement et qu'ils devraient lui laisser une seconde chance.

Elle sera là pour la saisir !

Vivi

— Tant mieux pour Amy ! lance-t-elle... à l'intention de personne.

Martha n'est pas dans les parages. Vivi n'a probablement pas besoin d'elle.

Elle jette un coup d'œil à J. P. sur la plage. Ça n'a pas dû être facile pour lui, de mettre un terme à une histoire de dix ans.

Il s'est endormi.

Cette nuit-là, Vivi fait un voyage dans le passé.

Elle revit, une fois de plus, son premier été sur l'île. Elle a quitté la maison d'Union Street. Après trois nuits dans une auberge de jeunesse près de la plage, elle a trouvé une chambre à louer dans Fairgrounds Road et décroché un job dans un pressing – elle sera chargée d'accueillir les clients.

Le travail est bien payé, mais elle meurt de chaud. Il n'y a pas de climatisation dans la boutique, et même si, en laissant les deux portes – de devant et de derrière – ouvertes, on arrive à faire un léger courant d'air, elle dégouline de transpiration sur les tempes, entre les seins et dans le dos. (Au point qu'il lui arrive même une fois de se tamponner le front avec une robe en coton qu'une cliente vient de déposer). Ses longs cheveux bruns lui font le même effet que si elle avait un animal – un raton laveur ou un vison – endormi sur la tête. À l'issue de sa première semaine, elle prend rendez-vous chez le coiffeur et lui demande de tout couper.

— Faites-moi la coupe de Demi Moore dans *Ghost.*

Pour que je puisse, ensuite, rencontrer Patrick Swayze, pense-t-elle.

J. P. passe chercher des vêtements appartenant à sa mère, Lucinda Quinboro. Il porte un short de sport, un tee-shirt du Chicken Box et des tongs. Il n'est pas coiffé. On dirait qu'il vient de se lever. Vivi jette un coup d'œil à l'horloge, il est 12 h 30.

Vivi s'est repassé les détails de leur rencontre des milliers de fois ces dernières années, pour se reprocher son aveuglement. Comment n'a-t-elle pas repéré les signaux d'alarme ? Il venait de se réveiller malgré l'heure tardive, il venait récupérer les affaires de sa mère. Qu'est-ce qui dans ce portrait l'a poussée à se dire : *Je veux épouser ce type et avoir des enfants avec lui ?*

En réalité, Vivi ne projette rien sur le long terme lorsqu'elle rencontre J. P. Elle pense : *99 % des gens qui franchissent cette porte sont soit des femmes au foyer soit des employés de maison. Voilà enfin un type mignon de mon âge.*

Elle compte sur sa fibre séductrice, qu'elle affûte au Muse et au Chicken Box avec Savannah. Elle a rencontré des garçons et en a même embrassé quelques-uns, mais elle n'a pas encore eu de vraie histoire.

— Et voici, Lucinda, dit-elle en remettant à J. P. plusieurs robes et blouses dans des housses en plastique.

— Je suis son garçon de courses, dit-il en riant. J. P. Quinboro.

— Vivian Howe. Tout le monde m'appelle Vivi. Et J. P., c'est l'abréviation de quoi ? Non, ne me dis rien, je vais deviner.

Elle le jauge. Un garçon de bonne famille. Il doit porter le nom d'un roi anglais.

— James Peter ?

— Non. Je te laisse une seconde chance.

— John Paul ?

— Tu as trouvé Peter et Paul, mais tu as oublié Mary.

— Pardon ?

— Mes vrais prénoms sont William Edward.

Elle doit se retenir de rire, parce qu'elle avait raison pour le roi anglais.

— Ma mère est une grande fan du groupe Peter, Paul and Mary, et plus particulièrement de leur chanson, *Puff the Magic Dragon*. Elle m'a donc surnommé Jackie Paper, comme le petit garçon de la chanson, dans mon enfance. Qui a fini par donner J. P.

Cette histoire plaît tellement à Vivi qu'elle envisage de ne pas le faire payer.

— C'est adorable !

— C'est la seule chose adorable chez ma mère. Crois-moi sur parole. Tu mets ça sur son compte ?

— Pas de problème. À plus tard, Jackie Paper, dit-elle en lui faisant un clin d'œil.

Par la vitrine, elle le regarde déposer les vêtements sur la banquette arrière d'une voiture décapotable. Avec leurs housses, ils vont tomber par terre au premier virage. Lucinda Quinboro devrait se chercher un autre garçon de courses.

Au lieu de monter derrière le volant, J. P. rebrousse chemin et entre à nouveau dans la boutique.

— Tu serais libre pour une sortie un de ces quatre ? Tu as un jour de repos ?

— Le dimanche.

— Alors on va passer la journée à la plage ? Je m'occupe de tout.

Elle annonce à Savannah qu'elle a rendez-vous avec un type craquant qu'elle a croisé au travail, et son amie est à la fois folle de joie et jalouse.

— Je ne rencontre pas de garçons au travail, moi. De l'inconvénient d'être vendeuse dans une boutique de broderie. J'aurais dû me trouver un job sur un bateau de pêche ou au golf. Comment il s'appelle ?

— J. P. Quinboro. Tu ne devineras jamais ce qui se cache derrière ces initiales !

— Jackie Paper ? gémit Savannah.

— Attends… tu le connais ?

— Malheureusement, oui. Depuis toujours.

— Tu es sortie avec lui ?

— Jamais de la vie !

— Quel est son problème ?

— Je te laisse le découvrir toute seule.

Vivi est-elle abattue de découvrir que J. P. a un gros défaut ? Non. Savannah a des attentes irréalistes en matière d'hommes, alors qu'elle, elle est prête à se contenter d'un simple mortel.

J. P. passe la chercher en voiture. Il ne porte qu'un bermuda, des tongs et une visière, ce qui permet à Vivi d'admirer son beau torse bronzé. Elle a mis une robe jaune sur un deux-pièces de la même couleur. Il lui pose les questions attendues lors d'un premier rendez-vous : depuis combien de temps elle est à Nantucket, d'où elle est originaire… Elle lui raconte qu'elle partageait sa chambre à la fac avec Savannah Hamilton et que son amie l'a invitée à venir passer l'été sur l'île sans demander l'autorisation à ses parents, qui l'ont mise à la porte au bout d'une semaine, la forçant à se débrouiller toute seule.

— Tu étais à la fac avec Savannah ? Je la connais depuis toujours. C'est une fille super.

— Elle m'a dit exactement la même chose à ton sujet ! s'enthousiasme Vivi.

Elle s'attend à ce qu'il l'emmène sur une des plages où traînent les gens de leur âge, mais il emprunte une longue route sablonneuse pour la conduire à un endroit désert. On dirait une adresse secrète.

— C'est ici que tu attires toutes tes victimes innocentes ? lui demande-t-elle.

(Il pourrait facilement la tuer et jeter son corps à l'océan. Elle se demande si ça ferait une bonne intrigue pour une nouvelle, quelque chose dans la veine des romans les plus sombres de Joyce Carol Oates. Elle l'intitulerait *Un dimanche à la plage*.)

— Mes amis traînent plutôt à Nobadeer... Je voulais venir ici parce que c'est plus calme pour discuter.

Pendant qu'il met beaucoup de sérieux et d'application à planter un parasol dans le sable, elle admire la musculature de ses bras et de son dos. Lorsqu'elle retire sa robe, elle sent qu'il observe son corps. Il a un regard si intense qu'elle a l'impression qu'il pose ses mains sur sa taille.

Elle pourrait se croire dans un roman Harlequin. Sauf que c'est bien réel.

Il lui propose d'aller marcher, et quand elle accepte, il lui prend la main. Leur premier contact est... électrique. Il y a une alchimie entre eux. Vivi n'a pas tenu la main d'un garçon depuis Brett Caspian au lycée, et elle n'a aucune envie de penser à lui dans l'immédiat.

Elle interroge J. P. sur sa vie. Il a grandi avec sa mère, chez ses grands-parents maternels, à Manhattan. Il a fait sa scolarité à la Trinity School, puis à Bucknell, où il a obtenu un diplôme en option « fraternité ». Vivi éclate de rire, et il rétorque :

— Non je t'assure, j'étais président de la fraternité Delta Kappa Epsilon et ça m'a pris tout mon temps.

Comme Vivi, il vient de terminer ses études supérieures et n'a pas encore décidé ce qu'il veut faire. Enfin, avant de s'en inquiéter, il a la ferme intention de savourer cet été jusqu'à la dernière goutte.

— J'aime tellement Nantucket... Et je sais bien que je n'aurai plus souvent l'occasion de mettre ma vie sur pause pendant plusieurs mois, alors je me dis que c'est sans doute ma dernière occasion d'être libre et irresponsable.

— Tu ne pourrais pas t'installer ici à l'année ?

Il accueille sa question avec un rire.

— On voit que tu n'as jamais connu cette île en plein mois de janvier.

Vivi adorerait être là en janvier, et découvrir Nantucket assoupie sous un manteau de neige, ou même sous un ciel gris et des vents hurlants. Elle aime cet endroit, et cet amour lui paraît de plus en plus inconditionnel. Elle se voit aisément travailler à l'année au pressing et peut-être trouver un logement plus agréable. Elle aurait du temps pour écrire.

— Et ton père ? s'enquiert-elle. Tes parents sont divorcés ?

— Il a été tué dans un accident d'hélicoptère au Vietnam pendant que ma mère m'attendait. Je ne l'ai pas connu.

Elle lui envie l'insouciance avec laquelle il en parle. Il a répondu sur le même ton que s'il l'avait informée qu'il avait grandi dans un appartement au huitième étage.

— Je suis désolée pour toi.

— On ne regrette pas ce qu'on n'a pas connu.

Cette fois, elle perçoit une pointe de bravade dans sa réponse. Ça n'a pas dû être facile pour lui de grandir sans père.

Elle n'en revient pas de s'entendre dire :

— Mon père est mort, lui aussi.

Elle sait qu'il va vouloir savoir ce qui est arrivé, et elle est tentée de lui couper l'herbe sous le pied en lui répondant la même chose qu'à tous ceux qui lui posent la question : un accident de voiture. Au lieu de quoi, elle ajoute :

— Il s'est suicidé dans notre garage. Intoxication au monoxyde de carbone.

Elle parle avec calme et sans émotions. Pour la première fois de sa vie, elle se sent adulte. Depuis son départ de Parma, elle a caché la vérité sur son père à tout le monde, sauf à Savannah. Elle a honte et de la façon qu'il a choisie de mourir et du fait qu'il est mort. Dans un monde où les gens ont presque tous deux parents, elle se sent bancale, défaillante.

Il lui serre la main.

— Tu étais proche de lui ?

— Très.

— Et ta mère ? Vous êtes proches ?

— Non.

— Mais elle est toujours en vie ?

— Oui. Elle habite à Parma.

— C'est où ?

— Dans l'Ohio.

Elle aspire une grande goulée d'air marin. Elle commence cette relation du bon pied en parlant de ce qu'elle garde habituellement secret. À Duke, elle répondait souvent aux gens qu'elle venait de Cleveland.

Quand ils font demi-tour, J. P. prend le visage de Vivi à deux mains et l'embrasse. Elle est très loin du monde de Parma.

Les choses deviennent rapidement sérieuses. Pour leur second rendez-vous, il réserve une table dans un restaurant élégant qui occupe l'une des « vieilles » maisons du centre-ville. Un endroit légendaire dont les Hamilton parlent sans arrêt – les personnes célèbres qui y ont mangé, les gens du cru qui s'illustrent parfois en chahutant au bar. Le jeune maître d'hôtel serre J. P. dans ses bras, avant de les conduire, Vivi et lui, dans l'escalier grinçant du fond qui mène à une salle lambrissée et douillette où une unique table éclairée à la bougie a été dressée près d'une fenêtre donnant sur les pavés pittoresques d'Oak Street.

— C'est toi qui as demandé ça ? s'étonne Vivi.

— Mattie me devait un service. Je l'ai aidé à sortir sa jeep embourbée au début de l'été.

Elle ferme les yeux. Elle touche à la quintessence de Nantucket, là. Il approche sa chaise de la sienne et lui prend la main. Il commande du champagne. Elle n'a jamais rien mangé de plus délicieux – un gros champignon grillé sur une purée au parmesan, un steak d'aloyau cuit au feu de bois, un crumble à la pêche et à la myrtille servi dans une petite cassolette en fonte et surmonté d'une boule de glace maison au gingembre.

Lorsque Mattie monte s'assurer que tout se déroule bien, J. P. le remercie.

— Tu as assuré, mec. Je suis passé pour un as devant ma copine.

— Je suis ta copine ? C'est seulement la deuxième fois qu'on se voit.

— Je ne l'avais jamais entendu utiliser ce mot-là avant, observe Mattie.

— Au troisième rendez-vous, je fais ma demande en mariage.

Il se tourne vers le maître d'hôtel et lui lance :

— Tu connais de bons bijoutiers ?

— Qu'est-ce que tu lui as fait ? demande Mattie à Vivi.

J. P. passe sans arrêt au pressing avec des petits cadeaux – un jour, c'est un délicieux sandwich, le lendemain un bouquet de fleurs sauvages qu'il a acheté dans Main Street. Il passe la chercher à la fin de sa journée de travail pour l'emmener voir le coucher de soleil à Madaket. Ils vont au cinéma. Le dimanche, il lui fait découvrir les plages les plus isolées de l'île.

— Je crois que je suis amoureuse de lui, dit-elle à Savannah un jour qu'elle déguste des margaritas préparées par M. Hamilton au bord de la piscine.

— Que Dieu nous vienne en aide ! Écoute, j'aime bien J. P. C'est un mec bien dans les grandes lignes, et il m'a impressionnée cet été, j'ai trouvé qu'il te traitait avec beaucoup de classe. Mais c'est un mou, Vivi. Il a été habitué à tout avoir par l'intermédiaire de sa mère. Il n'a jamais travaillé et il n'a pas de projets d'avenir, pas d'ambition, pas de motivation.

— Je ne suis pas comme toi, se défend-elle. Ce n'est pas ce que je cherche.

Elle n'ajoute pas que J. P. et elle ont déjà parlé de passer l'hiver à Nantucket ensemble. Ils pourraient louer quelque chose – il a dit qu'il ouvrait l'oreille –, ou elle pourrait garder sa chambre et lui rester chez sa mère. La maison n'est pas équipée pour les saisons froides, ce qui signifie qu'il y aura beaucoup de feux de cheminée et de chauffages d'appoint, mais Vivi n'imagine pas de tableau plus idyllique qu'eux deux blottis l'un contre l'autre dans une immense maison ancienne donnant sur le port.

Elle n'en parle pas à Savannah, qui lui aurait fait remarquer que Vivi n'a pas encore surmonté le principal obstacle à cette histoire : elle n'a pas rencontré Lucinda.

J. P. l'invite à l'accompagner au bal du Yacht Club, le premier samedi de septembre. Elle n'a rien à porter et Savannah lui prête une robe sans manches rose pâle avec une jupe ample. Vivi a l'impression d'être Audrey Hepburn. Elle emprunte aussi à son amie son collier de perles et ses boucles d'oreilles.

— Tu es sûre de ne pas vouloir les porter ?

— Il faudrait me payer pour que j'aille à ce bal.

— Pourquoi ?

Elle aurait été plus à l'aise si Savannah avait été présente. D'après J. P., presque tous les membres du Club assistent au bal. Un véritable bastion d'élégance désuète. Après le cocktail sur la pelouse, durant lequel les invités se grisent joyeusement, puis un dîner assis, l'orchestre joue jusqu'au bout de la nuit pour les danseurs. Ce programme réjouit Vivi – si ce n'est qu'elle va enfin faire la connaissance de Lucinda.

La mère de J. P. ne peut pas l'aimer. Elle n'est personne et elle vient de nulle part. Les Hamilton et les Quinboro évoluent dans les mêmes cercles, et les premiers trouvent Vivi charmante et divertissante, mais il s'agit de la meilleure amie de leur fille, pas de la petite copine de leur fils.

À moins que... Ce n'est peut-être pas si différent, tente-t-elle de se convaincre. Et si elle réussissait à séduire Lucinda avec son intelligence, son esprit, son indépendance ? Elle est courageuse. C'est une fonceuse ! Elle a déjà eu une promotion au pressing : elle seconde le manageur et se charge de former les nouvelles recrues. Sans oublier qu'elle est diplômée de Duke ! Et qu'elle a gagné un prix d'écriture !

Elle repense à toutes les heures passées à l'avant de la voiture de Brett Caspian, à zoner dans Parma, en écoutant les mêmes chansons en boucle. *Stone in Love, Jungleland, Fly like an Eagle.* Quelle perte de temps ! Elle aurait dû lire du Steinbeck ou apprendre le français ou suivre des cours de danse de salon. Elle se serait ainsi préparée à ce fameux bal, afin d'être une cavalière parfaite.

Vivi et J. P. sont d'abord présentés au président et à son vice-président, auxquels ils doivent serrer la main avant de pouvoir officiellement entrer dans le bal. Vivi glisse sa ravissante pochette en velours rose (qui appartient aussi à Savannah) sous son bras dans un geste qui, elle l'espère, lui permet de rivaliser avec l'élégance d'Audrey Hepburn dans *Diamants sur canapé*, pour serrer la main du président. Il s'appelle Walter Rosen. Sa femme, Penny, est la meilleure amie de Lucinda.

— Vivian Howe, enchantée de vous rencontrer.

Walter lui fait un clin d'œil et lui prend la main avec chaleur.

— Nous avons entendu des centaines de choses merveilleuses à votre propos. Quelqu'un a enfin réussi à prendre le cœur de notre J. P. Soyez la bienvenue, Vivi. Mon épouse sera verte de jalousie de ne pas vous avoir rencontrée la première.

Le vice-président s'appelle Chas Bonham. Il n'a qu'une dizaine d'années de plus que Vivi et J. P., et bien que moins expansif que Walter, il se montre accueillant. À présent qu'ils ont été adoubés par le comité d'accueil, J. P. peut guider Vivi, d'une main dans son dos, vers un serveur portant un plateau chargé de flûtes de champagne. Il lui en tend une avant d'en prendre deux autres.

— Débarrassons-nous de la corvée tout de suite.

Lucinda se trouve au milieu d'un cercle d'invités sur la pelouse. Vivi a mis des ballerines sur la suggestion de Savannah, et elle lui en est reconnaissante. Elle évolue sans difficulté sur l'herbe et va se positionner près de Lucinda en attendant de lui être présentée. Cette dernière remarque évidemment la présence de son fils et de sa cavalière, mais elle est en pleine conversation avec la femme sur sa gauche au sujet d'un différend qu'elle a eu le matin même sur le parking du supermarché. Un homme qui allait prendre le ferry lui a roulé sur le pied avec sa valise.

— Maman, dit J. P.

— Jackie !

Elle se retourne.

— Et vous devez être Vivian. J. P. n'a pas arrêté de me parler de vous, et je comprends pourquoi. Vous êtes charmante !

Vivi tend sa main. Elle a perdu sa voix.

— On te verra au dîner, ajoute J. P.

Il entraîne Vivi vers le bar, à l'intérieur. *C'est tout ? C'est terminé ?* Ça a duré à peine le temps d'un battement de cils. Elle n'a pas prononcé un seul mot.

Elle se demande si elle sera assise à côté de Lucinda pendant le dîner, mais le placement prévoit évidemment une alternance homme-femme, et elle se retrouve donc entre J. P. et Walter Rosen. Lucinda est à l'autre bout de la table, ce qui interdit toute conversation entre elles. Au début, Vivi en est dépitée. Son principal objectif de la soirée était d'impressionner Lucinda, et elle a laissé passer sa première chance d'y parvenir. Elle a beau être charmante, elle est surtout restée plantée là comme un piquet.

Vivi doit la charmer. Pour autant, elle ne se rendra pas malade : elle saura saisir la prochaine opportunité. On lui sert du vin, et il y a des petits pains chauds accompagnés de morceaux de beurre en forme de roses. Walter interroge Vivi sur ses études à Duke. Il est amateur de basket, et elle prétend avoir bu des verres avec plusieurs joueurs de l'équipe des Blue Devils. Walter lui mange quasiment dans la main. (Et après tout, elle exagère à peine, les joueurs étaient souvent assis à la table voisine de la sienne.)

Avant l'entrée, l'orchestre joue un premier morceau. Walter l'invite à danser.

Maintenant ? Oui, il y a d'autres couples sur la piste, et Walter et Vivi se joignent à eux. Il doit approcher de la soixantaine et c'est un danseur si accompli qu'il suffit qu'elle se laisse guider. Elle se sent aussi légère qu'une plume, la jupe de sa robe tourbillonne, et elle sourit à Walter, ainsi qu'au chanteur qui claque des doigts sur *Mack the Knife.* Elle sourit aussi aux autres couples sur la piste, et aux invités toujours attablés. Elle aperçoit Bob et Mary Catherine Hamilton. La mère de Savannah agite la main et lève un pouce – un signe d'approbation ! ça ne lui ressemble pas du tout !

La chanson se termine. Vivi applaudit poliment, puis Walter lui offre son bras pour l'escorter à sa place.

J. P. se penche vers elle pour lui chuchoter à l'oreille :

— Tu étais époustouflante. Éblouissante. Je n'ai pas pu détacher mes yeux de toi. Personne n'a pu.

Elle jette un coup d'œil à l'autre bout de la table. Lucinda est en pleine conversation avec Penny Rosen.

Vivi a d'autres souvenirs de cette soirée : le filet mignon avec pomme de terre en robe des champs, asperges et tomates grillées – un classique. L'omelette norvégienne au dessert. La piste de danse, où elle a tournoyé dans les bras de J. P. jusqu'à ce que Bob Hamilton vienne réclamer son tour.

— Tu es la star de la soirée, Vivi. Nous sommes si fiers de toi et de l'été que tu viens de passer, Mary Catherine et moi. Même si, en toute sincérité, j'aurais préféré que tu restes à la maison. Savannah ne m'a toujours pas pardonné, tu sais.

— C'était pour le mieux. Je suis ravie de m'être aussi bien débrouillée.

J. P. profite d'une interruption de l'orchestre pour aller leur chercher à boire au bar. Vivi se rend aux toilettes.

Deux cabines sont occupées. Vivi entend une première voix :

— Je ne savais pas à quoi m'attendre, elle est délicieuse.

— Un vrai souffle d'air frais, répond la seconde voix. Ce club sent parfois... le renfermé, avec ces enfants qui se marient tous entre eux... Il nous faut du sang neuf ! Tu crois que c'est sérieux ?

— Un amour de vacances, dit la première voix.

À ce stade, Vivi a compris que Lucinda et Penny Rosen sont les deux personnes qui occupent les cabines. Elle devrait partir sans traîner – elles sont en train de parler d'elle, c'est gênant ! –, mais elle veut entendre la suite.

— Les amours de vacances sont les meilleures. Tu te souviens des frères Teabury, Lucy ?

— Qui pourrait les oublier ? Le seul problème de ces amours-là, c'est qu'elles ne durent pas. À quoi bon apprendre à connaître cette fille ? À la fin du mois de septembre, elle aura disparu. Et l'été prochain, nous ne nous souviendrons même pas de son nom.

À l'arrivée de l'automne, Vivi et J. P. restent tous les deux à Nantucket. Il vit dans la maison de Lucinda, une vraie glacière inhospitalière où le chauffe-eau est si capricieux qu'il passe la plupart des nuits dans la location sinistre (mais chauffée) de Fairgrounds Road. L'automne cède le pas à l'hiver. Tout ferme, les gens restent chez eux, les seuls parkings qui se remplissent sont ceux du lycée lors des matchs de basket, du magasin de bricolage et de la boutique de vins et de spiritueux. Ils mangent beaucoup de nouilles instantanées ou d'œufs brouillés sur du pain grillé. Ils vont à la plage de Fortieth Pole le vendredi après-midi et cherchent à apercevoir des phoques dans l'eau. Le samedi soir, ils sortent dîner et vont parfois au cinéma.

Le mois de mars semble durer huit semaines ; le froid est mordant et le vent de nord-est féroce. Le printemps ne donne aucun signe de vie – pas de crocus, pas de lapins, pas de soleil timide. Contrairement à ce qu'elle s'était promis, Vivi n'écrit pas. Elle continue à reprendre la nouvelle sur laquelle elle travaille depuis le lycée, à laquelle elle a donné pour titre une chanson de Lou Reed, *Coney Island Baby* – l'histoire d'une femme convaincue que son mari a une aventure et qui découvre qu'il chante dans un quatuor *a cappella*.

Le 17 mars, pour la Saint-Patrick, Vivi et J. P. vont dans un bar jouer au billard, boire de la bière verte et danser sur de la musique celte. Même si ce n'est pas exactement le grand bal du Yacht Club par une nuit d'été étoilée, ça reste amusant. De toute façon, dès que J. P. est dans les parages, elle s'amuse.

Elle boit trop et s'endort tout habillée sans même s'être lavé les dents. Lorsqu'elle entre dans la salle de bains sur des jambes encore un peu chancelantes le lendemain matin, elle croit être victime d'une hallucination.

Un petit mot est scotché sur le miroir : *Veux-tu m'épouser ?*

— Quoi ?

Elle se retourne, J. P. est assis sur le rebord de la baignoire, un écrin ouvert à la main.

— Vivi, acceptes-tu de devenir ma femme ?

Ed

L'ennui avec l'absence d'avancée dans l'affaire Vivian Howe, c'est qu'il n'y a pas d'avancée. Ce qui a une conséquence positive au moins : Cruz DeSantis n'est plus sur la sellette pour le moment. Et Ed finit par se sentir autorisé, un jeudi de la fin juillet, à aller chercher son déjeuner au Nickel. En quittant le commissariat, il aperçoit Pitcher, adossé à la voiture d'Alexis Lopresti, à qui il est en train de faire du plat. Ed lui fait signe, Pitcher abrège la conversation pour rentrer. Il n'y a aucun mal à ce qu'ils se fréquentent… jusqu'à ce que ça s'arrête. Parce qu'alors, à moins qu'ils n'arrivent à se comporter en adultes (et comment le pourraient-ils, eux si jeunes ?), tout le monde souffrira.

Il arrive au Nickel à 14 h 15. Un couple d'humeur guillerette en tenue de plage est passé chercher sa commande. Lorsqu'il aperçoit le chef de la police, Joe DeSantis hausse les sourcils de surprise mais ne sourit pas.

Ed arrête son choix sur le po'boy, un sandwich typique de Louisiane, avec une grosse crevette grillée et du chou cru épicé. Dès que le couple guilleret est parti, il engage la conversation.

— Comment ça va, Joe ? Je prendrai le sandwich du jour, s'il te plaît.

Joe se tourne vers le gril pour y mettre la crevette.

— Les affaires ont baissé de huit pour cent, Ed.

Il a un ton accusateur.

— Tu ne suggères quand même pas que c'est lié...

— Que c'est lié au fait que les habitants de cette île pensent que mon fils a peut-être bien tué Vivi Howe ? Ou au fait que vous sembliez incapables de résoudre cette affaire ?

La crevette grésille et dégage une odeur si délicieuse qu'Ed en salive presque – il ne peut toutefois pas se laisser distraire par son estomac.

— Je vote pour l'augmentation de ton budget chaque fois que le sujet est présenté au conseil municipal. Tu ne peux pas me dire que vous manquez de ressources. Pourquoi n'arrivez-vous pas à faire votre travail ?

Ed ne s'attendait pas à ce que Joe soit aussi furax. Et il a de bonnes raisons de l'être.

— Les homicides avec délit de fuite sont compliqués à résoudre, Joe. Voici ce que je peux te dire. On a contacté les compagnies d'assurances et les garages de l'île pour vérifier qu'aucun automobiliste n'a déclaré d'accident ou fait réparer son véhicule. On n'a rien trouvé. On a demandé aux entreprises qui font des travaux dans Kingsley Road si elles avaient envoyé du monde tôt le samedi. Falco a interrogé tous les voisins pour s'assurer que personne n'avait remarqué le moindre véhicule de bonne heure le samedi matin. J'ai essayé de joindre le fils Bridgeman, mais il est en vacances dans le Maine. Je suis seulement passé t'acheter un sandwich et te dire bonjour, enfin puisque tu abordes le sujet pourrais-tu me donner des noms d'amis de Cruz que je puisse les interroger sur la fête qui a eu lieu la veille de la mort de Vivian Howe ?

Joe fait volte-face.

— Pourquoi est-ce que tu te préoccupes d'histoires d'ados ? La réponse n'est pas de ce côté-là. Cruz n'a pas tué Vivian Howe.

Joe confectionne le sandwich et l'emballe dans du papier blanc avant de le poser d'un geste brusque sur le comptoir.

— Tu es en train de foutre en l'air la vie de mon gosse, Ed. Il ne voit plus ses amis. J'ai bien conscience qu'il va partir pour la fac dans six semaines et qu'il entamera un nouveau chapitre à Dartmouth. N'empêche, j'ai travaillé dur pour qu'il se crée des liens ici, et aujourd'hui on dirait que tout le monde s'est ligué contre lui.

Après un silence il ajoute :

— Et contre moi.

Ed regarde son sandwich, même s'il perd de plus en plus l'appétit.

— Je suis navré, Joe. Cruz a le malheur d'avoir été celui qui a découvert la victime, nous n'avions pas d'autre choix que de démarrer l'enquête comme nous l'avons fait. Si ça te console un peu, je sais qu'il est innocent, moi.

— Ça fera 12,50 dollars.

Ed lui tend 15 dollars et glisse la monnaie que Joe lui rend dans le bocal prévu pour les pourboires. Il ne peut rien ajouter sans risquer de passer pour condescendant ou sans cœur, alors il prend la direction de la porte en faisant au revoir de la main.

— Jasmine Kelly, lâche Joe. C'est la copine de Cruz. S'il s'est passé quelque chose d'important à cette fête, elle sera au courant.

Ed hoche la tête, la cloche de la porte sonne et il sort dans la rue avec son sandwich chaud dans la main.

Jasmine Kelly. Il doit s'agir de la fille de Sharifa Kelly. Elle travaille à la mairie, au service d'urbanisme. Il lui passe un coup de fil.

— Jasmine travaille comme sauveteuse cet été. Bonne chance pour réussir à la coincer. Je ne la vois qu'en coup de vent, elle va et vient, ça me rend triste. Elle part à la fac le 10 août. Ils commencent plus tôt dans le Tennessee.

— Merci beaucoup pour votre aide précieuse, lui dit Ed.

Il va contacter Rocky Moore, qui supervise l'ensemble des sauveteurs et il ira parler à Jasmine un matin à l'issue de la séance d'entraînement. Il repense à ce que lui a dit Joe et se demande s'il perd son temps avec des histoires d'ados. Quelque part, il ne le pense pas. La personne qui a mis les baskets dans la poubelle de la salle de repos cherchait à ce que les soupçons se portent une fois de plus sur Cruz. Et elle savait qu'il travaillait là-bas. Et puis c'était un peu primaire comme stratégie : « Mettons ça là, dans une poubelle sur le lieu de travail de Cruz, et croisons les doigts pour que ça lui attire des ennuis. »

Ça ressemble de plus en plus à un épisode de *Gossip Girl* ou d'une autre série que sa fille Kacy regardait, à l'époque. De toute façon, toutes les séries parlent de la police, de l'hôpital ou de l'adolescence, parce que c'est là que la plupart des drames ont lieu.

Il vient de s'installer à son bureau pour déballer son sandwich quand son portable sonne.

C'est Dick, du Stop and Shop.

— Je viens d'avoir une conversation très intéressante avec l'agent d'entretien de jour, un jeune qui s'appelle Justin. Il m'a avoué avoir mis les baskets dans la poubelle.

— Quoi ?

Ed se lève d'un bond et se met à faire les cent pas dans son bureau.

— Il est là, avec moi, si voulez lui parler en personne.

Justin a la vingtaine et un look de skateur, enfin c'est peut-être un stéréotype. Disons qu'il porte des tas de tatouages et de piercings, qu'il a une frange blonde qu'il retient avec une barrette de petite fille pour ne pas l'avoir dans les yeux. Il se tient très droit sur sa chaise, a le regard clair et alerte. Il explique qu'un « type coinços avec une meuf canon » lui a proposé 250 dollars pour mettre les baskets dans la poubelle de la salle de repos.

— J'ai trouvé ça bizarre. Enfin, louche, quoi. Mais j'avais besoin de ce fric et je ne voyais pas le mal que ça pouvait bien faire. Alors j'ai accepté.

— Tu peux me décrire ces deux personnes ? Tu les avais déjà vues ?

— Nan. Ils avaient l'air de deux bourges classiques, bien propres sur eux. Elle avait des cheveux bruns et de belles jambes. Sincèrement, je ne me souviens pas du tout de la tronche du mec. Il se tenait comme un militaire.

— Ils étaient en voiture ?

— Je n'ai pas fait gaffe. Ils attendaient devant la porte de la salle de repos quand je suis sorti à la fin de ma journée de boulot.

Ed dévisage Justin. Il a l'air fiable, et ce rebondissement va permettre de laver Cruz de tout soupçon – à moins que ce ne soit lui qui soit derrière tout ça ?

— Pourquoi as-tu décidé d'en parler aujourd'hui ? lui demande-t-il.

Justin secoue la tête.

— J'ai entendu dire que Donald risquait peut-être d'avoir des ennuis. Ce mec est un grand-père pour moi, je ne pouvais pas rester les bras croisés.

Il hausse les épaules.

— J'ai juste pensé que c'est un moyen rapide et facile de me faire un peu de pognon. Je me doutais pas que ces baskets étaient une... preuve ou je sais pas quoi. Désolé.

La conversation avec Justin ressemble à une avancée... mais en est-ce vraiment une ?

Ed appellera le Grec plus tard pour le tenir au courant. Peut-être aura-t-il des suggestions. En attendant, il va s'entretenir avec Jasmine Kelly. Elle l'aidera peut-être à identifier les personnes qui pourraient en vouloir suffisamment à Cruz pour chercher à le faire accuser. Il n'a pas d'autre piste.

Carson

Il faut qu'on arrête tout, pour de bon, maintenant. Je suis désolé.

Le texto de Zach arrive alors que Carson est sur la route du travail. Elle le découvre une fois sur le parking. Ça ne l'inquiète pas. À eux deux, ils ont une crise de conscience par semaine.

OK, écrit-elle.

La réponse est instantanée : *S'il te plaît ne m'écris plus.*

Elle soupire. Il est 14 h 50, elle a la tête qui vibre autant qu'un diapason après les deux cafés qu'elle a avalés avant de partir. Elle envisage de prendre un anxiolytique mais redoute que ça la casse, et elle ne peut pas se le permettre alors que sept heures de travail l'attendent.

Elle appelle Zach à l'aéroport. C'est le patron, il a donc une ligne perso et un bureau avec une porte qui ferme. Il décroche toujours parce qu'il ne veut pas prendre le risque qu'elle laisse un message sur son répondeur professionnel.

— Allô, Zachary Bridgeman à l'appareil.

— C'est moi.

Pendant le silence qui suit, il songe, elle le sent, à raccrocher, puis il se dit que s'il le fait elle rappellera. Il sait qu'elle insistera.

— Je ne peux pas parler.

— Il s'est passé quelque chose ?

— Oui.

— Elle a fouillé dans ton téléphone ?

Elle sent la mélasse poisseuse de l'appréhension couler dans ses veines.

— Non.

— Quoi, alors ?

— Elle t'a vue garée en face de chez nous en pleine nuit. Elle n'a pas tout de suite su que c'était toi, elle a noté le numéro de la plaque et a mené son enquête au boulot. Maintenant, elle sait.

— Merde.

Espionner la maison de Zach – enfin espionner la maison de n'importe qui – est toujours une mauvaise idée. À cette heure de l'après-midi, en plein jour, avec la lucidité que lui apporte son shoot de caféine, elle ne s'explique ce qu'elle avait dans la tête ce soir-là. S'imaginait-elle que Zach allait se montrer joueur et sortir ? Qu'il l'inviterait à l'intérieur ?

— Qu'est-ce qu'elle a dit ?

— Qu'elle croyait que tu attendais ton dealer.

Carson rit pour la première fois depuis la mort de sa mère.

— Alors ma mauvaise réputation nous a sauvés ?

— Pas du tout. Pamela ne te soupçonne pas personnellement, mais elle reste méfiante en général. Elle me surveille, Carson. J'ai bien vu les regards qu'elle jette à mon téléphone portable. Chaque fois que je reçois un texto en sa présence, elle s'approche pour jeter un coup d'œil. Je suis à peu près certain qu'elle a consulté mon relevé bancaire en ligne. En arrivant au travail tout à l'heure, j'ai vérifié qu'il n'y avait pas de mouchard sur ma voiture.

— Tu as une réaction excessive.

— Et toi tu minimises.

— Elle a cru que j'avais rendez-vous avec mon dealer.

— C'est ce qu'elle pense aujourd'hui. Mais si elle te croise à nouveau sur son chemin sans raison ou que tu attires l'attention sur toi, on est cuits. Je peux te jurer que si elle n'a pas encore tiré les conclusions qui s'imposent, c'est uniquement parce que l'idée qu'on puisse être ensemble lui paraît absurde.

— Je croyais qu'on devait s'enfuir, toi et moi. À la place, tu m'envoies un texto de rupture.

— Je suis désolé, Carson. Je n'aurais jamais dû te parler de Paris ou de l'Alaska. Je me suis emballé.

— C'est ton cœur qui parlait.

— Tu sais que j'ai beaucoup d'estime pour toi.

— Alors on est passés de l'amour fou à l'estime ? Tu voudrais bien m'écrire une lettre de recommandation pour mon prochain amant, qui sera sans doute quelqu'un de malvenu encore ? Lui lister mes qualités ? Faire l'éloge de mes performances ?

— Je savais que ça finirait par arriver.

Carson ne supporte pas le ton qu'il emploie.

— Tu savais que quoi finirait par arriver ? Que je tomberais amoureuse de toi parce que je suis jeune et impressionnable, monsieur le tombeur ?

— Je savais que ça se finirait mal. Et tu dois me croire lorsque je te dis que les choses auraient pu se terminer de façon bien pire.

— J'aimerais tellement t'enregistrer pour pouvoir te faire entendre ça quand tu me supplieras d'accepter de te voir dans trois jours.

— Ça n'arrivera pas, Carson. On va dans le Maine avec Pamela pour voir Peter, ce week-end. On va profiter de cette occasion pour se retrouver, ma femme et moi.

Beurk ! Il a vraiment dit ça ? « Se retrouver, ma femme et moi » ?

— J'espère que tu as réservé dans une adorable chambre d'hôtes avec des petites fleurs partout, un chat qui s'appelle Moufle, des croissants et du jus d'oranges pressées le matin pour le petit déjeuner qui est servi à partir de 8 heures pétantes dans la salle à manger ?

— Oui, dit-il avec un soupçon de détresse. Exactement.

— Dis-moi que tu m'aimes.

— Je ne peux pas.

— Dis-moi que tu m'aimes !

Elle a hurlé si fort qu'une mère qui remonte de la plage avec ses enfants se retourne. Carson lui fait un doigt d'honneur.

— Je ne peux pas. Je suis désolé. Ne m'appelle plus, s'il te plaît. Au revoir.

Et il raccroche.

Elle lance son téléphone sur le tableau de bord et l'écran se fissure en deux, comme son cœur. Elle observe L'Huîtrier à travers le pare-brise. Elle n'est pas en état de travailler, elle va devoir se faire porter pâle. Il est 15 heures pile. Si elle les plante maintenant, ils vont se retrouver dans la panade la plus totale. Il ne lui reste plus rien d'autre que son travail.

Elle ouvre la portière, descend et réussit, par elle ne sait quel miracle, à poser un pied devant l'autre.

Elle est d'une humeur massacrante.

Jaime (la fille) est aussi joyeuse qu'une scoute le jour de la vente des calendriers.

— Merci pour la carte-cadeau. J'adore cet endroit en plus.

Carson la dévisage.

— La politesse voudrait que je réponde « de rien », sauf que ce n'est pas rien.

Elle se rapproche de Jaime et remarque qu'elle a un nouveau piercing dans le nez, un petit diamant incrusté dans l'une de ses narines. La peau tout autour est légèrement irritée.

— Ça m'emmerde d'avoir à te faire des cadeaux pour être sûre que tu feras correctement ton boulot derrière le bar. Non mais sérieux, tu crois que Gunner m'a déjà offert quelque chose ? Il m'a pas payé un seul latte, et ça m'a pas empêchée de me démener comme une folle pour lui. Pourquoi ? Parce que je joue collectif, moi, voilà pourquoi.

Carson renifle.

— Tu t'imagines que tu prendras ma place quand je partirai, et tu te trompes, Jaime.

Elle attend une seconde avant d'asséner le coup final.

— Tu n'es pas assez canon.

C'est d'autant plus violent que c'est vrai et que Jaime le sait. Elle n'est pas aussi belle que Carson. C'est injuste, mais si elle a une leçon à donner au reste du monde c'est que la vie est injuste.

Deux douzaines d'huîtres, deux autres de palourdes et une tournée de shots « kamikaze » – vodka, Cointreau, citron vert. En voyant passer la commande, Carson ne peut s'empêcher de redresser la tête : et évidemment le client a la cinquantaine. Aucun jeune ne commanderait des shots « kamikaze », il ne saurait même pas de quoi il s'agit.

— Et gardes-en un pour toi, lui dit-il avec un regard lubrique.

Il est bronzé et porte une chemise ajustée. Une montre Breitling. Il est avec une bande de types de son âge, qui ont tous les cheveux gominés et plaqués en arrière, des ceintures tressées et des lunettes de soleil en écailles. La moitié d'entre eux regardent leur téléphone, le reste suit les tentatives de drague de leur pote. Celui qui a passé la commande (et qui réglera l'addition, en déduit Carson) ne porte pas d'alliance.

Elle prépare les shots, en prévoyant un verre pour elle, qu'elle boit cul sec. Elle n'y est pas autorisée en théorie, mais tous les barmen du monde le font.

Le type pose son American Express orange fluo sur le comptoir ; sans doute une nouvelle couleur pour les trous du cul pétés de thune. Brock Sheltingham : un nom tout droit sorti d'un roman de Vivian Howe.

— Gardez-la pour le moment, lui dit-il.

Le shot fait tourner la tête de Carson. Et ça n'aide pas qu'elle ait remplacé la vodka par de la tequila – son ennemi juré. Non seulement elle déteste le goût de cet alcool, mais il lui rappelle sa mère. Ça n'aide pas non plus que le client commande une deuxième tournée. Bien, elle corse le cocktail, en se disant que ces types lui laisseront un pourboire de 10 000 dollars qui fera sa gloire sur Internet.

Si jamais ça se produit, elle en donnera 1 000 à Jaime pour compenser les horreurs qu'elle lui a dites.

Carson accepte le second shot bien sûr ; refuser serait malpoli.

Deux chardonnay, un sauvignon blanc, un martini sans olive – pourquoi prendre un martini alors ? –, deux bières, une douzaine de palourdes et des calamars. « Se retrouver, ma femme et moi. » Carson ne peut s'en prendre qu'à elle-même. C'est elle qui a annulé le Uber pour se glisser dans l'ascenseur et monter au onzième étage de l'hôtel. Elle est jeune, d'accord, il n'empêche qu'elle savait très bien que ce qu'elle faisait était mal. Elle aurait ensuite très bien pu s'en tenir à une folie d'un soir, mais non, elle a logé dans l'hôtel cinq étoiles pendant les trois jours du congrès, usé et abusé du room service, ne quittant la chambre que pour assister à ses cours avant de retrouver fissa le lit de Zach. Ça aurait pu en rester là – une aventure de quelques jours, à l'occasion d'un congrès (ça devait arriver constamment entre adultes consentants) –, mais elle lui a donné l'adresse de Savannah, et il est revenu la voir à Boston la semaine suivante. Pendant deux jours et demi, ils ont vécu ensemble dans la magnifique maison. Zach faisait la cuisine – pâtes à la carbonara, salade César avec sauce artisanale et mousse au chocolat toute simple –, et à la fin de ce bref séjour ils étaient amoureux. Le reste de leur histoire s'est composé de textos, de coups de fil, de rendez-vous secrets au bout de Kingsley Road, du délicieux frisson d'interdit qui s'emparait d'eux pendant les fêtes, lorsqu'ils se sont retrouvés autour de la table de Willa pour Thanksgiving et Noël.

Jaime bouscule Carson d'un geste qu'elle juge agressif. Un jour, elle a dit à Willa qu'elle n'était pas jolie, et sa grande sœur a eu la même expression que la serveuse à cet instant précis – surprise, vexation, résignation. Avec Willa, ce n'était pas aussi grave. Elle était jolie, simplement pas autant que Carson. Et c'est peut-être d'ailleurs ce qui est au cœur de leur conflit depuis toujours. Un jour, lors du défilé de Noël, alors qu'elles avaient 12 et 9 ans, plusieurs femmes en manteaux de fourrure sont venues les trouver et se sont émerveillées de la beauté de la cadette. « Un ravissement ! » « Un physique de mannequin… » « Il faut absolument lui trouver un agent ! » Carson a été flattée par ces compliments, mais elle a aussi été mal à l'aise pour sa sœur. Pourquoi ces femmes n'avaient-elles pas eu un seul mot pour Willa ? Une fois qu'elles se sont éloignées, Carson lui a dit :

— Tu es jolie, toi aussi.

Ce qui lui a valu une gifle si violente qu'elle en a lâché son chocolat chaud. Il a été projeté sur le trottoir dans une explosion de lait marron et de crème fouettée. Elle a ramassé le gobelet et l'a jeté, consciente, quelque part, de l'avoir mérité.

Les clients commandent une troisième tournée de shots – ce sont eux qui sont en mission kamikaze apparemment –, puis une quatrième. Alors que Carson devrait avoir la sagesse de s'arrêter, elle vide encore une fois son verre. Brock Sheltingham lui demande alors l'addition et quand elle la pose sur le comptoir il lui lance :

— Je pourrais avoir un baiser avec ?

La question est scandaleuse. Il n'est pas au courant du mouvement #MeToo ou quoi ? Il ne sait pas que les hommes sont censés foutre la paix aux femmes ? Carson remarque que ses potes, qui n'ont rien de gentlemen, considèrent Brock avec une inquiétude mal dissimulée mais aussi peut-être une pointe de plaisir. Il frime devant eux. *Très bien*, se dit-elle. Elle l'agrippe par sa belle chemise hors de prix et lui donne un sacré baiser, un baiser avec la langue, un baiser que ce vieil abruti ne sera pas capable d'encaisser ; une fois qu'elle aura terminé, il aura du mal à cacher ce qui se passe dans son pantalon. Ses copains applaudissent, et elle imagine qu'ils ont dû attirer l'attention du reste du restaurant, que quelques personnes ont même sans doute sorti leurs portables. Elle fait durer le plaisir une ou deux secondes de plus, et envoie mentalement un message à Zach. *En voilà un au moins qui veut m'embrasser !* Elle pourrait facilement se faire entretenir par ce type, elle porterait du Balenciaga et voyagerait en jet privé. Finis les vols sur Cape Air pour elle !

Elle lâche Brock. Ses copains continuent à l'acclamer pendant qu'elle passe la carte bleue.

Jamey (le garçon) vient la trouver.

— Tu connais ce type ? C'est ton mec ?

— Mon oncle, lui assène-t-elle.

La tête qu'il fait vaut tout l'or du monde, mais elle ne réussit pas à garder son sérieux.

— Je déconne. C'est juste un client.

Après les quatre shots, elle est bien partie.

Deux bières, une vodka soda, une vodka tonic, un rhum tonic, un Coca Light (elle redresse la tête pour vérifier que ce n'est pas Pamela), une margarita sans sel. Carson enchaîne les commandes, mais sa tête tangue, ses gestes manquent de précisions. Le service au bar n'est pas un travail qui peut être bien fait quand on n'a pas les idées claires.

Elle harponne Jamey (le garçon) et lui dit :

— Prends le relais une minute, s'il te plaît, frérot. Je reviens.

Elle n'est pas saoule, mais elle n'est pas non plus sobre. Elle a oublié de manger aujourd'hui – même pas un smoothie ou un bagel –, et c'est pour ça que le café lui a fait tant d'effet, c'est pour ça qu'elle a la tête qui tourne maintenant. Il faut qu'elle se ressaisisse le temps de terminer son service. Ensuite elle rentrera chez elle et elle pourra passer ses nerfs. Ce monde est nul. L'amour est nul.

Elle ne prend pas le temps de fermer la porte de la cabine avant de sortir sa petite fiole de coke. Elle s'assied sur la cuvette pour sniffer, une première puis une seconde fois, sans se rendre compte que quelqu'un d'autre est entré dans les toilettes et l'observe, que ce quelqu'un d'autre est Jaime.

La serveuse sort sans un mot. Carson fourre la cocaïne dans son sac – non, ça ne suffit pas, elle doit la jeter, pourtant elle ne peut pas s'y résoudre. Jaime n'en parlera à personne, elle est trop pétocharde, et même si elle dit quelque chose, ce sera sa parole contre celle de Carson.

Elle retourne au bar, bien droite, un sourire aux lèvres. Jamey semble soulagé de la voir.

— Tu as un truc sur le nez.

— Merci. Maintenant dégage.

Elle s'essuie les narines du revers de la main.

Une vodka tonic, un planteur, un sauvignon blanc. Elle s'est accroupie pour sortir une nouvelle bouteille de vin du mini-frigo quand elle aperçoit une paire de jambes. Ses yeux remontent le long de celles-ci. Nikki.

— George veut te voir dans son bureau.

— Maintenant ? Je suis occupée, là...

— Maintenant.

Ce n'est pas vrai, Jaime m'en veut à cause de ce que je lui ai dit tout à l'heure, mon copain m'a quittée, ma mère est morte, ça ne se reproduira jamais, je ferai ce que vous voudrez, je suivrai une cure, je verrai un psy, pitié ne me virez pas.

— Je suis navré, Carson. Tu as été prévenue. Je savais que tu me mentais la dernière fois qu'on s'est parlé. Et franchement ton comportement avec Brock Sheltingham ne t'a pas rendu service.

— Il m'a demandé un baiser.

— Je n'en doute pas, mais tu aurais dû l'ignorer au lieu de te donner en spectacle. On n'est pas à Las Vegas, Carson. C'est un restaurant familial.

— Ne vous montez pas la tête, c'est plutôt un bar de plage.

— Il y a des enfants, et ces enfants ont des parents, or ton comportement était parfaitement déplacé. De plus boire quatre shots d'affilée avec des clients est de toute évidence inacceptable. J'aurais pu fermer les yeux sur ces histoires en me disant que tu voulais juste t'amuser et montrer à ce client qui est la patronne. En revanche, accepter que tu te drogues pendant ton service, c'est non. Je t'avais dit que je te renverrais, et je te renvoie.

Elle hoche la tête pour qu'il sache qu'elle a compris la leçon. Elle ne peut pas accepter la punition pour autant.

— J'ai besoin de ce boulot, George.

— Prends du temps pour toi, pour faire le deuil de ta mère, pour réfléchir un peu à ton attitude ici. Tu dois réagir. Je te fournirai une lettre de recommandation dithyrambique à l'automne, et tu trouveras du boulot où tu veux, à Nantucket ou sur le continent. Mais pour ça, tu dois te ressaisir.

Il soupire.

— Je t'apprécie, Carson. Je veux le meilleur pour mon restaurant. Et pour toi.

Elle se lève. Elle commence à avoir la gueule de bois, et la coke la rend fébrile. Une vague d'énergie destructrice monte en elle et la pousse à agir au mépris des conséquences. George prétend comprendre, or ce n'est pas le cas.

— Très bien, dit-elle. Donnez le poste à Jaime. Elle va être super.

Sur ces mots, elle quitte le bureau, puis L'Huîtrier, après avoir récupéré une bouteille de vodka au passage.

Une fois dans sa voiture, elle sort son portable. Pas de nouvelles de Zach. Elle lui envoie un message : Viens de me faire virer.

Virée. Elle a été virée. C'est tellement humiliant... même si elle l'a mérité. Deux heures plus tôt, elle envisageait de se faire porter pâle et pensait que c'était le pire dont elle était capable.

Ha ! Quelle naïveté de sa part !

Zach ne répond pas, alors elle avale une lampée de vodka, tousse, puis l'appelle sur son portable. Elle tombe directement sur le répondeur. Il a bloqué son numéro. Elle va devoir aller sur place.

Il est 17 h 30, il sera rentré du travail, mais Pamela risque de ne pas tarder. Elle a des horaires irréguliers – il lui arrive de rester tard au bureau, d'y retourner après le dîner pour bosser jusqu'à minuit.

Peut-elle raisonnablement aller chez les Bridgeman ?

Elle se met en route, une main sur le volant – de l'autre elle serre le goulot de la bouteille de vodka, qu'elle a glissée dans le porte-gobelet. Espionner une maison, c'est toujours une mauvaise idée se rappelle-t-elle.

Elle n'en revient pas d'avoir été renvoyée. Elle ne réalise d'ailleurs pas tout à fait. Sauf que c'est bien réel, oui, puisqu'elle est dans sa voiture à 17 h 30 au lieu de prendre des commandes derrière le bar, de rendre les gens heureux, de faire tinter la cloche ringarde. Son identité se dissout à toute allure. Elle a perdu sa mère, son amant, son travail. Comment se définira-t-elle à présent ?

En ville, elle croise des promeneurs avec des poussettes, des chiens, des enfants, des adolescents. Ce sont des gens qui ont suffisamment de contrôle sur leur vie pour prendre des vacances. Pour contrer les larmes qui montent, elle joue à un petit jeu : qu'est-ce qui pourrait être encore pire ? La police pourrait l'arrêter pour conduite en état d'ébriété, lui retirer son permis et l'envoyer en prison. Ce serait pire. Il faut qu'elle avale quelque chose ! Elle peut très bien aller au Yacht Club commander un truc au bar – qu'elle mettra sur la note de son père –, un croque-monsieur, un hot dog, un sandwich au beurre de cacahuètes et à la confiture. Elle imaginera qu'elle a 10 ans et qu'elle vient de survivre à un cours de voile.

Sur le parking, elle repère aussitôt la Range Rover rouge de Pamela. *Elle est là, sans doute pour jouer au tennis.* Ce qui signifie que Zach est seul chez lui.

Elle poursuit sa route et laisse le Club loin derrière elle.

Elle ne se garera pas devant l'ancienne écurie, en face de la maison, elle a au moins cette intelligence. Elle laisse sa voiture à l'autre bout de Gray Avenue. Puis elle va chez Zach en courant et frappe à la porte, avant de décider qu'elle n'a pas besoin de frapper et d'ouvrir la porte en grand.

— Zach !

Il dévale aussitôt l'escalier.

— Qu'est-ce que tu fais ici enfin ?

— J'ai vu la voiture de Pamela sur le parking du Club.

— Oui, elle joue au tennis avec sa mère. Pourquoi tu n'es pas au travail ?

— J'ai été virée.

Elle se met à sangloter. Elle est tellement, tellement triste, tellement blessée, tellement à la dérive. Le chauffard qui a pris la fuite n'a pas seulement tué Vivi, il a tué toute leur famille.

Zach la prend dans ses bras et la berce pour l'apaiser.

— Je suis vraiment désolé, bébé, mais tu ne peux pas rester ici. Tu dois y aller.

Elle lève son visage vers lui et ils s'embrassent. Elle sent le corps entier de Zach s'animer aussitôt. Il est désarmé dès qu'il est avec elle. Comment a-t-il pu penser qu'il réussirait à la quitter ?

Il glisse la main sous son tee-shirt et déboutonne sa jupe.

Vivi

Elle a suivi de près la scène parce qu'elle avait peur que Carson fasse une bêtise – qu'elle se blesse ou qu'elle blesse quelqu'un d'autre. Elle aurait dû utiliser un de ses coups de pouce pour fermer la porte de la cabine, ça aurait évité à Jaime – la pauvre, l'adorable Jaime – de voir Carson, et à Carson de se faire renvoyer. Ou mieux, elle aurait dû pousser sa fille à faire tomber la cocaïne dans les toilettes. George a raison : celle-ci a besoin d'aide. Elle s'est lancée dans une entreprise d'autodestruction.

Que peut y faire Vivi ?

À cet instant, la porte verte s'ouvre et Martha entre. Elle a noué les coins d'un foulard Hermès bleu vif et passé ses bras dans les trous pour se faire un petit boléro.

— Alors là, c'est mon look préféré depuis le début.

Aussitôt elle se souvient de la situation.

— Qu'est-ce que vous faites ici ? J'ai besoin de vous ?

— Oui, pour élargir un peu votre champ de vision.

— Avec plaisir.

Elle s'apprêtait à quitter Zach et Carson de toute façon, pour des raisons évidentes. Elle aimerait beaucoup agir pour les éloigner très, très loin l'un de l'autre, mais il faudrait être aveugle pour ne pas voir qu'un petit coup de pouce n'y suffira pas.

Vivi élargit son champ de vision… et étouffe un cri. La Range Rover de Pamela se dirige vers Parker Lane. Elle sera à la maison dans deux minutes.

— Carson ! hurle-t-elle.

— Elle ne peut pas vous entendre.

Elle retient un juron, ce qui ne sert évidemment à rien puisque Martha peut lire dans ses pensées.

— Qu'est-ce que je peux faire ?

Elle n'a pas le temps d'ajouter un autre mot, déjà la Range Rover s'engage dans Gray Avenue.

Carson et Zach vont se faire surprendre. Elle essaie d'imaginer les conséquences. Sa fille sera clouée au pilori par Pamela et par les parents Bonham... Qui espère-t-elle tromper, enfin ? Elle sera clouée au pilori par absolument tout le monde. C'est à elle que Nantucket imputera toute la faute, plutôt qu'à Zach. Carson est intenable, diront-ils. Le même jour, elle se fait renvoyer et on découvre qu'elle est une briseuse de ménage. Vivi pense à Peter. Un drôle de gosse, oui, mais qu'elle ne voudrait pas voir souffrir. Et pourtant, c'est surtout à Willa qu'elle pense. Sa pauvre aînée qui va se retrouver au cœur de la tempête. Elle prendra forcément le parti de Pamela, à cause de son sens moral inflexible – elle n'aime même pas les récits fictifs d'infidélités (elle a d'ailleurs expliqué à sa mère que *Vacances sur la côte* lui avait déplu pour cette raison).

Tout le monde dans la famille de Vivi a traversé suffisamment d'épreuves déjà pour ne pas en ajouter une de plus. Carson finira, elle en a la conviction, par tirer une leçon positive de son renvoi. Mais pas de ça. Son aventure avec Zach Bridgeman doit évidemment s'arrêter. Pas ainsi, cependant.

— Est-ce qu'il y a un moyen pour que Carson s'en sorte tout en prenant conscience qu'elle a failli se faire prendre ? Elle aurait bien besoin d'une vraie frayeur.

— Utilisez un de vos coups de pouce. Illico presto !

Carson et Zach sont en pleine action sur le canapé du salon. Les vêtements de la fille de Vivi sont éparpillés sur le sol du salon et du couloir. Lorsque Pamela se gare devant la maison, une sonnerie retentit à l'intérieur. Cette alarme est déclenchée par un capteur extérieur, elle annonce aux occupants qu'ils ont de la visite. Ça paraît vraiment excessif à Nantucket, mais il ne faut pas oublier que Pamela travaille dans les assurances. L'entreprise a dû proposer de la poser gratuitement. Et dans la situation présente, cette alarme se révèle un allié très précieux.

Zach se relève d'un bond et repousse Carson vers la table basse. Elle renverse deux bougeoirs au passage.

— Elle est rentrée, lui dit-il. Sors par-derrière.

Elle est nue.

— J'ai besoin de mes fringues.

Ils les ramassent à toute vitesse. Pamela coupe le contact et se retourne pour attraper son sac de sport et sa raquette sur la banquette arrière.

— Je ne trouve pas mon string, gémit Carson. Qu'est-ce que tu en as fait ?

Il passe une main paniquée entre les coussins du canapé.

— Prends ce que tu as déjà et file.

Pamela tend la main vers sa portière.

— Vivi ! la presse Martha. Elle ne sortira pas à temps, vous devez intervenir.

— Mais comment ?

— Appelez Pamela ?

— Quoi ? Sur son portable ? Comment je pourrais faire ? Je suis morte.

— Quel correspondant pourrait la convaincre de décrocher ?

— Le travail ? Rip ? Ses parents ?

La réponse surgit soudain avec la violence d'un coup de pied aux fesses.

— Peter, lâche-t-elle.

— Oui, lui confirme Martha. Allez-y.

Vivi rive son regard sur le sac à main de Pamela et pense : *Appel de Peter, appel de Peter !* L'écran du portable s'allume et la sonnerie « marimba » retentit – elle avait la même de son vivant. Elle éprouve une forme de nostalgie alors qu'elle détestait cette sonnerie et ne décrochait pas la plupart du temps.

L'écran affiche : Fils Peter.

Pamela ne décroche pas. Quoi ? Vivi la voit avec horreur poser un pied par terre.

Carson finit enfin de se débattre avec son tee-shirt qu'elle enfile à l'envers, devant derrière. Elle se précipite dans le couloir, cul nu. Elle a sa jupe dans une main, ses chaussures dans l'autre.

Décroche ! pense Vivi. Elle tend la main à travers la membrane qui sépare les deux mondes pour retourner le téléphone. Lorsque Pamela jette un coup d'œil à celui-ci, elle aperçoit le visage de son fils sur l'écran.

— Oh !

Elle prend aussitôt l'appel.

— Mon chéri ? Est-ce que tout va bien ?

Après un silence, elle insiste :

— Chéri ? Peter ? Peter, c'est maman, tu m'entends ? Tu captes vraiment mal, tu sais… Allô ? Peter ? Bon, si tu peux m'entendre, sache que ton père et moi, nous arriverons vers 14 heures samedi.

Elle écarte l'appareil de son oreille pour vérifier, sur l'écran, que la communication n'a pas été interrompue. Contre toute attente, non.

— Bon, trésor, je t'aime. On se voit samedi.

Carson sort par la porte de derrière et se cache entre deux hortensias pour enfiler sa jupe. Sa respiration est précipitée, son cœur bat aussi vite que celui d'un petit animal effrayé qui vient de réchapper de peu à son destin dans la chaîne alimentaire. Vivi l'entend d'ici. Zach finit par mettre la main sur le string rouge sous le canapé et le fourre dans la poche de son pantalon. Il tapote les coussins, redresse les bougeoirs. Par la fenêtre du salon, il regarde Carson se faufiler entre les massifs de fleurs, dans le jardin des voisins. Il pousse un soupir de soulagement au moment où la porte de la maison s'ouvre. Pamela entre en observant son portable.

— Je viens de recevoir un appel de Peter, mais je n'entendais pas un mot. Le réseau là-bas est vraiment inexistant. J'espère que tout va bien.

— Je suis sûr que oui.

Il a la voix étranglée et plus aiguë que de coutume, pourtant elle ne semble rien remarquer.

— Il voulait sans doute nous demander de lui apporter des snacks. Tu sais qu'il adore ces chips au fromage... Comment s'est passé le tennis ?

Ce n'est qu'à cet instant qu'elle accorde le plus bref des coups d'œil à son mari.

— Bien. J'ai gagné en deux sets, enfin pas de quoi se vanter, ma mère a presque 70 ans. Je monte me doucher.

— D'accord.

Il s'affale sur le canapé dès qu'elle a disparu dans l'escalier. Il bascule la tête en arrière, exposant ainsi sa pomme d'Adam, agité de tremblements de soulagement.

Carson dévale Gray Avenue pieds nus et monte derrière le volant. Une fois qu'elle a fait quelques centaines de mètres, elle souffle :

— Merci, mon Dieu.

— C'était moi, trésor ! lui crie Vivi.

Martha secoue la tête.

— Oh, Vivian...

Carson rentre à la maison, commande des burgers pour son frère et elle, puis monte se coucher à 22 heures sans avoir besoin d'avaler un somnifère.

Une fois assurée que sa deuxième fille dort profondément, Vivi repart dans le passé.

En 2011, le Bouchon vit son troisième été. La boutique de J. P. subit d'énormes pertes, et il a du retard dans le versement du loyer à sa mère. Il a demandé gentiment à Vivi s'il pouvait piocher dans leur compte d'épargne commun, et elle lui a répondu qu'elle y réfléchirait. Elle ne veut pas céder sur ce point, mais a-t-elle vraiment le choix ? Lucinda est une propriétaire intraitable, elle refuse de laisser passer quoi que ce soit, même à son fils. Elle aimerait tellement que celle-ci l'expulse des murs et lui dise, en bonne mère, ce que Vivi n'ose pas formuler : il n'est pas fait pour le commerce. Il devrait fermer pour de bon la boutique à la fin de l'été et changer de voie professionnelle. Elle gagne désormais suffisamment pour qu'il puisse rester à la maison et s'occuper des enfants, soulager un peu sa femme dans ce domaine.

Un soir de la dernière semaine d'août, baignée d'une lumière aussi dorée que du miel, il rentre visiblement saoul du Bouchon. Ce n'est pas la première fois, et elle soupçonne d'ailleurs que si les affaires ne marchent pas bien, c'est en partie parce qu'il boit ce qu'il gagne.

— Il faut que je te parle de quelque chose, lui annonce-t-il.

Alléluia ! pense-t-elle aussitôt. Il a pris la décision tout seul : il ne rouvrira pas la boutique la saison prochaine.

— Oui, je t'écoute.

Elle a beau être impatiente d'entendre les mots sortir de la bouche de son mari, elle est aussi occupée. Elle a passé son été à déposer les enfants à droite et à gauche. Willa, qui a 14 ans, ne veut plus aller à la plage avec Vivi – Rip et elle prennent leurs vélos pour retrouver leur groupe d'amis –, mais il lui reste Carson, Leo et Cruz à trimballer partout. Le père de Cruz, Joe, vient juste de franchir un grand pas : il ne confectionne plus les sandwichs qu'il vend dans sa cuisine personnelle, mais il a pris une véritable boutique en ville. Il l'a appelée le Nickel, et il va rencontrer un succès fulgurant, elle n'a aucun doute là-dessus. Le hic, c'est qu'il est moins disponible pour son fils. Vivi est ravie de s'occuper de lui. Cruz se montre toujours reconnaissant de tout ce qu'elle fait pour lui, alors que les autres enfants semblent trouver normal qu'elle leur prépare tous les jours à manger, qu'elle lave leurs serviettes de plage et leurs planches de bodysurf, qu'elle n'oublie jamais de mettre le parasol dans le coffre de la jeep. Elle vient justement de raccompagner Cruz chez lui et s'affaire pour préparer le dîner.

— Il faut qu'on aille dans la chambre, lui dit-il.

— Je suis en train de décortiquer du maïs…

— Ça peut attendre.

Il s'éloigne dans le couloir. Elle sent que quelque chose cloche, quelque chose de plus grave qu'une affaire en mauvaise santé. Elle lui emboîte le pas.

Il lui annonce qu'il a « craqué » pour son employée, Amy Van Pelt.

— Qu'est-ce que tu veux dire ?

Elle n'a jamais rencontré cette Amy. Elle a bien remarqué qu'il ne tarissait pas d'éloges à son propos : « adorable », « mignonne », une fille de l'Alabama avec le « charme du Sud ».

— Tu es amoureux d'elle ?

— Je n'emploierais pas ce terme. Pas encore. Mais je veux être avec elle. Je te quitte, Vivi.

Elle rit.

— Tu me quittes ? Pour une vendeuse de 23 ans ?

— Oui. Je suis désolé.

On dirait un mauvais stratagème. J. P. ressemble à un sale gosse de mauvaise humeur qui fourre des affaires dans une taie d'oreiller et dont la « fugue » va se terminer au bout de la rue. Mais J. P. est déterminé. Il tient à construire quelque chose avec Amy. Il est prêt à détruire leur famille, à réduire en cendres leurs espoirs et leurs rêves.

Colère, confusion, colère, rage, colère, tristesse, rejet, colère… et enfin colère toujours.

Ils prennent rendez-vous de toute urgence pour une séance avec leur psy, Brie – ils disent qu'ils suivent une « thérapie par le fromage » quand ils sont d'humeur légère, ce qui n'est pas le cas aujourd'hui. Brie souffle Vivi en décrétant que les liaisons sont de la responsabilité des deux parties.

— Si J. P. s'était senti plus valorisé, plus aimé par vous, s'il avait eu le sentiment d'occuper un rôle plus central dans votre vie, alors il n'aurait pas ressenti le besoin de trouver du réconfort ailleurs. Je vous suis depuis dix-huit mois maintenant. J. P. n'a pas caché que ses besoins émotionnels n'étaient pas satisfaits, mais vous n'avez fait aucun effort. Je ne suis franchement pas surprise que ce soit arrivé.

— Attendez une petite minute... Vous dites que c'est ma faute ?

— C'est votre faute à tous les deux.

Au début, Vivi est tentée de rejeter cette hypothèse. Pourtant, si elle se livrait à une étude sincère de ses sentiments, qu'elle a tout fait pour sublimer ou ignorer, elle serait contrainte d'admettre qu'avec les années elle a perdu tout respect pour J. P. Elle l'a rangé dans la même catégorie que les enfants. Elle doit aussi s'occuper de lui, lui servir de guide. Lors de précédentes séances, il a expliqué qu'il ne se sentait pas important aux yeux de Vivi – pas autant que les enfants, pas autant que son écriture, pas autant même que son jogging. Et a-t-il tort ? Ne ferait-elle pas passer toutes ces choses (y compris le jogging) devant J. P. ? N'a-t-elle pas caressé l'idée, parfois, de le quitter ? Elle est restée parce qu'ils se sont bâti une vraie vie ensemble – des enfants, une maison, des amis, des habitudes. Ils ont une existence stable. Leur foyer est heureux, souvent joyeux, ce qui les change tous les deux de ce qu'ils ont connu dans l'enfance.

Et aujourd'hui... Amy ?

Il est tout à fait raisonnable qu'elle lui demande de partir. Après tout, c'est lui qui met un terme à leur mariage. Sauf que, contre toute attente, il refuse d'aller où que ce soit. Il veut rester sous leur toit, il veut qu'ils y restent tous les deux pendant qu'il vit son histoire avec Amy. Ce sera mieux pour les enfants, selon lui.

— Tu te prends pour qui, François Mitterrand ? lui lance-t-elle.

Sa pique passe largement au-dessus de la tête de J. P.

Il est hors de question qu'elle vive avec lui pendant qu'il couchera avec son employée de 23 ans. Désolée. Ils se disputent souvent en chuchotant dans le bureau de Vivi – la pièce la plus éloignée du salon télé, où les enfants sont souvent. Elle prend conscience qu'il a toujours obtenu tout ce qu'il voulait sans avoir jamais à rendre aucun compte. Pas cette fois.

— Reste, dans ce cas. C'est moi qui vais partir.

Son roman, *Vacances sur la côte*, s'est bien vendu pendant l'été, malgré son refus d'une tournée. Les enfants sont petits, ils ont besoin d'elle – et puis toute l'année elle attend l'été à Nantucket, ce n'est pas pour partir une fois qu'il est là. Et si elle faisait une tournée maintenant, fin août début septembre ? Elle en parle à son attachée de presse, Flor.

— J'ai des dizaines de demandes, oui. Tu as créé une sorte d'aura de mystère autour de toi en refusant tout déplacement jusqu'à présent. Laisse-moi voir ce que je peux arranger. Tu es prête à partir combien de temps ?

— Un mois ? Deux ?

Flor lui organise une tournée de vingt-neuf étapes étalées sur sept semaines, une traversée méthodique du pays. Elle passe le premier week-end de septembre sur la côte du Delaware. Viennent ensuite Washington, Richmond, la Caroline du Nord avec Raleigh et Asheville. Puis direction le Sud, la Géorgie et l'Alabama.

Elle va dans le Mississippi, à La Nouvelle-Orléans, Houston, Dallas, San Antonio, Phoenix, Wichita, Edmond dans l'Oklahoma et dans une librairie légendaire de Denver.

Elle rate la rentrée scolaire. La photo des trois enfants Quinboro sur la terrasse est devenue une tradition. Elle demande à J. P. de la prendre et de la lui envoyer. Il ne lui répond pas. Plus tard, elle la découvre sur sa page Facebook

– pour une raison qu'elle ne saurait expliquer, ils sont restés amis sur les réseaux sociaux. Elle enregistre le fichier pour en faire son fond d'écran, qu'elle montre à toutes les lectrices qui lui posent la question. Carson porte un pull avec un trou à l'épaule. Leo a un épi sur la tête. Willa fronce les sourcils comme pour reprocher à sa mère son absence.

Ce n'est pas ma faute ! voudrait-elle dire aux enfants. Brie a été claire sur le sujet : elle n'a pas le droit de dire ça. Et de toute façon, la faute est apparemment partagée.

La fréquentation des signatures varie d'un endroit à l'autre. Il y a parfois soixante personnes, parfois six. Mais les lectrices de Vivi sont toujours enthousiastes. Une femme a fait trois heures et demie de route avec deux jeunes enfants et un bébé qu'elle allaite encore pour se rendre de Kansas City à Wichita. Une autre a posé une journée de congé pour la voir.

Elle appelle les enfants tous les soirs. Ils pleurent. Carson, surtout, a du mal à accepter la situation. Elle veut savoir si sa mère sera rentrée pour l'anniversaire de ses 12 ans. Et la réponse est non. Vivi sera à San Francisco pour une signature.

— Je suis désolée, mon trésor. Je vais t'envoyer des cadeaux.

Elle ne lui dit pas que c'est elle qui a commandé le gâteau pour sa fête et envoyé les coordonnées des parents de ses amies à J. P. pour qu'il puisse les inviter à dormir.

Quand elle arrive enfin en Californie, elle a compris pourquoi les rock stars sont si souvent des drogués. La vie de tournée est difficile. L'agente de Vivi, Jodi, lui a pourtant négocié les meilleures conditions possibles – une voiture vient la chercher pour chacun de ses déplacements, elle loge dans des hôtels qui proposent un room service vingt-quatre heures sur vingt-quatre, et M. Hooper se charge de régler l'addition. Au début, elle a éprouvé de l'émerveillement, du soulagement et de l'excitation à composer un numéro pour voir arriver peu après un club sandwich, des frites, du coleslaw, une soupe de nouilles au poulet, une crème brûlée et une bouteille de vin devant sa porte. Ce qui était incroyable, c'est qu'une heure plus tard, le plateau, déposé devant sa chambre, disparaissait, pour être remplacé le lendemain matin par du café frais accompagné d'un petit pot de crème. Sa valise grossit au fur et à mesure qu'elle se remplit de savonnettes, de minuscules flacons de shampooing et de crème pour le corps, de bloc-notes avec le nom de l'hôtel et son logo en haut (qui seront parfaits pour les listes de courses), de stylos et de bonbons au chocolat artisanaux dans de jolis emballages individuels.

Il y a aussi beaucoup (beaucoup trop) de passages aux maisons de la presse pour acheter un Coca Zero et un sandwich industriel (elle a pris celui au thon une fois et ne refera pas deux fois la même erreur). Certains jours elle a un vol à l'aube, ce qui la prive de son jogging. Elle est constamment en quête d'une prise pour recharger son portable. Et puis elle ressent souvent une solitude écrasante qui lui laisse trop de temps pour cogiter. Ce qui lui fend le cœur, c'est le souvenir de J. P. assis sur le rebord de la baignoire, une bague à la main, lui demandant de devenir sa femme : elle l'aimait tellement à cet instant, elle se sentait si incroyablement chanceuse d'épouser William Edward Quinboro. À cette époque, elle pensait qu'il valait mieux qu'elle. Depuis, elle a appris que l'endroit d'où l'on vient compte bien moins que ce que l'on fait de sa vie.

À Seattle, au moment de monter dans l'ascenseur de son hôtel, elle ne se rappelle soudain plus le numéro de sa chambre. Elle sait qu'elle loge au cinquième étage, mais il y en a eu tellement : 1246, 818, 323... Et elle ne peut pas compter sur sa clé magnétique pour la renseigner puisque le petit étui en carton avec le numéro noté dessus est resté sur la commode devant la télé. Elle redescend à la réception et pendant qu'elle fait la queue elle ouvre l'application

Facebook sur son iPhone. Sur la page de J. P. elle découvre les photos de l'anniversaire de Carson.

Elle attend d'être dans sa chambre (547) pour pleurer. Quand elle a fini de sangloter, elle compose, en hoquetant, le numéro de Savannah.

Son amie a passé presque tout l'automne à Boston (elle sort avec l'un des propriétaires de l'équipe de baseball des Celtics et ça a l'air sérieux), mais elle sait combien les déplacements professionnels peuvent user l'âme. Il lui arrive de passer des semaines, parfois des mois, dans des endroits comme le Mali, le Paraguay et Bangalore... Pourtant Vivi se dit que c'est plus simple pour elle, parce que Savannah n'a pas d'enfants.

— C'est quoi ta prochaine étape ? lui demande-t-elle. Cleveland ?

Vivi réprime un frisson. Elle ne mettra pas les pieds à Cleveland. Même si elle accepte de faire une tournée tous les ans jusqu'à sa retraite, elle n'ira pas à Cleveland. C'est trop près de Parma, et tous ses fantômes sont là-bas.

— Minneapolis. Et ensuite Madison, Petoskey, Chicago, Indianapolis et Pittsburgh.

— Oh mon Dieu... Annule la fin de ta tournée et rentre, Vivi.

Elle en a envie, tellement envie !

— J'aimerais bien... mais je ne peux pas.

— Pourquoi ? Tu as peur d'être renvoyée ? Bien sûr que non. C'est toi qui as décidé de faire cette tournée.

— Mon éditeur me le demandait depuis des années. Et tu me connais.

Vivi n'abandonne pas, elle ne craque pas. Elle fait ce qu'elle s'est engagée à faire. Même si on lui annonçait qu'il n'y aura que dix personnes, ou trois, voire une seule !, à chacune des signatures qui lui restent, elle n'annulerait pas. Parce que cette lectrice a fait le déplacement – et peut-être bien plusieurs heures de route, elle en a déjà rencontré. Ou parce qu'elle attend cette rencontre depuis des semaines. Peut-être que c'est son rêve de rencontrer une autrice en chair et en os et d'avoir son exemplaire dédicacé. Vivi ne la laissera pas tomber.

À ce stade de son existence, ses lectrices sont sa famille.

Une semaine plus tard, lorsqu'elle sort de l'ascenseur dans le hall de son hôtel à Chicago, elle tombe sur Savannah. Son amie la prend par le bras et lui dit :

— Je t'accompagne à ta rencontre, puis je t'emmène dîner dans un restaurant où il est normalement impossible d'avoir une table. M. Celtics a des relations.

Vivi rentre à Nantucket le 14 octobre et emménage aussitôt dans une minuscule maison de Lily Street. Elle possède une chambrette de la taille d'un placard pour Leo, et une mezzanine où elle installe les filles. Elle dort sur un futon dans le coin télé du salon. Ils dînent sur la table basse. Il n'y a qu'une salle de douche. Ils sont littéralement entassés les uns sur les autres… et elle adore ça.

Les enfants ont changé, cependant. J. P. leur a bourré le crâne avec une version complètement fantaisiste des faits : Vivi les aurait « abandonnés ». Il n'a jamais voulu leur confirmer la date de son retour, laissant planer un doute sur la possibilité qu'elle revienne, et les enfants l'ont cru, en dépit de ce qu'elle leur certifiait quotidiennement au téléphone : elle serait à Nantucket le 14 octobre, bien avant Halloween. En conséquence, les enfants alternent entre besoin de se coller à elle et comportements insolents – Carson la traite de « mère indigne ».

Elle fait la connaissance d'Amy pour la première fois lors d'un match de foot de Leo. Il a lieu la première semaine de novembre, par une belle journée fraîche et lumineuse. Vivi a retrouvé sa place, installée au milieu des parents dont elle a toujours été proche. Elle se sent à nouveau équilibrée : la solitude dont elle a tant souffert pendant sa tournée a été oubliée, comme les douleurs de l'accouchement.

Regarder des gamins de 8 ou 9 ans jouer au football peut être un peu ennuyeux, et on est facilement distrait.

— Hé, lance soudain Candace Lopresti, c'est la nouvelle copine de J. P. ?

Vivi se retourne et aperçoit son mari, avec sa veste en daim vert Ralph Lauren qui empeste le snobisme. Il marche le long de la ligne de touche. Il tient la main d'une blonde en adorable minijupe écossaise, collants bleu marine et ballerines de la même couleur. J. P. a dû lui laisser entendre que c'était un événement mondain qui exigeait une tenue habillée. Vivi soupire. Amy est d'une beauté aussi banale que ce à quoi elle s'attendait, et le choix – inadapté – de sa tenue la rend un peu plus sympathique. Elle enjambe Candace, Joe DeSantis et ses autres amis pour aller se présenter. Elle a toujours préféré la magnanimité. Et puis elle est chez elle, entourée de ses soutiens, et elle sait qu'elle est à son avantage. Elle porte le jean qui lui va le mieux, ses adorables bottes fourrées, un pull crème, une doudoune, un bonnet avec un pompon, des mitaines en cachemire et des lunettes de soleil rondes Tom Ford que Savannah lui a achetées à Miami.

— Salut, lance-t-elle d'une voix qu'elle veille à rendre chaleureuse et amicale.

Elle lui tend la main avec un sourire.

— Vous devez être Amy. Je suis Vivian, enchantée de faire votre connaissance.

La main d'Amy est molle et froide. Elle porte un caban et n'a ni bonnet ni gants.

— Bonjour.

Elle observe Vivi derrière les verres de ses lunettes Aviator, et cette dernière a le sentiment que la maîtresse de son mari s'attendait à tout autre chose : une horrible garce. Tant pis pour elle.

— Vous voulez que je vous présente aux autres parents ? lui propose-t-elle.

— Non, merci, dit-elle en regardant J. P.

— On ne compte pas rester, explique-t-il. On a réservé une table au restaurant pour ce midi.

— D'accord, c'était sympa de passer en tout cas.

— J'adore le foot, dit Amy. Dans l'Alabama, où je suis allée à la fac, les jours de match, c'était la folie. Les mecs de la fraternité se mettaient en costume et à l'arrière des pick-up on faisait des pique-niques aux chandelles, dans de la porcelaine et du cristal.

Elle s'interrompt brusquement, puis ajoute :

— Jamais vu ça ailleurs.

— Oui, ici on ne maîtrise pas l'art du pique-nique à l'arrière des pick-up. On ne sort jamais de chandeliers.

Elle abaisse sa voix à un murmure :

— Mais je connais des mères qui mettent un peu de liqueur dans leur café.

J. P. se racle la gorge pour signifier que ça suffit.

— Comment s'en sort Leo ?

— Il a eu le ballon quatre fois, et l'a perdu trois fois.

J. P. grogne.

— C'est vrai ?

— Il reste empoté, oui. Mais il sourit au moins.

— Leo sourit toujours. Il souriait déjà le jour où on est rentrés de la maternité, tu te souviens ?

— C'est parce qu'il avait des gaz, mon chéri.

Et ils éclatent de rire. Amy fixe la pelouse, puis frissonne de façon excessive. À moins qu'elle n'ait vraiment froid ; ce serait bien possible.

— Je vais aller attendre dans la voiture, pendant que vous vous rappelez le bon vieux temps, hein…

Elle tourne les talons.

— J'aurais essayé, dit Vivi.

— Elle manque de confiance en elle. Elle avait peur de te rencontrer.

— J'espère. Elle a détruit notre famille.

— Pas du tout.

— D'accord. Tu as détruit notre famille et elle a été ta complice.

Elle sent les regards de plus de trente parents dans son dos.

— Je n'ai pas envie de me disputer avec toi, J. P. Elle a l'air très gentille.

— Merci de te montrer aussi civile. J'apprécie beaucoup.

— J'irai au paradis.

— Ça, je ne sais pas.

Il jette un bref coup d'œil par-dessus son épaule vers le parking.

— Tu as été gentille, je ne comprends pas très bien son problème…

— Son problème, c'est qu'on partage dix-huit années de vie commune dont elle ne fait pas partie. Elle est jalouse.

Il soupire.

— Bon, je vais aller limiter la casse.

— Bon déjeuner ! Je vais rester ici regarder notre fils perdre le ballon en mauvaise mère abandonnique que je suis.

Il rit, et elle aimerait lui donner un coup de pied dans l'entrejambe. Pourtant, tandis qu'il s'éloigne, elle a surtout de la peine, elle doit bien l'admettre. Il a fait une grosse erreur en la quittant. Il s'en rendra compte avec le temps.

Les fêtes sont lugubres. Vivi a les enfants pour Thanksgiving, mais elle n'a pas assez de place chez elle pour organiser un dîner digne de ce nom, ils vont donc chez Savannah, où ils partagent le repas avec ses parents. Celle-ci a tout commandé chez un traiteur à Boston, à l'exception du pudding au maïs que Vivi a préparé et des tartes achetées à la boulangerie de Nantucket. On vient de diagnostiquer une maladie d'Alzheimer à Mary Catherine.

Elle se montre parfois confuse et fond en larmes au beau milieu du dîner à l'évocation de son frère Patrick (celui de la famille recomposée aux six enfants), tué dans un accident de voiture le soir du 31 décembre 1999. Bob ne sait pas comment réagir, si bien qu'il ignore ses larmes et fait comme si tout allait bien. Il interroge les enfants de Vivi sur l'école, mais est si perturbé par la situation qu'il n'écoute pas leurs réponses.

Les enfants sont nerveux, impatients de partir, et elle soupçonne Savannah d'avoir hâte aussi de se débarrasser d'eux pour pouvoir s'occuper de sa mère sans s'encombrer de son rôle d'hôtesse. Ça la peine d'abréger ce repas de fête – les enfants lui ont appris que J. P. et Amy sont au restaurant, pour un dîner romantique, car Lucinda est partie passer Thanksgiving à Boca Raton avec Penny Rosen –, mais elle ne voit pas comment faire autrement. Elle emporte quatre parts de dessert avec elle.

Dans la voiture, sur le trajet du retour, Willa lâche :

— J'aurais dû aller dîner chez les Bonham.

— Tout est toujours mieux chez les Bonham, rétorque Vivi d'une voix chantante.

— Eh ben oui.

— Il y a du foot à 20 heures, ajoute Leo. Je veux le regarder.

Vivi n'a pas toutes les chaînes du câble, et évidemment pas celle sur laquelle le match est retransmis. Son fils se met alors à réclamer, en pleurs, à aller chez son père, et Carson se joint – évidemment – à lui, en demandant à Vivi pourquoi elle n'achète pas une vraie maison comme celle de leur père, où ils ont chacun une chambre, ce qui lui évite de partager son lit avec sa sœur qui pue. Willa lui réplique que ça ne lui plaît pas plus qu'à elle, et la situation s'envenime rapidement. Ils sont tous dans un tel état de nerfs au moment d'arriver que Vivi leur hurle :

— Préparez vos affaires, les enfants ! Je vous emmène chez votre père !

Ce qui fait couler ses larmes à elle, parce qu'elle était censée les avoir encore trois jours, jusqu'à la fin du week-end. Elle jette les parts de tarte dans un geste théâtral, qui réduit les enfants au silence. Willa est la première à s'excuser, imitée par Leo, puis Carson. Ils vont tous se blottir sur le futon de Vivi pour regarder un film de Noël – ce qui à la fois l'agace, parce qu'on n'est pas encore en décembre, et la rend heureuse, parce qu'ils se rendent compte qu'elle a quand même des chaînes qui valent le coup.

Elle a évité une énorme crise pour Thanksgiving. Mais ce n'est pas facile d'être une mère célibataire pendant les vacances. Non.

J. P. a les enfants pour Noël. Vivi n'est pas autorisée à les voir le 24 – ils sont débordés, se justifie-t-il, entre la messe et la fête au Yacht Club. Elle reste seule chez elle, se prépare un croque-monsieur et emballe les cadeaux des enfants (elle a fait exprès de garder cette mission pour ce soir-là, redoutant de ne pas avoir de meilleure occupation). Elle se met des chants de Noël, s'ouvre une demi-bouteille de Veuve Clicquot et trinque avec son minuscule sapin déplumé. Elle est consciente d'en avoir trop fait avec les cadeaux, d'être une caricature de « mère abandonnique ».

Elle trouve ça tellement injuste de se retrouver dans le rôle de la bannie, alors que c'est J. P. qui a eu une aventure.

Pendant qu'elle boit son champagne et installe les cadeaux en trois tas – les enfants passeront le lendemain après-midi, mais devront être de retour chez leur père à 18 heures pour le « grand dîner de Noël » –, elle se fait plusieurs promesses. Elle ne cédera pas à l'auto-apitoiement, aussi tentant que cela soit. Elle ne dira pas du mal de J. P. ou d'Amy. Elle achètera une grande maison et dépensera ce qu'il faudra pour la rendre encore plus chaleureuse et douillette que celle qu'elle a dû quitter. Elle tournera la page, elle rebondira. Elle sera plus heureuse qu'avant.

Willa

L'attachée de presse de Vivi, Flor, appelle Willa.

— J'ai montré la vidéo de *Petite Chérie* aux producteurs de la matinale de Tanya Price. Elle veut recevoir Brett Caspian la semaine prochaine. Est-ce que vous pourriez me donner ses coordonnées ?

— Quoi ? À la télévision ? Vraiment... c'est... Il vaut sans doute mieux que je le contacte moi ? C'est quelqu'un de discret.

— Bien sûr. J'espère qu'il acceptera. Ça pourrait avoir de grandes retombées sur les ventes du livre.

— Et il n'aurait qu'à chanter sa chanson ? Ou Tanya voudra-t-elle lui poser quelques questions sur son histoire avec ma mère ?

— Les deux, j'imagine.

Exactement ce que Willa craignait. *Petite Chérie,* que beaucoup de lecteurs lisent et adorent – sur la page Facebook, les messages enthousiastes se comptent par milliers –, révélera sa vraie nature : un roman qui recèle le plus grand secret de Vivi, un secret si bien gardé qu'elle n'en a jamais parlé à ses propres enfants, à son ex-mari ou à sa meilleure amie.

Willa envisage de rappeler Flor et de lui dire qu'elle en a parlé avec Brett qui préfère décliner.

Pourtant, elle rechigne à mentir de la sorte. Elle aime suivre les règles. Choisir ce qui est juste et pas forcément simple. Appeler Brett n'est pas évident, mais elle doit le faire.

Elle lui explique qu'elle a partagé la vidéo de *Petite Chérie* avec l'attachée de presse de Vivi. (Aurait-elle dû lui demander l'autorisation avant ? Sans doute.) L'attachée de presse a ensuite fait suivre la vidéo aux producteurs d'une célèbre matinale, qui l'ont montrée à Tanya Price, et l'animatrice voudrait désormais que Brett vienne chanter sur son plateau.

Il rit.

— C'est dingue, la télé du hall de l'hôtel est réglée sur cette chaîne tous les matins. Et Tanya Price veut que je chante ?

— Et sans doute que vous lui racontiez un peu votre histoire avec ma mère. Dans ce cas... enfin je pense que vous devriez vous montrer discret.

Il ne répond rien. Il faut qu'elle soit plus directe.

— Je ne pense pas qu'il serait très judicieux de dire à tout le pays que ma mère est tombée enceinte au lycée. Ou qu'elle vous l'a fait croire.

— Willa... Je ne ferai jamais une chose pareille. Je me contenterai de parler de notre histoire d'amour et de la chanson.

Elle libère son souffle.

— Merci.

Elle se demande si elle peut lui faire confiance. Elle a regardé assez souvent Tanya Price pour savoir que la journaliste sait aller au fond des choses. Et bien qu'elle ait eu l'impression que Brett ne gardait aucune rancœur à Vivi pour son probable mensonge, s'il voulait se venger, cette émission serait le moyen idéal.

— Je peux vous faire confiance ?

— Willa...

Elle se reproche aussitôt sa question.

Le passage de Brett à la matinale est prévu pour le lundi suivant, à 8 h 30. Willa s'avise soudain qu'elle doit prévenir sa sœur et son frère, son père et Savannah. Elle préférerait ne rien dire – Carson et Leo ne regardent pas la télé, J. P. est occupé à préparer ses glaces au Cône le matin, et Savannah est si accaparée par son association caritative et ses vieux parents qu'elle a encore moins de temps libre que lui. Si ça se trouve, Brett va faire une rapide apparition, chanter sa chanson, raconter en quelques mots qu'il est sorti avec Vivi au lycée, et c'est tout. Aucun d'eux n'en saura jamais rien.

Sauf que Lucinda regarde cette matinale. Penny Rosen aussi. Et sans doute bien plus de monde qu'elle ne l'imagine : dix millions de téléspectateurs. Impossible de ne rien dire.

Elle envoie un texto à Carson et Leo : Pour info, maman avait un mec au lycée qui s'appelle Brett Caspian et qui passe à la télé lundi matin à 8 h 30 pour chanter la chanson qu'il avait composée pour elle.

Aucun d'eux ne répond, ni pour réagir ni pour demander des précisions – et ce n'est pas une surprise. Ils sont trop occupés par leurs boulots, leurs amis. Sans oublier que Leo a Marissa, et Carson ses substances illicites. Elle envisage de passer les voir le lendemain, avant de se raisonner : ils sont tous les deux adultes, s'ils ont besoin d'elle, ils le lui feront savoir.

Elle se demande ensuite si elle doit l'annoncer d'abord à son père ou à Savannah. Elle opte rapidement pour la meilleure amie de sa mère. Comme sa maison se trouve à deux pas du musée, Willa fait un crochet après le travail.

La voiture de Savannah est garée devant, pourtant elle ne répond pas à la porte. Willa entre.

— Ohé ? Savannah ? C'est Willa !

Elle entend du bruit au fond, alors après un rapide crochet aux toilettes – les murs sont couverts de photographies, dont certaines de Willa, Carson et Leo enfants et d'autres de Vivi et J. P. quand ils étaient encore mariés –, elle se rend dans la cuisine. À travers la fenêtre elle aperçoit Savannah, de dos. Elle est assise au bord de la piscine.

— Salut ! lance-t-elle en sortant dans le jardin.

Savannah se retourne aussitôt.

— Willie ! Oh, bonjour !

Sa voix est étrangement aiguë. Willa comprend aussitôt qu'elle n'est pas seule. Il y a un homme dans la piscine, elle aperçoit sa silhouette sous l'eau. Elle n'a pas le temps de penser, *Mince, je la dérange au mauvais moment,* que l'homme remonte à la surface… C'est son père !

— Papa ? Qu'est-ce que tu fais ici ?

— Je suis venu piquer une tête. Avant la cohue du début de soirée à la boutique.

— Ah…

Elle essaie d'analyser la situation. Ça se tient… en un sens. La maison de Savannah est encore plus près du Cône que du musée, et Willa sait que son père et elle se sont rapprochés depuis la mort de Vivi. En même temps, elle a l'impression qu'ils lui cachent quelque chose. Ils lui cachent quelque chose ?

— Comment ça va ? Et Amy ?

— On s'est séparés la semaine dernière…

Il se racle la gorge puis ajoute :

— Je suis désolé. J'aurais dû te le dire.

— Tu… comment ça vous vous êtes séparés ? Elle ne vit plus avec toi ?

— Non. Elle s'est installée chez Lorna.

— Ah d'accord.

Willa n'en revient pas.

— Je suis navré, mon cœur. Je pensais que ça ne t'intéressait pas.

— C'est le cas en un sens… Mais je ne peux pas m'empêcher de trouver étrange qu'on vive tous sur la même île et que des choses aussi importantes se produisent sans que personne n'en parle à personne. Et après on prétend être une famille…

— Tu as raison. J'avais l'intention de faire d'une pierre trois coups en vous l'annonçant à tous le soir du dîner d'anniversaire de grand-mère, mardi de la semaine prochaine.

Argh ! Août passe trop vite, comme toujours. Elle avait complètement zappé l'anniversaire de Lucinda, et elle sait qu'elle va passer les dix jours qui viennent à l'appréhender.

— Tu avais quelque chose de particulier à me dire, mon lapin chéri ? Tu voulais peut-être discuter ? Je peux te servir un verre de vin ?

— Ça va, je te remercie.

Doit-elle annoncer la nouvelle concernant Brett Caspian maintenant ou attendre que Savannah soit seule ? Elle décide de se débarrasser de ce poids une bonne fois pour toutes.

— Bon alors il s'est passé un truc un peu dingue. Tu te souviens du type dont tu m'avais parlé, celui qui avait écrit sur la page Facebook et qui prétendait être sorti avec maman au lycée ?

— Ta mère n'avait pas de copain au lycée, intervient J. P.

— Tu l'as contacté ? demande Savannah.

— Oui.

Willa se dit aussitôt qu'elle aurait dû lui en parler plus tôt. Elle aurait dû lui en parler tout de suite après l'avoir vu, même.

— Il est fiable.

— Il... quoi ? s'étonne Savannah.

— Ta mère n'avait pas de copain au lycée, répète J. P.

Il s'extirpe de l'eau à la force des bras et se sèche.

— Tu sais bien qu'il y a des cinglés partout, ma chérie.

— Je l'ai invité à venir passer une journée à Nantucket, poursuit-elle, la gorge nouée. Il m'a apporté tout un tas de photos d'eux deux à Parma, au centre commercial et au bal du lycée. Il m'a raconté des choses sur son père...

— Quoi ? s'exclame J. P.

— Et il m'a joué une chanson qu'il avait composée pour elle. *Petite Chérie.* C'est vraiment très, très beau.

Elle s'interrompt. Elle ne parlera à personne de la fausse grossesse, pas même à Rip.

— Et comment il s'appelle ce type ? demande J. P.

— Brett Caspian. Et il passera dans l'émission de Tanya Price lundi pour interpréter sa chanson et répondre à quelques questions.

— Quoi ? s'exclament-ils en chœur.

Nantucket

Nous avons gardé un œil sur la liste des meilleures ventes du *New York Times* et les deux premières places sont toujours occupées, par ordre décroissant, par *Le Week-end de Satan*, de D. K. Bolt, et par *Petite Chérie*, de Vivian Howe. La troisième position est plus disputée, même si l'une de nos autrices préférées de Caroline du Sud, Dorothea Benton Frank, l'occupe depuis deux semaines. Fonce, Dottie !

Une rumeur circule au sujet d'un homme qui aurait connu Vivian Howe dans le passé et qui serait sorti de l'ombre. Il devrait faire une apparition à la télévision pour chanter une chanson composée en son honneur. Personne ne voudrait rater ça !

À 8 h 40 précises le lundi matin, Tanya Price, qui anime notre matinale préférée, introduit la séquence :

— Le samedi 19 juin dernier, aux environs de 7 h 15, la romancière à succès Vivian Howe a été renversée par une voiture alors qu'elle venait de sortir faire son jogging. Elle a été tuée presque sur le coup. L'identité du conducteur est encore inconnue à ce jour, et l'île de Nantucket, à une cinquantaine de kilomètres de Cape Cod, dans le Massachusetts, pleure l'une de ses plus grandes célébrités. Vivian Howe laisse derrière elle trois enfants et treize romans, qui portent tous sur son île adorée. Le dernier, *Petite Chérie*, est actuellement numéro deux sur la liste des meilleures ventes du *New York Times*.

Ce roman débute avec l'histoire d'amour d'Alison Revere et de Stott Macklemore. Je ne peux pas en dire beaucoup plus, au risque de gâcher le plaisir des futurs lecteurs, mais je peux vous apprendre que Stott Macklemore est un jeune musicien qui, dans le roman, compose une chanson pour

Alison intitulée *Petite Chérie*. Il se trouve que Vivian Howe a vécu une histoire d'amour au lycée avec notre prochain invité, Brett Caspian. Il lui a composé une chanson intitulée *Petite Chérie*, il y a plus de trente ans. Et il est là ce matin pour nous l'interpréter.

Les projecteurs basculent vers la scène, où Brett Caspian est assis sur un tabouret haut devant un micro. Certains d'entre nous sont nerveux – qui est ce type ? a-t-il assez de talent pour jouer devant des millions de téléspectateurs ou risque-t-il de se ridiculiser ? Dès qu'il se met à chanter, pourtant, nous sommes aussitôt hypnotisés. C'est une ballade romantique avec un fond rock. « Tu es l'étincelle dans mes yeux. » Brett Caspian a un physique d'ancien chanteur à minettes. Pamela Bonham Bridgeman, qui regarde l'émission sur l'ordinateur du bureau avec son frère, Rip, est d'ailleurs d'avis que sa tenue – jean et tee-shirt blanc – s'inspire de la couverture d'un album de Bryan Adams. Ses cheveux bruns, mi-longs, grisonnent et lui tombent dans les yeux. Sa voix profonde et expressive a un côté un peu rocailleux. On peut sans trop s'avancer affirmer que toutes les femmes hétérosexuelles de Nantucket – voire peut-être du pays – se mettent aussitôt à fondre.

À la fin de la chanson, nous sommes nombreux à l'applaudir dans nos cuisines ou nos salons. Waouh ! Il l'a fait ! Quel bel hommage à Vivi !

Brett se lève pour rejoindre Tanya Price.

— C'était incroyable !

Tanya Price a un sourire jusqu'aux oreilles. Elle aussi, elle est sous le charme.

— Alors c'est la chanson que vous avez écrite il y a trente-quatre ans pour votre petite amie de l'époque, Vivian Howe. Et elle en a fait un élément central de son dernier roman, *Petite Chérie*.

Tanya se penche vers lui.

— Est-ce vous qui avez inspiré le personnage de Stott Macklemore, Brett ? Vivian Howe vous aurait-elle emprunté plus que le titre de la chanson ?

Brett a un sourire timide.

— Ce personnage et moi, nous avons beaucoup de points communs, mais je ne dirais pas pour autant que c'est moi. Je crois que pour ce roman Vivi s'est inspirée de ce qu'elle a ressenti lorsque nous sortions ensemble pour nourrir son récit. Nous avons été ensemble pendant toute l'année de terminale, et nous avions des sentiments très forts. Deux jeunes dans une petite ville américaine. C'est de ça que parlent beaucoup de chansons de rock : les années turbulentes de l'adolescence, les émotions exacerbées.

Sur l'écran, derrière eux, apparaît la photo d'un jeune Brett et d'une jeune Vivi sur un banc dans le centre commercial avec un gobelet en carton. Ceux d'entre nous qui ont connu Vivian Howe ici sont abasourdis. On la reconnaît sans mal, et pourtant... Ses cheveux sont longs, son maquillage excessif. On dirait une jeune Joan Jett.

— Dans le roman, le personnage de Stott Macklemore est découvert par une maison de disques et sa chanson, *Petite Chérie,* devient un tube.

Après un silence, Tanya ajoute :

— Et pour vous, que s'est-il passé ?

— Mon groupe, Fuir l'Ohio, a aussi retenu l'attention d'une maison de disques. Elle nous a fait venir à Los Angeles. Les producteurs étaient vraiment emballés par *Petite Chérie.*

Brett sourit à la caméra.

— Mais c'était avant l'existence d'iTunes et de la musique en ligne. Pour réussir à l'époque, il fallait avoir un album entier.

Il hausse les épaules.

— Et nous n'étions pas prêts.

Sur l'écran apparaît une photographie de Vivian Howe en short en jean, qui mange un cornet de glace assise sur le capot d'une Buick gris métallisé. On dirait un personnage tout droit sorti d'une chanson de Bruce Springsteen. Qui savait qu'elle avait eu cette jeunesse-là ? Elle nous était toujours apparue comme une sorte de sirène – élevée par l'océan, le visage baigné de soleil, du sel dans les cheveux, du sable entre les orteils.

Tanya Price laisse flotter un silence. C'est la reine des interviews conclues en apothéose, alors nous nous rapprochons tous un peu de notre téléviseur et montons le son.

— Quand avez-vous vu Vivian Howe pour la dernière fois ?

— En août 1987.

À l'écran, on voit Vivi et Brett en robe et toque pour la remise des diplômes devant le lycée. Il fait un V avec deux doigts au-dessus de l'épaule de Vivi. Le V de victoire pour l'obtention de son diplôme ? Le V de Vivi ? Ou le symbole de la paix, très tendance dans les années 1980 ?

— Et vous n'avez eu aucune nouvelle depuis ?

Il secoue la tête.

— J'ai pensé qu'elle menait une vie heureuse quelque part. Je ne savais même pas qu'elle écrivait.

D'un air penaud il ajoute :

— Je ne lis pas beaucoup.

— Puis vous avez appris sa mort.

— Oui, par la sœur d'un ami. J'ai lu son dernier roman et j'ai reconnu certains aspects de ma personnalité dans le héros. J'ai cherché à entrer en contact avec sa famille.

— Si vous pouviez dire un mot à Vivian Howe, là, maintenant, qu'est-ce que ce serait ?

— Vous savez, Tanya, on n'oublie jamais son premier amour. Ce sont des émotions uniques dans une vie. Alors j'imagine que ce que je dirais à Vivi, c'est : tu as toujours été et tu resteras toujours... ma petite chérie.

Tanya tend les deux mains vers lui.

— Brett Caspian, merci de votre venue aujourd'hui !

Suit une page publicitaire.

J. P. et Savannah fixent le téléviseur bouche bée.

— Tu me jures qu'elle ne t'avait jamais parlé de ce type ? lui demande-t-il.

— Évidemment ! Mais il dit la vérité. Tu as vu ces photos ? Ce trait d'eye-liner ? Dieu merci, elle avait renoncé au look Morticia Addams à son arrivée à Duke.

— Tu ne trouves pas ça bizarre qu'elle ne nous ait pas parlé de lui ? Ni à toi ni à moi ?

— Peut-être qu'il lui a brisé le cœur et qu'elle a voulu tourner la page en quittant Parma ?

— Ou alors c'est elle qui lui a brisé le cœur...

Amy ne veut pas regarder l'émission, mais c'est Lorna qui décide, puisqu'elle est chez elle ! Or elle ne raterait ça sous aucun prétexte. Elles ne sont pas attendues au salon de coiffure avant 10 heures. Elles ont tout le temps de se préparer un café et de s'installer bien confortablement sur le canapé avec Cupidon, le chien de Lorna, à leurs pieds.

Amy s'attarde dans la salle de bains, et Lorna n'est pas dupe de son petit jeu.

— Allez viens, ma poule. Tu sais que tu en crèves d'envie.

Elle la rejoint, bras croisés. Dennis lui a laissé un gros suçon violet dans le cou qu'elle a très mal camouflé avec du fond de teint.

— Comme si j'avais besoin qu'une autre journée de ma vie tourne encore autour de Vivian Howe.

— Dennis regarde, tu crois ?

— Non, il est au travail.

Lorna gratte Cupidon derrière les oreilles. Elle est prête à parier qu'à cette heure Dennis est assis dans sa camionnette et suit l'émission sur son portable.

Pendant la chanson, elle s'exclame :

— La vache, il est canon ! Comment Vivi faisait-elle pour se taper tous les beaux gosses ?

— Tu espères vraiment que je vais répondre à cette question ?

Lorna monte le volume et chante à son tour :

— « Tu es l'étincelle dans mes yeux ! »

Cupidon aboie. Amy s'éclipse – sans doute pour retourner dans la salle de bains s'occuper de son suçon...

— Utilise de l'anticerne ! lui crie-t-elle.

Vivi

Elle est folle de joie.

Au point que Martha surgit. Son foulard est si serré autour de son cou que Vivi a mal pour elle.

— Ça va très bien, la rassure-t-elle. Tranquillisez-vous.

— Vous avez vu Brett ? Vous l'avez entendu ?

— J'ai surtout entendu ce qu'il n'avait pas dit... Brett a gardé votre secret. Personne ne sait ce qui s'est exactement passé entre vous deux, et personne ne peut deviner quelle part la vérité occupe dans votre roman. Vous voyez bien que ça ne servait à rien d'utiliser un coup de pouce.

Martha a raison, le secret de Vivi est bien protégé. Willa n'en a parlé à personne, pas même à Rip – et elle ne le fera sans doute pas.

Merci, ma Willie. Je t'aime, tu sais, j'espère que tu me pardonneras.

— Vous avez regardé votre classement sur Amazon ? lui lance Martha.

— Non, pourquoi ? Je devrais ?

Elle hausse les épaules. Vivi file aussitôt dans les bureaux de M. Hooper, à Manhattan, où Flor et son assistante, Jenny, font des petits bonds devant un ordinateur.

Petite Chérie est numéro 1 sur Amazon ! Numéro 1 !

Flor clique sur la page de la chaîne de librairies Barnes & Nobles. *Petite Chérie* est aussi en tête du classement !

— Je viens de regarder sur Twitter, dit Jenny. Les gens veulent pouvoir se procurer la chanson de Brett Caspian. La vidéo YouTube de sa prestation a déjà enregistré sept cent mille vues.

— Toute ma carrière j'ai attendu un événement de ce genre.

Elle lève les yeux vers le plafond de son bureau.

— On va réussir, Vivi. Tu finiras en tête du classement du *New York Times* !

— Je ne dois surtout pas me monter la tête.

Martha se met à fredonner, ce qu'elle n'avait encore jamais fait. Vivi l'écoute attentivement et reconnaît *You Can't Always Get What You Want*, des Rolling Stones.

— Vous essayez de me faire passer un message ? « On n'obtient pas toujours ce qu'on veut » ?

— Pas vraiment, non. J'étais aux répétitions du chœur et la chanson m'est restée en tête.

— Les anges chantent les Stones ?

Elle éclate de rire.

— Oh, Vivian !

Oh, Vivian... quoi ?

— « But if you try sometimes, you'll find you get what you need. »

Mais parfois, en essayant, on a la surprise d'obtenir ce dont on a besoin.

Vivi n'est pas certaine d'avoir besoin d'autre chose que du bonheur et du bien-être de ses enfants, pourtant lorsque la liste des meilleures ventes du *New York Times* est publiée le mercredi 11 août à 17 heures, elle découvre que le livre de D. K. Bolt, *Le Week-end de Satan*, est troisième, celui de Dorothea Benton Frank deuxième, et… *Petite Chérie* premier.

— Je suis numéro un ! hurle-t-elle en dansant les bras en l'air.

Ce genre de comportement est très vraisemblablement mal vu « ici-haut » – puisque l'orgueil est l'un des péchés mortels, et tout le tintouin. Tant pis, c'est plus fort qu'elle ! Elle est tellement folle de joie ! Son roman est en tête des ventes aux États-Unis, et elle a réalisé son rêve sans intervenir.

Elle s'attend presque à ce que Martha surgisse, mais ce n'est pas le cas. Vivi n'a pas besoin d'elle pour célébrer ce succès.

Merci, Brett.

Willa, Carson, Leo et Rip

Chaque année, pour l'anniversaire de Lucinda, le 17 août, les Quinboro se retrouvent pour un dîner de famille au Yacht Club. Elle réserve la table ronde au centre du restaurant pour que toutes ses connaissances puissent passer la féliciter.

Cette année, J. P. a demandé à Savannah de l'accompagner, ce qui aurait été complètement impensable les années précédentes mais qui, depuis la mort de Vivi, paraît très naturel. Willa et Rip sont là aussi, bien sûr. Leo est venu avec Marissa, et Lucinda a convié Penny Rosen. Carson est seule.

Willa et Leo sont surpris de ne pas voir leur sœur débarquer déjà défoncée ou ivre. Elle leur semble en effet à tous deux sobre. Ça ne durera sans doute pas très longtemps, elle va commander un cocktail puis dira des choses choquantes. Les scènes de Carson les fatiguent, sauf lors des dîners d'anniversaire de leur grand-mère : c'est une source de divertissement bienvenue !

Le serveur préféré de Lucinda, Dixie, vient prendre la commande des boissons. Willa a peur, si elle opte pour une eau pétillante, que quelqu'un comprenne qu'elle est à nouveau enceinte, alors elle demande un verre de vin blanc et serre aussitôt la main de Rip pour lui signaler de ne faire aucune remarque. Leo et Marissa prennent des Coca, et Carson une limonade.

— Ça va, ma chérie ? s'inquiète J. P.

— Très bien, je veux juste être raisonnable ce soir.

C'est très, très inhabituel, mais personne ne dit rien. Penny Rosen engage la conversation en s'enquérant de l'université où Marissa fera sa rentrée.

— Salve Regina, à Newport.

— Leo part dans le Colorado, observe Penny (ce qui impressionne Willa et Carson : leur propre grand-mère ne s'en souvient sans doute pas). Prévoyez des adieux déchirants dans les semaines à venir !

— Non, pas du tout, notre relation est trop sérieuse pour ça.

Elle hausse la voix pour être sûre que toute la table entendra.

— Avec Leo, on a fixé la date de notre mariage. Au 22 juin 2024.

— Waouh ! lâche Carson. Vous avez déjà réservé un endroit ?

Leo sait que sa sœur cherche à taquiner Marissa, et il sait aussi que ça marchera.

— Arrête.

— On n'a pas vraiment réservé. Mais la décision est prise. La cérémonie aura lieu à St. Mary et la réception ici.

— Ici ? s'étonne Lucinda. Tes parents sont membres du Club ?

— Non. Ma mère a déposé une demande en 2016 et elle est toujours sur liste d'attente.

— C'est un club très sélect, en effet, surtout pour une mère célibataire.

— Toi, tu y as bien ta place, mamie, et tu es veuve, souligne Carson.

— Oui, enfin, mon père...

— De toute façon, l'interrompt Marissa, Leo est membre, ça suffira si ma mère n'obtient pas son adhésion.

J. P. se racle la gorge.

— Je ne crois pas qu'il soit indispensable de discuter des détails d'un événement si lointain qu'il n'aura peut-être même pas lieu, assène Lucinda.

Aïe, pense Willa. Elle a de la peine pour Marissa, et c'est peut-être bien la première fois depuis qu'elle la connaît. Les parents de Rip ont manifesté autant de cynisme quand Willa et lui ont annoncé leur intention de se marier.

Penny reprend la parole :

— Mais oui, l'université est faite pour s'ouvrir à de nouvelles personnes et de nouvelles perspectives. Mieux vaut s'embarquer pour ce voyage sans aucune attache.

Marissa baisse la tête vers le menu.

— J'ai entendu dire que le lapin était délicieux, observe Carson.

Willa tente de réprimer un haut-le-cœur. Il y a effectivement du lapin à la carte, et c'est un sujet de blague pour les enfants Quinboro depuis des années. Elle inspire par le nez et expire par la bouche. Les boissons arrivent, et J. P. lève son verre.

— Joyeux anniversaire, maman. Tu es magnifique.

— Lucinda ne vieillit pas, c'est agaçant, ajoute Penny.

Ils entrechoquent tous leurs verres au-dessus du centre de la table. Willa approche ensuite le sien de son nez et l'odeur accentue encore sa nausée. Elle le pose aussitôt pour boire de l'eau. Marissa reprend la parole :

— J'aimerais juste dire, pour que personne ne puisse en douter, que Leo et moi, nous allons nous marier et être heureux. Comme Willa et Rip.

Savannah veut se montrer conciliante.

— C'est certain qu'ils donnent envie de suivre leur exemple.

— Est-ce qu'on peut changer de sujet s'il vous plaît ? implore Leo.

— Qu'est-ce qui va pas, frérot ? Tu te dégonfles déjà ? On n'est pourtant qu'en 2021.

Marissa plisse les yeux.

— Tu sais pourquoi personne ne t'aime, Carson ? Parce que tu essaies d'être drôle et de faire, comment dire, ta maligne, alors que tu es juste méchante.

Carson rit.

— C'est moi que personne n'aime ?

Marissa se lève et jette sa serviette sur son assiette. Ce qui leur permet à tous de remarquer combien la robe qu'elle porte est courte. Si courte qu'elle doit enfreindre toutes les règles du Yacht Club.

Elle part en trombe, et Leo soupire.

— On ne va pas se marier.

— Dieu merci, s'exclame Carson.

— Dieu merci, répète Lucinda. Parce que je suis au regret de vous apprendre que sa mère n'intégrera jamais ce club. Gordon Hastings la trouve trop vulgaire.

— Vous êtes beaucoup trop jeunes pour parler de mariage, ajoute J. P. Je te conseille d'attendre le plus longtemps possible. Tu n'as aucune raison d'épouser ta copine du lycée. Je suis sûr que tu auras plein d'autres histoires après Marissa.

Willa n'en revient pas que son père parle comme ça ! Elle donne un coup de pied à Rip sous la table.

— Je prends le poulet, déclare-t-elle, sans s'adresser à personne en particulier.

— Leo, tu vas voir comment elle va ? demande Savannah. Ou tu veux que je m'en occupe ?

— Mais non, ne t'inquiète pas.

Il prend un petit pain et conclut :

— Elle fait tout le temps ça.

Elle fait tout le temps ça, mais c'est la dernière fois. Après le dîner, il va la raccompagner chez elle et la quitter. Une bonne fois pour toutes.

Elle revient, en effet, le nez rose et les yeux humides. Dixie se matérialise alors comme un envoyé du ciel pour prendre la commande, ce qui leur évite à tous de poser la moindre question à Marissa.

Willa a besoin de respirer un peu d'air frais. Après qu'elle a commandé le poulet et Rip le faux-filet de bœuf à point (il prend systématiquement la même chose depuis qu'il a 5 ans, refusant de goûter autre chose, et elle veut y voir une manifestation de sa loyauté naturelle), elle annonce :

— On va marcher jusqu'à l'océan, on revient.

— Je vous accompagne, dit aussitôt Carson.

— Reste là, lui ordonne J. P.

Leo sent sa gorge se serrer parce qu'il comptait lui aussi sauter sur l'occasion. L'atmosphère autour de la table est étouffante.

Willa et Rip flânent main dans la main sur la pelouse bien tondue, ils dépassent le canon (utilisé tous les soirs au coucher du soleil) et le mât sur lequel flotte le drapeau pour rejoindre le bord de l'eau. Elle les imagine au même dîner l'an prochain, quand ils seront parents. Parce qu'ils le seront, n'est-ce pas ? Elle mènera cette grossesse à son terme, il le faut.

— J'ai commandé du vin, parce que...

— J'ai très bien compris. C'était une bonne idée.

— Bois-en un peu à ma place, discrètement, pendant le repas.

— Compte sur moi.

Ils se tournent vers le port, écoutent les notes de piano qui s'échappent du Club – *Falling in Love Again* –, admirent le ciel bleu pâle et doré, les voiliers qui flottent sur l'eau.

— Elle me manque, dit Willa.

— Je sais.

— C'est chouette que Savannah soit là ce soir, mais tu crois qu'il y a un truc entre mon père et elle ?

— Ça t'embêterait ?

— Je n'arrive tellement pas à me faire à l'idée. Savannah appartenait à ma mère.

— Je vais dire une banalité, sans doute, mais personne n'appartient à personne.

— Parles-en à Marissa.

Marissa, songe-t-il. La soirée a mal débuté pour elle, et ça ne va pas s'arranger. Rip a de mauvaises nouvelles au sujet de sa réclamation de dommages et intérêts pour sa jeep.

Ils font demi-tour pour rejoindre les autres. Rip fait signe à quelqu'un derrière Willa. En tournant la tête elle aperçoit Pamela et Zach sur un court de tennis.

— C'est chouette qu'ils jouent ensemble, dit-elle, repensant à tout ce qu'elle sait.

— Je suis sûre qu'elle le dévore tout cru. Il n'a pas de service.

Willa et Rip viennent tout juste de reprendre place à table lorsque Marshall, le barman, fait une apparition.

— Je voulais juste vous féliciter.

— Merci beaucoup, lui répond Lucinda.

Il a l'air un peu perplexe.

— Non mais c'est parce que j'ai vu que *Petite Chérie* était numéro 1 sur la liste du *New York Times,* alors...

Il semble s'adresser directement à Carson.

— Vous devez être très fiers.

Elle est épatée : il a suivi les ventes de livres et il a le cran de s'approcher de la table de Lucinda Quinboro sans y avoir été invité.

— On est très fiers, oui, lui répond-elle. Merci d'avoir pensé à nous.

— Je n'ai aucune idée de ce que ce jeune homme raconte, dit Lucinda.

— Mais voyons, Lucy, bien sûr que si, proteste Penny Rosen. On en a parlé dimanche. Le dernier roman de Vivi est en tête des ventes.

Marshall s'attarde près de la chaise de Carson.

— Je suis passé à L'Huîtrier pour te voir, l'autre soir. C'était ton jour de congé j'imagine ?

Elle ne peut pas le laisser continuer sur ce terrain. Elle n'a parlé de son renvoi à personne et, plus de quinze jours plus tard, aucun membre de sa famille ne s'est rendu compte de rien, pas même Leo alors qu'ils vivent sous le même toit. La seule qui faisait attention aux allées et venues de Carson est morte.

— Je viendrai discuter avec toi au bar quand on aura terminé, lui dit-elle.

— Ça me ferait plaisir. En attendant, je t'admirerai de loin.

Il lui effleure l'épaule, puis se tourne vers Lucinda.

— Joyeux anniversaire, madame Quinboro.

— Merci, jeune homme.

Elle ajoute dans l'oreille de Penny :

— Voilà, enfin !

Quelques instants plus tard, Pamela et Zach Bridgeman s'arrêtent près de la table, dégoulinant dans leurs tenues blanches de tennis.

— Joyeux anniversaire, madame Quinboro, lance Pamela.

— On ne veut surtout pas vous déranger en plein dîner, ajoute Zach.

Carson remarque qu'il est crispé, et pourtant il ne peut pas être plus au supplice qu'elle. Sa bouche devient pâteuse, une douleur fulgurante lui transperce la poitrine. Ils viennent de jouer au tennis ensemble ? La preuve implacable qu'ils ont sans doute renoué...

— Et qui a gagné ? demande-t-elle.

— Je l'ai laminé, répond Pamela.

— Je n'ai pas de service, se justifie Zach. Je suis trop gros, et je manque d'entraînement.

— Moi aussi, intervient J. P.

— Et moi donc, surenchérit Savannah. Mais bravo à toi, Zach, d'avoir eu le courage de retourner sur un court.

— Je te trouve très bien, moi ! lance Carson.

Elle lui décoche un clin d'œil et tout le monde autour de la table glousse. Elle n'en revient pas d'être aussi culottée – d'autant qu'elle est parfaitement sobre. Il est hors de question qu'elle ne réagisse pas alors qu'il débarque comme si de rien n'était en plein dîner de famille.

Il ne la regarde même pas. Il se contente de reculer d'un pas en levant la main, et Pamela l'imite. Ils se dirigent vers le bar et se laissent choir sur des tabourets devant Marshall.

Carson a besoin de boire un coup. Terriblement besoin. Mais elle ne se laissera pas détruire par Zach. Elle est plus forte que ça.

Les plats arrivent ; ils discutent de la nourriture du Club qui n'a pas évolué en cinquante années ; ils parlent de la fréquentation incroyable du Cône et du séjour prochain de Savannah au Brésil.

— Tu devrais l'accompagner, dit Lucinda à son fils, en lui donnant un coup de coude. J'ai toujours rêvé que vous sortiez ensemble quand vous étiez plus jeunes, et ça n'est jamais arrivé.

— Et non, lui rétorque-t-il. J'ai épousé Vivi.

— Et ils nous ont eus, ajoute Carson. Tes petits-enfants adorés. Si papa avait épousé Savannah, nous n'existerions pas, mamie.

Le silence qui suit semble interminable.

Leo se lève pour aller aux toilettes, puis Carson et Willa s'excusent aussi. Voyant une occasion à saisir, Rip se glisse à côté de Marissa.

— Je n'aime pas mélanger le pro et le perso, lui murmure-t-il, mais je préfère te prévenir : l'assurance ne vous remboursera rien pour ta jeep, pas un centime.

Elle hausse les épaules.

— Je m'en doutais.

— Ah bon ? Parce que ta mère a menacé de nous poursuivre.

— C'est un coup de bluff.

— Tu me rassures... Ses récriminations n'ont aucun fondement. Les conditions de l'assurance sont clairement énoncées dans le contrat. On est fiers d'être une entreprise locale et d'avoir d'excellentes relations avec nos clients, cette histoire fait mauvais effet. Ce n'est pas très fair-play de la part de ta mère d'aller raconter partout qu'on la traite mal.

L'expression de Marissa se situe quelque part entre le sourire et la grimace menaçante :

— Tu sais, je voudrais juste que tout le monde tourne la page maintenant. Ma mère a beaucoup d'argent, elle m'a acheté une nouvelle jeep et cet incident est clos. Je me suis excusée.

— Tu t'es excusée d'avoir ruiné une jeep en parfait état de marche ?

— Oui. Elle sait que j'étais contrariée parce que Leo m'avait quittée. Elle comprend.

— Elle comprend... Tant mieux pour toi, alors. La bonne nouvelle, c'est que la voiture n'est pas complètement bonne à jeter, elle peut espérer en tirer quelque chose encore.

Le moteur n'était pas aussi abîmé que ce à quoi on aurait pu s'attendre après une nuit dans la flotte. Le garagiste a même dit que la jeep n'avait pas l'air d'avoir passé plus d'une heure, grand max, dans l'eau. On est d'accord que tu l'as mise dans la Baignoire le vendredi soir ? Et que tu as appelé la dépanneuse le samedi ?

Marissa garde les yeux rivés sur son assiette à pain et déglutit.

— Oui.

Elle ment. Mais est-ce étonnant ? Il bosse dans les assurances. Les gens lui mentent tous les jours.

Willa et Carson sont montées utiliser les toilettes « secrètes » du premier étage, en face du bureau du président, qui ne sont pas censées être en libre accès. C'est Willa qui a eu l'idée.

— Il faut que je te dise quelque chose. Tu dois me promettre de ne pas le répéter.

— Ça tombe bien, je n'ai aucun ami et presque plus de fréquentations.

En temps normal, Carson déduirait de la situation que sa sœur est enceinte, pourtant elle a commandé du vin au dîner, il doit donc s'agir d'autre chose.

— C'est en rapport avec Brett Caspian ? ajoute-t-elle. Parce qu'il a dit à la télé qu'il avait pris contact avec la « famille de Vivi », sauf que je n'ai jamais entendu parler de ce type, et on sait très bien l'une comme l'autre qu'il ne faisait pas allusion à Leo.

— Je vous ai prévenus que j'avais eu des échanges avec lui.

— Non.

— Si, je vous ai envoyé un texto, à Leo et à toi, dans lequel je vous parlais de l'émission.

Ah oui, c'est vrai. Elle a vu le message arriver sur son téléphone, et elle l'a effacé sans même le lire.

— J'ai eu deux semaines un peu difficiles.

— Pourquoi ? Qu'est-ce qui s'est passé ?

— Rien.

— Parle-moi, Carson. Je sais que je n'ai pas été très disponible...

— Non, en effet, mais ce n'est pas grave.

— Qu'est-ce qui s'est passé ?

Elle caresse les cheveux de sa sœur. Carson a utilisé un fer à boucler, et le résultat est très réussi. Willa n'en revient pas que sa petite sœur se soit donné autant de mal pour l'anniversaire de leur grand-mère. Et puis pourquoi boit-elle de la limonade ?

— Tu peux me le dire.

Carson aimerait que ce soit vrai. Elle a toujours rêvé d'avoir une grande sœur à qui se confier, avec qui comploter. Sauf que Willa est intransigeante, moralisatrice. Elle se croit supérieure à Carson d'un point de vue moral. Et d'accord, c'est peut-être le cas, mais elle manque cruellement de compassion pour ceux qui sont moins parfaits qu'elle.

— C'est toi qui m'as fait monter ici pour me dire quelque chose.

Ça lui fait du bien d'être sobre et d'avoir les idées claires.

— Je t'écoute, insiste-t-elle.

Willa prend son élan.

— D'accord...

Elle jette un coup d'œil à la porte des toilettes avant d'abaisser sa voix à un murmure :

— Pamela pense que Zach a une maîtresse.

Carson retient un cri, ce qui est très bien, parce que sa sœur y voit le signe qu'elle est soufflée d'entendre un ragot aussi savoureux et inattendu – et pas soufflée d'avoir manqué de peu d'être prise sur le fait. Elle se demande si c'est lié à ce qui est arrivé chez les Bridgeman, quand ils ont failli coucher ensemble, Zach et elle, dans le salon. Elle ne mentira pas : elle a eu si peur ce jour-là qu'elle n'a pas bu une goutte d'alcool depuis ni tenté de contacter Zach.

— C'est fou, hein ?

Les yeux de Willa brillent d'une excitation un peu malsaine. Carson doit se montrer prudente.

— Il n'a pourtant pas l'air du genre infidèle, si ?

— Non ! Mais Pamela est tellement...

Garce, complète Carson. *Tyrannique. Désagréable.*

— Impitoyable ? suggère-t-elle. Tu as vu comme elle jubilait de l'avoir écrasé au tennis ?

Willa lève les yeux au ciel.

— Elle sait avec qui ? demande Carson d'un ton léger. Elle a des soupçons au moins ?

— Pas encore. Elle n'a pas accès aux factures de son téléphone portable. Mais elle m'a envoyé un texto ce matin pour me dire qu'elle devait me parler de toute urgence. J'imagine qu'il y a du neuf.

Carson a l'impression d'être juchée sur un simulateur de rodéo et d'être sur le point de faire un vol plané.

— C'est sympa en tout cas qu'elle t'ait prise pour confidente.

Willa éclate de rire puis disparaît dans l'une des cabines.

— C'est sympa. Tordu, mais sympa.

Les trois enfants Quinboro retournent à table juste à temps pour le gâteau – une base toute simple avec un glaçage au chocolat, des roses en sucre jaune et les mots *Joyeux Anniversaire Lucy* au centre.

Lucy ? s'étonne Willa. C'est sans doute Penny Rosen qui a passé commande au chef pâtissier.

Après avoir soufflé ses bougies, Lucinda adresse un clin d'œil à J. P. et Savannah.

— Vous ne devinerez jamais quel vœu j'ai fait.

— Maman, s'il te plaît...

Willa et Rip lèvent le camp en premier ; Willa est fatiguée – surprenant, non ? –, elle aime être au lit à 21 heures, et il est déjà une heure de plus. Leo et Marissa sont les suivants ; elle boude tellement qu'elle réussit à peine à articuler un « merci et au revoir ». J. P. et Savannah patientent dix minutes avant de prendre congé à leur tour. Est-ce qu'ils rentrent ensemble ? Carson les soupçonne d'avoir une relation platonique. Ils doivent passer leur temps à parler de Vivi et du fait qu'elle leur manque.

Il ne reste plus que Lucinda, Penny Rosen et elle.

— Je vais aller draguer le barman, dit-elle.

— Excellente idée, répond sa grand-mère. On se joint à toi.

— Non, Lucy, intervient Penny. Je te raccompagne.

— Joyeux anniversaire, mamie, lance Carson avant de l'embrasser sur la joue.

— Merci, ma chérie. Tu t'es très bien tenue ce soir, j'étais surprise.

— Et moi déçue, ajoute Penny avec un clin d'œil.

Carson s'installe au bar. Les Bridgeman sont partis depuis longtemps – pour manger les carbonaras de Zach devant Netflix. Ils se détendront, boiront peut-être un peu de vin et, qui sait ?, feront l'amour. Elle essaie de ne pas y penser.

« Pamela pense que Zach a une maîtresse. »

Plus maintenant, pense-t-elle C'est terminé, elle n'a aucune raison de s'inquiéter, d'autant que Pamela ne peut pas accéder au téléphone de Zach. Alors pourquoi son cœur bat-il aussi vite ? Peut-être à cause de Marshall…

— Qu'est-ce que je te sers ?

— Une limonade. Oh, non, allez, un diabolo grenadine.

Marshall encaisse d'abord le seul autre membre du Club au bar, le docteur Flutie, qui doit être centenaire. Il jouait le Père Noël pour les fêtes au Yacht Club quand Carson était petite.

— C'est pas un peu fort pour toi, ça ? lui demande Marshall. Il s'est passé quelque chose ?

Ce club est l'endroit idéal pour lui, se dit-elle. Il s'intéresse vraiment aux clients, comme les barmen dans les films. Ces personnages qui savent écouter et prodiguent de sages conseils. Elle n'a jamais posé qu'une seule question aux clients de L'Huîtrier : voulaient-ils commander autre chose ou régler l'addition ? Elle aime préparer les boissons, assurer un service efficace et précis, être payée. Mais elle n'a aucune curiosité pour les gens. Elle a trop de problèmes personnels pour s'encombrer en plus de ceux des autres, ne serait-ce que durant vingt minutes. Marshall, lui, n'a pas l'air d'avoir beaucoup de soucis, ce qui lui permet de soulager ses clients de leurs angoisses et de leur stress.

— Je me suis fait virer, lâche-t-elle en soutenant son regard. Je suis tombée sur un abruti, un type super friqué, qui a commandé des shots kamikaze pour sa bande de potes. Il voulait que j'en boive un aussi.

Il grogne en posant le diabolo devant elle. Il est rose foncé, presque rouge – il a eu la main lourde sur la grenadine, et tant mieux, parce que c'est comme ça qu'elle l'aime. Il a aussi ajouté trois cerises confites. Bien joué.

— Et j'ai trinqué avec eux à chacune des quatre tournées, avoue-t-elle en secouant la tête.

Son attitude ce jour-là lui semble bien pire avec le recul. À quoi pensait-elle, bon sang ?

— Tu as pris quatre verres avec un client ?

Il a l'air aussi impressionné qu'horrifié.

— Tu imagines si je faisais ça ici ? ajoute-t-il.

— Ensuite le type a voulu que je l'embrasse.

— Et tu l'as giflé, j'espère ?

— J'étais trop en colère pour le gifler. Je lui ai carrément roulé une pelle, en espérant faire passer un message qui est bien sûr passé inaperçu. Les gens étaient trop occupés à applaudir et à filmer.

— Oh, Carson…

— Et ce n'est pas la vraie raison de mon renvoi. J'ai été virée parce que j'ai insulté une serveuse qui bossait avec moi et qui m'a vue sniffer dans les toilettes. Elle l'a répété à notre boss.

Il reste silencieux. Elle l'a consterné.

— Mon boss, George, qui est le patron du restaurant, a toujours été très clair sur ce point : pas de drogue pendant le service. Bref, il m'a renvoyée.

— Je suis désolé.

— Ne le sois pas.

Elle remue son diabolo et regarde les volutes de grenadine faire comme de la peinture à l'eau dans la limonade.

— Je l'ai mérité, poursuit-elle. Et George a été cool avec moi en plus. Il s'est engagé à me rédiger une super lettre de recommandation quand j'aurai réglé mes problèmes.

Elle lève les yeux vers Marshall, qui l'observe. Son torchon est jeté en travers de son épaule, sur sa chemise rose pâle. Il porte une cravate madras. Il est vraiment chou.

— Et c'est ce que j'essaie de faire présentement.

— Tu t'en sors plutôt bien, la félicite-t-il. Tu as survécu à un dîner de famille.

— Ce dont je ne suis pas peu fière. À la mort de ma mère, j'ai complètement perdu pied. J'ai abusé de tout : herbe, alcool, coke, comprimés.

Après un silence, elle ajoute :

— Je faisais même des excès de caféine. Je ne voulais plus rien ressentir. Et puis j'étais dans une relation malsaine qui vient de se terminer, alors j'ai pris une décision. Pourquoi pas renoncer à tout ce qui me fait du mal pour voir si ça ne va pas mieux ?

Elle avale une gorgée de son diabolo.

— Je n'ai pas renoncé à l'alcool pour toujours. Ni à l'herbe. Mais je vais rester clean jusqu'à ce que je me sente assez solide pour laisser à nouveau ces choses entrer dans ma vie.

— Dans ce cas, quand tu te sentiras prête à sortir avec quelqu'un, pense à moi.

— Et ta petite poupée Barbie ? La fille avec qui tu étais au Chicken Box ?

— C'était la copine d'un pote. Je lui ai demandé de m'aider à te rendre jalouse.

— Quoi ? Tu es sérieux ?

— Je t'ai vue danser, et Peyton a accepté de se faire passer pour ma copine devant toi.

Il sourit.

— Est-ce que ça a marché ? Tu as été jalouse ?

Elle rit. Elle n'en revient pas que ce type si gentil, si adorable, ce type de l'Oregon qui sent la forêt de pin ait imaginé un stratagème pareil pour retenir son attention.

— Eh ben pour tout te dire, j'ai été un peu jalouse, oui.

Après le dîner au Yacht Club, Marissa aimerait aller à une fête sur la plage – ils connaissent tous les deux plusieurs vacanciers du Connecticut qui y seront –, mais Leo n'est pas d'humeur.

— Tu veux que je te dépose avant de rentrer ?

— Je n'ai pas l'intention d'y aller sans toi.

— Alors je te raccompagne chez toi ?

— Qu'est-ce qui t'arrive, enfin ? Tu ne m'as pas soutenue une seule fois de la soirée alors que toute ta famille s'est moquée de notre projet de mariage, sous-entendant qu'il n'aurait jamais lieu...

— Marissa...

Il déglutit. Il devrait lui dire : *Ce mariage n'aura jamais lieu. Je n'ai pas l'intention de t'épouser. Je ne suis pas amoureux de toi.* Mais il est trop fatigué pour provoquer un drame ce soir. Il est trop fatigué pour en provoquer un tout court. Il aimerait tellement qu'elle aille à cette fête avec sa robe décolletée et ultracourte, qu'elle trouve quelqu'un d'autre à piéger dans ses griffes. Il regrette qu'elle ne soit pas sortie avec Peter Bridgeman la veille de la mort de sa mère.

D'où sort cette réflexion, enfin ? Est-ce qu'il délire ? Non. Il se souvient maintenant d'avoir vu Marissa et Peter assis ensemble dans les dunes – quand il s'est, lui, tiré en douce de la fête avec une demi-bouteille de vodka, piquée dans la glacière de quelqu'un. Peter la tenait par les épaules, et elle pleurait. C'était avant qu'elle ne plante sa jeep dans la Baignoire et qu'elle ne fasse du stop pour rentrer – histoire que Leo n'a pas tout à fait réussi à croire : il la connaît assez pour savoir qu'elle ne monterait jamais dans la voiture d'un « type ». Est-ce que Peter l'aurait raccompagnée dans ce cas ? Il a bien pris cette photo...

Leo ne peut pas demander à Marissa de lui apporter des précisions. Il n'a aucune envie d'avoir de précision. La seule chose qu'il souhaite, c'est qu'elle descende de sa voiture.

— Je te raccompagne chez toi, lui dit-il.

Ed

Ed appelle Lisa Hitt dès son retour de vacances. Elle l'informe qu'il n'y a pas de traces exploitables sur les baskets – à part de la moutarde.

— Il me faut ses vêtements, Ed.

Son ton laisse cependant entendre ce qu'ils savent tous les deux pertinemment : les vêtements ont disparu à tout jamais. Ils ont été jetés ou détruits.

Le chef joint ensuite le Grec pour lui demander de lui procurer les données du portable de Peter Bridgeman. Ils ne récupéreront pas la photo, mais ils pourront savoir si Peter l'a envoyée à quelqu'un d'autre que Cruz et Leo, ce fameux vendredi soir.

Il ne reste plus qu'une piste : Jasmine Kelly. Ed apprend par Rocky Moore que les sauveteurs se retrouvent tous les matins à 7 h 15 sur la plage de Nobadeer pour courir 1,5 kilomètre et faire quelques exercices. Ils finissent en général aux environs de 8 h 15 et ne sont pas attendus à leurs postes avant 9 heures.

— Tu me poses cette question pour une raison particulière ?

— Je voudrais parler à Jasmine Kelly.

— J'espère qu'elle n'a pas d'ennuis. C'est ma meilleure sauveteuse. Elle assure dans tous les domaines : elle est intelligente, forte, c'est une super môme. L'une des meilleures, et j'en ai croisé, en trente années de métier.

— J'ai juste besoin de son aide.

Terriblement, ajoute-t-il en son for intérieur.

Il est posté à la sortie de Nobadeer à 8 h 15 le lendemain matin. Ses chaussures sont pleines de sable. La plage est une large bande dorée, un petit coin de paradis, surtout à cette heure de la journée. Le ciel rose est parsemé de quelques nuages diaphanes, très haut. Les vagues forment de beaux rouleaux bien dessinés et le groupe de sauveteurs – ils sont trente, tous en shorts rouges et en tee-shirts blancs – terminent leurs dernières pompes avant de rassembler leurs affaires. Ils quittent la plage par groupes de trois ou quatre.

Depuis combien de temps Ed n'a-t-il pas profité d'une journée à la plage ? L'éternité lui semble-t-il. Il prenait son dimanche quand Kacy et Erik étaient encore petits, puis plus tard quand ils sont devenus, Andrea et lui, les tuteurs légaux de Finn et Chloe. Pourtant cela fait bien six ou sept ans que les jumeaux n'ont plus eu besoin d'être accompagnés par un parent sur la plage. Il arrive encore, parfois, qu'Andrea prépare un pique-nique et qu'ils partent tous les deux à Fortieth Pole, pour regarder le soleil se coucher. Il faut bien reconnaître que l'essentiel du temps, Ed travaille afin que le reste de Nantucket puisse profite de la plage en toute sécurité.

Il aperçoit Jasmine Kelly. Elle discute avec deux garçons, et lorsqu'il l'entend parler de « petit-déjeuner au Nickel », son estomac gronde. Il rêve plus que tout d'un sandwich grillé avec du bacon, des œufs, du cheddar, de la tomate et de l'avocat. Raison supplémentaire pour résoudre ce dossier. Joe a besoin de tourner cette page.

Tous les sauveteurs semblent remarquer au même moment la présence du chef de la police. Il voit leurs dos se tendre, leurs épaules et leurs mâchoires se crisper. Ils posent les yeux sur lui – il porte son uniforme –, puis se détournent aussitôt. Ed a conscience qu'il met les gosses mal à l'aise. « Est-ce que je vais avoir des ennuis, monsieur ? » Il lui arrive d'y prendre un certain plaisir, mais pas aujourd'hui.

Il sourit aux jeunes sauveteurs et leur dit bonjour en secouant la main. Il veut leur faire comprendre qu'il n'est pas ici pour parler de contraventions non réglées ou d'une fête à laquelle ils ont peut-être assisté.

Lorsque Jasmine se rapproche suffisamment, il l'apostrophe :

— Jasmine Kelly ? Je peux te parler un instant ?

Elle a un mouvement de recul.

— Moi ?

Les deux garçons qui l'accompagnent restent à ses côtés, comme deux gardes du corps. Ce qui plaît bien à Ed : elle a des amis loyaux.

— Rien de grave, tu n'as pas à t'inquiéter. Je voudrais juste te poser quelques questions.

Elle le dévisage. Pourquoi moi en particulier ? doit-elle se demander. Pourquoi moi et personne d'autre ?

— Il y a un problème ?

— Non, non, dit-il en levant les mains pour joindre le geste à la parole. J'ai besoin d'un petit coup de main et quelqu'un m'a donné ton nom.

— Qui ça ?

Elle n'est pas grossière à proprement parler, mais on ne peut pas dire qu'elle se montre désireuse de lui apporter son aide. Ce bref échange apprend cependant une chose à Ed : Jasmine Kelly va droit au but et elle ne lui cachera pas la vérité.

— Joe DeSantis, lâche-t-il.

— Le grand Joe ! s'exclame l'un des garçons avant de se rendre compte qu'il ferait mieux de se taire.

— Je n'en ai pas pour plus de quelques minutes, insiste Ed. Je ne te retiendrai pas longtemps.

Jasmine soupire.

— Vous voulez bien m'attendre, les gars ?

Puis elle suit le chef de la police jusqu'à sa voiture.

— J'enquête sur la mort de Vivian Howe, lui explique-t-il.

— Vraiment ?

Waouh ! Elle est rude. En même temps, elle est la petite amie de Cruz, elle a donc des raisons de lui en vouloir.

— Tu te souviens de la soirée qui a précédé sa mort ? Il y avait une fête sur la plage ?

— Oui. Surtout des terminales du lycée, des gens du coin.

— Tu as entendu parler d'une photo prise par Peter Bridgeman et qui aurait circulé ?

Elle se renfrogne, secoue la tête.

— Une photo ? Non. Je sais juste que je l'ai vu traîner avec Marissa ce soir-là. Leo venait de la quitter.

— Leo Quinboro ?

— Oui. C'est vraiment le seul fait notable de cette soirée. Leo a plaqué Marissa. Plus tard, il s'est volatilisé, et j'ai vu Marissa assise dans les dunes avec Peter. Par contre, je n'ai pas entendu parler de photo, désolée.

Ed a besoin de réfléchir un instant. Leo s'est séparé de sa copine ? Ni Cruz ni lui n'en ont fait la mention. Et ladite copine a ensuite été vue avec Peter ? Qui a justement envoyé une photo aux deux copains… Une photo de

Marissa et de lui ? Serait-ce pour cette raison qu'ils se sont mis dans un état pareil ? À moins que Marissa ait été seule sur la photo, nue peut-être, ce qui pouvait les mettre hors d'eux puisque Peter était l'expéditeur...

Peter est en colo dans le Maine jusqu'à la fin de l'été. Il a dû partir peu de temps après la mort de Vivian Howe. Sa mère, Pamela, travaille dans la boîte familiale de courtage en assurances. Peter se serait-il rendu chez les Howe le samedi matin à la première heure pour voir Leo ? Voulait-il avoir une explication avec lui... ou au contraire lui présenter des excuses ?

Serait-ce Peter qui a renversé Vivian Howe ? Cruz a bien dit qu'il venait de chez les Bridgeman, qu'il voulait voir Peter qui ne lui a justement pas ouvert. Il a aussi précisé que la camionnette de Peter n'était pas garée devant la maison. Peut-être qu'il venait juste de partir, peut-être que Cruz l'a loupé de quelques minutes, qu'il savait que Peter était en route vers Kingsley Road et qu'il a voulu le rattraper – ce qui expliquerait le stop grillé et l'excès de vitesse.

Ed doit trouver le moyen de parler à Peter Bridgeman. Mais auparavant, il doit réunir un maximum d'informations.

— Cette Marissa, reprend-il en sortant son carnet, quel est son nom de famille ?

— Lopresti, répond Jasmine.

Il redresse aussitôt la tête. *Lopresti...*

Willa

Pamela doit absolument parler à Willa, mais elle tient à le faire sans que Zach ou Rip ne soient présents, ce qui complique les choses. Jusqu'à ce jour où Zach se rend sur l'île de Martha's Vineyard pour voir son « pote Pat », à la tête du contrôle aérien là-bas. Ils se retrouvent une fois par an. Il partira de bonne heure et ne rentrera pas avant le soir.

— Tu peux passer à la maison ? demande-t-elle à Willa.

— Je dois travailler.

— À l'heure du déjeuner alors ?

— Je retrouve Rip au Club.

C'est un mensonge : elle a rendez-vous avec un gynécologue à l'hôpital.

— Annule.

— Impossible.

— Tu sais que vous êtes gratinés, tous les deux. Tu m'entends ? Gratinés.

Willa en est fière. Ce n'est pas elle qui enregistre le moindre mouvement de son mari pour tenter de découvrir avec qui il couche.

— Je sais, oui, rétorque-t-elle avec une pointe de morgue.

— Tu peux passer maintenant alors ? Avant d'aller au travail ?

— Je comptais venir à vélo.

— Eh bien viens en voiture. Tu gagneras un peu de temps. Je dois te montrer quelque chose.

Willa n'a aucune envie de prendre le volant, elle veut aller en ville à vélo. Et elle mettrait sa main à couper qu'elle n'a aucune envie de voir ce que Pamela a à lui montrer. Elle est déjà beaucoup trop impliquée dans cette histoire, au point qu'elle a ressenti le besoin de se confier. Ce qui était risqué. Ça l'a un peu allégée d'un poids. Surtout que sa sœur n'a effectivement pas d'amis à qui en parler. Carson est un loup solitaire. Willa est convaincue qu'elle a des copains à L'Huîtrier, sans parler des garçons qu'elle rencontre au Chicken Box, mais ce n'est pas à ces personnes-là qu'elle mentionnera les problèmes maritaux de Pamela et Zach Bridgeman.

Les gens sont tellement absorbés par leurs propres soucis qu'il est presque impossible de trouver quelqu'un qui s'intéresse réellement à ceux des autres. Elle en a fait l'expérience avec ses fausses couches. Après la première, elle a reçu beaucoup de témoignages de sympathie, même s'ils s'accompagnaient toujours d'une invitation à aller de l'avant – « la prochaine tentative sera la bonne » –, au lieu de l'encourager à prendre le temps de digérer la douleur de cette perte, de l'accompagner.

Enfin les gens sont comme ça, sauf Rip.

Et Vivi.

Pamela la tire de ses pensées, qui menaçaient de l'engloutir pour de bon.

— Willa ?

— Quoi ? Euh… d'accord, oui.

— Ça veut dire que tu passes ? Maintenant ?

— Oui.

Elle va s'intéresser sérieusement aux problèmes de Pamela. Et elle va aller la voir tout de suite.

Elle n'a pas de temps à perdre, malgré tout. Elle entre sans frapper dans la maison des Bridgeman, dans Gray Avenue, persuadée que Pamela doit la guetter, mais le rez-de-chaussée est désert.

— Je suis là ! crie-t-elle. Et j'ai dix minutes, pas plus !

Elle n'obtient aucune réponse, et la tentation de repartir aussitôt est grande. C'est du Pamela tout craché : elle impose à sa belle-sœur de bousculer son emploi du temps pour elle, puis elle la fait patienter. Willa sait bien qu'elle n'a pas plus d'égards pour Zach (voire qu'elle en a encore moins !).

— Pamela !

Elle entend des bruits de pas au-dessus de sa tête, il lui semble qu'ils se dirigent vers l'escalier… non, ils s'éloignent.

— Bon ben je pars au travail alors. Appelle-moi plus tard !

Elle parvient à contenir sa contrariété, à ne pas la laisser transparaître dans sa voix. Elle songe avec regret à l'étang aux tortues où Vivi les emmenait, Carson, Leo et elle, quand ils étaient petits. Elle avait la patience d'accrocher des petits bouts de poulet cru au bout de longues ficelles, qu'elle les aidait ensuite à lancer à la surface de l'eau. Elle aurait pu le longer à vélo...

— Willa ? lance alors Pamela. C'est toi ?

— Oui !

— Je descends tout de suite !

Elle insiste sur les derniers mots, signe qu'elle va prendre son temps au contraire. Willa entend aussitôt le tic-tac d'une horloge imaginaire, tandis qu'elle observe les portraits de famille sur la console sous l'escalier. Quatre années sont représentées. Les photos ont été prises par une photographe professionnelle locale, sur la plage. Elles montrent Pamela, Zach et Peter. Ils ont l'air heureux. Même Pamela sourit. Sur un portrait de couple, ils se tiennent par la main, avec Zach. Ces images évoquent des dîners de famille, des soirées jeux, des leçons de conduite sur les parkings du lycée et des matins de Noël – difficile d'y reconnaître un gamin avec des difficultés scolaires et un mari infidèle.

Pamela finit par descendre. Elle est pieds nus, les cheveux mouillés, et porte une robe en lin turquoise avec un énorme collier (de grosses perles en bois sur un fil, qui ressemble vraiment à une version démesurée de ce que Peter aurait pu confectionner à la maternelle). Elle tient un objet rouge à la main, qu'elle tend à sa belle-sœur.

— J'ai trouvé ça dans la lessive.

« Ça », c'est un string en dentelle rouge. Willa sent son thé du matin remonter. Elle le savait bien : elle n'a aucune envie de se mêler de ça, de voir les sous-vêtements olé olé d'une autre femme. Au moins, la culotte a été lavée.

— J'en déduis qu'elle ne t'appartient pas ?

— Non ! Tu m'imagines porter un truc pareil ?

Non, en effet. Mais Willa ne veut pas se montrer insultante. Et puis surtout on ne peut pas deviner quels sous-vêtements une personne cache sous ses vêtements, pas plus qu'on ne peut deviner ce qui se cache derrière les portraits d'une famille en apparence heureuse.

— C'est un Hanky Panky, lâche-t-elle sans réfléchir.

Malgré le dégoût que le string lui inspire, elle le prend des mains de Pamela.

— Comment tu peux le savoir ? lui demande cette dernière. Il n'y a pas d'étiquette. Tu as des sous-vêtements de cette marque ?

Son ton est aussi accusateur qu'incrédule.

— Non.

Elle se retient *in extremis* d'ajouter : « Mais ma sœur, si ». Pamela a raison, il y a un gros trou à la place de l'étiquette. Une vague de nausée submerge Willa. Impossible d'y échapper. Elle se précipite dans les toilettes qui se trouvent juste à côté et vomit.

Quand elle en ressort, Pamela lui ouvre grand les bras pour la serrer contre elle.

— Ma pauvre... Je me force à oublier que tu es enceinte pour ne pas faire de gaffe.

— Ne t'inquiète pas...

Le string est posé sur la console devant un portrait de la famille parfaite. Sacrée juxtaposition...

— Tu en as parlé à Zach ? demande Willa.

— Pas encore. Je compte attendre. Rassembler des preuves pour étayer mon dossier.

— Et tu es sûre qu'il n'appartient pas à une amie de Peter ?

— Il a passé tout l'été en colo dans le Maine.

— Je te pose la question parce que c'est le genre de chose que portent les jeunes.

— Alors la maîtresse de Zach est plus jeune ! Et elle porte des sous-vêtements d'allumeuse !

— Pourquoi cette culotte était-elle dans ton linge ? Cette femme serait venue ici ?

— Non ! glapit Pamela. Enfin, je ne crois pas... Je n'espère pas. Je l'ai trouvée fourrée au fond de la poche d'un pantalon de Zach. J'ai cru que j'allais en sortir une chaussette, ça arrive parfois après une machine… J'imagine qu'elle la lui a donnée.

— Mmmh…

Pamela secoue la tête.

— Tu n'imagines pas ce que ça fait de vieillir, Willa. J'espère que Rip ne te traitera jamais comme ça.

Quelle remarque effarante ! Et méchante ! Elle est enceinte bon sang. Qui balance une chose pareille à une femme enceinte ?

— Bon, il faut que je finisse de me préparer pour le travail, reprend-elle.

Autrement dit, elle congédie sa belle-sœur.

— Merci d'être passée. Je devais partager ça avec quelqu'un.

— Je t'en prie.

Décidément, cette entrevue aura été déplaisante de bout en bout, et Willa est encore sous le choc du commentaire de Pamela sur Rip. Non mais !

Ce n'est pourtant pas ce qui la tracasse le plus. Ce qui la tracasse le plus, c'est… une pensée qu'elle est bien trop perturbée pour s'avouer à elle-même.

Pamela s'éloigne vers la cuisine en lançant :

— Café, me voilà !

Willa en profite pour fourrer le string dans sa poche.

Amy

Amy adore les dimanches avec Dennis. Cet homme sait se détendre. J. P. était toujours levé dès l'aube – or le jour se lève très, très tôt en été –, parce qu'il adorait attendre la livraison du *New York Times* devant le kiosque de Main Street. Il affirmait que c'était une habitude qu'il tenait de son enfance à Manhattan – les dimanches ne commençaient pour sa mère ou ses grands-parents qu'avec la lecture de ce journal –, mais Amy le soupçonnait surtout d'avoir pris cette habitude aux côtés de Vivi, obsédée par la liste des meilleures ventes. Une fois qu'il avait son exemplaire du *New York Times,* il filait acheter des beignets avant de rentrer préparer une seconde cafetière.

Dennis, lui, aime faire la grasse matinée le week-end. Il a même ce qu'Amy appelle un « don » pour dormir. Il a un sommeil profond que rien ne peut venir troubler. Il pousse parfois de petits grognements discrets et satisfaits, comme une créature des bois bien installée dans sa tanière, qui contrastent agréablement avec les ronflements de J. P. comparables à des coups de marteau-piqueur sur du bitume. C'était parfois si pénible qu'elle en était venue à penser : *Pas étonnant que Vivi ne se soit pas davantage battue pour le garder.*

Au réveil, Dennis va aussitôt dans la salle de bains pour vider sa vessie et se brosser les dents, puis il retourne se coucher et lui fait l'amour – avec beaucoup d'adresse, il est de loin le meilleur amant qu'elle ait connu –, avant de se rendormir. Le dimanche est son seul jour de congé (comme Amy en été), et il n'éprouve pas le besoin de faire des projets. Il le consacre à faire ce pour quoi Dieu l'a créé : se reposer.

Le quatrième dimanche d'août – l'été se dirige peu à peu vers son terme, ce dont elle se félicite pour sa part –, ils sont justement encore au lit. Ils en sont à la partie de la matinée où ils viennent de faire l'amour et où Dennis s'est rendormi. Elle se blottit contre son large dos chaud et embrasse le tatouage qui représente un drapeau américain sur son omoplate droite. Un beau soleil tente de s'infiltrer dans la chambre par les interstices autour des stores. Amy rêve d'un dimanche pluvieux, le plus gris possible, mais son vœu n'a pas été exaucé une seule fois de l'été. Les dimanches ont tous été désespérément magnifiques. Il faudra aller à la plage plus tard, sans doute. À moins qu'elle ne propose un déjeuner tardif dans un restaurant en bord de mer. Elle a aussi découvert que Dennis dépensait sans compter pour les loisirs, une autre de ses qualités hautement appréciables, avec son talent pour le sexe et le sommeil.

Ils sont vraiment faits pour s'entendre, songe-t-elle.

Elle ne réussit pas à se rendormir ce matin, sans doute à cause du cocktail qu'elle a bu hier soir. Elle ne se sent pour autant pas prête à sortir de son lit – elle passe tellement de temps à piétiner au travail que c'est un vrai luxe de rester allongée –, et elle prend son portable.

Les seules nouvelles qui l'intéressent vraiment sont celles liées au monde du spectacle. Elle clique sur l'application du site *People* et voit aussitôt apparaître le gros titre suivant : *Petite Chérie* en tête des ventes de livres… et de singles !

Fais défiler les autres titres, se dit-elle. Elle n'y arrive pourtant pas. Elle est au lit avec l'ancien petit ami de Vivian Howe, qu'elle fréquente depuis sa rupture difficile avec l'ex-mari de la même Vivian Howe. Dès qu'elle est arrivée à Nantucket, sa vie s'est mise à tourner autour de cette femme, et même si elle s'est fait le serment d'y remédier, elle ne peut s'empêcher de cliquer sur le lien.

Petite Chérie est numéro 1 du classement des ventes de livres. Amy le savait, elle a vu le gros titre en une du *Nantucket Standard* jeudi dernier. Tout le monde ici est fier de Vivi : elle a enfin décroché la timbale.

L'article explique que Brett Caspian, « l'amoureux de Vivi au lycée », a enregistré une version de sa chanson, *Petite Chérie*, avec Apple Music peu après son apparition dans la matinale de Tanya Price. Il a aussitôt été propulsé numéro 1 du classement iTunes. Il a enregistré douze millions de téléchargements rien que cette semaine.

— La vache !

Elle tapote Dennis sur l'épaule.

— Hé, tu devineras jamais…

Il murmure une réponse incompréhensible. Il dort. Elle devrait le laisser faire.

— Tu te rappelles ce type dont je t'ai parlé, celui qui est passé à la télé et qui a écrit une chanson pour Vivi au lycée ? *Petite Chérie* ?

Lorna était persuadée que Dennis avait regardé l'émission de son côté et faisait semblant de ne pas s'y intéresser, mais Amy sait, elle, qu'il a tourné la page avec Vivi, une bonne fois pour toutes. Elle en est incapable, elle. Elle ne veut pas l'embêter avec ça, et en même temps c'est une super nouvelle pour ce type. Il est devenu une rock star.

Il grommelle à nouveau.

— La chanson est en tête du classement iTunes.

Elle clique sur l'application pour vérifier.

— Je crois qu'il bosse dans un Holiday Inn, ou un truc du genre. Maintenant il est célèbre. La chanson a enregistré des téléchargements records cette semaine.

Dennis roule vers elle, lui prend son téléphone et le pose sur la table de nuit. Il dépose un baiser sur sa clavicule puis enfouit son visage entre ses deux seins.

— Tu sais qui c'est, ma petite chérie à moi ? Hein ?

— Moi ?

Elle emmêle ses doigts dans ses cheveux, comme il aime qu'elle le fasse.

— Oui, toi. Toi et toi seule.

Vivi

Elle plonge pour regarder l'écran du téléphone d'Amy. Elle va vite, très vite, le dernier endroit où elle a envie de s'attarder, c'est bien dans la chambre de Dennis ! Et en effet, *Petite Chérie,* de Brett Caspian, est la chanson numéro 1 du pays, trente-quatre ans après avoir été composée.

— Martha ! Martha !

Celle-ci ne se manifeste pas. Elle doit être en train d'écouter le chœur interpréter une chanson des Rolling Stones.

Vivi redescend à la recherche de Brett, qu'elle trouve en pleines festivités dans le hall du Holiday Inn de Knoxville. Il s'agit d'un pot de départ. Elle laisse traîner son oreille un instant et comprend qu'il part s'installer à Nashville, où il va écrire et enregistrer un album.

Brett Caspian a rencontré le succès avec un tube à 51 ans. Elle se rappelle le garçon assis deux rangées devant elle dans cette salle de classe, qui s'était retourné pour lui faire un clin d'œil. Elle avait eu l'impression qu'il l'avait « choisie » ce jour-là, comme une pomme sur un arbre. Elle se revoit sur la banquette arrière de sa Buick, en train de l'embrasser alors que Steve Perry beuglait en stéréo : « Stone in love ! » *Raide dingue !*

Elle est encore plus émue que lorsque son livre est arrivé en tête des ventes. *Petite Chérie* aurait pu connaître le succès il y a bien longtemps, si Vivi n'avait pas menti sur sa grossesse. Si elle avait eu davantage confiance en elle. Si son père ne s'était pas suicidé – Vivi méritait-elle qu'on reste en vie pour elle ? Si elle avait eu la maturité nécessaire pour comprendre que Brett et elle n'avaient pas les mêmes rêves et que ça n'était pas un problème en soi.

Vivi n'a pas menti sur sa grossesse par cruauté, c'est sa jeunesse et le chagrin causé par la mort de son père qui l'ont poussée à agir ainsi. Elle décide de témoigner un peu d'indulgence à la jeune femme qu'elle a été.

Martha surgit alors. Un foulard rouge et or est noué autour de sa taille, en guise de ceinture.

— Je peux vous demander un service ?

Elle soupire.

— Vous voulez que j'utilise mon pouvoir pour savoir ce qui aurait pu se passer ? Vous voulez que je vous dise ce qui serait arrivé si vous n'aviez pas raconté à Brett que vous étiez enceinte ? S'il n'avait pas pris le premier vol pour rentrer à Parma et être à vos côtés ?

— Oui, s'il vous plaît. À moins que ce ne soit trop compliqué.

— C'est toujours trop compliqué, dit-elle avant de glousser. Je me moque de vous. Il faut que je me concentre.

Elle s'assied sur l'une des chauffeuses en soie pêche, pose les pieds sur l'ottomane en cuir et ferme les yeux.

— Brett est à Los Angeles. Il enregistre une démo de *Petite Chérie*...

— Ça, je le sais déjà.

Elle ouvre un œil.

— Vous voulez savoir la suite ou non ?

— Oui, oui, pardon.

Martha se concentre à nouveau.

— Il compose une seconde chanson intitulée *Loin de mon bébé*, et il enregistre une reprise de *Carolina on My Mind*. La maison de disques accepte à contrecœur *Le Blues de Parma*. Mais ça ne suffit pas. Wayne est arrêté pour avoir acheté de la drogue sur Sunset Boulevard. La mère de Roy découvre qu'elle a un cancer du cerveau. Le groupe se sépare. Brett conserve les droits des deux chansons qu'il a composées et trouve un autre producteur, moins réputé que John Zubow. Il accepte de sortir *Petite Chérie* en single, avec *Loin de mon bébé* en face B. Les chansons rencontrent... un succès modeste. *Petite Chérie* occupe la trente-septième place du top 40 en février 1988. Elle y reste pendant une semaine.

— C'est tout ? Trente-septième pendant une semaine ?

— Kid Leo, le célèbre DJ, enfin j'imagine que vous le connaissez, passe la chanson dans son émission, pour faire plaisir à son beau-frère, qui travaille avec le père de Brett. Brett est un jeune du coin, Cleveland une des villes du rock, et Kid Leo aime sincèrement cette chanson. Il a beau la diffuser souvent, elle ne réussit pas à trouver un écho national et ne dépasse donc jamais la trente-septième place.

— Et ensuite ?

— Brett part à Las Vegas jouer sur le Strip, *Petite Chérie* et des reprises. Il se met à avoir un problème d'addiction au jeu.

— Vraiment ?

— Il épouse une femme qui travaille dans un des casinos, comme croupière de black jack, Sonja. Ils ont deux enfants, divorcent et se livrent une bataille féroce pour la garde. Sonja part avec les enfants dans le New Jersey, à Atlantic City. Elle fait toujours le même métier.

Martha rouvre les yeux.

— Brett reste à Las Vegas, lui. Si vous n'aviez pas menti au sujet de votre grossesse, il y serait encore aujourd'hui.

— Au lieu de quoi, il vit à Knoxville.

— Oui. Et *Petite Chérie* est numéro un sur iTunes.

— Peut-être qu'au fond mon mensonge a été une bonne chose pour Brett ! Il a dû patienter trente ans, mais il a atteint la première place au lieu de devoir se contenter de la trente-septième. Les choses devaient peut-être se dérouler ainsi.

Martha se relève.

— Je crois que vous finissez enfin par comprendre, Vivian.

Willa

Elle a gardé le string en dentelle rouge au fond de son sac à main. Carson en porte de la même marque, mais il y a un élément encore plus accablant : le trou à l'endroit où aurait dû se trouver l'étiquette. Sa petite sœur a la peau si sensible qu'elle ne supporte pas la moindre étiquette le long de la couture. Et elle n'est pas très soigneuse, donc pour éviter d'irriter son précieux arrière-train, elle n'hésite pas à découper un trou dans un string à 22 dollars. Il n'y a qu'avec sa sœur qu'on peut connaître ce genre de détail intime.

Cette culotte appartient à Carson, Willa en a la certitude.

Que faisait-elle dans la poche du pantalon de Zach ? Auraient-ils une liaison ? Cette idée est scandaleuse… et grotesque.

À moins que…

Lorsqu'elle a raconté à sa petite sœur que Pamela soupçonnait son mari de la tromper, comment celle-ci a-t-elle réagi ? Qu'a-t-elle dit ?

« Il n'a pourtant pas l'air du genre infidèle, si ? »

Willa analyse la réaction de Carson. Cherchait-elle à jeter le doute sur les soupçons de Pamela ? À les minimiser ? Les discréditer ?

Ensuite, elle a ajouté : « Et elle pense savoir avec qui ? » Non, non, elle a dit : « Elle sait avec qui ? » La différence a-t-elle son importance ?

Soudain elle se rappelle ce que Rip lui a dit quelques semaines plus tôt : Pamela avait aperçu la jeep de Carson garée devant l'écurie à l'abandon, en face de chez elle. Pour elle, Carson avait rendez-vous avec son dealer.

Willa avait été contrariée que sa belle-sœur ait une aussi piètre opinion de Carson, même si elle avait tiré les mêmes conclusions qu'elle.

Sauf que Carson n'était pas garée là pour retrouver son dealer, comprend-elle soudain. Le string en dentelle rouge avec un trou à l'emplacement de l'étiquette lui appartient, il se trouvait dans la poche du pantalon de Zach, et elle traînait dans les parages parce qu'ils ont une aventure.

Elle écrit aussitôt à sa sœur : Tu travailles ce soir ?

Carson répond sur-le-champ : Non.

Rip fait un golf avec son père après le travail. Tu veux venir à la maison pour dîner ? J'irai chercher le repas chez Millie's.
Avec plaisir. Prends-moi la salade Caesar avec crevettes grillées et des tortillas au fromage.
Super. Je t'attends à 19 heures.

Carson arrive à l'heure, contrairement à son habitude. De surcroît, elle dégage une sérénité qui semble parfaitement naturelle et non pas induite par la consommation de substances. Elle n'est pas venue les mains vides, puisqu'elle a acheté un bouquet de cosmos blancs et violets – les fleurs préférées de Willa – et préparé une thermos de thé glacé.

— Il y a encore plein de menthe dans le jardin de maman, alors j'ai essayé de préparer son thé.

— J'en boirai avec plaisir en mangeant.

Elle a déjà été chercher leur repas, elle préfère éviter les sources de distraction.

— Mais je peux te servir du vin, si tu veux.

— Non merci, je préfère le thé moi aussi.

Qui es-tu, étrangère, qu'as-tu fait de ma petite sœur ? Willa ne connaît sa sœur qu'ivre, défoncée, enragée ou méprisante. Elle ne s'attendait pas à ce qu'elle ait un comportement aussi normal, et même agréable.

— Allons sur la terrasse.

Il suffit de quatre enjambées pour traverser La Lichette depuis la porte d'entrée.

— Ça m'éclate tellement que cet endroit soit aussi minuscule. D'un autre côté, ajoute Carson, de quoi a-t-on besoin d'autre ?

— Mon lave-vaisselle me manque. Et mon tapis de course. Ah, et une bonne connexion Internet.

— Oui, mais regarde cette vue.

Elles sortent sur la terrasse. Les roseaux des sables au sommet des dunes ondulent dans la brise, on entend les vagues venir se briser sur le rivage. Willa est habituée à ce spectacle, à ces sons, et elle ne les remarque presque plus, même s'il lui arrive encore, lorsqu'elle sort en serviette pour prendre sa douche dehors de s'arrêter pour s'émerveiller devant l'océan ou les mouettes dans le ciel. Ce soir, le ciel est badigeonné de lumière dorée, et elle manque de mentionner leur mère là-haut : « Tu crois qu'elle nous voit ? Tu crois qu'elle nous regarde ? » Elle ne veut pas se ridiculiser.

— Je suis contente que tu aies ta soirée, le coucher de soleil va être grandiose.

Après un silence, elle ajoute :

— Enfin je suppose que tu le vois tous les soirs au travail.

Carson s'assied sur l'un des bancs fixés à la table de pique-nique.

— Will… J'ai été renvoyée.

— Ah bon ? Qu'est-ce qui s'est passé ? Quand ?

— Fin juillet. Ma conduite a été jugée déplacée.

— Déplacée, c'est-à-dire…

— Que j'ai bu des coups avec un client. Que je lui ai roulé une pelle. Que j'ai pris de la cocaïne dans les toilettes.

— Carson ! Dis-moi que tu plaisantes. Pitié, dis-moi que tu plaisantes !

Celle-ci baisse la tête. Lorsqu'elle la redresse, ses yeux sont deux émeraudes étincelantes. Willa se souvient que quand elles étaient petites, leur père entrait dans leur chambre pour les réveiller et disait à Carson :

— Ouvre les paupières et montre-nous tes pierres précieuses.

Il n'a jamais dit ça à sa fille aînée – elle a les yeux marron.

— Je ne plaisante pas, rétorque-t-elle d'une voix tendue.

Willa se détend. Elles vont se disputer, et c'est précisément ce à quoi elle s'est préparée.

— J'imagine que je vais avoir droit à un sermon. Parce que toi tu es parfaite bien sûr, enfin lorsque je dis parfaite, en réalité je pense casanière et frileuse. Parce que même si j'ai trois ans de moins que toi, j'ai déjà eu une vie beaucoup plus excitante.

Willa voudrait des précisions sur les conditions du renvoi de Carson – quelle honte quand même, est-ce qu'elle a pensé au nom des Quinboro ? –, mais elle préfère aller droit au but. Elle sort le string de la poche de sa longue jupe à fleurs (elle est d'ailleurs surprise que sa sœur n'ait pas encore fait une allusion à *La Petite Maison dans la prairie*) et le pose entre elles deux sur la table.

— C'est le tien ?

Elle pose un regard de dégoût sur la culotte. Un petit bout de dentelle rouge troué. Quel mauvais goût...

Carson le prend et passe un doigt dans le trou.

— Ça va pas bien, ou quoi ? Tu es passée à la maison faire un tour dans la buanderie ? Qu'est-ce qui te prend, Will ?

— Ce qui me prend, c'est que Pamela a trouvé ça dans la poche du pantalon de Zach.

Carson comprend aussitôt ce qui se passe, Willa le lit sur ses traits comme si une pièce obscure venait brusquement d'être balayée par des phares.

— Ce n'est pas à moi.

— Mais si. Tu viens de me l'avouer.

— J'ai des sous-vêtements qui ressemblent à celui-ci, oui, enfin si Pamela l'a trouvé dans la poche de Zach, c'est bien qu'il ne m'appartient pas.

Elle plante ses yeux dans ceux de sa sœur pour la mettre au défi.

— Je me trompe ?

— Oui.

Elle se détourne vers les dunes, l'océan. La brise soulève ses cheveux et agite le tissu léger de sa jupe.

— C'est toi, Carson. Tu couches avec Zach. Toi, la seule personne à qui j'ai décidé de confier ce secret, ironiquement. Il a 42 ans, enfin. C'est le mari de ma belle-sœur !

Carson se lève et Willa a peur qu'elle s'en aille. Ça lui ressemblerait tellement : tourner les talons sans un autre mot.

— Tu n'as pas intérêt à partir, espèce de lâche !

— C'est moi qui suis lâche ? Venant de la personne qui a épousé son amoureux d'enfance...

— Ne change pas de sujet. Je veux t'entendre le reconnaître. Tu as une aventure avec Zach.

Carson reste coite.

— Tu te rends compte que c'est immonde ? Et immoral ?

Willa fait un pas vers sa sœur et baisse la voix.

— Maman serait tellement déçue par ton attitude. Tu déshonores sa mémoire et tu me manques de respect, tu détruis la famille que je fais tant d'efforts pour préserver...

— Tout ne tourne pas toujours autour de toi, Willa !

Elle la gifle. Carson ne bronche pas.

— Tu ne sais rien de ce qui s'est passé entre Zach et moi. Et ça ne servirait à rien que je te l'explique, parce que tu es incapable de comprendre. Tu n'es pas un être humain. Tu es un... robot, un robot domestique, enfin je ne sais pas comment on appelle ça. Tu es malheureuse parce que tu n'arrives pas à garder un bébé dans ton ventre, et tu te consoles en émettant des jugements sur tout le monde.

— J'émets un jugement sur toi, parce que tu es ma sœur et que tu fais n'importe quoi depuis toujours pour attirer l'attention, pour que les gens te regardent et te disent combien tu es jolie...

— Ah, voilà, on arrive au vrai sujet. Tu es jalouse de moi.

Willa assène une nouvelle gifle à sa sœur, si violente que sa main la picote. Elle n'en revient pas d'être dans une rage pareille. Elle tremble, ses oreilles bourdonnent, ses yeux se remplissent de larmes. Elle prend son élan pour frapper à nouveau Carson, mais celle-ci l'agrippe par l'avant-bras et la repousse.

Willa recule et son pied se prend dans l'ourlet de sa jupe. Elle tombe dans les escaliers de la terrasse.

Oh, non, pense-t-elle. *Non...*

Vivi

— Vite ! s'écrie Martha.

Vivi plonge, les deux mains tendues devant elle pour déformer la membrane. Elle ne réussit pas exactement à rattraper Willa, mais elle dévie la trajectoire de sa chute, si bien qu'au lieu d'atterrir sur les dalles devant la douche, elle s'effondre dans le sable.

Vivi perçoit un mouvement à l'intérieur de sa fille. Le bébé. Il est un peu secoué, toutefois il retrouve rapidement le calme dans sa bulle.

C'est un garçon, et il va bien.

Malgré ses pleurs, Willa se relève sans mal.

— Imbécile ! Je suis enceinte !

— Oh non, Will !

Carson aide sa sœur à remonter les quelques marches, puis elle la fait asseoir sur le banc, et elles sanglotent en se prenant dans les bras.

— Je suis désolée, Willie, je suis vraiment désolée. Je ne savais pas...

Willa tente de reprendre son souffle. Elle s'est cogné la hanche sur une marche. Elle va avoir un bleu. Dieu merci, elle a atterri dans le sable. Ça aurait pu être bien pire.

— C'est fini entre Zach et moi, lui dit Carson. Ça s'est terminé le jour où j'ai été renvoyée. Je ne l'ai pas contacté depuis, et je n'ai pas bu une seule goutte d'alcool, pas fumé de joint, sniffé de coke ou avalé de comprimé.

Willa s'excuse pour aller aux toilettes. Elle veut vérifier qu'elle n'a pas de saignements. Elle se regarde dans le miroir et dit :

— Je vais bien, je vais bien.

Sa voix vibre de soulagement et de gratitude. Elle lève les yeux vers le plafond.

Vivi, elle, est dans tous ses états. Elle sanglote dans le foulard Hermès de Martha, que celle-ci a eu la générosité de lui tendre comme mouchoir.

— C'était moins une...

— En effet.

— Je vais avoir un petit-fils.

— Oui.

— Mais j'ai été une mauvaise mère. Mes filles... se détestent.

Elle baisse les yeux vers Willa et Carson, à présent attablées en silence. Elles ouvrent les boîtes contenant leur repas. La paix est revenue, pourtant Vivi sait qu'elle sera de courte durée.

— À la naissance de Carson, j'étais si heureuse d'avoir donné à Willa ce que je n'avais pas eu et qu'elle aurait, elle, pour le restant de ses jours : une sœur.

Martha soupire.

— Vivian, les sœurs ne sont pas toujours les meilleures amies du monde.

— Est-ce que vous allez enfin me dire ce qui s'est passé entre Maribeth et vous ? Et comment faites-vous pour avoir tous ces foulards ?

Martha ferme brièvement les yeux.

— Il est vrai qu'août touche à sa fin et que nous allons bientôt nous dire au revoir.

— Non !

— Si.

Elle secoue le foulard puis le lisse et le replie.

— Vous voulez connaître mon histoire ?

Oui.

Martha s'installe sur la méridienne, pose les pieds sur la table basse et tapote le coussin à côté d'elle. Vivi s'assied à son tour. Par la grande baie, elles ont une vue spectaculaire sur la nuit qui tombe à Nantucket, un ciel bleu sombre parsemé de filaments rose vif.

— Maribeth avait quatre ans de moins que moi. Elle était un peu une Carson et moi une Willa. Il y avait des différences bien sûr, mais ça vous donne une idée. Nous avions toutes les deux côtoyé Archie, mon mari, dans notre enfance, dans le Michigan. C'est en ça que je ressemblais à Willa : j'avais épousé mon premier et unique amour. Archie et moi avons tous les deux fait nos études dans la même université. La dernière année, FedEx m'a proposé un poste, et dès que j'ai été diplômée je suis partie à Memphis. Archie, lui, a poursuivi ses études de médecine dans le Michigan. Nous étions tous deux d'accord pour tenter une relation longue distance. Sauf que l'année où je suis partie pour Memphis, Maribeth est entrée à l'université. Et ils ont entamé une liaison secrète.

— Mais non !

— Je ne me suis doutée de rien. Ça a duré quatre ans... Les choses ne devaient pas être très sérieuses entre eux, parce qu'à la fin de ses études de médecine Archie a accepté de faire son internat à Memphis. Il voulait se spécialiser en oncologie pédiatrique et l'un des meilleurs hôpitaux dans ce domaine se trouvait là-bas. Archie m'a demandé ma main, nous nous sommes mariés. Maribeth a terminé ses études d'art dramatique et a emménagé à New York pour devenir actrice. Au lieu de quoi, elle a épousé Richard Schumacher, un homme beaucoup plus âgé qu'elle, et très riche. Il possédait une maison de ville à Manhattan, une résidence secondaire à Nantucket et un voilier, *Château au vent.*

— Ah oui, dit Vivi, qui se rappelle que Maribeth lui avait parlé de sa maison dans Shawkemo Hills et de son bateau.

— La première fois que nous avons rencontré Richard, Archie et moi, c'était pour leur mariage. Nous avions pris l'avion pour être leurs témoins à la mairie. Nous sommes ensuite allés déjeuner dans un restaurant très chic, aux prix délirants. Il n'a fait aucun pli pendant ce déjeuner que Richard n'appréciait pas du tout Archie. Il a été désagréable avec lui du début à la fin du repas.

Martha se racle la gorge.

— Je soupçonne aujourd'hui qu'il était au courant, contrairement à moi, de la passion amoureuse entre mon mari et ma sœur.

Intéressant qu'elle parle de passion amoureuse et pas de liaison passagère.

— Attendez, Vivian, j'y viens. Nous n'avons presque pas revu Maribeth après ce jour-là. Elle ne nous invitait jamais ni à New York ni à Nantucket, même si elle m'envoyait vos livres qui me donnaient l'impression de connaître l'île.

Vivi décide d'y voir un compliment.

— Puis un hiver, Richard a glissé sur un trottoir verglacé à New York. Il s'est cassé la hanche et est mort peu de temps après. L'été suivant, Maribeth nous a proposé de venir la voir à Nantucket.

Martha abandonne sa tête contre le dossier de la méridienne, et Vivi suit son regard, rivé sur la dentelle de lumière au plafond.

— Nous avons passé une semaine magique. Nous sommes allés sur la plage de Great Point avec des magnums de Veuve Clicquot, Maribeth a dit en plaisantant qu'elle était une veuve joyeuse, et on a fait griller des queues de homards et des coques au barbecue. On a marché dans la lande, visité la ferme Bartlett, fait du vélo jusqu'au village de Sconset pour voir les rosiers en fleurs. Nous avons mangé au restaurant, chanté au piano-bar Le Club Car. Nous avons fait tout ce que font les personnages de vos romans.

— Je suis impressionnée, dit Vivi.

Elle ne s'était pas douté que Martha était une... fan. Elle se sent honorée.

— Nous avons fait une sortie en mer sur le *Château au vent.* Il possédait son propre équipage, un capitaine et son second, ainsi qu'un chef, qui nous a cuisiné le déjeuner, mais Maribeth aimait jouer les barmaids. Elle nous a préparé son cocktail, le « Mauvaise Décision » : vodka, liqueur de fleurs de sureau, jus de pamplemousse frais et champagne. J'ai dû en boire cinq ou six au cours de l'après-midi... Au retour, dès que nous avons aperçu la maison de Maribeth au loin, elle a décidé de finir à la nage. Nous n'avions aucune inquiétude à avoir puisqu'elle le faisait souvent. Le capitaine se chargerait de ramener le voilier à bon port.

Après un silence, Martha reprend :

— J'ai pris la mauvaise décision de l'accompagner, et Archie n'a évidemment pas voulu être en reste. Je vous rappelle que nous avions tous grandi au bord du lac Michigan. Ils ont aussitôt plongé et m'ont devancée. J'ai failli renoncer à les suivre, mais je ne voulais pas m'en laisser compter par ma petite sœur. Je ne me rendais pas compte que j'avais bu autant, et l'eau était agitée. Je n'avais pas nagé aussi loin du rivage depuis des années et des années, et la distance à parcourir était bien plus longue que ce à quoi je m'attendais. L'épuisement a fini par avoir raison de moi, j'ai commencé à boire la tasse, à être entraînée de plus en plus souvent vers le fond. J'ai tenté d'appeler le *Château au vent* à l'aide, mais il était trop loin, ça ne servait à rien.

Martha s'interrompt. Vivi retient son souffle.

— Ils ont rejoint la terre ferme, et je me suis noyée.

Vivi murmure :

— Je me souviens d'avoir entendu parler de cette histoire par la rumeur. Il n'y a jamais eu d'article dans le journal. J'ignorais que la victime était la sœur de Maribeth. Et à la réflexion, je ne l'avais pas revue depuis un moment. Quand est-ce arrivé ?

— En 2019. Maribeth a veillé à ce que l'affaire ne s'ébruite pas. Six mois plus tard, elle a épousé Archie.

— Vous n'êtes pas sérieuse.

— J'ai été conduite ici dans l'Au-Delà, et ma Guide, Geri, m'a autorisé un coup de pouce.

— Un seul ?

— La politique a changé en janvier dernier. Avant c'était un, maintenant trois. Vous avez de la chance.

— Et qu'avez-vous fait de votre coup de pouce ? Vous ne vouliez pas empêcher Archie et Maribeth de se marier ?

— J'ai tenté, mais ça ne servait à rien. Ils étaient sincèrement amoureux, et ce depuis des années et des années. Aucune intervention ne peut rien face à ça.

— Ah... Et alors ?

— À la place, je suis descendue piquer la collection de foulards Hermès de ma sœur.

Martha montre celui qu'elle porte : pièce à conviction n° 1.

— Elle a cru à un cambriolage.

— Et on vous a autorisée à les garder avec vous, ici ?

Martha hausse les épaules.

— Geri était très ouvert d'esprit.

Vivi médite sur cette histoire et se dit... eh bien, oui, elle se dit que ça ferait un sujet d'enfer – si on lui passe l'expression – pour un roman. Un roman qui serait pile dans ses cordes en plus. *Le Saut de l'ange*, voilà quel serait son titre. Avant qu'elle ait pu demander à Martha ce qu'elle en pense – est-ce qu'elle pourrait écrire ce roman pour le distribuer ensuite, pourquoi pas, aux anges du chœur ? –, celle-ci s'est éclipsée.

Leo

D'ici une semaine, le père de Leo et Savannah le conduiront dans le Colorado. Ils suivront l'itinéraire prévu par Vivi, en faisant tous les arrêts qu'elle avait décidés. Savannah a trouvé l'ensemble des renseignements dans l'application Notes de son téléphone.

— Ce sera un peu comme si elle était avec nous, dit Savannah. J'ai aussi ses playlists.

« Un peu comme »... Du point de vue de Leo, c'est plutôt « pas du tout comme ». Il a tellement perdu cet été... Et même si une part de lui est prête à tourner la page – à quitter cette île pour commencer une nouvelle vie ailleurs –, il sait qu'il lui reste des affaires à régler.

Marissa a dressé la liste des choses qu'elle voulait faire avant leur départ pour la fac, et passer la nuit sur la plage est la seule qu'il leur reste à cocher. Elle a évidemment imaginé une soirée romantique avec une bouteille de vin, deux sacs de couchage et un ciel étoilé, et même si Leo participe aux préparatifs, il n'a aucune intention de dormir sur le sable.

Il compte enfin vivre sa vérité.

Lorsqu'il passe chercher Marissa, elle est d'humeur taciturne. Il s'en étonne, et elle lui répond qu'elle a eu une conversation téléphonique désagréable avec Rip Bonham au sujet de sa déclaration à l'assurance.

— Il pense que j'ai menti sur l'heure de mon accident.

— Techniquement, ce n'est pas un vrai accident. Tu as noyé ta voiture volontairement.

— Tais-toi !

Le niveau de fébrilité de Leo monte comme l'eau dans les pièces de réception du *Titanic.* Il sent qu'il risque de couler, il a du mal à respirer. Il se promet que tout ira bien. Ce n'est pas la fin du monde. Il doit juste attendre d'être arrivé sur la plage pour avoir une conversation calme et posée avec elle.

La route de bitume se transforme en chemin de terre cahoteux. Marissa fond soudain en larmes. Leo ne peut pas tout laisser tomber maintenant, il ne peut pas la laisser le détourner de son objectif. Il se rend compte que la chanson qui passe à la radio était leur hymne de terminale. *Falling,* de Harry Styles. Est-ce pour ça qu'elle pleure ?

C'est une période chargée en émotions, une période de transition entre une phase de leur vie et une autre. Ils vont quitter le cocon de l'île et s'aventurer dans le vaste monde. Pour lui les paysages des Rocheuses, pour elle les belles demeures élégantes de Newport. Il voudrait lui dire qu'elle va s'épanouir loin de lui, c'est une belle fille intelligente, elle rencontrera des gens et se fera des amis, trouvera quelqu'un qui l'aimera sincèrement. Leo joue la comédie depuis des années. Et il va y mettre un point final ce soir. Maintenant.

Il se gare à l'entrée de la plage. Ils en ont choisi une au sud-est, sur la côte sauvage, balayée par les vents, presque toujours déserte. Les quelques maisons des environs sont plongées dans le noir. Leurs occupants les ont sans doute déjà fermées pour cette année. L'été touche à sa fin.

Les vagues se brisent sous une lune presque pleine, ce qui donne à l'eau l'aspect dense et métallique du mercure.

— Marissa...

— Tu n'as pas envie de dormir ici, je me trompe ? Tu fais la même tête que si tu étais dans la salle d'attente d'un proctologue.

Il voudrait sourire, mais c'est au-delà de ses forces.

— Il faut qu'on mette un terme à tout ça.

Il se tourne pour lui faire face.

— Je ne suis pas amoureux de toi.

Elle est d'une pâleur fantomatique au clair de lune, comme une image en noir et blanc. Elle n'a pas mis le fond de teint orange qu'elle aime tant, et il la trouve d'ailleurs plus jolie sans. Il la regarde digérer ses mots. La lueur qui éclaire ses yeux ne semble pourtant pas trahir de la surprise.

— Je sais, dit-elle.

— Comment ça ?

Elle sort son portable et en quelques gestes fait apparaître la photo sur l'écran. Leo et Cruz qui s'embrassent. Il a tenté de se convaincre qu'il ne se rappelait pas ce moment, mais c'est faux. Il en garde un souvenir très vif au contraire.

Cruz essayait de le faire monter dans sa voiture, il était ivre et il protestait. Lorsqu'il s'est détourné de la voiture, le visage de son ami était juste là, et un désir instinctif, qu'il avait depuis si longtemps réprimé, est remonté à la surface. Il lui a attrapé la tête à deux mains pour lui donner un baiser. Presque aussitôt il y a eu l'éclair d'un flash. Cruz s'est éloigné, et Leo a distingué les contours imprécis de la silhouette de Peter Bridgeman, qui observait, bouche bée, la photo qu'il venait de prendre.

Leo a alors planté son poing dans l'œil de son ami de toujours.

— Lâche-moi ! lui a-t-il crié.

— Ça va pas, non ? a rétorqué Cruz en retirant ses lunettes, dont l'un des verres était fissuré.

— Lâche-moi ! a-t-il répété, plus fort encore, au cas où Peter Bridgeman aurait laissé traîner une oreille.

— Que je te lâche ? Tu te fous de moi, là ? Mec, je t'aime comme un frère, mais pas...

Mais pas de cette façon. Ce que Leo savait, ce qu'il avait toujours su en un sens. Cruz était son complice, son meilleur ami, à la vie à la mort... seulement Cruz était hétéro.

— Lâche-moi ! a-t-il répété une troisième fois.

Il s'est éloigné en chancelant, sûr que Cruz allait le rattraper et le persuader de remonter dans la jeep. Il se trompait. Cruz a pris le volant et a planté Leo sur le parking. Il a réussi, il ne sait comment, à rejoindre une route suffisamment passante, où Christopher, qui rentrait chez lui, a accepté de le déposer en chemin.

Leo prend le téléphone des mains de Marissa.

— C'est Peter qui te l'a envoyée ?

— Oui.

— Alors tu savais ? Depuis tout ce temps ?

— Je m'en suis toujours douté. Ton amitié avec Cruz... C'était carrément du dévouement à ce niveau-là, Leo, et c'était bizarre. Ça n'avait rien de naturel. Enfin bon, ça ne m'a pas empêchée d'être choquée quand j'ai reçu cette photo. Je n'arrêtais pas de me répéter que tu m'avais menti, pendant des années. Et je ne parle pas d'un petit mensonge, Leo.

Elle se racle la gorge.

— J'ai tenté de me convaincre que j'avais une réaction excessive, que vous aviez sans doute fait ça pour déconner. On voit bien que Cruz ne te rend pas ton baiser.

Leo hoche la tête et lui tend son portable.

— Je sais bien. Mais on n'a pas fait ça pour déconner. Moi, en tout cas.

Il a les yeux brillants.

— Je l'aime, ajoute-t-il. Je l'ai toujours aimé. Toute ma vie. Un amour à sens unique.

— C'est répugnant.

Leo prend le temps d'encaisser. Il ne sait pas très bien si elle veut dire que c'est répugnant parce qu'il aime Cruz alors qu'il a fait semblant de l'aimer elle, ou parce qu'il est question d'un baiser entre deux garçons. Peu importe, au fond. Marissa s'est trahie de toute façon. Elle n'a pas de sentiments, pas d'empathie, elle est incapable d'être sensible à une autre douleur que la sienne.

— Je te raccompagne, lui dit-il.

Au moment d'enclencher la marche arrière, il doit résister à la tentation de lui demander de descendre et de la planter là, sur le bas-côté. Il n'est pas répugnant. Il a enfin admis la vérité : il aime Cruz DeSantis. Après avoir déposé Marissa, il appellera son ami pour savoir où il est. Il veut aller lui présenter ses excuses en personne. Il lui déballera tout : amour, déni, honte, rage, tristesse, deuil. Puis, une fois qu'il aura vidé son sac, il pourra enfin accepter qu'il a le cœur brisé, s'accepter lui-même, et entamer sa guérison.

Lorsque Leo s'engage dans la rue de Marissa, ils aperçoivent des gyrophares bleus et rouges. La police est garée devant chez elle.

Ed

Pendant des semaines, il n'a rien trouvé. Et là, tout s'enchaîne. Dès que Jasmine Kelly a prononcé le nom Lopresti, Ed a su que c'était la sœur de Marissa, Alexis, employée à l'accueil du commissariat, et son nouveau petit copain, Pitcher, qui avaient subtilisé les preuves. Ils avaient détruit les vêtements de Vivian Howe et payé Justin pour mettre les baskets dans la poubelle.

Alexis tente d'assumer seule toute la responsabilité. C'est sa faute, c'est elle qui a eu l'idée. Elle a réussi à convaincre Pitcher de l'aider parce qu'elle lui plaisait – une histoire vieille comme le monde. Alexis cherchait seulement à protéger sa petite sœur.

C'est Marissa Lopresti qui a renversé Vivian Howe. Ed la conduit au commissariat et elle crache le morceau sans se faire prier. Elle a rompu avec Leo Quinboro pendant la fête sur la plage la veille de l'accident. Puis elle s'est rapprochée de Peter Bridgeman. Ce qui n'a pas été très compliqué, puisqu'il en pinçait pour elle depuis le CM1. Elle espérait rendre Leo jaloux, mais il avait disparu, personne ne savait où il était. Marissa a planté Peter. Lui s'est un peu attardé, et il a fini par surprendre le baiser entre Leo et Cruz, près de la jeep de ce dernier.

La photographie, dont Ed soupçonnait qu'elle montrait deux personnes dans une situation compromettante, concernait Cruz et Leo.

Ah oui d'accord, songe-t-il. Il est beaucoup plus « woke » – comme diraient Finn et Chloe – qu'il ne l'était encore il y a vingt ans, ou même dix, mais cette éventualité ne lui avait même pas effleuré l'esprit. Il a encore, de toute évidence, des progrès à faire.

Peter a envoyé la photo à Leo et Cruz au milieu de la nuit. En revanche, il a attendu le lendemain matin pour la partager aussi avec Marissa, juste après avoir été réveillé par les tambourinements de Cruz à sa porte. (Il ne lui a pas ouvert pour éviter une dispute que ses parents auraient risqué d'entendre.) Les données de son portable, que le Grec a réussi à obtenir, ont révélé l'envoi d'un texto avec une pièce jointe, à destination de Marissa, à 7 h 14.

Elle explique qu'elle était déjà en route pour aller chez les Howe et se « réconcilier » avec Leo, lorsqu'elle a reçu le message. Il était si tôt qu'elle a pensé que celui-ci venait forcément de Leo. Elle a cliqué sur la pièce jointe au moment de s'engager dans Kingsley Road. Elle avait à peine entraperçu la photo – à ce stade, elle n'avait pas encore tout à fait compris ce qu'elle regardait – quand elle a entendu un horrible bruit sourd. Elle a pilé et s'est rendu compte qu'elle avait heurté quelqu'un. Vivi.

Elle a paniqué. Il n'y avait personne dans l'impasse, pas une seule voiture dans Madaket Road. Elle a reculé et pris la direction de l'ouest. Puis elle a tourné dans Eel Point Road.

— Je comptais rebrousser chemin à un moment, mais... je ne l'ai pas fait. Alexis m'a écrit pour m'informer que Vivi était morte, et... elle m'a raconté qu'un policier avait vu Cruz griller un stop avant de faire un excès de vitesse, ce qui voulait dire qu'il avait sans doute tué Vivi, et je me suis sentie soulagée. J'étais en colère contre lui. J'avais eu le temps de bien regarder la photo. Alors j'ai noyé ma jeep et j'ai dit à Rip Bonham, mon courtier en assurance, que c'était arrivé le vendredi soir.

Lorsque Ed avait contacté Rip Bonham au sujet de cet incident, celui-ci lui avait fait part de doutes persistants concernant la version de Marissa. Pour le garagiste, la voiture n'était pas restée dans l'eau aussi longtemps qu'elle le prétendait. Il en avait déduit qu'elle mentait dans le but de toucher une prime de l'assurance, pas pour couvrir un meurtre.

Rip Bonham met Lisa Hitt en relation avec le garage où se trouve la jeep de Marissa. Le luminol révèle la présence de sang sur le pare-chocs.

— Tout contact laisse une trace, lâche la policière, qui semble abattue au bout du fil. Je n'en reviens pas du tour qu'a pris cette affaire. On dirait...

— Un roman de Vivian Howe ?

Il a beau être soulagé de pouvoir clore ce dossier, il a le cœur lourd quand il pense à tous ceux qui sont impliqués. Il a souvent dit, par plaisanterie, qu'il avait la sécurité de l'emploi parce que les gens ne cesseront jamais de commettre des erreurs. Ça ne le fait plus rire.

Il ne peut pas rentrer chez lui avant midi le lendemain. Il a veillé toute la nuit pour conduire des interrogatoires et remplir de la paperasse.

— Ces maudits téléphones, dit-il à Andrea. Ils causeront la mort de la civilisation.

Elle attrape celui de son mari, qu'il a glissé dans la poche poitrine de sa chemise.

— Laisse le tien un peu ici, dit-elle en le mettant à recharger sur le plan de travail de la cuisine. Je suis allée t'acheter un sandwich au pastrami au Nickel. Tu vas le manger et ensuite tu files au lit.

Vivi

Vivi n'a pas besoin d'appeler Martha ; elle est là, avec le même foulard rouge et or que l'autre jour, qu'elle porte comme pochette.

— C'était Marissa ? C'est elle qui m'a tuée ?

— Je suis étonnée que vous n'ayez pas deviné plus tôt. Elle a sorti son téléphone au moment de prendre le virage, et elle regardait la photo de Leo et de Cruz quand elle vous a percutée.

Après un silence, elle ajoute :

— Je suis aussi étonnée que vous n'ayez pas compris avant ce qui se tramait entre Leo et Cruz.

Depuis qu'elle est morte, Vivi veut bien reconnaître que ses enfants l'ont beaucoup surprise. Et néanmoins, elle n'est pas vraiment étonnée d'apprendre que son fils a des sentiments amoureux pour son meilleur ami. Le clan Howe-Quinboro dans son entier était sous le charme de Cruz, avant tout à cause du dévouement de Leo pour lui. Lorsqu'il était à la maternelle, il a un jour fait un dessin d'eux deux vivant ensemble dans une maison avec des bonshommes plus petits censés représenter leurs enfants. Ça avait fait glousser les maîtres et les maîtresses, elle s'en souvient, mais ils étaient assez ouverts d'esprit pour ne pas lui dire que ce n'était pas possible. Et Vivi, elle, l'avait affiché sur la porte du réfrigérateur.

Elle suit la conversation entre Cruz et Leo de loin – elle ne s'est jamais tenue à une telle distance, elle tient à respecter leur intimité. Celle-ci se déroule sur la terrasse de chez Cruz, le soir où Marissa avoue tout à la police. Vivi n'entend pas un seul des mots de leur échange, mais elle observe leur langage corporel – Leo exprime de la contrition et Cruz, d'abord méfiant, se radoucit ensuite et pardonne. Les garçons finissent par s'asseoir côte à côte en silence, se prenant chacun la tête à deux mains. Quand Leo se relève pour partir, difficile de savoir s'ils pourront rester amis.

Il se dirige vers le côté de la maison pour la contourner et partir. Cruz dit quelque chose qui le fait se retourner. Il ouvre les bras en grand, et Leo rebrousse chemin. Ils s'étreignent un instant. Avant de se quitter pour de bon, ils échangent une poignée de main sophistiquée, qu'ils ont un jour essayé, sans succès, d'apprendre à Vivi.

— Vous êtes Tic et Tac, leur a-t-elle dit. Je ne suis qu'une maman.

Plus tard ce jour-là, Vivi assiste à une discussion entre Willa et Carson. Elles se retrouvent dans la cuisine du Gouffre Financier autour d'un verre de thé glacé. Elles semblent du même avis pour une fois : elles sont furax. À son habitude, Marissa Lopresti a eu un comportement imprudent, irréfléchi et irresponsable, ce qui n'a rien de surprenant venant d'une fille en manque d'affection et se croyant tout permis. Il a fallu qu'elle sorte son téléphone au lieu de regarder la route. Elle était si obnubilée par son petit drame personnel qu'elle a renversé Vivi. Qu'elle l'a tuée ! C'est impardonnable. Jamais elles ne passeront l'éponge.

Vivi prend une profonde inspiration. Une part d'elle partage leur sentiment : Marissa ne mérite pas d'indulgence. Elle a privé Vivi de l'occasion de voir ses enfants grandir, de faire la connaissance de ses petits-enfants, d'écrire d'autres romans, de se baigner dans l'océan, de manger un sandwich à la tomate sur un pain de mie toasté à la perfection, de rencontrer un autre homme, de faire l'amour avec lui, peut-être de le quitter, peut-être de se remarier. Vivi ne pourra plus jamais trinquer avec Savannah à la fin d'un long week-end, elle ne s'assoupira plus en lisant, elle ne prendra plus de douche dehors, elle ne rira plus devant une publicité ni ne s'émerveillera d'aucun coucher de soleil.

— Comme si ce n'était pas assez choquant, s'emporte Willa, elle s'est enfuie en plus ! Elle a noyé sa voiture et elle a menti à Rip pour avoir un alibi. Puis elle a tout fait pour que Cruz soit accusé !

— Et elle a passé tout l'été à traîner ici, l'air de rien. Quand je pense qu'elle a apporté une tarte pour essayer de nous faire croire qu'elle était une bonne samaritaine. C'est une folle furieuse !

— Et tu oublies le dîner d'anniversaire de mamie ! Elle était là et on ne se doutait de rien. La meurtrière de maman à notre table !

— C'est aussi la faute de Peter, renchérit Carson. Balancer cette photo de Leo et Cruz, sérieux. Qui fait ça ? Qui en a quelque chose à battre ? On est en 2021 !

— Je préfère penser que Marissa n'avait pas vu la photo au moment où elle a renversé maman. Elle roulait trop vite parce qu'elle était pressée d'arriver ici pour parler à Leo. Elle a sorti son téléphone parce qu'elle a cru que le texto venait de Leo. Sa mère aurait pu lui écrire, ou sa sœur. Ou son opérateur ! Je ne crois pas qu'on puisse vraiment blâmer Peter.

— Et s'il était au courant pour Zach et moi ? Et s'il cherchait à se venger sur Leo, parce qu'il m'en voulait ? Parce qu'il en voulait à notre famille ?

— Marissa a dit que Peter avait un faible pour elle depuis l'école primaire. Je suis sûre, moi, qu'il lui a envoyé la photo pour la dégoûter de Leo. Ça n'a aucun lien avec toi.

Carson se mordille la lèvre inférieure.

— J'espère qu'elle ira en prison.

— Moi aussi. Même si je ne peux pas m'empêcher de penser...

— Quoi ?

— Qu'au bout du compte, maman lui aurait pardonné.

Elles restent silencieuses un moment.

— C'était un accident, Carson. Je veux dire qu'elle n'est pas venue ici dans l'intention de tuer maman. Et ça m'est déjà arrivé de regarder mon portable au volant.

— J'ai fait pire...

— Je n'en doute pas.

— Et par la grâce de Dieu, je n'ai tué personne.

— Est-ce que tu aurais pris la fuite si c'était arrivé ? On aurait pu, toi ou moi, se laisser distraire en conduisant, renverser quelqu'un et le tuer. Le vrai test moral dans ce genre de situation, c'est ce qui se passe après : est-ce qu'on reste pour assumer son acte ou est-ce qu'on prend la fuite ? Marissa a pris la fuite. Et elle a tout fait pour que Cruz apparaisse comme le coupable. Elle s'est dit que les gens le soupçonneraient plus facilement qu'elle. Ce qui est odieux pour une tonne de raisons évidentes.

— J'aurais été tentée de prendre la fuite, confesse Carson. Je ne dis pas que je l'aurais fait, mais je comprends le réflexe.

Willa soupire.

— Alors quoi ? On oublie le procès ?

— Elle va être poursuivie par le procureur de toute façon.

— Et on n'est pas obligées d'ajouter notre plainte...

— Je me dis que pour honorer la mémoire de maman, il faut viser la peine maximale.

— Je pense que tu te trompes, pour ne pas changer. C'est en faisant preuve de clémence, au contraire, qu'on honorera la mémoire de maman. Tu sais comment elle traite ses personnages dans ses romans ? Elle leur donne des défauts, elle leur fait faire des choses horribles... et le lecteur s'attache malgré tout à eux. Parce qu'elle les aime. Parce qu'ils sont humains.

— Comme Alison dans *Petite Chérie*.

Willa a une main posée sur le ventre. Elle jette un regard surpris à sa sœur.

— Attends... tu as lu un roman de maman ?

— J'ai eu beaucoup de temps à tuer, tu sais.

Vivi se balance d'avant en arrière, les mains jointes en prière devant sa poitrine, les joues mouillées de larmes.

— Je suis si fière de mes filles. Elles sont parvenues à cette conclusion toutes seules. Je n'ai pas eu besoin d'utiliser un coup de pouce.

— Et tant mieux ! Parce que vous n'en avez plus, lui rétorque Martha.

Nantucket

Maintenant que l'enquête est classée, le corps de Vivian Howe peut retourner à Nantucket. Sa famille se réunit le premier vendredi de septembre, avant le week-end prolongé de la fête du Travail, pour l'enterrer dans le cimetière de Milk Street. Cet endroit finira par devenir, inévitablement, un lieu de pèlerinage pour ses lectrices. Elles déposeront des bouquets, des coquillages et des cierges autour de la pierre tombale. Elles prendront des selfies en robes d'été colorées et en sandales « bijoux » devant la tombe de Vivian Howe. Pour l'heure, cet endroit est encore réservé à la famille et aux amis proches.

Rip et Willa Bonham se tiennent enlacés pour ouvrir la procession jusqu'à la tombe. Elle vient d'avoir une échographie, à la dix-septième semaine d'aménorrhée, et tout semble parfait. Elle a enfin pu annoncer la nouvelle officiellement : elle attend un petit garçon qui devrait arriver le 11 février.

Les parents Bonham sont fous de joie, surtout Tink. Elle a demandé à Rip si leur présence au cimetière serait la bienvenue, et il a dit qu'il en parlerait à Willa.

— Réponds-leur qu'on préfère rester en petit comité. Et ça vaut pour ta sœur aussi. Zach, Peter et elle n'ont pas besoin d'être là.

Carson est venue avec Marshall Sebring, le barman du Yacht Club. Ils sont plus ou moins ensemble. Quelques-uns d'entre nous les ont croisés au restaurant, et d'autres les ont aperçus sur un petit bateau à moteur, amarré près de la plage sauvage de Coatue.

Lorsque le docteur Flutie, un habitué du bar du Yacht Club a interrogé Marshall sur ses projets maintenant que la saison touchait à sa fin, il lui a répondu qu'il allait rentrer à Portland, dans l'Oregon, avec sa petite copine. Elle ne connaît pas la région. Ils y resteront peut-être en touristes, à moins qu'ils ne trouvent tous deux un travail dans la restauration. Auquel cas ils pourraient s'y installer de façon permanente.

Le docteur Flutie s'est dit jaloux. Malgré son âge (et son goût un peu trop prononcé pour l'alcool), il sait que les restaurants de Portland sont réputés.

Leo est accompagné de Cruz DeSantis et du père de celui-ci, Joe. Nous sommes tous heureux de voir que les deux amis se sont réconciliés et qu'ils parlent à nouveau de la visite de Cruz au Colorado pendant ses vacances de novembre.

— On est amis pour la vie, a-t-il déclaré à Leo après qu'ils se sont expliqués. Rien ne pourra jamais changer ça, mon pote.

Leo a eu beaucoup de mal à se débarrasser du sentiment qu'il était responsable de l'accident. Quand il est allé trouver son père, et Savannah, pour tout leur raconter, ils l'ont rassuré : il avait eu raison de rompre avec Marissa, et rien ne pouvait lui permettre de prévoir sa réaction.

— J'aurais dû la quitter il y a longtemps. Je n'aurais même jamais dû sortir avec elle. Si j'avais été honnête...

Savannah l'a serré contre elle.

— Tu n'as rien à te reprocher, mon chéri. Nous sommes fiers de toi, ton père et moi, et nous t'aimons plus que tu ne peux l'imaginer. Ta mère aussi, je te le garantis. L'amour ne meurt pas. Elle veille sur toi à chaque seconde de chaque journée.

Savannah part pour le Brésil le mardi suivant, et J. P. mesure soudain à quel point elle va lui manquer. Depuis la mort de Vivi, ils se sont retrouvés tous les vendredis pour un dîner hebdomadaire, et ces soirées ont constitué le point d'orgue de ses semaines. À plus d'une reprise, il s'est surpris voulant l'embrasser, mais il se l'est toujours interdit, de peur de brouiller les contours de leur nouvelle relation. Et puis il ne veut pas perturber les enfants. Il adorerait l'accompagner à Manaus et faire du volontariat, mais il y a encore trop de monde au Cône pour qu'il puisse quitter Nantucket. Au retour de Savannah, l'été sera officiellement terminé et il sera en train de préparer la fermeture de la boutique.

Il tentera peut-être sa chance à ce moment-là. Pour voir ce qui se passe.

Lucinda a demandé à Penny Rosen d'être présente au cimetière.

— Un jour, c'est nous qui serons là, dit-elle avec un geste de la tête en direction du cercueil.

— Un jour prochain, oui. Je me suis réveillée ce matin avec une douleur terrible à la poitrine.

— Prends rendez-vous chez le médecin, pour l'amour de Dieu ! S'il t'arrive quelque chose, qui est-ce que je pourrai battre au bridge ?

Penny lui sourit au lieu de lui répondre qu'elle conserve une sensation de gêne dans la poitrine et qu'elle a fait des rêves très frappants sur son défunt mari, Walter. Elle sait bien que, derrière l'humour, se cache une sincère inquiétude. Penny essaiera de s'accrocher pour Lucy. Peut-être qu'elle a seulement faim. La rumeur dit que Joe DeSantis s'est chargé du pot qui suivra l'enterrement. Sa salade de poulet aux noix de pécan et aux abricots secs avec une sauce à la moutarde est la meilleure des raisons de rester en vie.

Marshall Sebring, originaire de Gaston, dans l'Oregon, a grandi avec sa mère, son père, sa sœur et leur chien – une configuration classique et heureuse en somme –, et même s'il ne changerait d'existence pour rien au monde, il trouve la famille de Carson fascinante (contrairement à la sienne). Son père, J. P., possède le Cône ; sa sœur, Willa, travaille pour la Société historique de Nantucket ; et son frère, qui vient de finir le lycée, part à la fac dans le Colorado. Il y a aussi la grand-mère de Carson et son amie, Mme Rosen, deux vieilles dames coriaces mais élégantes – il les a servies des dizaines de fois cet été au Club. Et puis il ne faut pas oublier Savannah Hamilton, la fondatrice d'une œuvre caritative dont la famille possède une maison dans Union Street depuis quelque chose comme trois siècles. Marshall vient juste d'être présenté à Cruz, l'ami de Leo, et à son père, Joe, qui possède le Nickel, sa sandwicherie préférée. Il a l'impression d'avoir été intégré dans un groupe de « Nantucketiens » pur jus, dont les liens avec cette île sont aussi profonds que les racines des arbres.

Il regrette, malgré tout, de ne pas avoir pu faire la connaissance de la mère de Carson, Vivian Howe.

— Elle était magique, lui a-t-elle dit. Mais c'était ma mère, alors je trouvais ça normal, moi. Je n'ai pas mesuré ma chance avant sa mort.

Marshall décide qu'à son retour chez lui, à l'issue du pot qui suivra l'enterrement, il appellera ses parents pour leur dire qu'il les aime.

Lorna O'Malley longe le cimetière en voiture pour rentrer chez elle après son rendez-vous à l'hôpital. La biopsie a révélé que la tumeur était maligne : carcinome canalaire infiltrant triple négatif – une façon très alambiquée de dire qu'elle a un cancer du sein. Elle a 31 ans. Bien sûr, les nouvelles pourraient être pires (le cancer n'en est qu'au stade 1, il a été découvert tôt), elles pourraient aussi être meilleures. Lorna aperçoit J. P. avec les filles de Vivi – ils portent tous des tenues sombres, ils viennent sans doute d'enterrer Vivi. Elle envisage d'appeler Amy pour le lui dire, mais elle ne peut pas se résoudre à penser à la mort et aux funérailles dans l'immédiat. Elle téléphonera à son amie plus tard, pour lui annoncer les nouvelles qui la concernent.

« Ma poule, on va m'enlever mes seins ! »

Amy pleurera, Lorna en est sûre et certaine. Pourtant ensuite, elle saura la soutenir. Elle sera sa guide. Elle l'accompagnera à tous ses rendez-vous, elle la laissera utiliser son code Netflix pendant ses séances de chimio, elle sera dans la salle d'attente pendant que Lorna se fera opérer. Elle rassurera la mère de son amie, qui vit toujours à Wexford en Irlande, elle sortira promener Cupidon. Après toutes les heures que Lorna a passées à écouter Amy jacasser au sujet de J. P., de Dennis et surtout de Vivi, elle a intérêt ! Cette réflexion la fait glousser. Au moins, elle n'a pas perdu son sens de l'humour.

Amy

Le premier vendredi de septembre, Amy et Dennis s'offrent une soirée à L'Huîtrier. Amy avait évité cet endroit pour ne pas croiser Carson au bar – elle n'osait imaginer la tête de celle-ci en voyant Dennis et son ex-belle-mère ensemble. Depuis, elle a appris par l'une de ses clientes, Nikki, que Carson ne travaille plus là-bas.

— Ah bon ? Mais pourquoi ?

Sur le moment, elle a ressenti un pincement au cœur (rapidement suivi d'une bouffée de soulagement) à l'idée qu'elle n'était plus concernée par les petits drames de la famille Quinboro.

— Je ne suis pas autorisée à en parler, a répondu Nikki en haussant les épaules.

Ça a dû mal tourner, alors. Carson a sans doute été renvoyée, à moins qu'elle n'ait démissionné sur un coup de tête. Le point positif, c'est qu'Amy et Dennis peuvent aller manger là-bas sans se sentir mal à l'aise.

L'ambiance est festive – tout le monde est de sortie pour célébrer le dernier week-end de l'été. Ils commandent deux punchs et une douzaine d'huîtres à la nouvelle barmaid, une fille mignonne avec un piercing dans le nez. Dennis lève son verre.

— Cet hiver, je t'emmène en vacances dans les Caraïbes. Ou peut-être les îles Vierges. Qu'est-ce que tu en dis ?

— Je dis oui !

Elle avale une gorgée de son punch en rêvant déjà aux palmiers.

— Si on était les héros d'un roman de Vivian Howe, comment il s'appellerait, tu crois ? *Ceux qui restent ?*

— Je crois que ce titre est déjà pris...

— *Les Exclus* ?

Il secoue la tête avec une expression qui dit qu'il la trouve folle, mais dans le meilleur sens possible.

— Et pourquoi pas tout simplement *Love Story* ?

— Je crois que ce titre est déjà pris aussi.

Vivi

— Ils devraient l'appeler *La Consolation*, tranche Vivi.

— Ce que vivent Amy et Dennis est bien plus qu'une simple consolation, lui rétorque Martha.

— C'est vrai ?

Elle sourit. Elle est surprise, mais ça lui fait plaisir.

Il lui reste une dernière occasion de se rendre dans le passé.

Elle choisit le mariage de Willa.

Le 13 juin 2020. Le temps est splendide. Comme aurait dit la mère de Vivi, un « jour béni par Dieu ».

Elle a cessé de penser que Rip n'était pas « assez bien » pour Willa, et désormais elle approuve leur union de tout son cœur. Aujourd'hui, sa fille aînée va vivre le rêve de ses 12 ans, celui qui a commencé au bal de la Saint-Valentin où elle s'était rendue au bras de Rip. Elle épouse le seul homme qu'elle ait aimé. Vivi a raconté toutes sortes d'amours dans ses douze romans, mais elle n'a jamais parlé de deux personnes qui se rencontrent au lycée et qui restent ensemble.

Pourquoi ? s'interroge-t-elle. Elle pense à Brett Caspian et aux montagnes russes d'émotions qu'ils ont connues ensemble. Elle a gardé cette histoire secrète pendant toutes ces années… Et si elle décidait de se servir de ses souvenirs ? *Et si elle écrivait un roman qui porterait sur Brett et elle ?*

Elle y pensera plus tard. Dans l'immédiat, elle veut se concentrer sur sa fille.

Willa, Carson et Vivi ont prévu de se préparer ensemble au Gouffre Financier. Elle a pris le temps de concocter une incroyable salade de fruits (elle s'est embêtée à éplucher six kiwis alors que personne n'en mange jamais), et au retour de son jogging elle est passée acheter des scones au cheddar.

Carson est la seule à y toucher. Willa est trop nerveuse, Vivi trop impatiente.

Elle ouvre une bouteille de Veuve Clicquot millésimée pour préparer des mimosas avec du jus d'orange frais. Willa porte son fond de robe et a les cheveux mouillés. C'est Carson qui va se charger de lui faire un chignon tressé – elles ont regardé des milliers de photos en ligne et choisi la coiffure qui leur plaisait le plus. Un certain Rafe, qui travaille pour le salon Darya, viendra toutes les maquiller. Laurie Richards, la photographe, va arriver d'une minute à l'autre pour immortaliser les préparatifs. Dans l'immédiat, pourtant, il n'y a que Vivi et ses deux filles. Elles sont dans sa chambre, qui ressemble à celle d'une étudiante : ses vêtements de course débordent d'un panier tressé à côté d'une commode qu'elle a trouvée à la déchetterie. Elle l'a recouverte de bougies qu'elle aime allumer pour l'ambiance. Parmi elles se trouvent aussi des tickets de caisse, des stylos, des épingles à nourrice, une brosse, une demi-douzaine de rouges à lèvres écarlates et un paquet d'allumettes du restaurant où J. P. l'a emmenée pour leur premier rendez-vous. En d'autres termes, c'est un véritable capharnaüm. Laurie ne pourra pas prendre des photos ici... à moins que ? Il y a tellement de domaines dans la vie de Vivi qui sont encore en chantier (elle finira par faire refaire cette pièce, elle rêve d'un lit rond et d'une suspension originale, pour créer une atmosphère bohème chic), mais ce moment privilégié avec ses deux filles est tout ce dont elle a toujours rêvé. L'enceinte sans fil diffuse une chanson de Shawn Mendes, *Treat You Better* – Willa a toujours été une fan des tubes les plus populaires, et elle l'assume.

— Vous êtes si belles, mes filles.

Elle sait qu'elles protesteront toutes les deux si elle se vautre dans le sentimentalisme, mais comment pourrait-elle se retenir ? Sa fille aînée va se marier et sa fille cadette est sa demoiselle d'honneur. Quelqu'un pourrait avoir la gentillesse de lui dire où ont filé toutes ces années ? Elle a l'impression qu'elle est rentrée hier de la maternité avec Willa, qu'elle vient tout juste de sécher ses larmes qui ont éclaté lorsque Lucinda a décrété qu'elle « haïssait » le prénom qu'ils (en réalité Vivi) avaient choisi pour leur fille, inspiré de l'écrivaine Willa Cather. (« Les aînés doivent toujours porter le prénom d'un membre de la famille. Cette Willa Cather est-elle de la famille ? »)

Et l'éternité des premières années de sa vie de mère, alors que la crèche n'accueillait son aînée que quelques heures par jour, et que Carson était bébé ? Sans oublier cette seconde éternité, à l'époque où Willa et Carson étaient respectivement âgées de 6 et 3 ans et où Leo est venu au monde. C'est à ce moment-là que les filles ont commencé à se battre pour obtenir le peu d'attention qu'il restait à leur mère : les insultes volaient et elles se tiraient les cheveux.

Willa a lancé la télécommande pendant un dessin animé et atteint sa petite sœur à l'arcade sourcilière – il a fallu recoudre. Carson a mordu sa grande sœur jusqu'au sang dans le bain. (J. P. a fait une mauvaise blague sur la nécessité de tester Willa contre la rage, et Vivi était si épuisée par le manque de sommeil qu'elle a ri.)

Elle lève son verre et ses filles l'imitent. À travers ses larmes, elle voit leurs trois flûtes s'entrechoquer. Shawn Mendes laisse la place à Lady Gaga. Vivi s'autorise à éprouver de la satisfaction. Elle a accompagné ses filles jusque-là. Elles se sont toujours aimées. Et aujourd'hui, enfin, elles s'apprécient.

— À toi, Willie, lui dit sa cadette.

La future mariée sourit. Vivi ne l'a jamais vue aussi belle – pourtant elle n'est pas encore coiffée ni maquillée, elle ne porte pas encore la robe en soie ivoire suspendue à l'intérieur de la porte de la penderie. Elle est éclairée de l'intérieur. Illuminée par l'amour.

La fleuriste s'est surpassée avec ses bouquets rose et vert : lis, roses et lierre. Les demoiselles d'honneur portent des robes dans les mêmes tons que les fleurs, les garçons d'honneur des blazers marine, des pantalons en toile saumon et des nœuds papillons rose pâle. Un quatuor à cordes joue le canon en ré majeur de Pachelbel. En tant que mère de la mariée, Vivi est la dernière personne à prendre place dans l'église avant l'entrée de la procession. Elle est au bras de Zach Bridgeman et Dennis les suit dans son costume gris au pantalon trop serré. Zach conduit Vivi et Dennis au même banc qu'Amy, qui a été escortée à sa place juste avant Tink Bonham. Elle fait semblant d'être absorbée par la lecture du programme.

Lorsque les demoiselles d'honneur remontent l'allée, Vivi leur sourit et adresse un clin d'œil à Carson, pourtant elle est impatiente – comme tout le reste de l'assemblée – de voir enfin Willa.

Les premières notes de *La Marche du prince du Danemark*, de Jeremiah Clarke, retentissent. Tout le monde se lève et Vivi se retourne. Willa et J. P. apparaissent sur le seuil de la bâtisse ; l'église tout entière retient son souffle.

Vivi jette un bref coup d'œil à Rip : il a les yeux brillants de larmes. Il a l'expression parfaite, celle d'un homme pour qui il n'y a pas d'autre femme au monde. Il n'y en a jamais eu, pense-t-elle avec conviction. Et il n'y en aura jamais d'autre.

Après la cérémonie, les jeunes mariés montent à bord d'une calèche tirée par des chevaux, qui les conduira au Yacht Club. Tous les invités s'y rendront à pied, sauf Lucinda et Penny Rosen, que J. P. et Amy accompagnent en voiture.

Dennis est occupé à discuter avec Joe DeSantis, alors Vivi prend Savannah par le bras. Elle a arpenté les rues de Nantucket des milliers de fois, mais aujourd'hui sa fille se marie, alors c'est différent.

— Jusqu'à présent, tout va bien, observe sa meilleure amie. Tout le monde se conduit très bien.

Elle pense à Amy. Elle pense à Dennis.

— Bien sûr. Nous sommes tous adultes.

Vivi s'exprime avec plus d'assurance qu'elle n'en ressent en réalité. Ils ont fait le plus facile : la cérémonie à l'église. Elle est plus inquiète pour la réception. Elle en veut à J. P. d'avoir insisté pour que Willa l'organise au Club, alors que Vivi n'a jamais eu le droit d'avoir une carte de membre depuis le divorce. Amy et lui donneront l'impression d'être les hôtes de la fête, alors que c'est elle qui réglera l'addition bien sûr.

Sois magnanime ! se dit-elle. *C'est la voie de la sagesse !* Le Yacht Club organise toujours de très beaux mariages – elle en sait quelque chose, c'est là que le sien a eu lieu.

La famille et les amis prennent des photos sur la pelouse. Elle porte une robe longue en soie pêche, peut-être un brin trop sexy pour la mère de la mariée, mais sa tenue n'en reste pas moins beaucoup moins tapageuse que celle d'Amy, un fourreau améthyste avec un décolleté presque jusqu'au nombril, qui dévoile sa poitrine avec générosité. Elle semble d'ailleurs regretter son choix, puisqu'elle passe son temps à le remettre et à tirer dessus avec un sourire gêné. Elle finit ainsi par s'éclipser et, à son retour, le décolleté a été maladroitement rectifié par une épingle à nourrice.

Le cocktail. Vivi prend des photos mentales : Savannah penchée en avant pour gober une huître dans sa coquille sans tacher sa robe ; Leo, Cruz, Marissa et Jasmine prenant la pose pour le photographe pendant que Peter Bridgeman pique discrètement le verre de sa mère pour boire une gorgée de son cocktail ; Tink Bonham disant en riant à Gordy et Amelia Hastings : « Je vous parie que Willa sera enceinte à la fin du mois ! »

Le dîner. L'entrecôte est accompagnée de pommes duchesse, de trois asperges blanches et de choux de Bruxelles caramélisés. L'assiette est décorée de capucines blanches. Vivi en grignote une, aux saveurs poivrées. Ce mariage a demandé un an de préparation et il coûte… oui, un bras. Elle quitte sa place à table pour aller saluer les convives, et fait un crochet par le bar. Ils ne servent que du vin pour accompagner le dîner, et elle a envie de tequila, plus spécifiquement de Casa Dragones. Le Club n'en a pas, elle a donc pris le soin d'y déposer une bouteille le matin même.

Le barman vient de la servir lorsque l'un des invités la rejoint au bar. Zach Bridgeman.

— Un bourbon, s'il vous plaît, demande-t-il au barman. Avec de la glace.

Puis il se tourne vers Vivi.

— Alors d'abord, c'est un mariage splendide, merci.

— Je t'en prie.

— Ensuite, j'ai un conseil de lecture pour toi. Tu as déjà lu *Hamnet*, de Maggie O'Farrell ?

— Il est dans ma pile ! Moi aussi j'ai un conseil pour toi…

Elle avale une gorgée de tequila et... ahhhhh ! elle se sent aussitôt mieux.

— *Sous nos pieds l'océan,* d'Amity Gaige. Le récit adopte plusieurs points de vue, celui de la femme et les entrées du journal de son mari...

Ils sont interrompus par Pamela, un peu sévère dans sa robe noire couture au décolleté et à l'ourlet asymétriques. On dirait franchement qu'elle a été découpée par un élève de maternelle.

— Tu essaies de me piquer mon mec ? lance-t-elle à Vivi. Tu ferais mieux de garder un œil sur le tien.

— Quoi ?

Elle observe la salle et découvre Dennis, debout, son verre levé. Il fait un discours. Elle n'entend pas ce qu'il dit, mais il fait de grands gestes inquiétants. Gordy Hastings, placé à la table de Lucinda, a la tête baissée et fixe sa serviette d'un air chiffonné. Elle sait très bien que c'est lui qui s'est opposé à ce qu'elle réintègre le Club après son divorce. Et il doit présentement se féliciter de sa décision.

Dennis, assieds-toi ! Elle se précipite vers l'escalier pour se rendre dans les toilettes secrètes du premier. Elle a pourtant bien demandé à Dennis de profiter de cette journée en toute détente. Il n'a rien à gagner à affronter J. P. sur le terrain symbolique de la paternité. Comment a-t-il pu penser un seul instant que ce serait une bonne idée de faire un discours ? Et évidemment il a attendu qu'elle ait quitté la table. Ça n'est sans doute pas un hasard.

Elle sent les larmes monter et elle tente de se calmer : c'est la journée de Willa, pas la sienne. Or, qui sait, le discours de Dennis l'a peut-être touchée ? Elle prend un mouchoir dans la boîte posée près du lavabo et se tamponne délicatement les coins des yeux – son maquillage ! –, lorsque Marissa sort de l'une des cabines. Elle porte une robe en dentelle blanche qui pourrait presque passer pour une robe de mariée.

— Tout va bien, Vivi ?

Elle lui lance un regard inquiet dans le miroir.

— Oui, je suis juste submergée par la joie.

C'est l'heure du bal. Willa et Rip l'ouvrent sur *Castle on the Hill*, d'Ed Sheeran, puis le chanteur du groupe appelle « les parents des mariés » à rejoindre l'heureux couple sur la piste. Vivi savait que ça lui pendait au nez, et pourtant elle se sent déconcertée. Elle a battu froid à Dennis depuis son retour des toilettes, et elle ne sait pas où il est passé. Elle va devoir le retrouver, Tink et Chas sont déjà en train de se lever.

Avant qu'elle ait pu balayer la salle du regard à la recherche de Dennis, J. P. vient à sa rencontre les bras grands ouverts.

Retournement de situation ! Elle pensait qu'il inviterait Amy pour la première danse, et qu'elle aurait Dennis comme cavalier. Mais c'est encore mieux. Plus logique. Après tout, ils sont les parents de Willa.

Elle accepte sa main, et une fois qu'ils sont sur la piste, le groupe se met à jouer *Let's Stay Together* d'Al Green – bonjour l'ironie ! Ils retrouvent aisément leurs marques.

— Merci, Vivi, lui dit-il. Ce mariage est le top du top, tout le monde n'a que des compliments à la bouche, et il n'aurait pas été aussi réussi sans toi.

Il n'aurait pas été possible, pense-t-elle. Pourtant, elle se contente de dire :

— Je t'en prie. Je suis ravie pour Willie et Rip.

— Tu te souviens quand on est allés les chercher à la fin du bal de la Saint-Valentin ?

— Ils se tenaient par la main. J'ai bien cru que tu allais déposer Rip sur le bas-côté.

— Avant de descendre, il l'a embrassée. C'était leur premier baiser, et on était assis juste devant eux.

— Tu te rappelles ce qu'elle a dit après ?

— Oui, elle a dit qu'elle voulait l'épouser.

Il prend une inspiration.

— Et nous voilà aujourd'hui… quoi ? onze ans plus tard ? À leur mariage.

— Il s'en est passé des choses, en onze ans.

— Tu as écrit six livres de plus. Et j'ai fait capoter deux aventures professionnelles avant d'ouvrir le Cône.

Oui, d'abord sa conciergerie pour yachts, puis sa cave à vin – ce qu'elle lui avait d'ailleurs prédit. Et qui avait eu en premier l'idée des glaces ? Vivi. Elle a si souvent eu l'impression d'être le seul moteur de cette famille. D'être la seule à se coltiner les disputes des filles, à emmener Leo à ses stages de sport sur le continent et à répondre au téléphone quand il avait le cafard, à assister aux réunions parents-profs et à lire tous les livres au programme des enfants. À la mort du hamster de la famille, Mister Débordé, J. P. était en pleine dégustation de vins en Californie. *Et puis tu es tombé amoureux de ton employée et tu as détruit notre famille.* Elle n'en parlera pas, pourtant, parce qu'elle préfère être magnanime.

Al Green roucoule : « Loving you whether, whether times are good or bad, happy or sad… » *T'aimer que, que les temps soient faciles ou durs, joyeux ou tristes…*

De meilleurs souvenirs assaillent alors Vivi. J. P. assis sur le rebord de la baignoire avec, à la main, une bague dans son écrin. J. P. en blouse d'hôpital et charlotte le jour de la naissance de Willa. Puis de Carson. Et enfin de Leo. J. P. perché sur une échelle devant la maison de Surfside Road, pour accrocher les guirlandes lumineuses de Noël. Leur inquiétude, à tous les deux, le jour où Leo a eu un pic de 40 de fièvre à cause d'une double otite. Le soir où ils ont enfin pu prendre leur soirée parce que Savannah avait insisté pour avoir les trois enfants à dormir chez elle (elle n'a pas refait la même erreur une seconde fois), et où ils étaient tellement ivres qu'ils ont fini au karaoké. Les matchs de football américain, pendant lesquels ils se tapaient dans la main chaque fois que Danny Woodhead des Patriots de Boston marquait un *touchdown*. Les sorties sur *L'Arabesque*, les feux d'artifice auxquels ils assistaient depuis le jardin de Lucinda, les barbecues à Fortieth Pole, les dieu sait combien de cocktails, au cours desquels ils se séparaient pour parler aux autres convives, revenant régulièrement l'un vers l'autre, jusqu'à ce que l'un des deux chuchote : « Sauve qui peut. » Ils s'arrêtaient toujours en ville au retour, pour acheter du poulet frit et des chips. La robe que Vivi portait ce soir-là finissait systématiquement au pressing avec des taches de ketchup.

À propos de pressing, elle se souvient de la toute première fois où elle a posé les yeux sur cet homme, de ce qu'elle a ressenti. Enfin un client de son âge, et mignon ! Jackie Paper...

Il remarque qu'elle le dévisage et il la serre un peu plus fort dans ses bras avant de se pencher pour lui glisser à l'oreille :

— Je te demande pardon, Vivi.

Elle abandonne, très brièvement, sa tête contre son torse. La chanson est presque terminée.

— Ne t'en fais pas, J. P., je t'ai pardonné.

Martha arrive alors que le soleil se couche à la fin de la journée du lundi. C'est la fête du Travail, et ça a toujours été pour Vivi le jour le plus triste de l'année. Beaucoup de gens à Nantucket adorent voir les SUV pleins à craquer, avec les surfs sur le toit et les vélos accrochés à l'arrière, faisant la queue pour monter à bord du ferry. Mais elle, ça l'emplit de mélancolie. Ces vacanciers partent retrouver leur vraie vie – rendez-vous chez le coiffeur et uniformes scolaires, feuilles mortes à ramasser et brûler, matchs de foot... Les plus grands retournent à l'université, les histoires d'amour estivales se terminent.

— Vivian...

Martha n'est pas là pour plaisanter. Elle a son dossier à la main et ses loupes de lecture sur le nez.

— L'heure est venue, lui assène-t-elle.

— Vous m'aviez dit que vous me laissiez tout l'été. Il ne se termine que fin septembre, officiellement.

— Je vous avais dit jusqu'à la fête du Travail, Vivian.

Vraiment ? Elle n'en a aucun souvenir, en toute honnêteté.

— Je ne veux pas y aller. Je veux rester là, pour continuer à voir mes enfants. Je veux être sûre qu'ils iront bien.

— Vous leur avez donné tout ce dont ils ont besoin. Il est temps pour eux d'apprendre à voler de leurs propres ailes.

— Mais il y a encore tellement de questions en suspens. Est-ce que Carson et Marshall resteront ensemble ? Est-ce que Leo se plaira à la fac ? Et du côté de Savannah et J. P. ? Et puis je m'inquiète pour Lorna, et Penny... Cette histoire de douleur à la poitrine, ça n'augurait rien de bon...

Vivi a la gorge nouée.

— Je veux voir mon petit-fils, Martha. Laissez-moi rester jusqu'à sa naissance, ensuite je partirai sans faire de difficultés.

— Je ne suis pas venue négocier, Vivian.

— J'ai juste besoin de quelques chapitres de plus. Je vous en supplie...

Comment Vivi pourrait-elle quitter le salon vert avec sa teinte parfaite de peinture, son papier peint à rayures, cet endroit qui a été, sinon le paradis, au moins un havre où elle avait le sentiment de continuer à avoir sa place parmi les siens ? Elle comprend à l'expression de Martha qu'elle n'obtiendra aucune prolongation, qu'elle devra se contenter d'avoir la foi. Martha a été un ange et une bergère pour elle, elle l'a orientée et conseillée avec talent. C'est une guide d'exception, elle n'aurait pas pu espérer mieux.

Elle pense à la façon dont elle aime terminer ses propres romans. Elle veille à ce que ses personnages soient bien installés, en sécurité, puis elle s'éloigne. Elle n'aime pas boucler la moindre petite intrigue, leur faire de jolis nœuds.

Malgré tout, elle hésite.

— Il y a des gens dans le chœur que vous serez heureuse de revoir, lui dit Martha.

Vivi n'est pas convaincue.

— Ah oui ? Qui ?

— Votre père.

Elle retient son souffle.

— Mon père est dans le chœur ?

— Oui.

Elle lui sourit.

— Je crois qu'il a une belle voix de baryton.

La vue de Vivi se brouille à cause des larmes.

— Est-ce qu'il m'a regardée à l'époque ?

— Oui. Et il a même utilisé son coup de pouce.

— Mon père a utilisé un coup de pouce ?

Elle pourrait croire que Martha se paie sa tête, sauf que ce n'est pas son genre. Vivi se creuse la cervelle. Il ne l'a pas empêchée de mentir à Brett au sujet de sa grossesse. Il n'a pas fait de son premier roman un succès immédiat, ce qui aurait pourtant pu se passer en 2000 s'il s'était débrouillé pour qu'Oprah Winfrey emporte *Filles de la dune* pendant ses vacances à Hawaï.

— Qu'est-ce qu'il a fait ?

Martha ouvre son dossier.

— Il s'est assuré que vous partiriez à la fac sans shampooing.

— Quoi ?

Soudain, elle comprend. Elle a dû en emprunter à Savannah ! Elles sont devenues amies. Savannah l'a invitée à Nantucket… où elle a fait la connaissance de J. P., s'est mariée, a donné le jour à trois enfants et écrit treize romans !

— Oui. C'est ce qu'on appelle le coup de pouce « réaction en chaîne ».

— Et ma mère ? Je la verrai ?

— Elle fait la même chose que moi. Elle est Guide... dans la section des Catholiques Fervents.

Ha ! Évidemment !

— Vous la verrez donc aller et venir.

— D'accord. Je suis prête.

Elle se tourne une dernière fois vers la baie. Carson, Willa et Savannah sont assises autour de l'îlot de la cuisine, dans la maison d'Union Street, et elles réfléchissent à la pierre tombale de Vivi.

Vivian Rose Howe
1969-2021
Mère, écrivaine, amie

Dessous, elles ont choisi une citation de Camus :

Au milieu de l'hiver, j'apprenais enfin qu'il y avait en moi un été invincible.

— Vous pensez que c'est trop long ? demande Willa.

— C'est parfait, mon lapin chéri. Fais-moi confiance, cette citation définit ta mère à la perfection.

Oui, pense-t-elle. *Oui !*

— Est-ce que je pourrai revenir de temps en temps ? Juste pour voir comment ils vont, tous ?

— Qu'est-ce que je vous ai appris, Vivian ? À ne jamais dire jamais.

Ne jamais dire jamais ! Ça ressemble à un « oui ».

— Venez, lui dit Martha en lui tendant la main. Je vais vous accompagner.

Vivi accepte et elles franchissent la porte verte pour pénétrer dans un tunnel de nuages. Ce n'est pas si terrible, songe-t-elle. C'est joli. Paisible. Elle est impatiente de découvrir le banquet céleste.

— J'aimerais tellement pouvoir écrire un livre sur tout ça. Vous, moi, l'Au-Delà, le salon vert, le chœur, les coups de pouce, les foulards Hermès…

Martha secoue la tête.

— Un post Instagram alors ? Il pourrait apparaître comme par magie sur mon compte. Une photo de nous deux avec pour légende : *Tout ira bien…*

Martha rit de bon cœur.

— Oh, Vivian !

Remerciements

Je dois l'idée de ce roman à quatre personnes, et j'aimerais commencer par les remercier.

Certains d'entre vous le savent, mon père, Robert H. Hilderbrand Jr., est mort dans un accident d'avion en 1985, l'année de mes 16 ans. Cet événement a scindé ma vie en deux. Je le soupçonne depuis longtemps d'avoir veillé sur moi toutes ces années et d'avoir joué un rôle, en usant de coups de pouce, non seulement dans mon incroyable carrière littéraire, mais aussi en me permettant de ressortir indemne de mon cancer du sein.

Ce cancer a été diagnostiqué en 2014, et au mois d'octobre cette année-là j'ai contracté une infection engageant mon pronostic vital et qui a exigé que je sois transportée en hélicoptère du Nantucket Cottage Hospital au Boston Medical Center. Avant mon départ, une infirmière m'a conseillé d'envoyer quelqu'un à l'école pour récupérer mes enfants et me les amener, afin que je leur dise au revoir. C'est le genre de moment qui vous donne à réfléchir, croyez-moi. Je leur ai promis que, quoi qu'il arrive, je serais toujours là avec eux.

Si vous avez lu ce roman, vous comprendrez sans doute aisément pourquoi ces deux expériences ont joué un rôle dans sa conception.

Pour la suite de mes remerciements, je dois commencer par la femme brillante qui a édité ce texte, la grande Judy Clain. Elle a su mettre en valeur les meilleurs éléments de l'intrigue et retrancher tout ce qui n'était qu'une source de distraction. Je lui dois ma reconnaissance et mon admiration infinie pour son œil avisé, son attention pour les détails et ses profondes réserves d'intelligence émotionnelle.

Ma gratitude va également à mes agents, Michael Carlisle et David Forrer, qui sont mes soutiens les plus loyaux et mon refuge dans le milieu de l'édition. Ils sont comme ma famille, je serai aussi toujours à leurs côtés !

Merci à tout le monde chez Little, Brown, notamment (mais pas exclusivement) Miya Kumangai, Gabriella Leopardi, Ashley Marudas, Lauren Hesse, Brandon Kelly, mon incroyable attachée de presse Katharine Myers, Tracy Roe, Jayne Yaffe Kemp, Terry Adams, Craig Young, Karen Torres, Bruce Nichols, Michale Pietsch et l'inégalable Mario Pulice, qui conçoit toutes mes couvertures. Moi, je me contente d'écrire les livres. Le reste de la magie se produit grâce à ces mains agiles.

Merci au groupe Facebook « Souvenirs d'une jeunesse à Parma, dans l'Ohio ». Tous vos témoignages sur les années 1980 m'ont été d'une grande aide. Et les erreurs qui pourraient concerner Parma sont de mon seul fait.

Merci à mon « mari de travail », Tim Ehrenberg, qui a passé d'innombrables heures assis à mes côtés dans le sous-sol de la librairie Mitchell's Book Corner. Tim a pris des photos et réalisé des vidéos, il a imaginé la promotion et les offres, il s'est personnellement occupé des enveloppes et a été l'interlocuteur des employés d'UPS, remarquables (et remarquablement débordés). À l'ère du Covid-19, le meilleur ami d'un auteur est la libraire indépendante la plus proche, et je tiens à remercier, en plus de Tim, Cristina, Suzanne, Sue et leur intrépide meneuse, Wendy Hudson. Je me sens chez moi dans leurs deux librairies.

Je pense évidemment aussi à ma famille, et particulièrement à ma sœur, Heather Osteen Thrope, qui est – tout simplement – ma Guide. Je lui dois un foulard Hermès, car c'est elle qui est aux commandes !

Aux personnes qui font tourner mon monde : Chuck et Margie Marino, Rebecca Bartlett, Debbie Briggs, Wendy Hudson, Wendy Rouillard, Elizabeth Almodobar, Mark et Gwenn Snider, Evelyn et Matthew MacEachern, Katie Norton, Sue Decoste, Linda Holliday, Jane Deery, Deb Gfeller, Deb Ramsdell, Jeannie Esti,

Melissa Long, Manda Riggs, David Rattner et Andrew Law, West Riggs (que je consulte toujours pour la navigation), Michelle Birmingham, Aleks Orbison, Christina Schwefel, mon groupe de lecture de mères cyclistes – le Peloton Moms Book Group –, et la plus merveilleuse prof de vélo de salle entre toutes, Jenn Sherman (grâce à toi je suis restée en forme pendant les longs mois de quarantaine). Merci à Alex Small de me permettre d'être sa seconde maman. Merci à Timothy Field – pour moi tu te lèves à l'est, tu te couches à l'ouest et tu brilles le reste du temps, chaque foutue journée.

Enfin, j'ai une pensée pour mes enfants : Maxxwell, Dawson et Shelby Cunningham. Mon amour pour vous est extraordinaire et éternel. Je ne vous abandonnerai jamais. Je serai là-haut, à vous observer depuis le salon vert bohème chic de mes rêves. Gardez la foi.

Dernières parutions

Domaine étranger

Sarah Alderson
Week-end entre filles

M. J. Arlidge
Action ou Vérité

Jo Browning Wroe
Une terrible délicatesse

Jonathan Dee
Sugar Street

Hannah Gadsby
Nanette en dix étapes

Iona Grey
Les Heures étincelantes

Elin Hilderbrand
Été après été

Charlotte Mendelson
Accrochages

Lydia Millet
De l'espoir et autres créatures ailées

Daphne Palasi Andreades
Les Filles comme nous

Catherine Steadman
Sous l'eau

Emma Straub
Demain, même heure

Rosa Ventrella
Les Enfants de Haretz

Meg Waite Clayton
Dernier train pour Londres

Rosie Walsh
L'Amour de ma vie

DOMAINE FRANÇAIS

Catherine Bardon
La Fille de l'ogre

Frédéric Couderc
Hors d'atteinte

Dominique Fouchard
La Foire aux fiancés

Caroline Laurent
Ce que nous désirons le plus

Osvalde Lewat
Les Aquatiques

Marie-Diane Meissirel
Les Accords silencieux

Ivan Nabokov et Philippe Aronson
La Vie, les gens et autres effets secondaires

Grégory Nicolas
Mes sœurs, n'aimez pas les marins

Roland Perez
Ma mère, Dieu et Sylvie Vartan

Emmanuel Pierrat et Joseph Vebret
Ernestine ou la Justice

Julie Printzac
Guetter l'aurore

Akli Tadjer
D'audace et de liberté

Pour en savoir plus sur l'actualité des Escales,
vous pouvez consulter notre site Internet
www.lesescales.fr
et nous suivre sur les réseaux sociaux

Editions Les Escales

@LesEscales

@LesEscales

#lisez engagé !
www.lisez.com
Pour plus d'information :
Imprimé sur du papier issu de forêts gérées durablement.

Achevé d'imprimer par
Normandie Roto Impression s.a.s.
N° d'impression : 2300810
Imprimé en France